HUANGHUA YIN

时代出版传媒股份有限公司

安徽文艺出版社

时代出版传媒股份有限公司

安徽文艺出版社

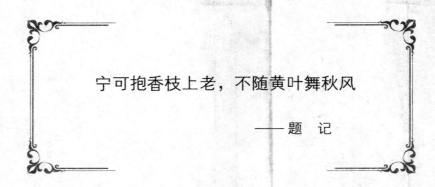

宁可抱香枝上老，不随黄叶舞秋风

——题 记

黄花吟

HUANGHUA YIN

孙志保◎著

时代出版传媒股份有限公司

安徽文艺出版社

图书在版编目（ＣＩＰ）数据

黄花吟/孙志保著. —合肥：安徽文艺出版社，2018.4
（2024.7 重印）
ISBN 978-7-5396-6018-9

Ⅰ．①黄… Ⅱ．①孙… Ⅲ．①长篇小说－中国－当代
Ⅳ．①I247.5

中国版本图书馆 CIP 数据核字(2018)第 063411 号

出 版 人：姚 巍
责任编辑：姜婧婧 柯 谐 装帧设计：徐 睿
....
出版发行：安徽文艺出版社 www.awpub.com
地 址：合肥市翡翠路 1118 号 邮政编码：230071
营 销 部：(0551)63533889
印 制：安徽芜湖新华印务有限责任公司 (0553)3916126
....
开本：700×1000 1/16 印张：17.5 字数：280 千字
版次：2018 年 4 月第 1 版
印次：2024 年 7 月第 2 次印刷
定价：69.00 元
....

目 录

第一章 为了爱情

　　爱情就像天空飞舞的雪花,洁白而美丽,落到地上以后,却只能面临一种令人心碎的结局:融化,无论时间长短,最终要变作水,一滴,或者,一片。王一翔望着车窗外纷扬的雪花,想象着它们扑到铁轨上,玉碎,然后化作水。他轻轻地叹着气,心里忽凉忽热。刘小茵正偎在他的身侧,似乎已经睡着了,脸上的表情纯真得令人感动。纯真是美好的,却也是令人担忧的。这担忧,从和小茵登上火车时就在一翔心里忽隐忽现。一翔希望当他跟随在刘小茵身后,或者刘小茵轻揽他的手臂,两人出现在小茵父母家里时,眼前会是一幅温馨的画面:窗外正风雪,拥炉开酒缸,火炉和酒缸旁,小茵父母热情的笑脸像花一样绽放。当然,即使无炉可拥,无酒可饮,有两朵绽放的花也行。他已经历了孤身钓船雨、篷底睡秋江的凄清,如果这样的不堪再次在前方那个叫黄花的小城出现,他会变成一滴清冷的水,无助地挂在小茵家陈旧的青灰色的檐前。青灰而陈旧,这是小茵向他说起自己的家时,数次重复的,它把一翔的意念带到了老家颏圮的老屋,当然,它是属于已经故去的爷爷的。而小茵家的,在青灰和陈旧之上,自然覆着厚重的历史,浸润着不可侵犯的威严。小茵在叙述它时,语言简洁,像一滴水在玻璃上轻轻地滑过,然后轻轻地滴落,以至于一翔以为她在故意回避什么。

　　一翔相信他和小茵的爱情就像一直在天空起舞的雪花,它不会飘落,不会融化,不会被红尘沾染,然后,舞蹈一生。这是他放弃一切,和小茵一起奔向那座叫黄花的小城的所有原因。

回到小茵的城市,回到黄花,就像一个宿命。一翔不好说宿命是什么,是狼?是狮子?还是一只用纯洁的眼睛注视着他的羊?也许,只是一根绳子,一端拴在他的腿上,一端系在一棵千年古树上。离古树很近时,感觉不到绳子的力量;而当他试图走出它的控制时,它就会用强烈的力量提醒他,它就在不远处,随时可以把他拽回去,缠得紧紧,或者,拥抱入怀,直到他窒息。

小茵把自己的决定通知一翔时,一翔还在睡梦中,手机的铃声虽然如丝般柔软,在这幽深的夜里,却如一块粗糙的白布,生硬地擦拭着一翔的耳朵,把他撩醒,甚至伴随着一些疼痛。一翔看了看手表,夜里两点。一翔没有看号码,随手摁掉。房间里立时安静下来,静得令人生疑,这世界是真实的存在,还是一片虚无?卫生间里那只破旧的水龙头漏下一滴水,清晰,像滴在一翔的眼皮上,提醒他生活就在身边。一翔昨天晚上已经和水暖工约好,早上七点水暖工会准时来到,十分钟收拾好,不耽误他上班。手机又响了,一翔清醒了一些,这才看清了号码,是小茵的。一丝恐惧缠绕住他的咽喉。这样的时间,独住的小茵难道遇到了什么事?手机接通,小茵没有问他为什么要挂掉,如果是以前,她会不依不饶,直到他低声投降。小茵的情绪似乎有些起伏,声音模糊不清,就像对面墙上那幅不知哪年哪月挂上的油画。这个时候,如果他待在她的身边,对大家都好。但是,这种可能的实现,不知道是在一百天以后,还是二百天以后。两人在省城分别租了房子,而不是像很多恋人那样,早早地住在了一起。这样要多出一些花费,虽然经济的拮据如一只出没不定的蚊子,总是让人感到不舒服,但是,他们希望爱情像天空飘舞的雪花一样,多一些优美的旋转,在天空留下尽可能多的花纹。过早地落到地面,浪漫和意外的温暖可能会像水一样渗到地下,那些意外的温暖,是爱情的惊喜发现,是爱情的无限延伸,是不可复制的宝贵财富。"我已经决定了,我要回家,回黄花。"小茵说。一翔的睡意瞬间全无。他坐起来,把手机更紧地贴到右耳上。房间里的黑暗似乎结成了团,滚滚地向他涌来,他不由自主地闪避了一下,然后便被包围了。"你再说一遍。"一翔说,"是回黄花吗?"小茵的声音清晰了一些,她把答案确认了,是回黄花,而且,是回黄花生活,生活一生。她还要带着他,带着爱情。

"我要你和我一起回去。"小茵说完,就把电话挂了。一翔似乎听到了她娇美的身子躺下的声音,那张柔软的小床,在她身下发出一声轻微的叹息。

一翔无法继续入睡,刚才还很温暖的被窝,此刻像浸了水,让他想逃离。当初选择留在省城,是因为他们对它非常熟悉,而且充满了感情。两人都是在省城上的大学,一翔还在母校完成了古典文学专业的研究生课程,戴上了令小茵羡慕不已的硕士帽。四年和六年,他们各自的记忆里,存储着它的美好,也有了浓浓的依恋。发展的空间呢,自然比在别的城市更大,这种概念意义上的判断,将被他们的实践证明。一翔已经在省文化厅下属的一家艺术研究院找到一份编辑的工作。编辑的对象是一本艺术月刊,六十四页,平淡而令人回味。很好的工作,清闲而儒雅,就像是另一种生活。同时,他在一家以经营咖啡为主要经济来源的叫"绿点"的围棋屋做指导,每月一千块钱指导费。他也喜欢"绿点",清幽的环境,真诚的交流,还有随时表达出来的尊重,一切都很好。小茵的专业是教育,这让她对未来充满了希望,桃李满天下,是美景,是可以在晚年一点一点回味的生活。退休意味着另一段美好生活的开启,没有哪个专业能比得上教育。小茵在毕业之前已经拿到了教师从业资格证,两个月前参加了一次教师招聘考试,笔试过关,面试惜败。失败没有什么,就像被一枚通红的苹果砸到了头,当被苹果吻到的时候,谁还会记得当初的疼?两人从没怀疑过,在这个比黄花大二十倍或者三十倍的美丽的城市,他们会过得很好,幸福生活将越出他们想象的画面,无限延伸。一翔从来不奢望闪闪发亮,更没有想过悬在半空的灿烂。他对自己的生活很满意,对小茵很满意,甚至对还不知道长相的未来也很满意。如果一定要找出什么不满意,那就是父母还在大别山区深处一个叫翠坪的县城过着普通而朴素的生活。普通而朴素,这也是一翔希望的,他盼望在此基础上再实现一个愿望,那就是随时团聚。父母已经习惯了自己的生活,数次拒绝了一翔请他们来省城长住的要求。

太阳刚刚升起,约好的水暖工就来了,迅速收拾好漏水的水龙头。一翔吃了早饭,挤22路公交去上班,似乎忘了小茵夜里打来的电话。他无法判断那是她的呓语,还是被什么事触动之后的冲动,或者,是想考验他一下。如果她还记得这事,情节会继续发展的。主编交给他一份粉红色的省级文化遗产名录,让他在南部山区的三处文化遗产中选择一处,三天内出发,半个月之内交出一份关于如何动员民间力量进行文化遗产保护的调研报告,下个月刊发。这样的工作对于文字编辑来说,就像是春节的红包,让人惊喜。当然,红包的大小,不仅由主编确定,还需要自己理解。一翔愉快地答应了。如果小茵上午十点半钟没有出现在他面前,如果小茵白白的脸上没有两粒粉色的亮晶晶,一翔几乎把她打电话的事情忘记了。小茵穿着一身牛仔套装,身材显得苗条而凹凸有致,散发出成熟的气息;一双浅蓝色高跟鞋令她走姿摇曳,性感满溢,弄得一翔心旌摇荡,痴迷地睁大了眼睛。

"我和你讲了那么重要的事,你竟然没有问我一句为什么,为什么?"小茵轻声问,然后温柔地把自己塞进一翔怀里,突然在他肩膀上咬了一口。一翔疼得咧大了嘴。这样的突袭,就像游击战,每周都会发生几次,规模有大有小,每一次都是一翔损兵,小茵战果累累。一翔已经习惯了,挣扎不是最好的办法,会扩大战斗规模,延长战斗时间。一翔揽过小茵的脸,亲了亲亮晶晶,说:"我为什么要问呢?你说了就是决定了。而且,你在那个时候说,自然有充分的理由。你看,亮晶晶都出来了,这是殚精竭虑的结果。"小茵看着他,眼泪吧嗒吧嗒地落了下来。

小茵要回黄花,理由一点也不充分,甚至可以说很单薄。这样的理由如果能决定这样重大的事,理由本身不是主要因素。有多少事是在充分理由的挤迫下完成的?有些事甚至不需要理由,就像梦中女孩的笑声,春天柳树的摇曳。小茵的母亲近几天连着做梦,噩梦,关于小茵的。这令她觉得忍受下去是一种愚蠢的行为,于是逼着小茵的父亲刘千年给小茵打电话,让她必须回黄花,而且要尽快。这个理由过于牵强,就像感冒是由女孩的亲吻引起的一样荒唐。这样的理由在刘千年那里就应该被否决掉,既然刘千年把电话打了过来,可能另有隐情。一翔没有把自己的想法说出来,也不想提醒小茵。

自打三年前和刘小茵在校学生会组织的一次活动上认识,一翔就很少对小茵说否定词,也很少委婉地表达否定的意思。很多事情都是无可无不可的,为什么要用可与不可确认呢?何况,一翔比小茵大两岁。一翔读大一的时候,小茵还在读高二;他读研的时候,小茵还是大三的学生。一翔有时和小茵开玩笑,说他们永远不是一个等级的。小茵恨恨地说:"早晚有一天我要比你高一级,当我是死人而你还活着的时候,我就是先辈了。"小茵就是这样,为了表达所想,往往不惜使用偏激的语言,行为上也是如此。但是,一翔很喜欢这一点,这个女孩子,就像校园里那一片水杉林,只知道使劲儿往上长,分叉的心思一点都没有。

一翔倚在陈旧的、带着永远去不掉的污渍的车窗边,看着窗外在风中旋转的雪花,想起当他带着小茵去向主编请辞时主编惊讶的神情,不禁有些歉意地笑了。当初去应聘时,第一眼看见主编,就知道这是个可亲的人,而且很真诚。竞争很激烈,主编毫不犹豫地录用了他,原因很简单,他喜欢一翔的儒雅,近乎散淡的儒雅,就像天边飘过的一朵祥云,即使你摸不着,也要目送它远去。主编私下和一翔说过,明年下半年编辑部主任就到退休年龄了,届时他会想办法把一翔托上去。主编无法理解两个多小时以前还欣然领受任务的一翔现在竟笑吟吟地来向他辞职,但他没说别的,只颔首祝一翔幸福。不过,一翔能看出来,主编根本不认为他会幸福,主编甚至认为一翔根本就不理解什么是幸福。什么是幸福呢?不好说。但是,放弃已有的美好,走向未知的远方,这本身就是一种不理智的行为,幸福还会与你握手吗?一翔想,主编也许会庆幸他的辞职,他这样的人待在编辑部里,也许就是一颗炸弹,太阳强烈一点,可能就爆了。小茵挽着一翔的手臂,两人晃悠悠地走进楼外的阳光里,就像两缕阳光飘进去,立刻就融在一起了。阳光是香的,阳光外的世界也是香的。小茵看看一翔,说:"你真就这样辞了?"她的表情似乎在说,你这样辞了,是不是有些草率呢?一翔点点头。小茵说你这人真是的,怎么说辞就辞了?你真要陪我回黄花吗?一翔哭笑不得,说:"以花为貌兮,以雀为声;以冰雪为肤兮,浊水为睛。刘小茵啊刘小茵,你是第一个令我佩服的人。"

　　小茵在一翔身侧动了动。车厢里有些冷。这种超期服役的绿皮车,最大的好处是勾起人久远的回忆,既证明了它的老当益壮,也说明了它所去地方的偏僻。当年一翔揣着一张录取通知书离开家乡去学校报到时,坐的就是这样的绿皮车。当一翔看到它时,感到它就是一匹即将飞驰的骏马,将把他带到实现梦想的地方。第一次走出大别山,心情空阔而渺茫。世界突然就大了,大得令人望而生畏。而现在,六年半过去了,在这 2004 年的冬天,他再次与它重逢,却是被它从梦想仍未实现的地方带到他一点也不了解的远方。在这样的车厢里,空调是一种奢望,抬头向车厢顶部看去,只有一排脏兮兮的风扇冷冷地和他对望。一翔把外套脱下来,轻轻地盖在小茵身上。天色渐渐地暗下来了,越下越大的雪已经把地面完全覆盖了,苍白的光芒反射着暗淡的天空,天地间一片混沌。车厢内的灯突然亮了起来,让人心里一宽。灯光从窗户透出去,近处的雪花便有了一层冰的莹白。小茵抬起头来,看看身上的外套,再看看一翔,坐直了身子,把外套重新披到一翔身上。"快到了。"小茵说,声音里却有一些不安。一翔点点头,说:"正好是晚饭时间,你爸妈会怎么欢迎你?是做你喜欢吃的菜,还是用一种你意想不到的方式?"小茵犹豫了一下,说:"我们,还是在外面吃晚饭吧!"一翔有些诧异,脸上却微微笑了一下,说:"下车后,我要就近买些礼物带过去。都到家了,在外面吃饭,你爸妈会不高兴的。"小茵双手捂住脸,把头低下去,声音轻到几乎听不见:"我说了,你可别骂我。我到现在还没告诉我爸妈。""没告诉什么?是我们今天到家,还是我们的关系?"一翔感到好笑。"都没有。"小茵的头已经低到桌面上,桌面上有几滴水,随着车身的摇晃,快要汇到一起了。一翔随手把水抹去,取出一张纸巾擦了擦手。"那你怎么敢带我回家?"一翔问。小茵终于把白皙的小手从脸上拿开,她偷偷地看了一翔一眼,说:"我没说要带你回家,我只说让你和我一起回黄花。"

　　一翔有些失望,虽然并不强烈,但与车厢内冷冷的空气裹挟在一起,还是令他皱了一下眉。恋爱是美妙的感觉,让人沉浸,让人忘记或者推迟一些必须要做的事。两年多了,他没有问过小茵有没有和家里说过,他相信她会说的。刘小茵虽然有些任性,有些娇纵,有时还有些世俗,但她骨子里是个传统的女孩。他们约会三个月,他才吻到她。从此以后,仅限于此。而这并没有让一翔感到失望,反而令他欣慰。传统的痕迹正在生活中渐渐老去,但对于他和她来说,却是一直坚守的美德和相互欣赏的理由。一翔在两人确定关系的第二个月就告诉了父母,说得很简单,说他交了一个女朋友,比他小两岁,正上大学,家是黄花城的。父母没有问刘小茵的家庭,更没有问刘小茵的长相,关于刘小茵,父母几乎没有问任何问题。他们只是愉快地祝福他,说非常相信他的选择,然后让他放假时把刘小茵带回家。一翔多次想实现父母的愿望,但刘小茵不愿意去。刘小茵的理由似乎很充分:她晕车,更不敢看盘山公路,那些肠子一样的路让她感到恐惧,也让她想到肠子,而她在生活中对于肠子的恐惧就像野兔对于猎狗的恐惧一样。一翔没有强迫刘小茵,早晚要见的,不在乎时间,何况,他相信父母会满意的。一翔给予父母的理由千篇一律:小茵功课忙,实习忙,就业奔波忙,有些害羞,等等。当刘小茵告诉一翔她要回黄花生活时,一翔感到为难的不是自己要辞职,要告别生活多年的省城,要把设计好的人生重新画图。他无法向父母启齿,这才是真正的心病,操作不好,会造成影响,而且会持续很长时间,而这是他永远不愿意看到的。一翔决定回家一次,当面向父母讲清楚。他准备了很多理由,设计了数种开场,设想了最坏的可能。他唯一没想到的是,他把自己的选择说出以后,立即就失去了进一步阐述的机会。父亲是县通用机械厂的工程师,而母亲则是通用机械厂的一名普通工人。机械厂成立于 1955 年,经历了二十多年的辉煌,然后走向必然要来的衰落。而他们在厂里工作的三十年,正是厂子走向衰落的时期。三十年里,经历了多少痛苦与绝望,多少屈辱与忧伤,只有他们自己知道。但是,一翔没有听到他们抱怨一句,真没有。他们平静地微笑,平静地说话,平静地做着自己该做的事。云卷云舒没有什么,沧海桑田也没有什么,生活着,恩爱着,这就行了。一翔已经习惯了这种平静。平静是保护生活最好的办法之一,但是,也可能会影响他们去寻找其他让生活更美好的办法。用竹碗喝水,与用金碗喝水,同样可以解渴,所不同的是喝水时的感觉。所以问题不在于碗,而在于你怎么想。一翔认为父母在平静之外已经没有其他的情绪,即使有,也会被他们的平静化解掉,所以,他设计的台词全部是为了帮助父母在平静的情绪中露出微笑,而没有考虑另一种可能性:否定! 他忽略的,恰恰是他得到的。"不行,坚决不行!"父亲说,同时看了母亲一眼,母亲的眼神给了父亲鼓励。"如果你在省城发展,你即使一生不娶,我和你母亲都没有意见。但是,你和一个我们至今还没有任何了解的女孩到一个偏远的小城市生活,去她的家乡生活,我们坚决不答应。牺牲是一种美德,但是,无谓的牺牲是愚蠢,我们不可能怂恿自己的儿子做愚蠢的事。"接着,母亲的泪水冲堤而出,绵绵不断,使一翔失去了辩解的能力和愿望。他感到恐慌,感到那些设计得非常充分的理由在这一刻苍白得无以复加,说出来会是一个笑话。"如果你要坚持,我们就断绝一切联系。"父亲又打过来一记重拳,他想让一翔明白,你的努力到此为止,接下来要做的,是重新考虑,重新选择,而不是做无谓的努力,试图从父母这里得到一张粉色的通行证。但是,对于一翔来说,重新考虑却是不可能的,拒绝刘小茵,没有比这更残酷的事情了。

一翔垂头丧气地走出家门,沿着门前的山径漫无目的地走着。黄竹满目,落叶随风轻扬,似乎在为落到更远的地方努力着。一翔这时才意识到,爱情中的自己忽略了很多生活中的细节,而这些细节对于现在的他至关重要。爱情是忽略的理由吗? 是,但不完全是。谁没有过爱情? 因为爱情而忽略的,就是可以原谅的吗?

翠坪县城依山而建,缓缓下降,也缓缓上升。站在山脚向上望去,县城的面貌依次在眼前展开,如一条五彩缤纷的宽带轻轻飘扬着。一东一西两道山泉从山顶蜿蜒而下,如两条锁链把小城隔成特征分明的三个段落。山泉在山脚汇流成一条叫岚的河,然后轻轻吟唱着向东缓行。一条狭窄的公路沿河而走,虽然容颜惨淡,却是县城与山外主要的联结。一翔不知不觉间来到岚河边,在河边一块巨大的卵石上坐下,低头看着东流的河水,一时心中无念,似乎所有的思绪都汇入了岚河,都在流水的吟唱中忘却了自我。不知过了多长时间,身边传来脚步声,一只手重重地拍到他的肩上。一翔抬起头,面前站着一个英俊的青年,是弟弟王二翔。

王二翔高中毕业,没有考上大学,连三百多分就可以入学的专科也没有考上。但这丝毫没有影响王二翔的心情,他怀揣着从父母那里要来的一千块钱,走遍了祖国的大好河山,回到家里时,衣袋里竟然还剩下五百。一翔平时很少和他联系,二翔偶尔会打个电话给一翔,说上一通有用无用的话,大多是他在说,一翔在听,他不想说时,通话也就结束了。"我就知道你会在这里。"二翔左顾右盼,想在一翔身边找个地方坐下。一翔站起来,头也不抬地往山上走,似乎二翔就是偶尔吹到他身侧的一缕清风。二翔连忙跟上,说:"你回来之前为什么不和我联系呢?你不要认为我这人是骑不得洋马的。如果你和我商量,事情也许不会到这一步,没准儿咱们四个正围着饭桌吃火锅呢。"一翔看了二翔一眼,问:"你怎么知道的?"二翔笑着说:"我有千里眼,还有顺风耳。咱别说这个,我问你,你知道老爸老妈为什么阻止你吗?"一翔停住脚步,直视着二翔。"好不容易飞出去的鸟,应该栖在更大的林子里。如果你去刘小茵的北方,还不如在咱自己的竹林里唱歌。"二翔说:"爸妈不愿去省城和你一起生活,你知道是为了什么?就是为了让你飞得更高!你现在还不是雄鹰,还无法带着他们一起飞翔。"

一翔同意二翔的说法。父母寡言少语,看似平静,其实是用一种无奈的方式承受生活的重量。也许,他就是他们眼中的熔岩,可以冲破地壳的重压,照亮他们暗黑的天空。所以,当看到一根锋利的针就要戳破他们的气球时,愤怒便不可遏止地爆发了。一翔知道自己的决定是不科学的,无论有多少个评判的标准,肯定没有一个标准会给他的决定加分,连他自己也不会违心地加分,当然,负分例外。但是,为了刘小茵,为了爱情,他没有别的选择。既然没有,又何必想来想去地纠结?一翔决定今天就回省城,然后和刘小茵一起远走黄花。他不想伤害父母,但是,与父母相较,刘小茵更加弱小,她是一只没经过风雨的小鸟,离开他,她的翅膀很快就会折断。

一翔回到家里,平静了一下心情,就去向父母告别,说要回省城再和刘小茵商量一下,尽可能留在省城。父亲冷冷地看看他,把脸扭开了。母亲也没有说话，只用一种极不信任的眼神盯着他。一翔无法承受，低头碎步走出了家门。这样的凄清，以前不曾有过。当他离家远行时，哪一次父亲没有把他送到车站？哪一次，母亲疼爱的目光没有穿过阻碍视线的竹林而一直跟随在他的身边？

一翔来到汽车站，还没走进售票室，更见二翔气喘吁吁地跑来，手里拿着一个公文包一样大的暗黄色的纸包。"你的，"二翔说，"是一个小女孩送到家里的，只说是给你的，然后就跑了。"一翔感到奇怪，他到家以后没和任何人联系过，谁会送东西给他，而且又不愿留下姓名呢？这情节似乎有些诡秘。二翔笑笑说，你慢慢看吧，我先走了。

开往省城的汽车一个小时以后出发。一翔走进车站旁边的一家小酒馆，要了二两当地产的白泉酒和一碗牛肉粉丝汤，然后打开了纸包。五札信封，分别是粉红、淡绿、洁白、暖橙、玫瑰红五种颜色。每一札，正好二十封。也就是说，纸包里有一百封信。所有的信封都是干净的，没有任何字迹告诉一翔信是写给谁的，是谁写的。一翔的心里像是被什么柔软的东西抽了一下，脸上禁不住有些红。他摘下近视眼镜，慢慢地擦拭了一会儿，重新戴上，然后，慢慢地抽出一个粉红的信封，打开来。两页信纸，飘出淡淡的茉莉的香气。那娟秀的字迹，其实已经给了他答案。他没有读信，而是迅速地扫了一眼落款。袁四儿！他的预感被证实了。

一个女孩儿白皙的脸浮现在眼前，那是一张永远都在笑的脸，几粒浅浅的雀斑时隐时现，使得它生动而俏皮。袁四儿，王一翔高中三年的同班同学。一翔记不起自己和她说过几句话，应该不超过五十句。当一翔在收到大学录取通知书时，袁四儿出现在他面前，紧张得满脸通红，两手纠缠在一起，像是天生就无法分开。一翔以为她是要祝贺他，虽然她没有考取，她对所有考取的同学都没有吝啬她的祝福。但是，她说出的话却是关于爱情的，而且是关于他们两个的爱情。一翔惊讶地看着她，不相信自己的听力，然后，毫不犹豫地拒绝了，没有任何理由，也没有任何解释。被拒绝的袁四儿脸色一下变得苍白。"我会给你写信的，我要把你拽到我身边。"袁四儿说。一翔被这孩子说的话逗笑了。"即使你不看一眼,我也要完成我的爱情故事。"袁四儿接着说。

袁四儿一个月给一翔写一封信,一直写了四年。当一翔把所有来信原封不动地寄还给她时,她停止了这种看似热烈其实愚不可及的行为。一翔以为这个故事已经结束了。但是,眼前这些色彩绚烂的信件告诉他,袁四儿只是终止了一月一次的邮寄,信依然在写,而且,频率比以前还要快。这个可爱的女孩子,这样的创举,她是怎么完成的啊?

一翔知道,刘小茵就是他全部的爱情,他不可能接受与她无关的爱情。

一翔把信件重新包好,向酒馆老板要了一卷胶纸,把纸包牢牢地封好,在上面写了一个地址,然后招手喊来一个五十多岁推三轮车的男人,掏出十块钱给他,让他务必按纸包上的地址,把纸包亲手交给袁四儿。

一翔回到省城,就开始收拾行李。他没有把父母的意见告诉刘小茵,更没有把袁四儿的事告诉她。他只对她说,如果你愿意,我们可以随时离开这里,可以随时到你想去的地方。而刘小茵回答他的则是一个动作:她从手包里取出两张火车票,笑嘻嘻地在一翔面前晃了晃。在这一刻,一翔心里有些难过,他似乎感到一团胆汁一样的冷水在胃里翻滚,濡湿了他的心情。

列车长啸一声,沉浸中的一翔被震出回忆。他无声地叹了一口气。

刘小茵看出了一翔的失望,她怯怯地抚了抚他的手,声音很低地说:"如果你愿意,我现在就给我爸发信息。"一翔奇怪地问:"为什么要发信息呢?为什么不在电话里直接告诉他?"小茵摇摇头,不好意思地说:"我没和你说过,我爸这人挺厉害的,和他说话时,我总有一种压抑的感觉。"

第二章　别无选择

　　列车的呼啸声停了下来。一翔拖着两只拉杆箱，随在刘小茵身后，几乎是跳到了地面上。厚厚的一层积雪，让脚下的感觉有些奇怪，软软的，不踏实，却感到亲切。雪花仍在曼舞着，有几团大大的雪花飞过来，刮了一翔的脸，竟有些微疼。车站很小，仅有的几盏路灯闪着忽明忽暗的昏黄的光，朦胧而消沉。雪花在路灯周围飞旋，像夏季萦于灯前的蚊蝇。雪地因踩踏而发出的声音单调而无聊，还让人恹恹欲睡。一翔和小茵裹在人流里，走出车站狭窄的检票口。车站前的小广场上，有零星的三轮车和出租车，车主坚硬的吆喝声不管不顾地钻进一翔的耳朵，提醒他，黄花城真的到了，这个陌生的北方小城就在他的眼前了。

　　一翔放下行李，抹了一把脸，长出了一口气。车站广场上只有两盏路灯，一南一北，像两个半睡半醒的哨兵。广场外是一带长长的浅黑，如果没有雪，它应该是浓浓的黑色。两三公里外的远处，有一片浓艳的光亮，它变幻着，似乎有音乐向天空散去。小茵在旁边呵着手，迷茫地看着一翔。一翔为她拂去头发上的雪，揽了揽她的肩，问：“你爸没有回信？”小茵点点头。一翔叹了一口气，说：“我要是你爸，我也不会回的。看来，今天我只好住宾馆了。”小茵有些歉意地说：“不好意思，我考虑事情不周全，让你受委屈了。”一翔笑了，说：“你可别这么说话，我有些不大习惯。”小茵眼圈有些红，说：“我是说真的，我现在都有些后悔了。如果不回来，咱俩肯定正坐在肯德基店里吃鸡块看雪花呢！这天寒地冻的，还得让你跑到外面去住。”一翔压低声音说：“要不,今天你陪我住算了。"小茵在一翔胳膊上狠狠地掐了一下,说:"你要死呵? 要是那样,我明天怎么回家?"

两人打的来到一家叫"盛世"的宾馆,在总台登记好,小茵就匆匆地一脸悲壮地回家了。一翔拖着两人的行李来到二楼的房间,简单地洗了洗脸,从自己的箱子里取出一副围棋,又从小茵的箱子里拿出一包零食,边吃边打谱。已经有一个星期没有打谱了,一翔有一种饥渴的感觉。手机响了一声,一翔以为是小茵的短信,打开看时,却是"绿点"的老板赵不凡发来的:翔哥好,明天晚上有几个外地朋友来交流,想请你授一课,有时间吗? 一翔回:我在黄花,近期不能去吧里了,你再找人吧! 一般情况下,这种临时性的授课,赵不凡给的报酬比较丰厚,不会少于二百块钱。一翔倒不是太在意报酬,他在"绿点"最大的享受,是偶尔遇到一两个高手,痛快淋漓地杀上一盘,那种感觉,真是无可言说地奇妙。赵不凡回短信表示了遗憾,说"绿点"教师爷的位子永远给他留着,并让他在黄花找一个叫阎强大的人,说是一个好朋友,在黄花开棋馆,棋下得很好,两人曾经在"绿点"交过手。一翔有些兴奋,想不到黄花还有棋馆,还有高手。青山不厌三杯酒,长日惟消一局棋。一翔想,真能在这里找到一个可以做朋友的棋友,以后的时光就不会寂寞了。

一翔正沉浸在棋局里,刘小茵的电话来了,让他赶紧到楼下去,并带上她的行李。"我的呢? 我的带不带?"一翔笑问。刘小茵语气有些严肃,显然没有心思开玩笑:"你的带不带、什么时候带,得看你的表现。"

一翔带着小茵的箱子来到楼下大厅,见门前停着一辆闪着警灯的警车,左后窗半开着,小茵正向他招手。一翔走到车后,想把箱子放进后备厢。后备厢锁着,一翔等了片刻,见司机没有任何举动,就想走过去提醒一下。小茵向他做了个手势,说就放后座吧,你坐前面。一翔只好照办,心里却有些诧异,没见过这么傲慢的司机,谱挺大的。一翔打开车门坐进去时,注意地看了看司机,心里有些犯嘀咕。司机约有三十五六岁,身材很高大,穿一身公安制服,从侧面看,面孔很英俊,嘴唇紧抿着,冷峻得有些做作。小茵说:"一翔我给你介绍一下,这是我大哥刘大年,在区公安局当副局长。"一翔吃了一惊,脸上硬挤出一些笑来,向刘大年点了点头,说:"大哥好。"刘大年眼睛眨了一下,表示听到了,然后脚下一用力,车子在雪地上蹿出老远。

一翔忍不住回头看了看刘小茵。小茵偎在车窗边,正看着路灯下的雪景,表情很平静。但一翔能感觉到,她是故作镇静。在此之前,在她的家里,肯定发生了一些不愉快的事情。

一翔曾听小茵说过,她家住在黄花城北部,属于老城区,附近有一家国家级文物保护单位、四家省级文物保护单位。车子向北行驶不久,高楼明显减少,街道也渐渐变窄,建筑风格有了明显的改变,仿古建筑多了起来,给人的感觉有些压抑。一翔想,这千年古城,倒是名不虚传。海山仙子国,邂逅寄孤篷,但愿在这里自己能找到一些寄托,除了爱情之外,还能有一些别的收获。一翔正在感叹,车子已钻进了一条单向行驶的狭窄巷子,虽然有积雪,也能感觉到地面的不平整,像是青石路面。不一会儿,车子在一所宅院前停了下来。刘大年熄了火,并不下车。一翔回头看看刘小茵,小茵向他点了点车外,意思是到了,下车。一翔下了车,把小茵的箱子拖下来,不由自主地打量起眼前的宅院。如果是在一翔的家乡,单从外观看,这所宅院极有可能被当作乡镇或者县直某个单位的办公地点。木质门头高大魁梧,凸出墙面一米左右,黑色,仿汉代。两盏桶状的丝绸面的红灯笼悬在门头两侧的斗拱上,发出朦胧的清冷的光亮,像是已经在那里悬了千年。大门宽阔,可以通过一辆大号胶轮马车,而且两边还会有一尺多的空闲。即便如此,它依然只有两扇对开的厚重的木门。木门呈灰色,严格一些说,是浅黑色,也许本来是黑色,经过岁月的侵蚀,成了现在的样子。即使只用目光去触摸,也能感觉到木门是坚实而沉重的,当它被推开时,一定会发出那种来自岁月深处的古老的声音。它的背后,一定是用那种粗大的门闩闩紧的。院墙高大,刷成白色,与黑色的大门搭配,似乎有些不协调,但是,威严倒是增加了不少。

小茵刚走下车,车子就闷叫了一声,继续向前开去。一翔看了看被车子卷起的雪粉,说:"茵,你大哥够酷的,可以演施瓦辛格了。"小茵叹了口气,说:"他就这样,好像天下人都欠他的,好像天下人都是罪犯。你别在意,他当了多年警察,养成了。"一翔自然不在意,但是,想到以后要同这样的家伙长期相处,心里还是有些不舒服。小茵推开大门,一翔跟在她身后走进院子,突然全身有一种轻飘飘的感觉,好似变作了一根羽毛,好似被什么巨兽一口吞进了肚里。院子阔大,长约三十米,宽度很好计算,五间堂屋,十七点五米。院子里铺了水泥地,中间的宽约两米的路却是青石的。路的两侧,一左一右,有两株高大的果树,左边是柿子,右边是枣。树叶已经落尽,光秃秃的树干被雪包裹着,气氛萧萧,寒气逼人。可以想象,当春夏来临的时候,它们会给这座院子带来勃勃生机。如果这院子是一翔家的,父母不会让水泥进门,他们会在院子中间用青砖铺一条一米宽的小路,然后把两边的空地精心耕种出来,种上一畦一畦的菜。父亲的理想就是有一个阔大的院子,可以随意种自己喜爱的植物。五间堂屋是仿古建筑,这符合一翔以前的想象。东西两头的堂屋单独开门,中间的三间自成一体。檐下的两盏式样老旧的铁艺吊灯散发着明亮的光芒,让一翔清晰地看到了小茵描述过的陈旧的灰色的房檐,它像一只盘踞在那里无数年的灰色大鸟,时刻准备着展翅高飞。堂屋门是双开的,灰色,金属焊制,下实上虚,虚着的那部分镶着金色玻璃,透过玻璃,能看到里面用以防盗的不锈钢栏杆,以及屋内温暖的灯光。

　　小茵推开了堂屋门,一翔的心里忽然紧张起来。这是他没有想到的,这种紧张让他羞愧,让他看到了自己的脆弱。

　　宽敞的客厅里,靠后墙摆放着一张豪华的楸木条几。楸木在北方是极珍贵的树种,长势极慢,密度极大,极沉。家里摆放楸木家具,是富贵和气派的象征。条脊上摆放着几件小巧的奇石和玉质的古玩,上方的墙上挂着一幅装裱得很精美的书法,看纸色,已经有些年头了。仔细看时,却是辛弃疾的一曲《青玉案·元夕》:"东风夜放花千树,更吹落、星如雨。宝马雕车香满路。凤箫声动,玉壶光转,一夜鱼龙舞。蛾儿雪柳黄金缕,笑语盈盈暗香去。众里寻他千百度,蓦然回首,那人却在,灯火阑珊处。"落款是:天瓶居士,张照。东边靠墙摆着两张宽大的单人木质沙发,雕花,仿古,铺着大红软垫;西边靠墙是一张三人沙发,与单人沙发是套装。一张鲜亮的玻璃茶几在条几前横放着,上面放着两听茶叶和一只摆满了水果的玻璃果盘。小茵喊了一声："爸、妈。"东侧里屋的门响了一声,小茵的父亲刘千年慢慢地走了出来,随后走出来的,是她的母亲袁雪莲。

刘千年身材高大,猛一看,就是老版的刘大年:四方脸,一字眉,鼻高嘴阔,双颊削立。一双眼睛不大,却似两眼秋井,透出深不可测的冷光。与他形成鲜明对比,袁雪莲则身材瘦小,慈眉善目,举手投足能看出干脆利落,只是眉宇间凝着一团阴郁,让人心生怜悯。一翔连忙站正了身子,羞涩地笑了一下,却不知道如何问候,犹豫了片刻,才说:"你们好。"刘千年点了点头,无所顾忌地挑剔地打量着一翔,直把一翔盯得垂了首,手脚无措。刘千年瞥了瞥小茵,轻轻地摇了摇头。"坐吧,坐吧!"袁雪莲一脸微笑,为一翔倒了一杯开水。一翔坐到长沙发上,这才发觉手心里已经蓄了一些汗。刘千年在对面落座,目光也转到了别处,似乎突然忘了他的存在。

小茵走到父母身边,说:"爸,妈,他就是王一翔,凌大中文系古典文学专业研究生毕业,硕士学位。"刘千年把目光收回来,重新从头至脚打量着一翔,过了一会儿,才慢条斯理地说:"说说你的打算吧!"一翔心里很不舒服。顶风冒雪,从南边跑到北边,一句客气话没得到,又被这样失礼地提问,如果不是为了爱情,完全可以起身就走了。打算?什么打算?他没有什么打算,如果非要说,那就是和小茵结婚,和小茵一起生活,一起白头到老。如果这打算指的是工作,他更没有什么要说的。他不急于找工作,时间有的是,选择也很多,慢慢挑选就是了。但是,这些想法也就是在心里翻翻身,不能说出来的。一翔知道自己应该表现出有理想有抱负的样子,说出一番足以让刘千年感动的话,最后再说迎娶刘小茵的事,语言还要谦恭,诸如"请求二老开恩,让我和小茵结成终身伴侣"之类。但是,这样的话,一翔说不出来,他觉得这样的虚伪会被人一眼揭穿,弄巧成拙。一翔迟疑片刻,说:"刘叔,袁姨,我,我和小茵,已经谈了两年多了——"一翔看到刘千年狠狠地皱了一下眉,袁雪莲也是。小茵在对面向他使着眼色,嘴唇轻微地动了动。一翔知道自己说错了,心里更紧张。"我,我没有别的意思,就是想和小茵在一起,然后,伺候二老。"刘千年做了个手势,阻止住一翔,说:"我有两个儿子,用不着你伺候,再说,能不能有伺候的机会,不是你说了算的,也不是小茵说了算的。"一翔愣了一下,心里数度沉浮,就决定不再继续,把目光转到后墙的书法上面。自己就是个写剧本的,对面坐着导演和制片人,说得再多有个屁用。刘千年等了一会儿,见一翔不再说话,就重重地出了一口气,说:"说说你的前程吧!你有什么目标?"一翔收回目光,慢慢地说:"这个,我还没有多想。我这人有些懒散,一时半会也调整不过来。所以,如果能有一份不太忙的工作,有空闲读书,有时间下棋,有时间舞剑,有时间陪小茵,我感觉还是挺好的。至于经济上,我倒不担心。我听说黄花有一家棋吧,我可以在那里兼一份职,他们肯定会接纳我,我有这个自信。"刘千年站了起来,转向东屋,想了想,又坐了回去。"这是你所有的打算?"一翔困惑地看着刘千年,想着要不要把心里的话都说出来。他的打算太多了,他想在经济许可的前提下,到外面闯荡,到全国各地会棋友,与高手交流,让自己的棋艺得到更大的提高;他想专心研究魏晋南北朝文学史,那些让他唏嘘感叹的家伙,每一次读他们的作品都把他感动得热泪盈眶。近期他正在写一篇论文,叫《殊途同归大小谢》。大谢和小谢,这两颗璀璨的明珠,虽然选择了不一样的人生,最终却是一样的结局,这里面可以总结的东西太多。但是,这些似乎不可以在这里说。那么,还说什么呢?没有什么了。只要能和刘小茵在一起,其他的都可以不说,也可以暂时不做。王一翔摇了摇头,说没有什么了。

刘千年微闭了眼睛,似乎不想再问什么。袁雪莲示意一翔喝水,然后轻声地问:"这么说,你的围棋下得挺好?"一翔点点头,说:"谈不上好,但用来谋生是没有问题的。"袁雪莲笑笑,看了看刘千年。刘千年长叹了一口气,说:"围棋是什么?不过是些雕虫小技。一个大男人成天坐在桌子前想来想去,有意思吗?我也不怕你有想法,实话告诉你,我们本来给小茵看好了一门亲事,也进行了一定的接触,我很满意。我们让她回来,就是让她和人家见个面,把事情定下来。我没想到你们已经谈了这么长时间,这种事情瞒着父母,自己私订终身,别的不说,道德底线就很低。我不怪你,也不会强拆你们,新社会,婚姻自由,恋爱自由。但是,自由是有限度的,是要被集中的。谁来集中?我!我今天要把意思全都说出来,一点也不留。你要是同意,你们可以交往;如果不同意,你们就到此为止。你看怎么样?"一翔连连点头,说,叔叔你说,你说什么我都答应你。刘千年说:"我们刘家在黄花城,虽然门头不大,地位不高,但也是一敲就梆梆响的。你可以去城里走一趟,打听打听,我刘千年的情况,一米高的孩子都知道。所以,我不可能找一个我不满意的人做女婿,不可能让一个不能光大我门楣的人做东床。我给你三年时间,在三年里,你考上黄花市的市直公务员。如果三年考不上,你回你的大别山,小茵留在黄花,你们分道扬镳;如果考上,我第二个月就在黄花给你们办喜事,不让你花一分钱,咱们从此就是一家人。今年考上今年办,明年考上明年办。"

一翔知道刘千年的要求说高很高,说低也很低。说它高,是因为考取公务员不仅需要实力,还需要运气。而且,刘千年把单位限制在黄花市直,难度又大了不少。这对于刚刚从学校走出来的人来说,是一副重担。五十比一,一百比一,这样的考录比例,足以让人肝肠寸断。考试就是一场白刃战,最后剩下的那个,虽然是幸存者,离牺牲也不远了。当然,如果没有难度,刘千年也不会提出这样的要求。如果他知难而退,正合了刘千年的意。说它低,是因为一翔对于公务员考试并不陌生,他的几个同学本科毕业以后就考取了。他相信自己的水平,这不是凭空而来的自大,他知道自己有这个实力,只要努力去做,刘千年许诺的婚礼是跑不掉的。如果刘千年让他去建筑工地搬一年的砖,他也许担心自己做不了,用考试这样的事作为条件,这老爷子是给他送礼呢!

一翔对于考公务员一直持排斥态度。如果他想考,大四下学期就考了,读研期间就考了。一翔不喜欢,真不喜欢。在办公室里坐一辈子吗?唯唯诺诺战战兢兢一生吗?当然,地位和名誉对于任何人都是诱惑,还有一些能说出来不能说出来的好处,同样是不好拒绝的诱惑。但是,天下没有免费的午餐,得不偿失的事最好不要去做,蠢!一翔知道自己在一些方面是很笨的,但是,他并不蠢!他对自己有充分的认识,那些走不远的事情,最好当初就放弃。何必把自己逼到一条硌脚的路上？硌坏了脚倒没有什么，就怕有一天会躺倒在中途，任凭路人往身上吐唾沫。他曾经把这些想法和小茵说过，小茵赞成他，小茵说我们宁可走在其他的路上以目传情，也不能走在这条风吹雨打的路上相互搀扶。

一翔不想改变自己的初衷，他坚持了数年，难道今天真要被废掉？当然，为了爱情，没有什么不可以牺牲，特别是当爱情面临牺牲的时候。但是，为了爱情，难道必须牺牲那些美好的心情吗？必须牺牲那些已经深入骨髓的信念吗？"怅卧新春白袷衣，白门寥落意多违。"一翔想，即使意多违，也比"红楼隔雨相望冷，珠箔飘灯独自归"强得多。有的爱情不需要牺牲很多，但是，他的爱情却没有这样的幸运。一翔看着小茵，用目光征求她的意见。小茵咬了咬嘴唇，点了点头。刘千年冷冷地说："刘小茵你不要替他拿主意，这事只能由他自己决定。"小茵轻声咕哝了一声："我没有——"刘千年说："我现在就说到你，你愿意考公务员也行，不考我也不强迫你。门面有你大哥二哥撑着就行，我看你也就适合跑跑玩玩的。过几天我给市文化局的老高打个电话，你先到他的文化传播公司干一段时间，喜欢了就待着，不喜欢再说。家里反正不愁你吃喝。"然后刘千年把目光停留在一翔脸上，"怎么样？你怎么回答我？"

虽然有被逼到墙角的感觉，毕竟还是留了一条路。一翔知道自己别无选择。三面围城，就剩一个北门了。虽然你知道北门外是断崖，但脱掉裤子搓一条绳，光着屁股坠崖而下总比被人在城里消灭了好一些。何况，是抱着自己心爱的女孩一起下去的。一翔点了点头，说："我愿意考试。"

一翔的声音很平静，有些出乎他自己的意料。一翔看了看右手，怀疑那声音是从手心里传出去的。

第三章　前进不是为了后退

阳光透过窗帘照进屋里，慢慢爬上王一翔的床。一翔被刺得睁开了眼睛，一时有些困惑，想不起自己在哪里。雪后的晴天，反而让人怅然。一夜无梦。虽然很累，他还是希望做个梦，噩梦也行，他想从因为受到不公正待遇而产生的沮丧中解脱出来。但是，没有。一翔清醒过来，想，真是不可救药，竟然没心没肺地睡到现在，是可忍孰不可忍！一翔伸了个懒腰，想起昨天晚上的承诺，心里有些担忧。唾沫砸到地上，抹不起来了。但是，如果做不到怎么办？做不到，也就是晚死了三年，与一生比起来，短呵！私奔？一翔苦笑着摇了摇头。想想昨天晚上刘小茵的表现，他彻底明白了，刘小茵也就是在他面前能得很，能得上天，在刘千年面前，刘小茵就是一只小猫咪，还是那种一说一眯眼的，连躲开的念头都不敢动一下。

"长恨人心不如水，等闲平地起波澜。"一翔想，既然这样了，我就拼了。今年明年拼不上去，我就自己滚蛋，也不用等第三年了，也不用再耽误刘小茵了。

一翔洗漱完毕，接到了刘小茵的电话，说要给他找房子，问他要不要一起去。一翔觉得在小茵找房子的时候，他一个人在城里转一下更好。当你准备长期与之相伴时，必要的熟悉是少不了的。小茵问他有什么要求。一翔没有太多要求，干净就行，当然，要安静些，环境幽雅一些，无论住多长时间，必要的条件还是要有的。然后一翔给在省城工作的一个同学打电话，让他买一些公务员考试用的书籍和相关的资料，用快递寄过来，越多越好。

在等待刘小茵找房子的三天时间里，一翔把黄花城仔细地浏览了一番，顺便去了几个书店和景点。黄花城面积不大，从南走到北，五公里不到；从东走到西，也就四公里多一点。这是一个接近四方形的城市，一条东西向的黄中大道把它分为两个各有特点的区域，北面是老城区，南面是新城区。新城区高楼林立，行政区和新兴的商业区都在这里。老城区古色古香，建筑基本是仿古的，街道狭窄，面貌灰暗，与新城区的时尚和豪华形成鲜明对比，给一翔的感觉，是从明清一下跨入了二十一世纪。人口的密集给一翔留下的印象尤为深刻。到处都是人，到处都充满了喧哗，到处飞扬着灰尘，到处都可以嗅到尘土的腥味。黄花市有五县一区，近七百万人口。黄花区是黄花市唯一的区，也是黄花城所在地，城区和乡镇总人口达到两百万，黄花城的常住人口足有三十万。一翔了解到这些数字的时候，惊讶得目瞪口呆。翠坪县有多少人？四十万！翠坪县城呢？不到五万人！黄花城不到二十五平方公里，竟然挤了三十万人，等于翠坪县人口总数的四分之三。拥挤带来的问题很多，交通、治安、公共设施等等，都让人感觉病恹恹的，就像头顶的天空也是病恹恹的。与黄花相较，他的家乡简直就是一座美丽的花园。这种对比让他心灰意冷，渐渐萌生了一些悔意。

第三天的中午，一翔刚刚在街上吃过盒饭，就接到小茵的电话。小茵告诉他，房子已经看好了，在城南新区，一套两居室，家具齐全。小茵要一翔赶过去看一下，如果看中了，晚上或者明天就可以搬过去。一翔说不看了，明天上午搬过去吧，今天下午我还有事。小茵问他有什么事。一翔故作神秘，坚决不说。小茵气得挂了电话，然后发过来一条短信：有鸟有鸟名啄木，木中求食常不足。偏啄邓林求一虫，虫孔未穿长嘴秃。

一翔按照"绿点"老板赵不凡给的地址，穿过仁里街，拐入当典路，走了三百米，右转，进入一条叫旧堂的巷子。巷子宽不足三米，弯弯曲曲，长得看不到尽头。一翔边走边笑，这样的巷子，估计是比照一条蚯蚓的形状建的。巷子两边的建筑有些杂乱，有仿明清的旧建筑，也有半新不旧的小洋楼，各弹各的调，各染各的色。巷子的上空横七竖八地扯着各种电线和电缆，偶尔还能看到几只残破的塑料袋挂在上面,有风吹过的时候,发出响亮的哨音。置身其中,几乎无法感受到现代城市的气息。一翔有些困惑,在这样的巷子里开棋馆,难道是为了自娱自乐? 走了一百多米,忽然从前面不远处传来一阵鼓音,低沉而有力,抑扬顿挫,煞是好听。一翔心中一动,紧走几步,来到传出鼓音的院子前,抬头看时,院门上方悬着一块带暗纹的白色木匾,长约一米五,五十厘米宽,上书四字:江松鼓场。一翔不由得惊叹了一声:好书法。四个大字布局合理,笔锋如刀,粗犷雄浑,柔韧有力。一翔正在欣赏,忽然听到伴着鼓音传出一阵清脆悦耳的板音,一个年轻男人的声音从中而出,轻快婉转,连绵不绝。原来是一段慢板:

> 漠漠台城柳上烟,
> 粉蝶争戏古陂前。
> 玉墀雨净生苔影,
> 青琐尘埋隐海山。
> 乌巷冠裳君未见,
> 石头故事世仍传。
> 废基土陌鸳鸯瓦,
> 曾向高台覆玉颜。
> ……

一翔听得出神,一时竟忘了所有,倚在门框边陶醉了。小茵曾经和他说起过黄花大鼓,说这种在民间流行只为俗赏的民间艺术令她如痴如醉,她曾经在一个鼓场里听了六个小时,总共花了五块钱。小茵说那种轻松而自信的演唱,就像一只非常性感的手,一下就能把人掐个半死。一翔想,这大概就是黄花大鼓了。但是,在这种居民聚居的地方开鼓场,扰民不说,又能容纳几个人? 挣到几个钱? 正想着,忽见对面走来一个女孩,二十多岁,面孔白皙而略带红润,五官精巧,透出一种似有似无的性感。女孩穿着一身鹅黄色羽绒服,娉婷婀娜,风摆荷叶一般。一翔预感到在这个小小的巷子里,自己将有一番奇遇,而且肯定超出想象之外。一翔站直身子,拍了拍肩上的一块灰迹,端出一方笑脸来。"你好。"一翔迎上去。女孩站住了,疑惑地打量着一翔。"是到江松家听鼓书的?今天可不是互动日,你只能站在院外听了。"女孩说。一翔愣了一下,互动日?说个鼓书还有这么多名堂?"这个,我不是,我只是路过。"一翔说。女孩点了点头说:"听你口音,是外地人吧?南方的?"一翔点点头。女孩又问:"来旅游的吧?迷路了?"一翔轻咳了一下,说:"我在找阎家的明月棋吧。"女孩仔细地打量着一翔,问:"你认识阎家的人?"一翔摇摇头:"不,是朋友介绍的。"女孩犹豫了一下,说:"这么说,你是省城来的王老师?"一翔有些惊讶,说:"我不是什么老师,我叫王一翔。你是明月棋吧的?"女孩笑笑,说:"王一翔,你在这小城市飞翔一次可不够。走吧,我带你去。"女孩转身往回走,又有些好奇地瞥了一翔一眼。

在离江松鼓场不到二百米的一个小院子前,女孩停住了脚步,喊了一声:"哥,来客人了。"一翔抬起头来,看到在院门上方悬着一块与江松鼓场一样的匾额,上面写"明月棋吧"四个字,看得出与"江松鼓屋"出自同一人之手。女孩看到一翔有些惊讶的表情,笑笑,推开两扇窄小的院门,把他往院里让。

院子不大,东西宽约十米,南北仅四米多。靠东墙,一株约两米高的红色珍珠梅正在盛开,把院子照得红亮亮的。西侧则摆着一套石桌石凳,青灰色,煞是干净整洁,上面摆放着一小盆宽叶兰。盆是白瓷的,擦拭得干干净净。迎面是一座两层楼房,乳白色,像是刚粉过不久,但从偶尔透出的斑驳能看出掩于其下的岁月的痕迹。一翔随女孩走进屋里。一楼是三室一厅,厅很大,四十多平方。厅里的家具颜色浅淡,样式新颖,时尚气息很浓。东墙上挂着四幅装裱精美的书法,一翔忽然感觉有些熟悉,想了想,便意识到这些书法与江松鼓场招牌上的四个字很接近,几乎是一个风格。仔细看落款,是"月儿"。一翔有些不解,一般的书家,或署实名,或落极尽雅致的笔名,似这样单叫月儿的,还真是不多见。一翔扭头看看女孩,说:"你们家和江松家,肯定有一个共同的朋友。"女孩愣了一下,疑惑地看着一翔。一翔指着几幅书法说:

"这几幅字的风格与江松鼓场招牌上的四个字几乎一致，是一个人写的。月儿，名字虽然女性化，这笔锋可是比男人还健三分。这人如果是黄花本地的，应该在书法界已经赚到很大的名头了。如果是外地的，倒另当别论。"女孩一笑，说："你是不是说，黄花是小地方，容易出名，放到全省全国就微不足道了？"一翔摇摇头，说："一个人到了一定的层次，放在哪里都低不了格。只要有机会，就会飞起来。"正说着，一个年近三十的高个男人从楼上走下来，笑道："果然好眼力。月儿，你今天倒是无意中撞到一个知己。"一翔惊讶了，看着眼前的女孩，说："你就是月儿？"高个男人点头，说可不是，我妹妹，阎月儿。一翔又把阎月儿打量了一番，叹道："真是想不到，看小妹的气质，再看这笔字，我毫不夸张地说，小妹的前途真是不可限量。打个不恰当的比方，'朝为越溪女，暮作吴宫妃'也未可知。"阎月儿淡然一笑，说："你倒不如说，春风十里扬州路，卷上珠帘总不如。往俗里夸我，我反而能接受。"高个男人伸手和一翔握了握，说："你肯定是王一翔王老师了，听口音和谈吐就知道了。我叫阎强大，赵不凡给我打过电话了，说你是不可多得的人才，让我好好款待。"

三人小叙片刻，阎强大兄妹就带着一翔到楼上参观棋室。二楼仅一室一厅，一室在最东侧，一厅约有八十个平方，整齐地摆放着十余张棋桌和一些简单的家具，有两个年轻人正在一张棋桌旁战得火热。阎强大把东侧房间的木门打开，向王一翔和阎月儿招了招手。一翔猜测这是阎强大的保留节目，里面肯定有宝贝。果然，室内摆放着一张乌木棋桌和四张乌木棋凳。棋桌上的棋具极讲究，棋盘是日本产的本榧，而棋子则是高档云子。室内沿墙摆放着两小一大三张乌木座椅，造型别致，散发着幽幽的清香。墙上挂着几幅字画，从内容上看，是本地书画界的朋友表达心意的作品。一翔在棋凳上坐下，摸了摸棋盘，笑道："看来强大兄行事低调，这本榧可是软而吸音的，而且颜色也偏暗些。"强大点点头，说："这是我前年到日本旅游时带回来的。月儿倒喜欢新榧的，她自己收藏了一套，平时是不拿出来的。"一翔看看月儿，说："小妹也喜欢下棋？"月儿一笑，说："我是教高中语文的，本不应该爱好这些。但是，兴趣是很奇怪的，一旦缠上，就再也摆脱不掉了。"一翔说："有时间还要向小妹讨教几招。"强大在一边笑道："今天就行，正好清闲。晚上我在家里为你接风，现在正好切磋一下。"一翔觉得初次上门就和人交手有些不礼貌，气量小的会认为你是来显摆的。但是不接受邀请会被人误认为清高，何况，手心已经很痒了。犹豫片刻，一翔说："那我就从命了。"强大让月儿挑战，说你来吧，正好向王老师学习。月儿摇摇头，说："我要给你们准备晚饭，还是你们下吧，我两边都可以学习。"

　　一翔和阎强大正襟坐好，月儿给两人各沏了一杯正山小种，又在茶几上的紫铜香炉里燃了一炷香。强大抬头看看一翔，说我们还是猜先吧！一翔点点头。强大猜了个先手，犹豫了一下，啪一子打在天元上。一翔心里一热，拍了一子在天元旁边。然后两人开始过招。一翔的棋形布得极温柔，时时处处显出谦让，其实这是他一贯的风格，闲庭信步，清静散淡。强大则不然，一出手便咄咄逼人，如一堵墙时时堵在一翔面前，而且光怪陆离，让人莫辨东西。一翔有些佩服强大了，这种强硬，是有坚实后盾的，遇到高手，可以先声夺人，未战即屈人之兵；遇到弱者，仅气势就可把对手逼得崩溃。强大从一翔的三招两式就看出了他的棋风，以退为进，左右游走，伺机而击，打的是防守反击的套路。强大就势打势，枪戟并举，以攻代守，步步进逼。一翔的棋如水中浮萍，顺水漂流，一旦事急，才轻摆舟楫，把浮萍聚成阵式，形成网鱼之状，鱼不撞网，纲目不举不张。而强大的杀手则如秋风横扫，浮萍未聚，便有鱼跃出水面，一时浪花朵朵，飞泡片片。月儿在旁边看着，禁不住现出讶异之色。她知道自己低估了一翔，同时，又对强大一反常态的棋风感到困惑。一转眼下了八十手，局势不明，黑白呈对峙状态。八十一手，黑棋用功于自边右下角，期望做活后与左上角斜连，形成阻截之势，然后强渡大渡河。一翔自然明白其中利害，不假思索地渡了一招。黑行，白粘；黑长，白立。八十七手，黑棋毫无顾忌地冲了一招，一块棋登时搅成伞状，给人以畅快淋漓之感。此时阎强大既可以侵角，也可以制边，任白棋如何辗转修补，终成孤军之势。此处若真的发展成根据地，局面将大为改观，黑白优劣立显。强大忍不住抬头看了一翔一眼。月儿也顺着眼神看了看一翔。一翔不急不躁，退守，于外围轻投一子，似无奈之举。强大不屑,沿边顺流而下,颇有跃马扬鞭之概。不想白棋于上一子旁边轻轻一尖,孤军面前立呈一羊肠小道。黑回师断,白连;黑再断,白再连。几经反复,白棋不但冲出重围,而且沿途招兵买马,势力又壮大了许多。强大看看一翔,一翔看看强大。强大抿了抿嘴,似乎在责怪自己不够果断。这样一来,形势立即又扑朔迷离起来。在之后的一百多手棋中,一翔仍春风杨柳,姹紫嫣红,让人感觉这不是在下棋,而是在写诗,情诗。强大有时重盔厚甲,有时皂袍匹马,在桃坞杏林中时而苏秦背剑,时而虎座滚手,搅出狼烟一片。到了官子阶段,一翔的棋形纵眼观去如数根轻罗带顺水漂流,碧水荡漾,罗带轻摆。强大的棋则似一根根狼牙棒,棒头棒尾都是刺,随时准备刺向每一空隙。一翔极力想从中看出一点柔美,瞅了半天,才看到狼牙棒尾拴了一根红绫子,红绫子很短,很容易被忽略。一翔在强大的腥风血雨中感到呼吸艰难,每做活一口气都要绞尽脑汁,每围成一个眼都要流几滴汗,这种情形,在他以往的对弈中很少出现。一翔下棋是讲究美的,能美不胜收最好,能美得让对手不忍心落子去破坏最好,如果能美得忘记了输赢,忘记了初衷,那就是顶级的好。所以,一翔对于强大的棋风是不感冒的。但是,下得再美,最终还是要力争胜利,不然美就是虚设,就是泡影。一翔忍不住,轻叹道:"摇首出红尘,醒醉更无时节。活计绿蓑青笠,惯披霜冲雪。晚来风定钓丝闲,上下是新月。不意风暴起,孤鸿残声响百里,不知今夕何夕。"

拍下最后一子,一翔心事重重地喝茶,强大闭着眼睛小憩,似乎有些累。月儿则一脸严肃地数子,似乎还没有从两人的大战中醒过神来。月儿数到最后,脸上现出一丝喜色,旋即又隐藏了。月儿说王老师赢了一目半。一翔点点头,他早知胜负只在一目两目之间。一翔觉得即使自己赢阎强大三目四目也是失败,自己苦心孤诣经营多年的风格在数小时之内给冲得七零八落,过去屡试不爽的招数居然这般弱不禁风,可见风云变幻无常,就像他这次来黄花城,左挡右遮,还是被扎了个窟窿。一翔想,小小一盘棋,蕴含天地人。棋之大道,在于平常之心,古往今来,有意无意,似乎殊途同归。而今天,他与阎强大的这一盘厮杀,却实实在在地给他泼了一盆冷水。

一翔搬到了小茵为他找好的房子。房子在城南一个小区的最后一幢,五楼,也是顶楼。小茵说,之所以找这样偏僻的,是要让一翔专心复习。为了照顾一翔,小茵决定在一翔考上之前,她不考试,不就业,不外出,甚至不来打扰他。一翔虚伪地感谢小茵做出的牺牲,但对于最后一条不打扰表示了异议,说我在这里举目无亲,你不来打扰,我要做孤魂野鬼了。小茵说,不打扰的意思是不色诱,做饭或者送饭肯定要过来的,偶尔也可以送个温暖。

一翔全身心地投入学习中。早上五点起床,洗漱、锻炼,六点钟准时打开书本学习,七点钟吃小茵送来的早餐,半个小时后重返战场。晚上十二点之前,除了吃饭就是学习。偶尔还会熬一个通宵,当然,第二天上午的休息是免不了的。小茵心疼,就千方百计地给一翔做好吃的,有时为了犒赏他,还允许他越一下轨,分寸掐得恰到好处。春节临近的时候,一翔和小茵商量要不要回翠坪一次,这样的盛大节日,不回去是说不过去的。到目前为止,一翔父母还不知道他跑到黄花来了。小茵说,我赞成你回去,但是,我是无法跟你一起走的,我爸的态度你是知道的。你是告诉他们真相呢,还是继续瞒着呢?如果继续瞒,你能做到吗?面对面好几天,你忍心吗?如果不瞒,他们坚决反对,又怎么办?你正在学习,正是迎考的关键时候,心情乱了就麻烦了。一翔思来想去,还是痛下决心,不回去了。一翔给父母打电话,告诉他们自己正在准备公务员考试,春节就不回去了。父母倒也没说什么,只嘱咐他要注意身体,有什么需要就和家里说一声。

三月初,省级公务员岗位报考说明出台了,黄花市有三百多个名额,其中包括一百多个乡镇公务员名额。一翔仔细看了,在可以报考的岗位后面画了圈,总共画了十个。一翔比较了一下,十个岗位差不多,地税、邮政、文化、组织部等等,都不错,报哪一个都无所谓,都行。一翔拿不定主意,就把小茵喊来,让她决定,说我以后的命运就握在你的手里。小茵看了一遍,说:"这还不好定?肯定是组织部了!"一翔问:"为什么是组织部?为什么不是地税局?不是文化局?"小茵瞪了他一眼,说:"组织部就是吏部,你不比我清楚?那是管人的,人管住了,就管住了一切。中国的传统文化通篇都是说这个的,这样明白的事还要让我拿主意,老王,你这几年研究生是怎么读的?"一翔犹豫了一下,说:"你这一分析,我更不能报了。"一翔的意思是,热门的岗位,关注的人肯定多,报考的人肯定多,一百个人考一个岗位,与五十个人考一个岗位相比,难度肯定要大得多。而且,一翔讨厌到权力机关工作,忙,责任大,加班加点肯定是家常便饭,真进去了,业余下盘棋都是奢侈了,这样的日子有什么意思?一翔希望报考工作比较清闲的岗位,从字面理解呢,文化局挺好。一翔说我的目标是考上,尽快地考上,而不是一举数得,又要考上,又要热门岗位,我没这个水平啊!我只盼着能名正言顺地和你在一起,别的都无所谓。小茵想了一下,觉得一翔说得有理,但是放着组织部这么好的单位不考,总感觉有些亏。小茵掏出手机,给刘千年打了个电话,让他拿主意。刘千年刚听完就拍了板:"就报组织部!放着市委组织部这么好的单位不报,傻了?"一翔知道刘千年肯定会这么选择,难度大,考不上,正遂了老刘的心;考上了,风风光光,光耀门楣,老刘自然会满心喜悦地接纳他。两种结果,刘千年都满意,他自然会这么拍板。明知是个套,不钻还不行。一翔咬了咬牙,决定就报考市委组织部。考试难度加大了,一翔只有更加勤奋地学习,平均一天睡不了三个小时。小茵照顾得再好,也抵不过这样的煎熬,眼见他瘦了许多,精神也有些跟不上,一副眼镜架在鼻子上,晃晃荡荡的,似乎随时可能掉下来。笔试的前一天,一翔跑到街上称了一下体重,竟比刚到黄花时瘦了十五斤零二两。

一翔想,如果父亲和母亲知道了,还不把刘千年骂死!

笔试在五月初举行,六月初公布成绩。在等待公布成绩的一个月时间里,一翔仍然不敢松懈,坚持学习,只不过增加了一些睡眠时间。小茵笑他不自信,在为二进宫做准备。一翔开玩笑,说我这不是为功名,是为爱情,没有爱情,我在黄花干什么?我还不如去援藏。查分的时间最终确定在六月十五日,查分方式有三种:一是到人事局看榜,二是电脑查分,三是电话查分。一翔选择了电脑查分。早上起床后,他认真地洗了澡,换上整洁的衣服,然后把小茵喊来,两人战战兢兢地打开了电脑。输入准考证号以后,一翔心里跳得厉害,他甚至担心自己能不能坚持住;手也有些抖,鼠标在他手里籁籁响着,好像成了一只活鼠,似乎分数不是考官改出来的,而是他查出来的,他点不好,分数就会不一样。一翔索性把鼠标塞到小茵手里,说我今天不是男人,我连女人都不是。小茵也有些激动,她和一翔一样明白这个结果意味着什么。但小茵此时比一翔勇敢,她屏住呼吸,食指一动,分数就出来了。

一翔的笔试成绩很不错,行政职业能力测试89分,申论85分,总分是174。一翔不相信,退出查询系统又重新进入了一次,仍然是这个分数。即使不看别的考生的分数,他也知道自己的分数高得很,高到了惊人的程度。小茵一把抱住一翔,在他脸上狠狠地亲了一通。一翔不敢懈怠,赶紧看别的考生的分数。他报考的这个岗位,第二名比他少了13分,第三名则少了16分。招一人,前三名进入面试,笔试成绩和面试成绩各占总成绩的六成和四成,也就是说,在面试的时候,如果第二名无法超出他19.5分,第三名无法超出他24分,他将获得总成绩第一。超过19.5分和24分,这是不可能完成的任务,除非面试时他失常得不像人,而第二、第三名超常得不像人。一翔长长地松了一口气,把目光从电脑上转回来,盯在小茵脸上。小茵幸福地仰着脸,有些喘不过气来。一翔喃喃道:"弯弓射日到江南,终夜喧呼敌胆寒。镇江城下初遭遇,脱手斩得小楼兰。"然后托住小茵的下巴,闭上眼睛,嘴凑了过去,在中途便遇到两片火热的红唇。

一翔没想到刘千年会在当天下午来看他。刘千年敲门的时候,正是下午四点多钟,一翔和小茵折腾累了,正躺在客厅的沙发上呼呼大睡。一翔没醒,小茵迷迷糊糊地开了门,当刘千年出现在面前的时候,小茵吃惊地睁大了眼睛。刘千年看看小茵,看看沙发上酣睡的一翔,狠狠地瞪了她一眼。幸亏两人还算检点,虽然衣服有些凌乱,遮羞还是没问题的。小茵赶紧喊醒了一翔。一翔看着刘千年,迷糊了数秒,仍然没反应过来。一翔来到黄花半年多了,他和刘千年只有两次见面的机会,第一次是他走下火车两个小时以后,而且,是在晚上;第二次,是大年初一,小茵得到允准,把一翔接到家里吃了一顿团圆饭,时间不超过三个小时,一翔敬了刘千年一杯酒,自己则喝得一塌糊涂。小茵担心一翔认不出父亲,连忙说道:"爸,王一翔几个月没睡过好觉了,实在太累了!"一翔总算清醒了,连忙抹了一把脸,拉过一把椅子请刘千年坐。刘千年不坐,四下打量一番,便从随身带来的一只皮包里掏出两万块钱扔到茶几上,说:"你和小茵一起去找老万,让他在面试的问题上帮帮你。"刘千年转向小茵,"你不是知道你万叔家住哪里吗?手机号有吗?"小茵点头说:"有。"一翔愣了一下,随即反应过来,连忙说,"不用了,面试我肯定能过关。"刘千年脸一寒,说:"你凭什么这么说?就因为比别人多考了几分?你知道面试是怎么回事吗?"一翔还真不知道,不过,据说公务员面试很公正,公正不好吗?不是对自己更有利吗?一翔说,我觉得没问题,真的不用找人了,找人分散精力,还不如认真准备。再说了,如果碰到认真负责的,还有可能事与愿违。刘千年一笑,说:"你怎么不说偷鸡不成蚀把米呢?你既然不愿意要,我就省两个吧!"说着,就要把钱收回去。小茵连忙把钱抢在手里,嘻嘻笑着说:"爸,王一翔吃的米粒还没你吃的盐粒多,你别和他一般见识。这钱我替他收下了,我们明天就去找万叔。"刘千年面无表情地扫了一翔一眼,转身就向门外走。一翔追在屁股后面,说:"您不坐一会儿了?"刘千年走出老远,才低声说了一句:"不了。"

一翔坐到沙发上,望着眉开眼笑的小茵,说:"你把钱还给你爸,我好好的事,我一个正能量的事,搞得像偷人家一样,有必要吗?我要是实力不够,就把岗位输掉好了,大不了下次再考。"小茵冷了脸,说:"你熬了这么长时间,就为了一个正能量?就为了做一个自学成才的好青年?你是为了我们,王一翔,你别忘了这一点。面试中被逆袭的多的是,你有必要这么骄傲吗?再说,即使你很有把握,再加上一把锁不是更好吗?"一翔说我做得好好的一锅白米饭,你爸非要在上面撒上一包咖喱粉,这算怎么回事?小茵站起来说:"你这人真是不知好歹。这可是两万块钱,是一个普通工作人员一年多的工资,你知不知道?老爷子苦心巴力地跑来给你送钱,你就这样对待他的良苦用心?你不要就算了,我给他拿回去。面试前这半个月你安心看书吧,我也不来打扰你了。"一翔连忙一把拉住她,声音低低地说:"好了,我听你的,我听你的还不行吗?"

　　老万叫万省才,在市发改委任副主任。据小茵说,刘千年二十年前在区里当副区长的时候,万省才刚刚中专毕业,分配到区政府办公室工作,不到半年,就被刘千年要去当了秘书。后来老万在区里提了副科,提了经委主任,刘千年都帮了很大忙。老万五年前被提拔到市发改委任副主任,可谓一步登天,整个提拔的过程,刘千年起了关键作用。虽然那时刘千年已经从区政协副主席的岗位上退下来,进入了二线,但有用的关系还是不少的。刘千年跑到省里找到一个老领导,请他给黄花市当时的组织部长写了一封信,起到了至关重要的作用。所以老万对刘千年非常尊重,无论在公开场合还是私下场合,言必称刘叔。老万这几年在市里混得风生水起,据说很快就要到区里任职,极有可能任常务副区长。小茵说老万操作过几次面试了,而且和市委组织部的副部长赵山水私交很好,所以这事找老万准行。一翔说你爸和他是铁关系,怎么还要花钱呢?小茵说你外行了吧?一来礼多人不怪,给钱,说明你重视,也说明你没有倚老卖老,看得起人家;二来呢,面试是一个复杂的工程,有很多小环节,每个环节都可能花钱。吃饭,买卡,随手给人家的小孩子掏个红包,花钱的项目太多了。你不要以为这钱都花老万身上了,这钱不过是请人家老万替咱花出去,你明白了没有?

　　一翔有些明白,原来这钱不是装进老万的腰包,而是经老万的手装到别人腰包里。一翔想,还不如都装那姓万的腰里去,装的人越多,这事就越龌龊。一翔知道这事必须做了,即使老万不起任何作用,即使钱全打了水漂,这事也要做,钱花出去心才安。然后一翔就开始琢磨小茵,小茵懂得这么多,让他感觉怪怪的。在他的印象里,小茵一直是很清纯的,纯得令他感动,这也是他爱她的主要原因。真是将门出虎女啊!一翔这么想着,心里有些郁闷。

　　两人第二天晚上去找了万省才。

　　万省才住在老城区,离刘千年家约一公里,独门独院,新建的房子,比刘千年家现代得多。一翔和小茵带了一箱茅台和两条软中华,又带了一个装着一万块钱的纸包。老万四十五岁左右,瘦削,中等身材,戴着一副细腿眼镜,穿着一身休闲衣服,很斯文的一个人,与一翔猜测的形象差别很大,也初步改变了一翔的印象。寒暄了一番,老万向小茵竖起了大拇指,说妹妹你的眼光不错,这小伙子温文尔雅,内涵丰富,将来必成大器。小茵说:"你可别喊我妹妹,我父亲郑重地命令过我,让我喊你叔叔。"老万坚决地摇了摇头,说:"我喊刘主席叔叔,你这么喊我,不是乱了吗?再说,大年和二年都喊我哥,你就随着他们喊吧!还有,你来我这里,还带这些东西,搞得像搬家一样,想干什么?想让我批准你当市长吗?"小茵笑了,说:"这点东西就能换个市长,真是值。你不是夸我有眼光吗?我就是为我的眼光来的。"小茵三言两语把来的目的说了。老万沉默片刻,说:"这事我肯定要帮的,再难也要帮。不过,这事确实很麻烦,因为它不是一个人能决定的,需要大家一起解决。"

老万对公务员面试的事情很了解,也有独到的理解和操作方法。这几年他给不少人帮过忙,结果还算满意。黄花市面试公务员的方法比较传统。沿海一些地区已经开始搞考官跨市交流了,黄花仍然是自产自销的传统模式,用自己的考官考核自己的考生,好组织,好协调,成本低,效果也不一定差多少。公务员招考,对于大家都是新课题,百花齐放也是正常的。老万已经得到确切的消息,今年公务员面试的考官仍然从本市的考官库里产生,每个考场一组考官,七个人。考官库里总共有四百多人,分布在全市各个单位,县区也有。但是,人事局的决策者在选取考官时,并不采取随机抽取的方式,因为他们信不过一些单位考官的素质,不是指业务,而是思想觉悟。所以,他们按照自己掌握的情况,主要从市里几家大机关选择考官,比如市委办公室、市政府办公室、市人大、组织部、纪检委等单位,从宣传部抽的考官很少,怕他们嘴快跑风。这些单位的考官占百分之八十以上,另外百分之二十随机抽取,免得落人口舌。在他们看来,这样做,优势很明显,大机关的人员综合素质较高,基本可以做到客观公正。但是,他们没有意识到弊端。每次都从这些单位抽人,容易被考生家长圈定,成为工作目标。当然,工作也不是那么容易做的,大家的素质摆在那儿,一般人还真无法攻克。在这种情况下,公关便成为一个关键问题,谁的公关能力强,方法好使,谁成功的可能性就比较大。流行的做法,是请一个德高望重的人出面,把几家大机关的所有考官请出来,一起吃个饭,三桌五桌,有时五桌六桌。在吃饭时把考生带过来给大家敬酒,留个深刻印象。然后讲定考生面试时穿什么衣服,以保证不会认错。在面试前夕,考官们在同一个中午或晚上会有多个饭局,于是就出现了酒店门前走马灯的情景,大家心照不宣,相逢一笑,并不多言。老万不认同这种做法。考官吃了你一顿饭,而且是那么多人一起吃的,而且一个晚上吃十场八场,谁能认清你是谁?即使认得清,考场上不帮忙你也没办法,你也不知道,因为人家不欠你什么。去吃你的饭,是给你面子。所以,这种请吃的做法,只是考生和家长的一种自我安慰,实际效果并不好。那么,更好的办法有没有?有,但是比较麻烦。

老万看着小茵,说:“妹妹,好办法总是比较麻烦的,但是,成功率高。我觉得,我们可以试着用一下。”老万准备带着王一翔,逐个到考官家里去,一人扔五百块钱的卡。一翔皱了皱眉,想,这是要老子的命了,那么多考官,得花多少钱?一个一个磕头,不把我的脑袋磕破?老子是个处女,这头一遭就被几十个人轮奸,以后还有法子活吗?一翔看了看小茵,像是求助。小茵也觉得劳动量太大,说:“万哥,这得去多少人家呵?来得及吗?”老万哈哈一笑,说:“我的意思你们还没有完全弄懂。放心,不会超过15个人。这15个人当中,只要有一个人在你那一组做考官,就会有三个以上的考官给你加分。这一点,你们不要有顾虑,我会安排好的。”一翔疑惑地问:“15个人?”一翔本来想说15个人太少,中奖率太低。转念一想,找的人越少越好,一个人都不找最好。老万说:“选择哪15个人,这是有讲究的。这背后的工作由我来做,我肯定这15个人都是本次面试的考官,而且至少有两个人在你那一组。”一翔一时想不通,也不想多问。小茵笑嘻嘻地说:“我知道万哥神通广大,不该我们了解的,我们也不敢多问。”小茵掏出那个装着一万块钱的纸包,放到老万手边。老万摇摇头,说:“这钱你别给我,去换成五百元一张的购物卡,由研究生随身带着就行了。”小茵说这钱是感谢你的,购物卡我再另外买。老万的脸冷下来了,把钱拿起来,塞到一翔手里,说:"酒和烟我收了,不然刘叔会不放心。我也有烟酒的爱好,就不客气了。但是,钱不能收!这个是原则问题。为你们办事是我应该做的。还有,研究生你明天去拍个二寸照片,洗一百张,办事的时候带着。"小茵从一翔手里拿过钱,还要客气,老万站了起来,说你们再这样,我真生气了。小茵无奈,只好作罢。

走出老万家,迎面吹过来一阵邪风,刮得街上飞沙走石,两人被扑得满头满脸都是尘灰。一翔咕哝道:"老子还不如这些腥臭的沙灰,它们想刮谁就刮谁,老子只有被刮的份。"小茵瞥了他一眼,说:"吃得苦中苦,方为人上人。"一翔说:"我不想做人上人,我就想找个闲散的工作做,业余下下棋。"小茵有些不高兴,说:"就当是为了我,好吧?你一个大男子汉,怎么婆婆妈妈的?你是去送礼,是让人家帮你,又不是送鞭子给人家让人家抽你。"一翔说这比拿鞭子抽我还疼。小茵气得推了一翔一把,又在他胳膊上狠狠地拧了一下。

第二天晚上,老万开着单位的车,来到楼下接一翔。一翔不想单独和老万待在一起,上午和小茵一起去超市购卡时就一再央求小茵和他一起行动,说这样可以减轻他的心理压力。

第二天小茵坚决不答应,说一定要给一翔一个独立锻炼的机会。一翔下了楼,上了老万的车,心里委屈得想哭。老万选定的第一个考官住在邻近的一个小区,三楼。老万把车停在楼下,拍了拍一翔的肩,两人下了车,一前一后地上了楼。老万敲了敲门,里面没动静。一翔想,没有人才好,没有人才好。老万敲了一会儿,仍然没人开门,就掏出手机打了一个电话,说:"你小子跑哪去了?你在家?老子就在你门外,敲了半天了,在家你听不见?"刚挂了电话,屋里传来脚步声。一翔感到心跳得厉害,如果不跑开,心就要从嗓子里跳出来了。一翔抱歉地看看老万,说:"我肚子怎么突然疼得这么厉害?我得下去方便一下。"不等老万说话,便把照片和红包塞给老万,急风急火地跑下了楼。

老万无奈地摇了摇头,想,刘家找了这么一个女婿,以后的热闹少不了。

门开了,一个胖头胖脑的四十岁左右的男人出现在面前。老万疑惑地看了看他,问:"弟妹没在家吧? 你屋里不会有别的女人吧? 是不是干事影响了听力?"然后就往胖子卧室里闯。胖子笑着拦住老万,说万哥你这人真是的,你弟妹在卧室里看电视呢,这大热天的,穿衣服少,你当哥的也不顾忌一下。老万在沙发上坐下,说我今天有事找你,不然,我饶不了你。老万说我来的目的你肯定明白吧? 胖子说明白,在这节骨眼上,还能有别的事吗? 不过,我倒是有些奇怪,你怎么一个人来了? 老万那小子闹肚子,找厕所去了,我等不及,就先上来了。我可告诉你,他可是组织部的第一名,如果面试过关,以后小小地照顾你一下,你就赚大了。胖子说万哥你放心吧,如果我被抽到,又正巧在他那一组,我会尽力的。老万说不光你尽力,你的左边右边,都要使个眼神,打个手势。胖子笑着点头。老万从衣袋里掏出一个红包,又掏出十张照片,放到茶几上,说:"老办法,你把这十张照片发给你单位的那几个货,让他们务必记住模样,事成了我请客。"胖子说:"好咧,我做事你放心吧!"老万也不多说,转身就往门外走。

一翔在车子边蹲着,似乎肚了疼得越来越厉害了。老万小声说:"研究生,你今天的表现有些不好,算了,今天晚上你就在车里待着吧,我就当你的全权代表。"一翔忽然挺直了身子,说谢谢,太谢谢你了。老万点点头,又说:"我看你是个儒雅的人,就提醒你一句,老刘叔这人很严格的,他的女婿可不好做。"一翔在嗓子里嗯了一声。

跑完十五家,已经到了夜里十二点。老万把车子开到一翔楼下,看到小茵正站在一棵树下,心神不安的样子。老万和小茵打了个招呼,并没有说一翔临阵脱逃的事。小茵过意不去,要请老万去吃夜宵,或者去歌厅消遣一下。老万不去,说考上以后再请我吧。一翔也有些累,心里疼得厉害,像被人无缘无故地羞辱了一番,沮丧、悲观、绝望,想大哭一场。一翔这时才明白,原来自己是很脆弱的,以前他貌似坚强,是因为没被人戳中疼处。每个人身上都有命门,一个人要想如鱼得水,就得尽力缩小或者隐匿住自己的命门。

面试开始了。

　　一切都在老万的预料之中。一翔这一组的考官，他认识两个，用他自己的话说，都是"强奸"过他的人。在面试过程中，一翔与考官没有任何眼神交流，他把目光盯在后墙上，安静地答着题。规定时间是二十分钟，一翔十八分钟结束，然后到考场外等了三分钟。三分钟以后，工作人员把分数通知了他：87分。按照相关要求，考官如果把分数打到90分以上，或者60分以下，要在打分表上注明原因。没有一个考官愿意这么做，那是舍身堵枪眼，没必要。一翔判断，自己的分数极有可能是最高分，即使不是，他也稳稳地获得了总分第一。如果政审顺利通过，那个岗位就是他的了，刘小茵也肯定是他的了。一翔很兴奋，走出考区，就掏出手机给小茵打电话，想让她尽快分享这份喜悦。铃声响了一会儿，没人接。再拨时，却发现小茵就在前面几米处站着，正笑眯眯地看着他。

　　两人找了一家精致的小酒馆，要了几样小菜，还要了一瓶红酒，自娱自乐起来。酒过三巡，一翔突然想起，自己为了这个岗位苦拼了半年，到现在为止还不知道它到底长什么样。一翔就问小茵去没去过组织部。小茵说去过，就在市委大院里，五楼。一个长长的过道里，全是它的科室，门上镶着各种各样的黄铜小牌，写着科室的名字。出来进去的人都很严肃，好像天下所有重大的责任都担在他们肩上。"有这样一句话，"小茵说，"组织部的人，见官大一级。派个科员到市直单位考察，人家领导众星捧月一般，生怕得罪了。私人有事情要办，从来不找你单位的科长什么的，一个电话直接找一把手，再不济，也要找个分管的。"一翔吸了一口冷气，想，和这样一群人怎么处呵？心里就有了一种怵怵的感觉。一翔喝了一口红酒，说："如果我用一碗饺子去换一碗稀饭，你不会认为我不正常吧？"小茵有些不解，没回答。一翔接着说："这么好的单位，我上班以后，如果想调到别的单位去，应该容易吧？"小茵吃惊地瞪大了眼睛，然后低声狠狠地说："王一翔你给我记住，咱们前进可不是为了后退，你就老老实实给我在那里待着，不混个处级，不许你出来。"一翔倒了一满杯葡萄酒，一口喝掉，然后把酒杯推开，一粒一粒地吃起米饭。

　　饭刚吃完，一翔的手机响了，是阎强大打来的。自打在阎强大家大战一盘以后,两人一直没聚过,偶尔电话联系一次。但在一翔的心里,是时时挂念着明月棋吧的,还有江松鼓场。一翔本来打算近几天就去阎强大那里,痛痛快快地杀上一盘。他还想请月儿介绍他和江松认识。虽然他没见过江松,但那苍凉的嗓音时时在他耳边回响,他很好奇有这样嗓音的男人到底长什么样子。强大问一翔考得怎么样。一翔先道了谢,然后把结果说了。强大表示祝贺,然后问他考试结束后有没有一个星期的闲暇,他有件事想请一翔帮忙。一翔知道肯定是围棋方面的事,兴致突然就来了,让强大快说。强大说后天有一个北部六市业余棋手对抗赛,在二百公里外的黄松市举办,时间一周。这个赛事两年一届,这已经是第四届了。黄花市没有围棋协会,于是他以棋吧的名义组织了一支队伍参赛,六个人。所有的准备工作都做好了,他却突然得了重感冒,腰肌劳损也犯了,躺在床上无法动弹,比赛肯定无法参加了。名额很金贵,浪费了可惜。他与主办方联系,要求另派一人代替,得到了允准。强大说我在黄花棋界打拼了十来年,没遇到过你这样的高手,黄花第一高手,你当之无愧。你最近一直忙着考试,我没好意思邀你,现在你考试结束了,也需要好放松一下,所以,我郑重地邀请你去参赛。一翔不假思索地同意了,并讲好明天到强大家去一趟,具体事宜当面商量。

　　挂了手机,一翔看到小茵疑惑的目光,才想起应该和小茵商量一下,毕竟要离开一周。一翔就主动向小茵做了汇报,希望得到批准。小茵说我不批,既然你给我权利,我就行使。你就不想想,你面试刚刚结束,有多少事在等着?你要到我家去一次吧,要当面和我爸交流一次吧?咱们俩的事,你也有权说话了,有权而不说,难免招人怀疑。此外,考核很快就开始,万一有个什么情况要你核实要你说明呢?还有,你要看一下业务书籍吧?你要有所准备吧?如果你一点业务都不懂,刚进去就会给人留下不好的印象,说你高分低能。这些问题,你怎么不考虑呢?围棋就是消遣,你在这个关键时刻用一周时间去玩围棋,玩得太大了吧?我还没和你说过,我爸让我转告你,以后不要玩了,玩物丧志,围棋即使能当饭吃,那也是夹生饭,不好吃。如果你跑去参加什么业余比赛,我爸会怎么看你?

一翔有些犯晕,他没有想到一个小小的决定会招来这一通教育,仔细想想,小茵说得也有道理。但是,这样的道理从小茵嘴里说出来,总觉得心里不舒服。有些事本来是无可无不可的,全都上纲上线,一点意思都没有。一翔伸去拉小茵的手,被小茵甩开了。一翔有些伤感。谈了三年恋爱了,小摩擦时不时会有。比如约会时一翔迟到了,小茵闹个小脾气;生日礼物买得不如意,耍个小性子,要他补偿,都是些小甜小酸的事,像调味剂。今天的事情也是小摩擦,但是,怎么感到像有了分歧一样?共同的生活要开始了,会有更多的摩擦,如果每次摩擦都产生今天这样的感觉,时间长了会伤感情的。一翔说我不会影响什么的,我会尽力去做好。只是,你也知道,我喜欢这个,我很希望有这样的交流机会。小茵说你以前下棋我干涉过吗?没有吧?为什么现在干涉你?凡事总有个轻重吧?

两人不欢而散,各回各家。一翔思来想去,真的无法割舍。而且,已经答应了阎强大,还关系到黄花的集体荣誉。一翔最终决定,去!只是,不能和小茵说,先斩后奏吧!想到当初和小茵来黄花时,就没有告知父母,已经搞了一次先斩,到现在还没有后奏,一翔的鼻子有些酸。这男人当得,本来是什么都不在乎,什么都无所谓,什么都是怎么都行,没想到还是被挤到墙角了,还是把鼻子挤酸了。

第二天上午,一翔跑到小茵家,把半年来学习和考试的情况向刘千年做了汇报,用时一个小时。刘千年很满意,虽然这些情况他早就知道,但是,由一翔说出来,感觉还是不一样。刘千年留一翔吃午饭,还拿出一瓶好酒。酒酣耳热之际,一翔看到小茵一个劲儿地向他使眼色,他明白小茵的意思,小茵是让他趁机提出婚事。但是,一翔自有打算。他要等录取文件下来后再向刘千年提,也许,不等他提,刘千年就主动说了。下午,一翔去找了阎强大,问清了比赛的有关情况。令一翔惊讶的是,阎月儿也要去参赛。一翔本来以为阎月儿下棋只是跟着阎强大热闹一下,附肩风雅而已,没想到这次要来真的,对阎月儿就有了另眼相看的意思。

出发时间定在第二天早上七点半,六个人包了一个中巴车,两个多小时就赶到了黄松市。一翔早上就关了手机,和刘小茵玩了一次失踪游戏。后果肯定严重,但是,那是一周以后的事情,到时候就是负荆请罪也行。

　　参加比赛的选手共有六个代表队,七十余人,比赛分为团体和个人两项。团体赛是单循环,根据胜负局的数量计算分数,五个循环后计算总分。黄花市代表队经过苦战,获得了第三名。队里唯一保持不败的是王一翔,阎月儿五赛负一。到了个人赛,形势更加残酷,每一轮都是淘汰赛,一个不小心就被人斩落马下,再没有上马的机会。一翔和阎月儿分别被分在上下半区。按照赛程,上下半区各自进行淘汰赛,各自决出第一名,然后两个第一名进行总决赛。两人事先约定,要尽可能在总决赛中会合。三天的淘汰赛,马蹄声碎,喇叭声咽,说不完的悲欢,道不尽的离合。一翔不急不躁,不悲不喜,全身心地享受着过程。第一个对手刚到中盘就挂白旗,签了城下之盟;第二个对手如法炮制,稍作抵抗就一溃千里。四场战罢,一翔几乎兵不血刃就坐到了上半区的决赛席上。一翔的表现震惊了整个赛场。前几届赛事,从没有棋手拥有这么大的优势,这无形中提高了大家的期望,希望出现星级选手,从而增加业余比赛的含金量。上半区决赛的时候,一翔的棋桌旁围满了人,整个赛厅里挤满了人。大家都希望看到一场精彩的比赛,也有不少人希望王一翔的对手能成功地把他阻挡住。一翔一点也不敢托大,每一步都很谨慎。但是,当面前一马平川时你能不放马快跑吗?当海面如镜时你能不扬帆远航吗?一翔稍一用力,就把对手斩了,白光闪过,就到了血色黄昏,太阳瞬间落山,然后所有的人都沉浸在黑暗中。一翔有些歉意。大家都同情弱者,对于骑在马上敲着得胜鼓、扛着凯旋旗的,总抱有不由自主的敌意。二十世纪八十年代,在街上碰到一个开小汽车的,很多人都会认为那里面肯定坐着一个大坏蛋。这种敌意只是一种大众心态,一翔并不在意,他只是为不能为大家奉献一盘精彩的比赛而感到歉意。

　　阎月儿的情形不太理想。她一口气闯过了三关,到第四关时遇到了一个大块头老男人,被纠缠了三个多小时才得以脱身,仅仅赢了一目半。到下半区决赛时,月儿使出了全身的解数,也没能全身而退,最后以三目的劣势败下阵来，没有实现与一翔会师的目标。虽然这是她达到的一个新高度，但未能与一翔会师仍然让她感到遗憾。会师意味着在正式比赛中与一翔交手，意味着把冠亚军全揽到黄花，多么好的机会，可惜没有抓住。但是，月儿转念一想，没有会师也是好事，如果她真的与王一翔面对面厮杀，又会出现什么样的情景呢？王一翔这几天的比赛给月儿留下了深刻的印象。棋风飘逸，布局精细，志存高远，不拘小节，表里如一，虽然温柔有加，决不拖泥带水，这是月儿对一翔的评价。当她和一翔面对面时，他可能怜香惜玉，下得别七别八，败坏了英名；也可能始终如一，亮银枪叭叭叭，三枪捅她个透心凉。一个女孩子死得那么难看，不只她自己接受不了，还会让王一翔背负不义之名。算来算去，还是不碰面的好。

上下半区的总冠军决赛，是本次赛事最后的盛典，也是最吸引人的比赛。战胜月儿的下半区冠军是当地的选手，也是青年才俊，风流倜傥，被寄予很大希望，比赛举办方非常希望他能拿到冠军。总决赛现场观者如云，一些专业选手也专程赶过来观摩。王一翔被大家私下称为"缠丝王"，说他"此劲皆由心中发，股肱表面似丝缠"。既是夸他韧劲十足，也是说他缠不起，惹不了。比赛开始后，两个人你来我往大战了三百余回合，从上午杀到下午，直看得观众如痴如醉，大呼过瘾。大多数观众都在为青年才俊加油，有的观众竟弄来一面牛皮鼓，在一百米外敲鼓助威，全然忘了赛场的规矩。到底是一翔棋高一筹，有惊无险，漂漂亮亮地把棋赢了下来。

紧张的比赛结束了，一翔长出了一口气，身体有一种虚脱的感觉，同时还有意犹未尽的感觉。美妙的比赛，美妙的时刻，一翔觉得自己幸福极了。闭幕式举行以后，已经是晚上七点多钟。连夜赶回去也能来得及，但未免有些仓促。黄花的六名参赛选手商量了一下，集体到街上大吃了一场，以示庆祝。回到宾馆时，已经是晚上十点多了。一翔洗了个澡，刚想打开手机看看刘小茵这几天是怎么发短信骂他的，房间的电话响了，是阎月儿打来的。阎月儿问他累不累，要不要出去散散步。一翔犹豫了一下，答应了。

天气虽然有些闷热，却是晴朗的。天幕暗沉，一轮弯月已经偏到西天。

宾馆院里和门前种了许多木香树,开放着大朵的紫色和粉色的花,在地灯的照射下,显得十分妖娆。阎月儿也洗了澡,头发还有些湿,随便拢在脑后,给人的感觉是温暖而略带性感。她上身穿一件月白短袖衫,下身着一条浅色七分裤,脚上是一双结构略显复杂的帆布拖鞋。这种居家的打扮,亲切而迷人。两人并肩走出大门,阎月儿说:"'欢声震地,惊退万人争战气。金碧楼西,衔得锦标第一归'。祝贺你!"一翔淡然一笑,说:"我很享受那个过程,对于结果真的不在意。"空气中有一丝淡淡的甜香。一翔嗅了一下,说:"是桂花吗?"月儿笑道:"这是什么季节,怎么会有桂花? 还要一个多月吧?"一翔摇头说:"在我的家乡翠坪,现在桂花已经开了。在山间的小溪旁,在屋后的山石间,还有竹林边、茶园里。"月儿不解地问:"为什么要把桂花栽在茶园里?"一翔说:"茶树浸润了桂花的香气,来年生产的茶叶品质更好。还有种植茉莉的。"月儿点点头,说:"什么时候带我到你家乡看看吧,那里一定很美。"一翔心里似被触动了,突然就有些想家。月儿又说:"上次见到你,就有个问题想问你,省城那么好的条件,你为什么要到黄花来呢?"一翔突然感到心里酸了一下,这种情绪令他自己吃了一惊。一翔笑笑,说:"黄花好啊,多好的地方,多好的名字,还有一个叫阎强大的男人,一个叫阎月儿的女孩。"月儿淡然一笑,说:"如果你真是这么认为,我会感到荣幸。不过,我猜测,你肯定是为爱而来。这里一定有一个美丽的女孩等着你,有才,有诗情画意,有一双美丽的吸引人的大眼睛,一说话莺声燕语的。是不是这样?"一翔点点头:"是有一个女孩,我的小学妹。但是,她没有你说的那么优秀,她不过是一个讨人喜欢的世俗女孩罢了。"阎月儿轻轻地摇着头,说:"世俗,怎么可能?"

两人边走边聊,不知不觉已经走出一千多米。眼前的路已经没有路灯,地面的尘土也多了起来。一翔看看月儿,说回去吧! 明天还要起早呢! 月儿迟疑了一下,点了点头。一翔把月儿送到门前,转身要走,月儿让他等一下,匆忙从房间里取出一只小巧的浅绿色锦盒,递到一翔手里,说:"这是我去年在宋街买的一件小东西,我留着没用,送给你吧!"

一翔回到房间,小心翼翼地打开锦盒。原来是一只紫铜实心貔貅,造型优美,沉甸甸的,可以做镇纸,也可以把玩。一翔去过宋街,在一家铜器店里见过这种貔貅,价格有些贵,没舍得买。貔貅光滑而润泽,已经有了包浆,一看就知道已经把玩了一段时间。一翔抚摸着,一缕温暖渐渐从心底溢出,慢慢流遍全身。

第四章　窗户和门能同时打开吗

　　王一翔是一个不注重细节的人,比如中午饭什么时候吃、吃什么,对于他来说都无所谓,忽然想起来该吃饭了,三下两下就解决了,绝不多浪费精力。但是,自打来到黄花以后,特别是面试以后,他感觉自己渐渐被那些他曾经忽略的细节包围了。他和刘小茵在一起,学会了察言观色,刘小茵嘴一噘,他就知道自己的表现不好。他和刘千年在一起,刘千年的大手在头顶上一抹,他立刻明白刘千年要教训他了。而刘小茵的母亲袁雪莲的一些动作也被一翔贴上了标签:轻轻地一笑,那是礼节,除了她的善良,不代表别的;轻轻地笑到一半又收了回去,说明她不满意,她要借此表达真实想法。王一翔意识到自己的琐碎时,心情是复杂的。注重别人表现出来的细节,是一种美德吗? 还是自己的性格缺陷? 当他陷在矛盾的心态里无法自拔时,他的录用通知到了,此时,已经到了十月。

　　一翔渴望这份录用文件。他不渴望工作,没有工作并不能说明一个人没有价值,即使没有价值,也比破坏价值好得多。但是,他很渴望这张纸,他希望它能改变生活,把他从那种他不满意却又无能为力的状态中拉出来。事实上,这张纸给了他更多的东西。

　　刘千年看到王一翔的录用通知时,脸上表情的急剧变化是一翔无法忘记的,那是发自内心的喜悦,迅速改变了刘千年阴沉的脸,就像从一潭秋水底部突然涌出 N 多热水,瞬间把平静阴冷的水面顶出无数怒放的小花。刘千年把全家人召集起来吃了一顿团圆饭,平时忙得脚不沾地的刘大年来了,刘小茵的二哥刘二年也来了。一翔强烈地感觉到自己的录用给这个家庭带来的正能量,也明白自己在这个家里站稳了脚。但是,他的心里仍然有一种诚惶诚恐的感觉,生怕一不留神就破坏了什么,就打碎了什么,就给这个家庭带来荫翳。一翔沮丧地承认,自己是无法真正融入这个家庭的,能保持表面的和谐就不错了。

在家庭聚会进行到一半的时候,刘千年宣布了一个令所有人都吃惊的决定:两个月以后,他要为刘小茵和王一翔举行婚礼。

一翔很激动。虽然他知道这个期待中的婚礼迟早会来到,但是,当明确地得知两个月以后它就会成为现实时,他仍然激动得差点哭出来。他说不出话,只是一个劲儿地往肚子里倒酒,直到把自己灌得像一架失控的小飞机,一头撞在了墙上。飞机没有着火,没有爆炸,但是,飞机没油了。

第二天上午,从醉酒中醒来的王一翔仍然被喜悦包围着,他自己都想不到,他会带着这种喜悦,和刘小茵痛痛快快地吵了一架。

吵架的原因很简单。当他们憧憬婚后的幸福生活时,不可回避的一个问题是住在哪里。按刘千年的设计,自然是住在家里。不但现在住在家里,将来也要住在家里。刘小茵认为这根本不是个问题,不住在家里又能住到哪里呢? 你有房子吗? 没有! 没有房子还不住在家里? 再说,住在家里可以省下很多生活费用,如水电,如来人招待,如日常用品等等。但是,王一翔不这么看。王一翔无法想象自由活动空间仅限于卧室的家庭生活,无法想象永远在饭桌上敛目低眉的生活,他甚至想到,如果他们做爱时把声音弄得大一些,会不会吵到别人,他从心里担心自己的性爱能力会因此受到很大影响。在刘小茵的卧室里,他们认真地吵了一场架,他们用压抑的声音说着自己的观点,用表情和动作表达自己的不满,最后,一翔对这种吵架的方式感到了厌恶,毅然用一个捂嘴的动作表示这场争吵到此为止。刘小茵用被子蒙住头,无声地哭泣起来。

王一翔技穷了。女孩子的眼泪,哪怕只有一滴,也是江海湖泊,也是千军万马,不从不行。

　　婚礼的筹备不需要一翔操心,他只需为自己准备一套西服,然后通知自己的亲朋好友。一翔在黄花没有亲戚,朋友也只有阎氏兄妹二人。他在一个阴冷的下午躲到附近一个杂草丛生的小公园里,给阎强大打了个电话,和他说了自己的喜讯。然后,王一翔给父亲打了个电话,把近一年来的实际情况一五一十地告诉了他们。

　　一翔以为父亲会感到十分惊讶,然后会狠狠地骂上一通,而且会干脆利落地拒绝参加他的婚礼,甚至宣布与他断绝一切关系。离开省城以后,他和父母的联系仅限于打电话这一种方式,一周一次或两周一次,内容很简单:报个平安,让二老放心。在一翔的潜意识里,这种联系还有一个目的:他怕父母在他毫不知晓的情况下突然赶到省城。联系本身就是欺骗,虚伪的问候怀着鬼胎。一翔很愧疚,这样的儿子,已经做到底线了。一翔做了充分的思想准备,哪怕父亲隔着时空一斧头劈过来,他也不躲不闪。他没有想到,父亲在沉默一分钟以后,竟然笑了,说我儿子这块金子在哪里都会发出灿烂的光芒,我祝你们幸福,早日给我生个孙子。这一瞬,一翔流了泪。他在电话里哽咽着,哭得像个孩子。父亲和母亲不来参加他们的婚礼,原因没有说,一翔也不敢问。父亲准备给他汇五千块钱,作为对他们的新婚祝福。"如果有时间,你们可以回来一次,我在家里再给你们补个婚礼。我在翠坪待了几十年,亲朋好友那么多,这样的大事,最好邀请大家聚聚。"父亲说。一翔答应了,说我一定尽快带小茵回去。

　　离婚礼还有一周的时候,阎强大打来电话,让一翔到家里去一次,说有话要说。第二天下午,一翔抽出时间去了明月棋吧。强大不在,只有阎月儿一个人坐在楼下的客厅里发呆。看到一翔,月儿的脸色亮了一下,立即又沉下去。月儿瘦了很多,竟给人一种形销骨立的感觉。月儿给一翔沏了茶,坐在他对面一言不发。一翔有些奇怪,以往那个笑意盈盈的阎月儿哪去了? 一翔有些不习惯,便问月儿是不是生病了,为什么瘦得这么厉害。月儿摇摇头。一翔有些不安,和一个女孩面对面坐着,时间久了,心里会发慌。一翔提议和月儿下一盘棋。月儿犹豫了一下,答应了,从卧室里取出一只精致的赭红色软皮箱。箱子打开,露出一副新榀棋盘。一翔诧异地看着月儿。第一次到这里和阎氏兄妹见面时,阎强大就说过月儿收藏了一副新榀棋盘,从日本带回来的,看来就是它了。棋盘非常精致,色泽悦目,手感温润,散发着淡淡的香味。月儿把棋盘摆好,看了看一翔。一翔略一沉吟,主动揲起一粒黑子,摁到天元上。月儿右手食指和中指并拢,夹起一子,放到黑子旁边。一翔出手迅速,月儿几乎不假思考,步步紧跟,像斗气一样。一翔看出点苗头来,就把手中的棋子放回盒中,目光直直地盯在月儿脸上。月儿感觉到了一翔的目光,红了脸,迟疑了一下,把棋盘上的棋子哗哗地全扫进棋盒,然后也用目光去迎击一翔。一翔笑笑,点点头,说:“我知道你有话要说,是你让强大打的电话吧? 说吧,我在听。”月儿把棋盘装回箱子里,把箱子推到一翔面前,说:“这是送你的,祝你新婚幸福。”前半句很坦然,后半句却带了些委屈。一翔摇头道:“这东西太贵重,我不要。你原来送我的紫铜貔貅,已经是很好的礼物了。”月儿把头扭向一侧,声音低得几乎听不到,说:“我早就猜到了,你是为一个女孩来的,而且,肯定是个美妙的女孩。”一翔笑笑,说:“我和你说过,她只是一个世俗的女孩,真的。感情的事情很难说清,我,我也说不清。”月儿喃喃道:“如果是这样,那你就是情人眼里出西施,色不迷人人自迷。”一翔给呛住了,一时不知说什么好。月儿一撇嘴,说:“我知道,你被我的俗吓住了。你肯定希望我这么说:有一美人兮,见之不忘;一日不见兮,思之如狂。”一翔调侃道:“凤之翱翔兮,四海求凰;无奈佳人兮,不在东墙。”月儿脸一红,起身就往楼上走,走了几步,又回过头来,说:“我哥要很晚才回来,你不用等了。”

　　一翔和小茵的婚礼很奢华,在黄花引起了巨大的轰动,这正是刘千年想要的效果。婚庆公司是从省城请来的,费用五万。所有的装备都是从省城带来的,时尚而豪华,给黄花城的观众们上了生动的一课,把大家刺激得热血沸腾,很多人心目中从此树起了一个标杆。城里唯一的一家四星级酒店为婚礼提供了地点。阔大的一楼大厅摆了六十桌,二楼的大厅里摆了四十桌。一百,这是刘千年半个月以前定下的数字,多一桌不要,少一桌不行。每一张桌子上摆了一条软中华、四瓶茅台、十盒德芙巧克力，美味佳肴更是数不胜数。高朋满座，富贵逼人，前三十年未有，后三十年未知。一个美丽的故事就此诞生，它的主角不是王一翔，不是刘小茵，而是刘千年父子。

　　一翔自始至终都觉得自己是个观众，而且，是一个羞答答的观众。他粗略地算了一下，这场婚礼办下来，至少要花费五十万。五十万，一翔没掏一毛钱，全是人家姓刘的花的。一翔一方面被婚礼的气势压得喘不过气来，一方面被五十万这个数字堵得窒息。虽然他知道刘千年只赚不亏，即使花费六十万也能从礼金上收回来，但是，心里却无法平静下来。刘千年父子在黄花经营多年，讲排场也无可厚非，但是，这样豪华的排场，有必要吗？不快的感觉就像阴雨的天气，冲淡了一翔新婚的喜悦，并让他担心这种不快以后会经常发生。他觉得自己和岳父就好像两辆自行车，如果在两条道上相望，各走各的，也许会相安无事；如果绕到一条道上来，无论是同向行驶还是相向行驶，碰撞肯定无法避免。最好的办法，是躲开，哪怕仅仅躲到十几米外，做个邻居，也比住在一个屋檐下好得多。

　　一翔盼望新婚的甜蜜持续的时间长一些，能延长一天是一天，这样，他就可以给自己一个理由，晚一些去想那些无法绕开的烦恼。但是，持续的时间再长，终有尽头在前方等着。第六十七天，随着一场不可避免的争吵的来临，那种甜蜜的感觉，终于要画句号了。

　　争吵由一件很小的事情引发，却无法在这件小事上结束。本来是点一根火柴的事，没想到点着以后，发现脚下有一个火药桶，躲不开的爆炸，把两人都炸得灰头灰脸。晚上九点多，一翔看了一会儿书，困了，打个呵欠就睡了。小茵在客厅里陪父母打麻将，三个人拐小磨，拐了两圈，觉得没意思，就散了。小茵回到卧室，晃醒一翔，问他为什么不陪大家玩牌，说你宁可睡觉也不陪大家，有这样做女婿的吗？人不能太自私了。小茵说这些的时候，脸上带着笑，半玩笑半认真。一翔有些来气，说你们天天这么玩，天天这么无聊，我还得天天陪着了？小茵说天天陪着有什么呢？这样不是很好吗？一家人坐在一起，看看电视玩玩牌有什么不好的？你一句我一句，就吵了起来，吵得飞沙走石，声音也不由自主地高了一些，刘千年屋里有了些动静。小茵压低了声音，说："王一翔你说句良心话，你最近几天晚上吃过饭就走，就躲在这里看书，是不是有预谋的？你是不是在为今天这场争吵做准备？是不是有意要引发争吵？"一翔苦笑笑，说："那你告诉我，我为什么要这么做？"小茵冷笑一声，说："目的只有一个，就是想离开这里。离开可以，你给我一个充分的理由。"一翔当然希望离开这里，虽然这场争吵与他的希望无关，但是，趁机把话说明白也好。于是，他开始寻找充分的理由。但是，理由很难找到。他想象中的很多矛盾在婚后的两个多月里并没有产生，或者说，产生的数量太少，无法满足他的想象。比如说，刘千年的盛气凌人突然消失了很多，挑剔的目光被温柔的注视取代；再比如说，他们在做爱时偶尔会因为过于激动而放大声音，这使得他们在早上起来后惴惴不安，以为会得到一些提醒，或者警告。但是，他们实际得到的，却是理解的目光。不要做饭，甚至不要洗衣，也不用承担家里无数的琐碎，这样的待遇使一翔避免了许多生活的麻烦，自尊在某种程度上被保护起来了——自尊被生活的琐碎击打的次数，远远高于琐碎之外的事情。一翔绞尽脑汁要想出几条能站得住的理由，但是，那些理由刚刚变作声音，就被他吞掉了，因为那根本不是理由，如果说出来，倒显得小气，甚至是胡搅蛮缠，那会让男人脸红。于是，一翔长叹了一声，说："刘小茵我实话告诉你吧，我就是感到不舒服，我总是闻到一些像陈年的稻秸一样的气息，我受不了。我要更舒服一些，难道这不是充分的理由吗？"一翔不敢直截了当地告诉刘小茵，他嗅到的是刘千年身上像沤了多年的枯叶一样酸腐的俗气。

早上醒来后，刘小茵决定让步。在这座城市里，她有很多亲人，王一翔不是她的唯一，但她是王一翔的唯一，她要尽可能地满足他，即使这种满足会牺牲很多东西。于是刘小茵和王一翔一起寻找离开的理由。冥思苦想了一个小时，才找到三条。刘小茵决定带着这三条理由找父亲单独谈一次。她之所以不和一翔一起去，是想留一条后路，父女之间什么都好说。刘小茵没想到的是，这三条理由在不到一分钟就被父亲化作几个气泡，轻飘飘地飞了，飞到不远处就破了。"怕一翔的朋友打扰我们？怎么会呢？"刘千年说，"我鼓励他交朋友,在这个社会上,多一个朋友多一条路,你们脚下有千条万条路,不是更好吗?怕看到他不上进惹我生气?不上进当然要生气,我肯定会督促他更加上进。如果你们挪走了,他还不上进,你能督促得了?留在我们身边更好,时时刻刻给你们把关,吹吹风,免得发霉。他在这么好的单位,如果混不出个样子来,不只是他自己丑,我也会被人骂的。再说,我将来还要靠他呢!"小茵有些惊讶地看着父亲,似乎有些陌生。刘千年接着说:"你大哥和二哥,看着风光,但是,那只是表面的光鲜。我已经为他们算好了,以他们的性格和为人方式,以他们的能力,想再往前迈一步,几乎是不可能的。我最看好的是王一翔。他贪玩,不错,但他智商高,非常高!如果他走上正路,前途不可限量。所以我不能让你们搬走,我要让他走上正路,然后看着他飞翔。"小茵承认父亲说得有道理,其实这也是她的意思。小茵叹了一口气,问:"那第三个理由呢?第三个理由我觉得能站住脚。"刘千年哈哈一笑:"你这第三个理由更不是理由了。你怕将来你们有了孩子,会闹我,惹我烦,这说明你们不了解我。大年和二年有几个孩子?四个!他们一到星期六就过来,周一早上才走,闹得鸡飞狗跳的,我嫌过吗?我高兴得很!这叫天伦之乐,懂吗?"小茵虽然吃了败仗,但心里十分高兴,也希望父亲的回答能令一翔回心转意。一翔听了小茵的转述,苦笑了一下,倒是没说什么。小茵心里安定下来,希望从此以后能够安安稳稳地生活下去,他能够尽快走上父亲所说的正路。

第二天中午,王一翔没有回家吃饭。小茵知道组织部很忙,就没在意。王一翔进入组织部以后,在老万的帮助下,被分到了干部科。进了干部科,才算真正进了组织部,大家都这么认为。干部科经常加班加点,一翔自然不能例外,隔三岔五地不回来,小茵已经适应了。没想到的是,一翔晚饭也没回家吃,也没打电话。小茵有些坐不住了,打一翔手机,关机了。想打办公室的座机,又怕被人家笑话,更怕产生不好的影响。挨到半夜,仍然没有任何信息。小茵觉得,一个做妻子的,如果这个时候还瞻前顾后,就是失职了。刘小茵鼓足勇气,给干部科科长袁辉煌打了个电话。电话接通,袁辉煌睡意惺忪地"喂"了一声。刘小茵说:"袁科长,我是刘小茵,王一翔爱人。"袁辉煌精神了一些,问:"一翔好些没有?病得厉害吗?"小茵吃了一惊,很快就反应过来,说:"好多了,他上午让我给你打个电话,请个假,我一忙就忘了,真不好意思。"袁辉煌笑了,说:"他上午打电话和我说过了。"小茵说:"他还没完全好,让我和你汇报一声,明天可能仍然过不去。"袁辉煌说没事没事,在家养几天吧,反正这几天事情不多。

挂了电话,小茵的泪水不由自主地流了下来。

早上起来,小茵脸色灰暗,无精打采。刘千年终于察觉到了异样,问小茵是不是病了。小茵摇摇头。刘千年又问小茵:"一翔一夜没回来?加班也不能加一夜吧!"小茵笑笑,说:"可不就是加了一夜班,今天上午市委开常委会,有些材料必须连夜准备好。"刘千年沉吟了一下,没再说什么。一天很快就过去了,晚饭时,当刘小茵怯怯地坐到刘千年夫妇对面时,刘千年看了看她,什么也没问,好像并没有发觉家里少了一个人,那个叫王一翔的人从来就没有打扰过这个家。刘小茵心里不舒服,草草地吃了几口,就躲到自己房间里,用枕头捂住脸,心里又气又恨,泪水又流了出来。晚上十点多,小茵正在胡思乱想,手机响了,是一个陌生的号码。原来是阎强大打来的。一翔昨天早上跑到强大家里,把强大拉到棋桌旁,下了一天一夜,杀得天昏地暗,日月无光。阎强大以为他是棋瘾犯了,就没当回事,天昏地暗地陪着。没想到,今天一翔还不走,又杀了一天。阎强大这才意识到问题有些严重,就盘问一翔是不是和老婆生气了。一翔不承认,把强大推到一边,把月儿拉过去,让月儿陪他下棋。兄妹俩看出来了,一翔的目的很明确:不走!能熬到什么时候就熬到什么时候。强大思来想去,觉得最好给刘小茵打个电话,没准刘小茵已经急疯了。强大说:"小茵你别担心,我一会儿就把他绑回去。"小茵说:"别,你千万别让他回来,他不回来我过得很幸福,你别让他破坏我的幸福。"然后就把电话挂了。知道了一翔的下落,小茵的心里才安稳了一些,一边躺在床上玩手机游戏,一边等王一翔回来,心里想了好几个惩罚方案,每一个方案都能让流浪之后回到家的王一翔感到生不如死。刘小茵想不到的是,这些精彩方案一个都没用上,因为王一翔根本就没回来。刘小茵这才意识到,自己真看错人了。那个往日温柔得像女孩子一样的王一翔，那个捧她在头上含她在嘴里的王一翔，那个在床上把她亲得死去活来的王一翔，原来是个混蛋，是个刀枪不入的混蛋！

　　冷战一直持续了三天。第三天晚上，刘千年喝了三两酒，袁雪莲也陪着喝了一杯。刘小茵知道父亲要说话了，她的心提到了嗓子眼，不知道生活会发生什么样的改变。这三天，她也想明白了，要想让婚姻和爱情同时持续下去，唯一的办法是搬出去。这个答案是唯一的，如果没有这个答案，即使一翔回来，即使他认了错，以后的日子仍然难过，这样的事还会发生。小茵真担心事情会发展到完全失去控制的程度，她无法判断那个小猫一样的王一翔会做出什么让她尴尬让她震惊的事。刘千年放下酒杯，声音低沉地说："今天下午，赵山水给我打电话了，他问我王一翔的病要紧不要紧，说部里挺忙的。"赵山水是市委组织部分管干部工作的副部长，长得细皮嫩肉的，气度很儒雅，但在行为上却是个干脆利量的人，眼里不揉一粒沙子，如果今天揉了，明天那粒沙子就会变作一根针，把赐他沙子的人扎得出血。王一翔上班前，刘千年反复向他说起赵山水，说这个人只能带着崇敬的目光去尊重，千万不能得罪。刘千年说："如果王一翔明天还不去上班，话就不好说了，给他造成的影响也许就无法弥补了。"小茵说："爸，你别担心，我马上就去找他。"刘千年伤感地摇摇头，说："我知道他想搬出去，我和你妈碍他的事。别了这几天，不就是想要这个结果吗？小茵，就按他的意思做吧！这个狗东西，他想走，就让他走吧！"刘小茵泪水涟涟，说："爸，谢谢你的理解和支持。"刘千年说："我不理解，也不支持。但是，这么僵持下去害己也害人，何必要等到那个结果呢？只能这样了！他以后能混成什么样子，就看他的造化了。至于你呢，还是去找份工作吧！省得生一些闲气。当然，工作要清闲，舒适些，可以边工作边照顾家。你和他的小家庭，我现在看不明白了，且走且看吧，能走多远就走多远。"

　　刘小茵明白父亲话里隐含的意思，默默地点了点头。

第五章　黄花居里黄花吟

　　黄花公园是黄花城最大的公园,是市政府拉动城市向西挪移的一枚重要的棋子。公园有两个主要特点,一个是大,占地近一千亩,辽阔得让人想骂娘;一个是秀美,在里面盘桓久了,会误以为身在苏州。它是放大的网师园,或者,是拉宽的拙政园,而这正是设计者的意图。工程设计的专家是从苏州请的,施工单位也是从苏州请的,很多花草树木山石也是从苏州一带运来的。公园建设过程中,外围被简易围墙遮蔽着,很少有人越过围墙一探究竟。当某一天围墙被拆除,偌大的公园像天外飞仙一样,蓦地出现在黄花城的居民面前时,所有人都惊讶地睁大了眼睛,怀疑看到了海市蜃楼。一时人群如蜂,把公园挤得风雨不透。热闹一阵之后,冷清不可避免地到来了。一见钟情的情人是用来解渴的,饿了怎么办? 还得蹅进自己的小屋吃米饭咸菜。在黄花公园的周边建了好几个小区,初期卖得不错,渐渐地就无人问津了,售楼处门可罗雀。一些一时性起从老城搬过来的建材商实在熬不住,脸色灰暗地迁了回去。黄花公园成了弃妇,每天怏怏地对着黄花河的碧水顾影自怜,叹息着逝去的繁华。

　　但王一翔喜欢这儿。王一翔在黄花公园附近转了三天,终于在距黄花公园西门三百米的地方,找到了一处令他欣喜欲狂的已经空置半年的宅院,他甚至怀疑它已经在那里等了他多年,他若不来,就是他失约。千年等一回,无怨无悔。一翔幸福地叹着气,有一种张开双臂拥它入怀的冲动。

　　这是一所开放式的宅院,占地近一亩。四间坐北朝南的起脊房,青砖青瓦,普通得几乎可以忽略。房子的后面,是一片修长的青竹,竹林中掩映着一间平房,约二十平方米,像一位隐于闺中的羞涩的女孩。房前则是一片茂盛的榆树林,虽然面积不大,却给人铺天盖地的感觉。在堂屋与榆林之间,有一个精致小巧的凉亭,造型奇特,工艺精美。王一翔之所以看中这所宅院,不是因为青竹,也不是因为榆林,让他在一瞬间产生相见如相识这样美妙的感觉的,是宅院四面临水,俨然一座绿色的孤岛。黄花河从北面哗哗地流过来,经过宅院的东侧,而宅院的旧主人突发奇想,在宅子的南面、西面和北面,掘了一条半个回字形的宽约五米的深沟。深沟与黄花河连通以后,宅院蓦地就有了一种"竹色松阴翠浪浮,秋风吹落涧声幽"的意境。黄花河上架了一座简易的竹木桥,走在上面,会发出吱呀的轻吟,这是这所宅院与外界连接的唯一的通道。这样的宅院,它的建成自然要经历一番曲折。据说,这是一位台湾老富商的手笔。老富商是黄花人,新中国成立前在这里有过许多恩怨,被恩怨所迫,离乡背井,远走台湾。二十世纪八十年代末,他从台湾回到故乡黄花,忽然觉得终老于此是一个非常不错的选择,于是向当地政府申请了一块土地,在黄花城西郊建了这处宅院,取名为"思乡苑"。两年以后,老先生想念在台湾的亲人,把它交给一个远房侄子照管,只身返回台湾,并在半年后成了异乡泉客。老先生的远房侄子不愿长居于此,就把房子出租,偶尔来看看房子,收收租金。没有租客的时候,远房侄子一周来一次,打扫一下卫生。王一翔很快就找到了那位远房侄子,强烈要求把房子租下来,而且要签一份至少五年的合同。当远房侄子告诉他五年租金须一并结算的时候,一翔长长地出了冷气。五年五万,这对于一翔来说,是一个可以接受却无法接受的数字。一年一万并不贵,虽然房子旧了,但是位置不旧,风景不旧,而且还是这么大的地方,如果不是在城西,一万肯定拿不下来。更主要的是,一翔看中它了,看中了就不能仅仅用钱去衡量。一万块就能买来喜爱吗?换句话说,如果你不喜爱,三千块钱你愿意住吗?一翔说你给我一周时间,我来筹钱。远房侄子表示理解,也看出了一翔的喜爱,说:"如果你实在手头紧,先交一万也行,明年再续合同。"一翔摇摇头,说:"这样的地方住一年是不够的,你给我时间,我给你钱。"

一翔和刘小茵的全部积蓄不到两万块,其中大部分是刘小茵的同学和朋友在他们结婚时送的礼钱。刘千年说得很明白,你们同学朋友的钱,你们自己收。一翔不好意思向刘小茵张嘴。当初两人争论要不要从刘千年那里搬出来时,就计算过房租。刘小茵说你搬吧,仅房租一项,一年就得吃掉你五个月工资,这笔钱是不是多花的?现在看来,五个月的工资是不够的。当然,租房以后,还有更多开销,家具、锅碗瓢盆、生活必需品,连卫生纸都要自己买。刘小茵把王一翔从阎强大家喊回来的时候,说得很明白:"王一翔,你不是要搬出去吗?你赢了。但是,搬出去以后的生活全靠你了,我就带一张嘴和一身衣服过去。"一翔爽快地答应了。一翔把困难想得很足,困难是可以一个一个克服的,如果你怕,那就什么都不做好了。

在一翔决定从刘千年家搬出来的时候,阎强大主动提出让他到棋吧里兼职,一周去两次,一月一千块钱教习费。在黄花,一千块是一个超市员工一个月的收入,是一个公务员二十天的收入。一翔明白阎强大是在帮他,但是,他无法拒绝。他需要钱,他也需要下棋。一翔想不出别的挣钱的办法,即使有办法,也无法解除燃眉之急。当然,他可以向一些大学同学借钱,但是,他不想用这种伤害感情的事情去验证自己的友情。真朋友也罢,经不起考验的朋友也罢,他没有必要用这样的事情去验证。一翔想到了父母,他们是他最后的希望。于是一翔给母亲打了电话,告诉她自己要从岳父家搬出来了,要单独住到城西一个看似孤独却可以在小夜曲中入眠的小岛上了。母亲在他张口要钱之前就直截了当地问他:"儿子,说吧,要多少钱?"一翔苦涩地笑了。唉,这就是母亲,她会力所能及地帮你,会让你尽可能地避开委屈,哪怕这委屈是你自找的,哪怕它对你是一种磨炼。一翔说妈你放心,我会很快还给你的,我只是一时急用。母亲笑了,说:"儿子,你说这话,让我感觉你已经不是你了,黄花那个鬼地方是不是把你摧残得很厉害?受不了就回来吧!我不想在几年后看到带着一张北方人的脸回家的儿子。"母亲就这点不好,提起北方人,就认为皮实肉厚,一点也不精致。一翔说:"妈你给我三万吧,当然,前提是不影响你们的生活。"母亲说我们是吃米糠咽干笋长大的,没有什么能影响我们的生活。我给你六万,我知道你这孩子碍口,说话总是打埋伏。

放下电话,一翔的泪水不知不觉地流了下来。一翔想,即使走投无路,他也不会慌张,因为身后站着母亲。

用五万块钱交了房租,一翔拿到了那所宅院的钥匙,有了五年的使用权。这对于他来说很重要。拿到钥匙的那一刻,他知道自己做了一件正确的事情,因为他的心里突然安静下来,踏实下来,好似在空中飘了一年,今天忽然着了地,全身有一种解脱的感觉,很舒坦,很美妙。一翔本来要带小茵一起去取钥匙,小茵不去,说你租了哪里,租谁的,租过以后怎么收拾,我都不问。某一天你对我说房子拾掇好了,可以住了,我就打个的过去。一翔打扫了卫生,请人用黄竹沿着黄花河筑了一堵简易的院墙,院门也是用黄竹编的,正对着黄花桥。这样,远看近观,都很像一座有一定私密性的宅子了。一翔又买了一些家具和炊具,又买了两个书柜和一个书桌摆到后院的小房里。虽然万事俱备,但一翔总觉得还缺少一些什么。他沿着黄花河走了一会儿,又在竹林和榆林里转了半个小时,突然恍然大悟。

一翔跑到一家花圃,把所有开黄花的花卉检索了一遍,选购了近二十个品种,三百多株,又买了一些开黄花的花种。一翔把花种种到西侧和北侧的河沿,把结香、金边小蜡、金苞花、金鸡菊和金叶过路黄栽在南侧,把迎春花、黄玫瑰、黄杜鹃和九月黄菊栽植在东侧的黄花河坡上,栽植在黄花桥边,一翔把它们喊作黄花四君子,又叫黄四娘。在凉亭的四周,一翔种植了二十余株黄花连翘。连翘是爬蔓植物,很快就会爬上凉亭,给凉亭罩上一片黄纱,春天的轻梦一般。一翔能想象得出,当黄花们都盛开时,他的小院将美不胜收:黄花绚烂,绿树掩映,翠竹婆娑,再加上朴素的房舍,既是田园景色,又有雅居之意。在这样的环境中生活,该是多么幸福的事情。

一翔请来阎强大和阎月儿,让他们给自己的新居提些意见。阎强大认为黄花已经成了小院的主题,使本来有些暮气的宅院有了鲜活的气息,更宜于居住。强大送给一翔一套石桌、石墩,放在凉亭里。如果在石桌上摆放一副棋具,就可以嗅着连翘淡淡的清香,沉浸在围棋的世界了。阎月儿没有发表意见,但一翔能看出来她很喜欢这里。阎月儿信步来到后院,在翠竹掩映的书房里,她铺开一张宣纸,略加思考便奋笔疾书:宁可抱香枝上老,不随黄叶舞秋风。一翔见了,忍不住连着喊了几个好。朱淑贞这两句诗的意境正与一翔的想法暗合,令他心里惊喜,准备把它装裱好,挂到堂屋里。阎月儿想了想,说:"我再给你的小窝确定一个主题吧,给它一个名号,以后我们到你这里来,嘴上就省力了。"一翔也有这个意思,他已经苦想了两天,总是不满意。阎月儿思索片刻,拈起笔来,三个遒劲的大字瞬间从笔端舞出:黄花居。阎强大也忍不住叫了一声好。一翔看着阎月儿,想,这样的一个女孩子,如果没有一点野心,真是可惜了。强大说:"这黄花居,名字是好,字也好,只是没有地方挂。"阎月儿一笑,说:"男人真是俗,有了好东西一定要在人前显摆。这就是个名号,自己心里知道就行了。"一翔点点头,说:"与月儿比起来,我们不只俗,还蠢。"阎月儿哈哈一笑,抬手要撕。一翔连忙抢了过来,说:"不挂就是,我还可以珍藏呢!"

当一翔把刘小茵带到黄花居的时候,他的心里是忐忑的。从头到尾没有刘小茵的参与,由他独自完成本该两人共同参与的事情,令他的自信大打折扣。一翔陪着小茵在黄花居里巡视——他把这叫作巡视,心里其实比领导来巡视时还要不安——眼睛一直没有离开她的脸。小茵的表情没有太多变化,看不出是喜欢还是不喜欢。当两人回到堂屋,坐在沙发上四目相对时,一翔小心翼翼地说:"请领导指示。"刘小茵笑笑,说:"王一翔,我真看不出来,你独立自主的能力还是挺强的。这么一块荒地,让你寥寥几笔就画出这么个样子来,也真不容易。我这里还有一点钱,明天咱们上街,再添置一些东西。这是咱们的家,应该温馨一些,别搞得像寺庙似的。"一翔惊喜地问:"这么说,领导不烦?"小茵说:"我为什么要烦?从今往后,至少五年,它就是我的家,我要是烦了,怎么在这里过下去?但是有一句话我要说清楚,你每天晚上下班后,必须立即赶回来。这么个偏僻的地方,我一个人孤凄凄的,怎么待?你不回来也行,过了晚上八点,我立刻就回我妈那里去。"一翔愣了一下,说:

"要不,喂条金毛犬什么的陪你?"小茵气得打了他一下,喊道:"你就不能说你一定准时回来? 喂狗? 你来打扫啊? 臭死了。"一翔抱过小茵,在她脸上亲了一下,说:"那,就让我做你的金毛吧!"刘小茵满意地点了点头,说:"你今天的表现出乎我的意料,说吧,你想要什么奖励? 我今天可以全部满足你。"

第六章　风中的黄花

在黄花居住了不到一个月，一天中午，王一翔忽然接到老万的电话，说晚上请他吃饭，问他有没有时间。王一翔说有时间，没有时间我也得去啊！不过，这顿饭应该由我来请，我一直想找个机会感谢你。老万哈哈笑了，说："你不用争了，会有人抢着付钱。那咱们就讲定了，晚上六点，在万花阁。"万花阁是一家新开的酒店，就在市政府南门外，档次很高。王一翔把老万请吃饭的事和小茵说了，说晚上你也要去啊，咱们做东。小茵笑笑，答应了。

当王一翔带着刘小茵来到万花阁的时候，老万和一个陌生的四十岁左右的男人已经在房间里等着了。老万做了介绍，陌生男人叫张用，是市商业局市场监察科的科长。一翔忽然明白了。部里上午召开了一个全体人员会议，安排明天到市直一些单位进行干部考察的事情。一翔和办公室主任刘鸣一被分在第二组，刘鸣一任组长。第二组要考察三个单位，商业局是其中之一。酒过三巡，老万说："一翔，听说你们明天要到商业局考察？要提拔人？"一翔点头。老万说："张用科长和我是多年的老朋友了，他的德才我心里清楚得很。我听说你是你们这一组的主笔，考察材料都由你来写，到时候你可要妙笔生花呀！"一翔有些疑惑地看看老万，说："明天去商业局的主要任务是用民主推荐的方式确定考察对象，确定后才进行考察。张科长能不能获得被考察的资格，还要等推荐结果出来以后才知道。"老万和张用交换了一下眼神，说："你在组织部工作，这种事比我懂得多。如果领导没有具体意向，是不会派你们去商业局的。那意向不在谁身上，谁也不会坐在家里乱做梦的。这就像做饭，米淘了，放锅里了，火也烧了，就等着出锅了。"一翔心里有些不舒服，听老万这么一说，自己就是一个掀锅盖的，那锅里的米熟到什么程度与自己一点关系都没有。一翔没接话茬，默默地喝了一口酒。

一顿饭吃了一个多小时，结束时已经晚上八点多了。回家的路上，刘小茵挎着一翔的胳膊，似乎有些激动。一翔诧异地看看她，问："你怎么了?"刘小茵笑笑，说没什么，没什么。

第二天上午，第二考察组一行四人来到商业局，任务有两个：一是确定一个副局长考察人选，一是围绕确定的人选进行考察。考察人选的确定，分投票推荐和口头推荐两个阶段进行。商业局总共二十多个人，全都参加了，再加上下属几个公司的主要领导，总共三十人。票推结束后，王一翔和另外两个组员把票收齐，要交给组长刘鸣一。刘鸣一摆摆手，说："这个由一翔你来负责，口头推荐以后再点票。"口头推荐时间很短，三十个人，一人只能推荐一个人选，不需要理由，说出一个名字，转身就走。王一翔本来以为会有很多人推荐张用，不料，大多数口头推荐都集中在一个姓刘的科长身上，仅有十一个人推荐张用。一翔想笑，心想，看来这个锅盖还真不好掀，饭熟没熟还真说不定。口头推荐结束，一翔和两个组员把刚才收上来的推荐票打开，一张一张仔细地清点起来。票推的结果与口头推荐的结果基本一致，姓刘的科长得了十九票，张用得了十一票。大家都知道领导的意图，看到推荐结果和领导意图不符合，就有些发愁，一是担心挨熊，一是担心加大工作量。刘鸣一更愁，掏出手机给部长打电话，把真实情况说了，请部长指示。部长一句话没说就把电话挂了。三分钟以后，部长给刘鸣一打了个电话，明白地告诉他，考察张用。王一翔有些吃惊，姓刘的科长比张用多了八票，这个优势可不小，怎么能确定张用呢? 一翔小声问刘鸣一："刘主任，部长不会说错吧? 不会是口误吧?"刘鸣一轻声笑了一下，说："这种事，怎么会错呢?"一翔又问："那还搞推荐干什么呢?"刘鸣一摆摆手，说："不推荐，怎么知道张用的推荐票超过三分之一? 超过三分之一就可以被列为考察对象，你比我更清楚。再说了，条例上没说谁的票数多就一定要定谁吧?"一翔想，条例上是没说，但是，条例上也没说谁票数少就定谁呀！

　　对张用的考察进行得很不顺利。听说张用被确定为副局长考察人选，大多数人都感到很吃惊。在谈话过程中，有的人坚决反对考察张用；有的人很无奈，说既然你们定了他，我也没话说；有的人直截了当，列举了张用很多问题，像自高自大、唯领导马首是瞻、有吃请请吃现象，等等。考察结束，还没走出商业局的大门，刘鸣一就接到几个短信，检举张用有经济问题。刘鸣一把短信给一翔和另外两个组员看了，说："我对大家不遮不掩，你们说怎么办？"另外两个组员是从外单位抽的，都笑着不说话。一翔想都没想，说："人家相信我们才反映这些问题，所以，我觉得，我们不能回避。"刘鸣一点点头，说："这样吧，王一翔你先写考察材料。这些检举的问题，咱们一起向领导汇报一下，看领导怎么说吧！"

　　下午，王一翔在另一家单位考察时，接到了老万的电话，问张用的考察情况。一翔说已经他已经被确定为考察人选了。老万说这个我知道，我想了解一下商业局的人怎么谈论他，有没有影响他任职的问题。王一翔迟疑了一下，说："这个，回头再说吧！"

　　王一翔回到黄花居时，已经是晚上八点多了。被考察人要留饭，刘鸣一死活不答应，说部里有纪律，违反了要挨板子的。天完全黑下来了，黄花居院门前的路灯热烈地亮着，院门敞开着，院里和堂屋里的灯也亮着；榆树葱绿的叶子在灯光的照射下，似乎更加清亮了；凉亭上攀爬的连翘在微风中轻摇着，散发出淡淡的清香。在一翔眼里，所有这些都是温情，都是家的气息。一翔被感动了，他站在院子里，深深地吸了一口气，张开双臂，似乎要把整个黄花居都拥进怀里。

　　刘小茵正在厨房里忙乎着，看到一翔，给了他一个微笑。一翔担心自己的晚归会让小茵生气，看到她笑，一时把持不住，把她搂在怀里狠狠地亲了一下。小茵也趁势吻了吻一翔。一翔受宠若惊，一时竟不知如何进行下去。温存了一会儿，小茵取下饭桌上罩着的纱笼，一桌五颜六色的菜肴出现在面前。一翔惊讶地张大了嘴。小茵做菜的水平，就像她的围棋水平一样，总是令一翔发笑。但是，今天她突然升了段，一翔强烈地感到不可思议。小茵嘿嘿一笑，说："想不到吧？在你的身边，还潜伏着一个美食特工。"一翔也笑了，取过一双筷子，夹起一块红烧肉美美地嚼了一口。小茵递过来一张小凳子，让一翔坐下，然后坐到他对面，说："吃我的红烧肉，可是有代价的。你告诉我，那个叫张用的，到底考察得怎么样？"一翔愣了一下，问："你打听这个干什么？回到家里还谈工作，累不累呀？"小茵说我也不想了解这些，还不是老万让我问的？你说给人家回电话，然后就没有声息了。人家等不及，就找我来了。"找你？老万到家里来了？"一翔放下筷子。小茵摇摇头，说："不是老万，是张用。张用说，老万前不久去了青海，给咱带了一点虫草，让他给捎过来。他坐了不到五分钟就走了，我让他把东西还给老万，他死活不拿。"

刘小茵从壁柜里取出一只精致的红漆木盒，递到一翔手里。一翔打开来，里面整齐地排列着一根根饱满的虫草。一翔重新盖好，问小茵："你知道这些虫草值多少钱吗？"小茵摇摇头。一翔说："至少一万块。"刘小茵轻笑了一声，说："不就是一万块吗？"一翔有些发愣，他本来希望在小茵脸上看到极度吃惊的表情。"还给老万。"一翔说。小茵说要还你还，我没法还。两人正拌着嘴，一翔的手机突然响了，是老万打来的。一翔默默地看着老万的名字在手机屏幕上跳动。小茵有些急，说你快接呀，为什么不接？手机连续响了一分钟左右，终于消停了。一翔迅速关了手机，从壁柜里找出一瓶白酒，然后坐到饭桌前，对着瓶嘴狠狠地喝了一口。小茵时而看看他，时而看看那盒似乎有些烫手的虫草，神情非常郁闷。

小茵的手机响了起来，小茵吓了一跳，看到是刘千年打来的，才松了一口气。"爸，这么晚了，你还没休息？"小茵问。"一翔在吗？我想和他说话。"刘千年说。一翔连忙向小茵摇手。小茵迟疑了一下，说："他累了，已经睡下了。"刘千年冷笑了一声，说："睡了？恐怕就在你旁边坐着吧？至于吗？人家老万没让他上刀山下火海，你们有什么怕的？老万和我是什么关系，你们又不是不知道。你告诉一翔，明天写那个张用的考察材料时，多种花，少栽刺，不就是笔头子一拐的事情吗？君子成人之美，不成人之恶，小人反是。咱们可不能做小人,听到了没有?"小茵嗯了一声,看了看一翔,泪水不争气地流了出来。

　　一阵风吹过,院里的榆树枝清脆地响起来,然后便有一阵清香飘进来。一翔知道有些黄花已经盛开了,它们携着清香来看他了。一翔感到自己就是一株黄花,也和它们一样,正在绽放着自己的第一次。

第七章　　池塘在小路尽头

早上起来，一翔感到昏昏沉沉的。两人背靠背睡了一夜，竟然一句话也没说，这样的别扭，对于睡眠是很大的伤害。一翔知道刘小茵早醒了，轻轻地拍了她的肩，见没有动静，又在她屁股上摸了一把。刘小茵气得一甩手，把一翔的手臂搂了一道血印。一翔叹了一口气，说："上午把那东西退了吧。"不待小茵回答，就走了出去。

一翔用了不到一个小时，就把三份考察报告写好了。把材料交给刘鸣一以后，一翔给刘小茵打了一个电话，想听听她是不是还在生气，不料刘小茵压根就不接他的电话。一翔又打阎强大家的座机，想和他约个时间下一盘棋。电话是阎月儿接的，声音懒懒的，像是刚睡醒。一翔把意思说了。月儿说行啊，你又不是不认识路，想来的时候就来呗！一翔赔了笑，问她是不是有朋友了，是不是和朋友闹别扭了。话一出口，心里竟有些难受，酸乎乎的不是滋味。阎月儿说你就放心吧，我要是谈了对象，首先要向你报告。而且，保证不和人家闹气，我会做一个举世无双的好妻子的。然后就把电话挂了。一翔有些发呆，阎月儿的小脸不由自主地浮现在眼前，飘来飘去，搅得他心里不安。正在这时，刘鸣一走进来，手里拿着张用的考察材料，说："王一翔你这么写，是不是有些不合适？你看啊，你说他群众基础薄弱，协调能力偏弱，专业能力较弱。别的不说，就这三个'弱'字，就能把他挡在门外。"一翔沉默片刻，说："刘主任，我也不想这样写，但是，考察的情况你是知道的，根据考察素材，我只能这样提炼。不这样写，就是隐瞒实际情况，是要负责任的。"刘鸣一笑笑，在一翔身边坐下，说："你说根据素材只能这样提炼，那好，我和你讨论一下。你看看这些素材，我们是不是可以这样说：虽然他不是科班出身，但积极好学，专业能力上升很快；在单位敢于和不正之风做斗争，为此得罪了一些人，但是他从不妥协。如果这样说，与素材相悖吗？我觉得你提炼得还不够，你得把迷雾拨开，才能看到太阳。"一翔看着刘鸣一，心里有些佩服他。能这样提炼素材的人，肯定能从沙子里提炼出金刚石，真是人才，这样的人才，做办公室主任可惜了。同时，一翔也感到疑惑：既然刘鸣一这样坚持，为什么他自己不写这个材料呢？刘鸣一接着说："一翔，我是相信你的，所以，我把这个事交给你办。你知道，考察材料写好了，对于提升你在部里的地位是很有用的。你这么聪明，不需要我多说吧？"一翔点点头，说："谢谢刘主任关照，只是，我实在写不出你要表达的那些意思。要不，你交给别人呢？或者，你亲自操刀也行。"刘鸣一愣了，嘴角的肌肉牵动了几下，忽然笑了，说："好好，那行，那就以你写的为准，就这么汇报吧。"

部长办公会定在下午三点开。所有考察组都在会议室里等候，按顺序到部长室汇报。第一组进去汇报的时候，副部长赵山水匆匆忙忙地走进会议室，轻声在一翔耳边说："刘鸣一生病了，正在医院输液，你们第二组就由你来汇报。"一翔感到头猛地蒙了一下。刘鸣一在这个时候生病，让人怀疑，也让人无奈。一翔感到心里跳得厉害，好像后背上有杆枪顶着。到部里以后，他还没有这样的机会，但是，他并不渴望。当你年轻的时候，当别人认为你的工作经验还不够丰富的时候，你在这种场合得到的大多是挑剔的目光，还有挑剔的问话。一翔知道自己没有准备好，什么时候才能准备好，不知道。他的目光透露出自己的想法。赵山水笑了笑，说："没什么，不是有材料吗？"

一翔的汇报是照本宣科式的，没有任何发挥。这是他的选择，他决定用这种方式完成自己的第一次汇报。他不敢发挥，因为他知道自己极有可能说出令人吃惊的话。既然是第一次，就安静些吧！一翔没有料到，他手里的那几张纸本身就是一枚炸弹，产生的威力足以震动在场的每一个人。一翔汇报完毕，屋子里一时静极了，似乎一片羽毛飞翔的声音都能听到。部长和三位副部长的表情很冷峻,但是,冷峻背后包含的是不同的意思、不同的心情。干部科科长袁辉煌的表情很奇怪,似笑非笑,似哭非哭,他的嘴唇缓慢地一张一合,好像正在和嘴里的一只弹簧搏斗。一翔看着袁辉煌,心里忐忑不安。

"刘鸣一呢?"部长问,"刘鸣一跑哪里去了?"赵山水看看袁辉煌,袁辉煌没有抬头,似乎没有听到。"生病了,挺重的,正在医院输液。"赵山水的声音不高,但一翔听出了为刘鸣一开脱的意思。部长把手里的材料扔到办公桌上,看了一翔一眼,闭了闭眼睛。停了约莫一分钟,部长端起茶杯,狠狠地喝了一口水,说:"下一组。"袁辉煌站起来,要给茶杯续些水,部长用一个坚决的手势制止了他。

一翔走出部长室,有一种如释重负的感觉。无论是什么结果,无论他们怎么看他,该结束的都结束了。

第二天上午,一翔得到一个消息:部里要重新考察张用,考察组长由袁辉煌亲自担任,组员是部里的三名工作人员。袁辉煌一般情况下不到单位考察,这种时候,他总是待在部长身边,随时听命。二次考察,以前也有过,但是,基本上由原班人马完成。像现在这种情况,领导的意思不言自明,结果也不言自明。一翔坐在办公室里,心里憋屈得很,千言万语堵在嗓子眼,全身被一种冰冷的孤独包围着。他想抽烟,没有。他想起赵山水是抽烟的,于是他站起身,向赵山水的办公室走去。

赵山水办公室在走廊的另一端。一翔刚走到门前,还没来得及伸手敲门,便听到刘鸣一的声音从屋里飘了出来:"赵部长,我现在正式向你汇报,如果以后还让我带队考察,组员要由我自己来挑。我宁愿当光杆司令,也不想带那个混蛋。"赵山水哈哈笑了,说:"人家年轻,年轻是需要打磨的。"刘鸣一说:"我就是一块豆腐,经不起他那铁角子。以前袁辉煌抽人考察,压根就没有我的事,我知道他对我有成见,怕我鲜灵了抢他的风头。这次挺好,想到我了,谁料想到又被那姓王的小子甩了一鞭。"赵山水说:"放心吧,部长不会对你有想法的。也是巧了,谁叫你生病了呢? 要是由你汇报,情况要好些。"刘鸣一叹了口气,说:"我汇报?材料写成那样,我敢汇报吗?"

　　一翔扭头走了。他不想回办公室,便走出大楼,沿着楼东侧的鹅卵石小径向前走。小径两侧是绿茸茸的草坪,无数的小草精神抖擞地直立着,含情脉脉地看着他。没有思考的愿望,一翔就像一辆陈旧的小车,慢慢地向前挪动着。小径曲曲折折,把一翔带进一片合欢树林,粉色的合欢花被风吹拂,在阳光里愉快地飞翔,有几朵飞到一翔身上,黏黏地不愿离开。在合欢树林的尽头,竟是一个一亩大小的池塘。池塘里有一些碧荷,懒懒地摇荡着,摇出一缕缕淡淡的香。有两只灰色的小鸟从塘边的草丛中飞出,快活地叫着,冲向了蓝天。一翔站在塘边,沉默良久,轻轻地念道:"种藕百余根,高荷才四叶。飐闪碧云扇,团圆青玉叠。亭亭自抬举,鼎鼎难藏摩。不学着水荃,一生长怙怙。"

　　一翔想,小径的尽头是池塘,这倒是很好的意境。如果是一棵歪脖子树,只能让人心生戚戚,无法选择了。

第八章　陡峭的河岸

一翔和刘小茵的冷战持续了三天,就到了周六。黄花居的黄花陆续开放,虽然增加了一些热烈的气氛,但一翔的心里却像黄花桥下的水,清冷而寂寞。无论是什么原因,无论谁对谁错,事情总要了结,僵持下去是不明智的。一翔前后左右地想了一番,也觉得自己有些任性,似乎在异乡就有理由这么做似的。一翔心里软了,决定主动示爱。已是上午八点多,小茵还在卧室里躺着,眼睫毛一动一动的,不知道在想什么。一翔走过去,跪在床上,无声地抱住了小茵。小茵用力挣扎了一会儿,无奈一翔抱得太紧,所有的努力都是徒劳。小茵索性放松了身体,双目闭着,任由一翔摆布。一翔上下左右抚摸了一番,见小茵无动于衷,便轻声请求小茵和他一起,到黄花公园去玩,半日游,回来后他做饭,做小茵最爱吃的笋丝沏汤面。小茵脸上的肌肉扯了一下,睁了睁眼。一翔心中暗喜,松了手臂。小茵起了床,面无表情地梳洗完毕,拎起小包就走。一翔连忙颠着谨慎的小步,紧紧跟随在小茵身后。走过黄花桥,小茵招手拦了一辆出租车,一屁股坐到副驾驶座上,然后砰的一声关了门。一翔的手还没来得及触到后门把手,出租车就一溜烟地开走了。一翔愣了半天,只好怏怏地回了家。

一翔百无聊赖,踱到书房看了一会儿书,觉得无趣,便来到凉亭下打谱。一张谱没打完,又觉得无趣,思来想去,觉得还是去强大那里下棋有意思些,到江松那里听听鼓书也不错。冲动了片刻,仍然作罢,想,别把自己脸上那点悲情让所有人看了去,更不能让阎月儿看到,不然,又是一番热讽。一翔回到卧室,躺到床上发呆。突然有一声蟋蟀的叫声响起来。一翔知道是小茵手机的短信声,原来小茵走得匆忙,竟忘了带手机。一翔从小茵枕头下取过她的手机,打开短信,呼吸立即急促起来。是一个叫王三番的男人发来的短信:茵子,晚上有事吗? 我请你看电影,吃饭也行。一翔猛地坐起来,心里咚咚地跳了几下。一翔连忙查看小茵以往的短信记录,却没有发现王三番发的其他短信,别人的倒有不少,都是朋友亲戚发的,无外乎生活琐事。一翔想,肯定是删了,肯定是。上来就喊茵子,就邀请看电影,肯定是联系许多次了。一翔心里非常不安,恨不得现在就抓住刘小茵问个究竟。一翔拨打刘千年家的座机,问岳母小茵去没去那里。袁雪莲说没去,然后问他们是不是吵架了。一翔说没有啊,妈,她手机忘带了,我怕她着急,想和她说一声。刚放下电话,蟋蟀又叫了一声。一翔一阵紧张,打开小茵的手机看时,仍然是王三番的短信:怎么不回? 是不是家里有人,不方便? 我这几天晚上一直在老地方散步,真希望能碰到你。一翔觉得一股热血直往头上冲,心里似乎被什么东西狠狠地捣了一下,疼得全身哆嗦。一翔知道这不是嫉妒引起的疼,是真疼,是皮肉裂开地疼,撕心裂肺地疼。

　　刘小茵晚上八点多钟才回来。一翔虽然经历了地狱般的煎熬,但是,对于如何面对刘小茵,他一点准备也没有。当刘小茵打开院门走进院子时,一翔全身一阵发冷,继而又被热气包围,好似在冷库里待了半天,又猛地冲进滚热的浴室。一翔快步走出房门,看到刘小茵快活的脸在院子里那盏明亮的公牛灯下如鲜花般盛开。虽然这是一翔希望看到的,但是,此刻他宁愿小茵的脸上流满泪水。小茵看到他,鲜花立刻闭合,从他身边挤过,一声不吭地回了卧室。一翔跟进卧室,砰地关上了门。这响亮的声音把他自己吓了一跳,他甚至回头看了看房门,怀疑这声音真是自己弄出来的。

　　小茵躺到床上,随手拿起手机翻看着。一翔知道她肯定看到了那两个短信,但是,她脸上的神色竟然没有任何改变。一翔感到既气愤又悲痛,他一把从小茵手里抓过手机,拍到床头柜上,然后直视着小茵。小茵诧异地看了他一眼,竟然笑了笑。一翔抓住她的肩膀,使劲晃了一下。小茵疼得叫了一声,喊道:"王一翔,你疯了?"一翔说:"我疯了吗? 你怎么不说你把我逼疯了?"小茵说:"我怎么逼你了? 你自己在家快活了一天,我怎么逼你?"一翔抓过手机,拍到小茵手里,说:"短信你不是看过了吗? 你是不是经常接到这样的短信? 刘小茵今天你要和我说清楚,不然,我今天和你没完!"小茵愣了一下,继而一丝微笑快速地掠过脸颊,又迅速消失了。小茵说:"接到短信怎么了? 你不是经常和女孩子联系吗? 你能和女孩子面对面下棋,一坐几个小时,我怎么就不能和别人一起出去看场电影?"一翔气得脸通红,抢过手机,打开短信,放到小茵面前,说:"这是看电影的事吗? 这是与下棋一样性质的事吗? 你自己看看,老地方,你告诉我,这老地方是什么意思?"小茵夺回手机,打开后盖,把电池抠掉,说:"王一翔,如果你还是这种粗暴的态度,如果你继续这样对待我,老地方会越来越多。"一翔看着刘小茵美丽的脸,扬起手来。刘小茵笑了笑,把脖子伸直了,把脸仰到他的手掌可以很舒服地拍到的地方。一翔的手落了下来,没有落到小茵脸上,而是落到了自己手臂上。然后他一把搂住小茵,低声地哭了起来。哭了几分钟,他忽然发现,刘小茵还在笑,而且动静越来越大,最后竟笑得瘫在了床上。一翔突然明白过来,他一把拧住小茵的耳朵,说刘小茵你再不说实话,我让你变成一只没有耳朵的蚯蚓。刘小茵笑着点点他,说:"王一翔你个蠢货,吃醋让你丧失了理智,你再仔细看看,那个王三番是谁!"

　　王三番的号码有些熟悉,似乎是个熟人的,但是,实在想不起来是谁。一翔取出自己的手机,把王三番的手机号输进去。原来是刘二年的号码。一翔全身的绳子一下都绷断了,他长出了一口气,重重地倒在刘小茵身边。虽然在刘小茵的恶作剧里,自己是个笨蛋,但是,笨蛋有什么不好? 比吃醋的感觉好得太多了。一翔摸了摸小茵的脸,说:"刘小茵,你这么恶心我,为什么? 你如果还敢这么做,说不定,在你解释清楚之前,你的命已经丢了。"小茵轻蔑地看着他,说:"王一翔,你的表现全在我的意料之中,我倒是担心你把自己的小命给弄丢了。以后,再有类似的行动,我要提前把刀子和绳子之类的东西全收起来。"一翔不得不承认刘小茵是对的,在她面前,自己绝对是个弱者,弱得连自己都无法认清了。

"说吧,你的目的?我不相信这仅仅是一个玩笑。"一翔郑重地看着小茵。小茵示意一翔给她抹抹脸,顺势在他手上蹭了几下,说:"如果不是看你哭得真诚,王一翔,我不会告诉你实情,我会让你继续难受几天。你知道不知道,你前几天的行为不只伤了我,伤了老万,你还伤了我的父母?你让我无法面对他们,你让我在他们面前抬不起头。我不想多说,这个道理你肯定明白。我抬不起头,你的头倒昂起来了!昂着头走路很快活吧?现在你看到昂头走路的结果了吗?那个张用照样被提拔了,你本来可以得到的尊重,可以得到的感谢,全都飞了。在这场你自己导演的戏里,只有一个失败者,那就是你自己。"一翔咬着嘴唇听小茵说完,长叹了一口气,说:"我不想得罪任何人,但是,他们为什么要把那种选择放到我面前?为什么要让我陷在那种境地中?"小茵说:"你当初有没有把那种选择放到人家老万面前?有没有放到我父母面前?陷在那种境地里,是你自己找的。如果你明智,人家送给你的是玫瑰,绝对不是荆棘!"

一翔承认小茵说得有道理。他没有高估自己的力量,但是,他低估了别人,或者说,他没有看清事情的发展走向,没有想到自己会站到那么多人的对面。

小茵直视着一翔的眼睛,说:"一翔我告诉你,以后再有类似的事情,我不希望还是这样的结果。还有,如果在原则问题上你和我爸妈发生了冲突,我也许不会和你站在一起。我的话,你能听明白吗?"一翔点点头,说:"我明白,你是说,在关键时刻你会选择父母,而我,可能会被抛弃。"小茵垂下眼睛,轻叹了一口气,紧紧地抱住一翔,说:"为了我,为了我们的爱情,我知道你会做得很好。"

一翔知道自己只有服从。为了爱情,这么神圣的理由,还有别的选择吗?一翔经常梦到黄花居门前的河坡上开满了鲜花,每一朵鲜花都是爱情在绽放。现在,那些美丽的黄花已经铺满了河坡,空气中弥漫着它们的芳香,但是,它们似乎与爱情无关。一翔意识到,鲜花掩映下的河坡其实是陡峭的,站在上面的他一不留神,就会顺着那些鲜花滚下去,到了河底,他就会知道黄花河水是多么凉了,他就会知道失去的东西是多么珍贵了。

王一翔亲了亲小茵的手,说:"刘小茵,如果你愿意,我们可以生个孩子。我不是用孩子拴你,我是要拴住我自己。"

第九章　黄花酒坊

　　承诺对于有些人是一张轻飘飘的纸,对于一翔来说,却是一块黑黝黝的铁,无时无刻不在心底压着,无时无刻不在提醒他一些事情。一个星期后,一翔在镜子里发现了一个更加消瘦的自己,额上竟有了一条火柴杆一般粗细的皱纹。他努力把皱纹抚平,手松开,却又恢复了原样。一翔知道它来自哪里,也知道它将伴随自己一生,而且,它会邀来越来越多的同伴。一翔并不担心岁月催人老,衰老是规律,虽然心里拒绝,哪里又能逃得掉?"晨起览清镜,有叟鬓已皤,黬黄色类栀,面皱纹如靴。熟视但惊叹,初不相谁何;久乃稍醒悟,举手自摩挲。"一翔想,自己现在的心境,人家陆游数千年前就经历过,既然这样,有什么好悲哀的呢? 只是,结尾的那句"惟须勤把酒,暂遣衰颜酡",倒是一个好办法,不妨一试。

　　于是,一翔在小茵的陪伴下,接连参加了几个酒场,有小茵朋友请的,有刘千年组织的,还在刘千年家里陪过几次客。有一次,一翔在刘千年家里见到了老万。老万似乎忘记了曾经发生的事,亲热地和一翔打招呼。一翔也当什么事都没发生过,陪老万喝了半斤酒。这样的日子过了一个多月,一翔在一次酒醒之后,忽然觉得一切都没有意思。当然,本来就没意思,只是当作有意思罢了。他不想继续下去了,他很害怕,担心自己某一天在某一个酒宴上做出令人吃惊的事,说出令人吃惊的话。一翔把自己的想法和小茵说了,说我以后尽可能不参加这样的场合了。小茵没有劝阻。对于她来说,一翔正拐向她希望他去的地方,在这个过程中自然会有很多曲折,这没有什么,罗马不是一天建成的。

其实,一翔喜欢喝酒,但是,他希望自斟自饮,躲开他不想见的人。那些人令他眩晕,他们的声音、他们的相貌、他们的举手投足,都令他很不舒服。一翔开始单独行动。他在黄花公园西门南侧找到了一家小酒馆,黄花小酒馆。招牌上,"黄"和"馆"两个字已经模糊了,剩下的三个字倒是挺清晰,于是,一翔戏称这家酒馆为"花小酒"。"花小酒"的老板是个三十岁左右的男人,还真姓花,叫花六。花六长得很一般,但他的老婆很漂亮,一翔第一次见到她时,以为是在这里吃饭的顾客,及至弄清是花六的老婆杨小飞,忍不住叹息了一番,借着酒劲当着花六的面开玩笑,说好汉无好妻,赖汉子娶花枝,正所谓风情占尽,却开在花六枝头。杨小飞的嘴也不饶人,说我知道了,你老婆肯定比我漂亮得多,你可要注意,别让她开在别人枝头上了。花六的手艺很不错,拿手的菜有十来个,一翔最喜欢吃的,是一盘梅花玉兰,每次必点。所谓梅花玉兰,是把玉兰片在开水中发十个小时,然后再扔到开水锅里煮十分钟,再放在淘米水里浸十个小时,浸得肥肥的、白白的,放到肉汤中,文火慢煨,待到涨成须臾要破的样子,再捞出切成梅花块,装盘上桌。每次吃这道菜,一翔都有一些感叹。本来坚硬如铁的玉兰片,经过几番折腾,竟变得这样温软可口,可见这世间的事,全是没有定数的,折腾久了,就面目全非了。一翔爱在花六的酒馆喝酒,还有一个重要的原因:花六的老婆杨小飞酿得一手好酒,纯高粱米,喝着有一种田野的芳香。一翔每次喝三两,微醺,被微风一吹,很快就醒了,这就是纯粮酒的好处。一翔想,酿酒倒是一种不错的消遣,便缠着杨小飞,要拜她为师,学酿酒。杨小飞刚开始死活不答应,后来看一翔是真心真意,只好同意了,但是有言在先,只教三天,学不会拉倒。

正式向杨小飞学酿酒的前一天上午,一翔跑到阎强大家里,硬拉着阎强大下了一盘棋。阎月儿在旁边陪了一会儿,转身要走,一翔示意她留步。月儿又坐了十分钟,仍要走。一翔说月儿一会儿我请你们吃饭,我拜了一位美女当师傅,学酿酒,咱们一会儿到她家酒馆吃饭,也介绍你们认识一下。月儿冷笑了一声,说:"怪不得现在看你不像棋士,倒像个酒徒。"一翔愣了一下,问阎强大："我像吗？"阎强大点点头，说："你不像，但你下的棋有点像了。"一翔两指撮了一粒棋子，半天没有落下去，心里冒出一股苦水，翻滚了几上几下，苦不堪言。

一翔向杨小飞学了三天，掌握了酿酒的基本方法，就琢磨着在自己家里建个小酒坊。家里没有多余的房子。一翔和小茵商量了半天，终于想出一个点子。两人找来工具，在书房旁边清理出一块十多个平方的地点，搭了一个帆布棚。两人站在帆布棚里，左看右看，感到很满意。小茵忽然问了一句："王一翔，我已经习惯你的任性了，我忘了问一句，你酿酒干什么啊？卖酒？还是留着自己喝？"一翔被问得有些发蒙，想了一会儿，才说："不喝，那我酿它干什么？纯粮的，可珍贵！我估计，你爸的储物室里也找不出几瓶纯粮酒。"小茵笑了笑，说："也行，实在喝不了，咱就窖起来，以后就是陈酿了。只要你高兴，怎么玩都行。"

以小茵的意思，既然要酿酒，还是要讲究一些，要正儿八经地购一套设备，小型的，一万块钱左右。一翔坚决地摇头，说这边进粮食那边出酒，有什么意思？古代人没有那些现代化设备，酿的酒不是很好吗？小茵掏出三千块钱交给一翔，随他折腾去了。

一翔跑到街上，按照杨小飞开的单子，购来一只大高压锅、两只陶瓮、数只玻璃酒坛，以及乳胶管、冷凝器等，把厨房里的微波炉也搬到了棚里。然后，一翔跑到粮食市场买来二百斤红高粱。东西买齐后，一翔觉得还少了一样什么，想了一会儿，恍然大悟，让刘小茵到街上做了一面酒旗，上写"黄花酒坊"四个字，挂到了棚门前。刘小茵问他要不要放一挂鞭炮。一翔摆摆手，说算了算了，动静别太大，还不知道能不能成功呢！

第一次酿酒，耗费了一翔很大的精力。从第一锅高粱放入微波炉蒸制的那一刻起，他的时间就属于酿酒了。过程是持续不断的，如果停下来，就意味着放弃。一翔采取的是半固态黄酒法发酵，这种方法适合家庭作业，规模小，工具简单，替代品多，省钱。一翔用微波炉蒸出一百斤高粱，晾到四十度左右，加入本地特有的发酵药蛋，拌匀，放置一天，待酒曲与高粱达到糖化高峰时，再放进发酵罐内。所谓发酵罐，就是一翔买的两只硕大的陶瓮。发酵期较长，两个星期，这让一翔有些迫不及待。刚过两个星期，一翔就打开发酵罐，把罐内发酵的液体倾入高压锅，进行液态蒸馏。这种蒸馏，一般要进行两次，不然酒度达不到。二次蒸馏后，清冽的白酒终于汩汩地流入了玻璃酒坛。看着那些美妙的液体，一翔竟然想哭，想抱着酒坛哭。小茵用汤匙舀了一匙，自己先尝了一下，被辣得叫了起来。一翔笑着接过汤匙，一饮而尽，然后大叫了一声："痛快！"

一百斤高粱，酿出了四十斤六十度的白酒。一翔被成功的喜悦冲击着，一口气喝了二两多。一翔觉得这是世界上最好喝的酒。他取出事先准备好的写着"黄花液"三个字的酒贴，小心翼翼地贴到酒坛上。"黄花液，"一翔喃喃地说，"少年自负凌云笔。到而今、春华落尽，满怀萧瑟。……若对黄花孤负酒，怕黄花、也笑人岑寂。"

酒酿出来了，自然要送出去一些，让亲戚朋友分享一下喜悦之情。杨小飞和花六那里肯定要送几斤，师傅教导有方，该感谢的。一翔想送给阎强大十斤，征求小茵的意见时，小茵撇了撇嘴，说你是想送给阎月儿吧？一翔变了脸色，脸扭到了一边。小茵说你这人真没意思，不过是开个小玩笑，你就受不了了。小茵找到几只塑料酒桶，给杨小飞装了五斤，给阎强大装了十斤，自家留了十五斤，剩下的十斤，小茵要送给刘千年。小茵说让你老岳父也尝尝，他喝了几十年的酒，还没尝过自己女婿酿的酒。

小茵送酒给父亲，原因并不像她所说的那么单一。父亲不缺酒，家里的好酒够喝二十年。小茵想借此向父亲说明，一翔现在已经有些听话了，以后会更加听话，一定会走到父亲所说的正路上，所以，大家要改变对他的看法，要用足够的热情对待他。当小茵带着十斤黄花液来到父亲家里时，父亲和刘大年、刘二年正坐在客厅里说话，脸色很凝重的样子。在小茵的记忆里，父亲和他两个儿子说话时，一直是这个样子，好像整个世界的发展走向取决于他们的某一次谈话。小茵把酒放到刘千年面前的茶几上，说："爸，这是王一翔孝敬您的。"刘千年看看塑料酒桶，没说什么，表情依然凝重。刘大年笑了一声,说:"小茵,爸什么酒没喝过? 你家小王去哪里打的散酒? 是不是认为爸退休了,喝不起好酒了?"刘二年也笑了,说:"大哥你这样说就不对了,这是人家的心意,礼轻情义重。"小茵气得鼓起了嘴,说:"你们两位有点做哥的样子吗? 我告诉你们,这是人家王一翔亲手酿的酒,是亲手酿的! 叫黄花液! 我知道你们对他有成见,但是你们要看到他的转变,世界上没有一成不变的人。"刘千年点了点头,说:"一翔是一个高智商的人,如果他能充分发挥自己的优势,不出三年,他就能闯出一番天地。但是,小茵,你有没有感觉到,他是一个专门和自己的智商作对的人。他不下棋了,却去酿酒了。他弃了一门艺术,却选择了一门手艺。从某个角度来看,还不如让他去下棋。"小茵想争辩,又觉得争辩不清,只好默不作声。刘千年接着说:"我明白你的想法。但是,你没有找到问题的症结,所以,从一个错误走向了另一个错误。"

　　小茵不敢把刘氏父子的话告诉王一翔,她和一翔说,父亲很高兴,夸他聪明呢。小茵还想说父亲当时就品尝了,认为酒很好。但看到一翔漫不经意的样子,小茵没了兴致。一翔的表情已经表明了他的态度。他不在乎刘千年怎么看,他只在意小茵的感觉。一棵树在某一年的某一天裂开了,也许影响不了它的生存,它还会继续长,长得很高,很粗,但是,那道裂痕永远也不会消失了。一翔明白他和岳父的关系已经有了一道裂痕,它会继续扩大,而不是被岁月抹平。

　　小茵一如既往地支持一翔酿酒,甚至主动问一翔什么时候开始第二次。只要一翔能安静地待在她身边,只要他不再那么任性,她就满意了。一翔目前最想做的事不是继续酿酒,而是和人分享自己的成果。他不在意刘千年的意见,即使得到他的夸奖,也可能是出于礼节,没有参考价值。一翔带着酒去找花六和杨小飞。杨小飞尝了一口,立刻吃惊地睁大了眼睛:"天哪,你在酒里面加了什么? 加了才情吧? 有才的人就是可怕。你愿意成为我的供应商吗? 我愿意和你签长期供货合同,前提是你经常来吃饭。"杨小飞夸张的表情让花六不满,却让一翔快活。然后一翔带着酒去找阎强大和阎月儿。和阎强大兄妹分享,这才是他的乐趣所在。在他酿酒的时候,他的眼前就时时浮现出和阎氏兄妹共饮时的情景。在那种虚幻的情景中，阎强大是吃惊的，阎月儿是叹服的。当一翔把满满十斤白酒放到阎强大面前时，阎强大确实很吃惊，阎月儿却面无表情。"我酿的。"一翔说，"月儿，麻烦你去准备几个小菜。春韭加黄粱，今天我们要一举累十觞。"月儿迟疑了一下，打开酒桶盖，嗅了一下，说："身后堆金挂北斗，不如生前一樽酒。好好喝吧。"一翔觉得月儿这话味儿有些不对，想说什么，又不知从何说起，看看阎强大，讪讪地笑了笑。阎强大说："喝，今天咱们不醉不罢休。"

阎月儿当真炒了韭菜鸡蛋，当真焖了一锅黄米饭。一翔希望这是一次温情而酣畅的聚会。当他走进兄妹俩的小院时，心里有一种踏实的感觉，仿佛回到了自己的家乡。夜雨剪春韭，新炊间黄粱，这该是多么有趣的话题，何况，还有新酿的美酒。但是，似乎总有一种阴沉的气氛笼罩在周围，让酒香飘不起来，让黄粱如生冷的米饭。一翔找了数个话题，想把大家的情绪调动起来，想让气氛热烈起来，却无法如愿。一翔明白了，阎氏兄妹今天根本就没有和他谈话的兴致，更没有陪他喝酒的兴致。一翔找不到原因，想问问月儿，又觉得没意思。酒喝得不愉快，便没有喝下去的必要，但还是要收尾。一翔三口两口喝完桌上的酒，脸色红红地站起来，告别了阎强大和月儿。当阎家的院门在他身后合上时，委屈和无奈的感觉蓦地袭上来，像是已经在背后躲藏了很久。一翔扶着斑驳的院墙，很想站在那里哭上一场，哪怕默默地垂几滴泪也行，而且，只有在这里哭，才能把胸中的块垒消去。

不远处就是江松的鼓场。强大和月儿早就介绍一翔和江松夫妇认识了，已经有过几次气氛不错的聚会。一翔对江松的印象非常好，并认定他不属于这座小城，他心里肯定有一个早就计划好的归宿。一翔向江松家走去，他希望坐在江松对面，品着一杯淡淡的茶，听着江松苍凉的声音，慢慢忘记自己的情绪。刚走到门前，几点鼓音穿墙而出，如击打在一翔的心上，他不由自主地站住了。江松的声音随之而起，沙哑而略带忧伤：

古代列国多奇闻，

俞伯牙汉阳抚琴遇知音。
巧逢钟子期对答把琴问，
意气相投又把香焚。
他二人分手太急未得细谈论，
约会了汉阳相会再等来春。
且不言伯牙回朝去交旨，
子期回家侍奉双亲。
提起了汉阳抚琴多亲近，
赠银回家读书文。
不料想读至秋后心血用尽，
劳心伤神看看要归阴。
临危时禀告老双亲：
"千万你莫失信，
将为儿埋在江边等来春。
到那时倘若有伯牙来访问，
虽不能我见了他的面，
可引他到儿的坟！"

　　一翔呆立在门外，似乎有一张凉飕飕的丝网从头上罩下，软软地包住了他的全身。他的手脚很快变得如那网一样，软得可以随意东西南北。随网而来的，还有一阵凉风，也是软软地吹在他身上，透过了皮肤，很快就到了五脏。一翔定了定神，心里忽然升起一阵浓烈的忧伤，他能清楚地看到它的浓黑的颜色。他抹了抹脸，湿乎乎的，似乎是泪水。哪来的泪水呢？为什么会有泪水呢？

第十章　金丝园

深秋的时候,刘小茵怀孕了。对于王一翔来说,这是个很好的消息,他时时把这件事作为一个努力向上的理由,使自己的生活更有目的性,精神上也随之得到很多的安慰。照顾刘小茵,成为他随时随地的功课,虽然有些笨拙,但是,刘小茵很满足,被照顾总是幸福的,除了满足,还能有什么呢?

刘小茵虽然在黄花城长大,同学朋友不少,但保持经常性联系的并不多。特别是婚后,刘小茵几乎断绝了与他们的来往,至于原因,她自己也说不清楚,如果一定要寻根究底,那就是:懒得走动。小茵与几家亲戚的来往倒是不少,比如刘大年的老婆王小凤、刘二年的老婆牛小妹。所以,当刘小茵在家里热情地接待马怜怜夫妇,并告诉一翔马怜怜是她最好的闺密时,一翔的眼神里流露出了怀疑。他没有见过马怜怜,马怜怜没有参加他和刘小茵的婚礼,如果真是最好的闺密,刘小茵的闺密概念倒是值得商榷。正是准备晚饭的时间,马怜怜两口子带了一堆好吃的,几乎把黄花城有些名气的小吃都带来了。意思很明显,要在黄花居吃晚饭。一翔不喜欢马怜怜,虽然她长得很漂亮,让人有连看三眼的欲望,但是,她眼神中流露出的风骚令人怀疑她对于友谊的珍视程度。而她的丈夫王金泉更令一翔反感,长得猥琐不说,眉眶还很高,一双小小的眼睛躲在下面滴溜溜转个不停,让人说不清道不明。一翔怀疑这两个人是怎么搭配到一起的,也有些好奇这样的搭配会创造出一种什么样的生活。但是,这一切似乎与他没有什么关系。一翔找了个借口,想避开这一对神仙眷侣。一翔说我今天晚上有个聚会,前天就约好了,抱歉了。没想到马怜怜一把拉住他的手臂，说："哥哥，你是不是看见我以后才想起你的聚会？有这么闪人的吗？我有那么丑吗？"一翔有些尴尬地看看小茵，脸红了一下。小茵笑望着马怜怜，说老怜你不要这样对他，他是个害羞的人，你的那个什么劲会让他很难受。然后小茵郑重地对一翔说："今天晚上就是有天大的事情你也得留在家里，他们是我最重要的朋友。"一翔无奈，只好答应。

晚饭的气氛还是比较热烈的，很像两家久别重逢的朋友畅叙别后之情。酒至半酣，马怜怜终于把此行的目的说了出来，这倒让一翔长出了一口气。他一直不相信这仅仅是一次普通的聚会，他一直在等待谜底。马怜怜的老公王金泉在黄花区的一个乡镇当副书记，五年了，仍在原地打转。马怜怜请一翔和黄花区的领导说一下，看能不能把王金泉转到正科岗位上，镇长、书记都行，实在不行，人大常委会主任也可以。马怜怜这么说的时候，王金泉忧郁地看了她一眼。马怜怜连忙改口，说那个人大常委会主任，当然是不得已的选择了。我知道翔哥哥能力很强，这种事情对于你来说就是，手到擒来。然后马怜怜转脸看着小茵，说小茵你说翔哥哥的能力是不是很强？小茵笑道："能力强不强，你比我还清楚。"一翔有些吃惊，刘小茵也会开这种玩笑，完全出乎他的意料。一翔端起酒杯，轻轻地抿了一口，说："这种事情，我是有心无力的。你们也知道，我在单位只是个小角色，人微言轻。而且，提拔不提拔，主要看表现吧？"马怜怜脸色一变，刚要说什么，小茵向她使了个眼色。小茵说我要到卧室去一下，一翔你扶我一把，我感觉今天身子有些沉。

在卧室里，小茵从枕头下摸出一只白玉镯子，套在左手腕上。一翔吃惊地看着她，心里有些明白了。小茵打开床头柜的抽屉，从里面取出一沓百元钞票，在一翔面前晃了晃。一翔感到有一股热血直往头上涌，头猛地晕了一下，身上也冒了些微汗。小茵定定地看着一翔，一句话也不说。一翔艰难地咽了一口唾沫，说："你是知道我的，我得罪过老万，得罪过你爸，你不是不知道。"小茵轻轻地说："那时是那时，现在是现在。现在我们有了孩子，我不能让孩子生下来就过穷苦的生活。而且，也是为了马怜怜，她需要为王金泉做些事。你也能看出来，她的性格很外露，难免做些出格的事，如果她不能为王金泉做些什么,他不会饶了她。"一翔摇了摇头,说:"我没有那个关系,办不成。"小茵说:"我知道你和黄花区的一个副书记很熟,你试一下,咱不强求,尽力就行。如果办不成,我就把东西退给他们。"一翔看着那只玉镯,莹白的羊脂玉,发出像小茵的皮肤一样的柔润的光泽,似乎在幽幽地讲述着千年的故事。一翔还想说什么,小茵伸出手来抚了抚他的脸,说:"就当是为了孩子,而且,下不为例。好吧,翔哥哥?"

一翔长叹了一口气,说:"这样吧,小茵,你把东西还给他们,我就试一下。你得明白一点,我们以孩子为借口这么做,是不是有些过分?"小茵变了脸色,说:"我还了东西,你为什么还要试呢?"一翔说:"是呀,我也在想这个问题。"小茵阴着脸沉吟半晌,才说:"你还是试一下吧,我退给他们就是了。但是,今天晚上不行,明天,明天我还给他们就是了。"

一翔当着小茵和马怜怜夫妇的面,给黄花区委副书记肖一本打了个电话,简明扼要地把事情说了。他希望被拒绝,甚至希望肖一本把他教训一顿,然后,他便可以一脸无奈地向小茵摊摊手。但是,肖一本兴奋的声音让他有些绝望:"老弟,我正在万花阁吃饭,你过来吧!咱们边喝边聊!"一翔挂了手机,呆呆地看着自己的手。"那你快去吧!"小茵说,"别让人家久等。"王金泉有些激动地站起来,说:"我去门口喊个车。"马怜怜说你的任务不仅仅是喊车,你得陪着翔哥一起去,别让车走,你就在门口等着,等翔哥吃完饭再把他送回来,我就在这里等你。对了,再给翔哥带条烟。

一翔临出门时回头看了小茵一眼,小茵正笑吟吟地看着他。一翔咬了咬嘴唇,把一口唾沫咽了下去。

第二天早上,一翔从沉睡中醒来的时候,已经七点多了。清亮的阳光在院子里飘荡,似乎在等待着什么。一翔恍惚觉得自己正躺在家乡的竹林之中,身下不是舒服的席梦思,而是厚厚的温暖的竹叶。小茵走进来,把一杯蜂蜜水放到床头柜上,说:"你醒了?怎么喝那么多啊?王金泉送你回来的时候,你的脸色都是紫的。"一翔回想了一下,和肖一本见面后,到底喝了多少酒,真的记不清了。席上有多少人? 有四五个,都是经常被人挂在嘴边的人。肖一本是在卫生间里答应他的,肖一本说你说的事我一定记清了,一定尽力给你办了。

一翔把昨天晚上的情况简单地说了一下,说我能做的只有这些了,你也不要再催我,这件事我不想提了。正说着,手机响了,却是肖一本打来的。一翔有些惊讶,看了看小茵。小茵笑了,说:"不会是办成了吧?"一翔摇了摇头。肖一本的声音永远充满了激情,让人感到他永远生活在阳光明媚的早晨。肖一本说怎么样老弟? 酒醒了? 一翔说刚醒。肖一本说醒了就好,我真担心你喝得爬不起来了。一翔有些感动,说:"谢谢领导关心。"肖一本哈哈一笑,说:"老弟,有个事我一直想和你说,昨天只顾想你的事了,没来得及说。"一翔说我就是小兵一个,想为你分忧也没那本事啊! 肖一本说我早就看明白了,你们市委组织部最有水平的就是你,最有前途的也是你。肖一本前年五十岁,今年五十二岁,这个年龄是市委组织部前年认定的。在他的干部档案里,大部分材料证明他前年才四十八岁,但是,仍然有两份材料起到了反作用。肖一本不服气,苦寻了两年,终于在初中时的母校找到一份学籍档案,上面的出生日期可以证明他今年只有五十岁。肖一本带着学籍档案到干部科找过袁辉煌,也找过赵山水,但两人均认为这份学籍档案作用有限,无法提供充分的理由,虽然它来自四十年前,虽然它散发着四十年前的气息,但是,仅此而已。一份发黄的材料,能推翻已经认定的事实吗? 也许,它在当时就是一个错误呢? 肖一本说,老弟,我和你说,赵山水和袁辉煌对我是有成见的,我和他们打了十几年交道了,在一些问题上得罪过他们。你在干部科,对这方面的政策肯定是了解的,所以,我想拜托你帮我这个忙。我不是计较这一岁两岁的年龄,我是要还历史一个本来的面目。今天他们冤枉了我一个,明天就可能冤枉一群。

一翔知道自己是没有退路的。如果拒绝,王金泉的事就完了。但是,赵山水和袁辉煌可是两道险关,能闯过去吗?

刘小茵在一旁向一翔做了个手势,那只美丽的手镯在她手腕上闪闪发光。

一翔只好答应尽力而为。

一翔不知道事情会发展到哪一步。办不了，倒是件不错的事，成全了自己，也能交差。鞋已经踩到了水边，也可以说已经踩到了浅水里，但是，退出还来得及。湿鞋不是湿身，性质还是有区别的。一翔这样想着，眼前却浮现出小茵闪闪发光的眼睛和她手腕上闪闪发光的手镯，心里顿时不忍。自打和小茵认识以来，自己给她买过什么值钱的东西吗？没有。没钱的时候没法买，偶尔攒了一点钱，又不舍得买了。说到底，还是经济上太拮据。一翔想，唉！以后对她更好一些就是了！

在档案年龄的问题上，肖一本没有得到公正的对待，这一点是确定的。按照正常程序，袁辉煌没有任何理由一口回绝肖一本，起码要把他提供的学籍档案接收下来，向部领导做个汇报，或者向省委组织部有关处室汇报一下，该什么结果就是什么结果。肖一本是讲道理的，他没有胡搅蛮缠，也没有越级反映问题，这一点，一翔心里有数，也是他敢于咬牙接下来的一个原因。袁辉煌对肖一本有看法，这是无疑的。如果一翔拎着肖一本的学籍档案，贸然去找袁辉煌，肯定会遇到阻力，结果会和以前一样。即使闹到部长那里，结论也无法更改，部长相信谁？他不可能抛开赵山水和袁辉煌而相信他王一翔，毕竟人家是老组工了。如果让肖一本直接向省委组织部有关处室反映问题，还是要拿到市里解决，拖个一年两年的，就没了斗志，事情也就不了了之了。拖到肖一本退二线也是可能的，你都退二线了，还有劲纠缠这个？纠缠还有意义吗？即使那时给你重新认定了，你能从二线再回来吗？

一翔思来想去，决定先弄清有关政策再说，实践未动，理论先行。他找来一堆干部档案管理和干部年龄认定方面的文件，认真地学习了一天。学习使人进步，当一翔把所有文件都看完时，他意识到这句话真是太正确了。省里三个月以前下了一份文件，是关于干部年龄认定的。干部出生年月的确定，要以其本人档案中能够提供年龄证据的最早的材料为准，哪怕是一份入团志愿书，只要上面有出生年月，也能起到决定作用。无论之后你怎么填，无论你填了多少份,都抵不上这一份最早的材料。按照这个精神,肖一本提供的那份学籍档案完全可以作为年龄认定的主要依据,因为它的形成时间早于他档案里的所有文件。当然,那份档案必须是真实的。一翔把这份文件复印了一份,装进一只牛皮纸袋,想了想,又把肖一本提供的学籍档案也装了进去,然后给肖一本打了个电话,问他这份学籍档案到底是不是真的。肖一本说千真万确,如果需要,他可以把校长和档案管理员全请来做证。一翔说那好,你等我的消息吧!一翔用十分钟时间敲出一篇新闻稿件,标题是《市委组织部积极推进市管干部档案管理工作》,把那份文件的精神摘要加了进去,署名黄组。一翔给任舒打了个电话,要他务必帮忙,近几天把这个稿件发出来,最好在大报发,发在显著位置。任舒是一翔的大学同学,在省城一家很有名的报社做记者,这件事在他手里自然不成问题。

五天以后,稿件刊出,登在一家大报的第二版。一翔把报纸装进那只牛皮纸袋,然后给肖一本打了个电话,说我准备了一些材料,你让司机来取吧!然后你抽空到部长那里去一趟,把材料给他看,一个月以后你就可以年轻两岁了。

周末下午,一翔痛痛快快地睡了一觉,起床后洗了把脸,穿上一件厚外套,坐到凉亭里,翻开阎月儿昨天寄给他的一本古谱,认真地看了起来。阎月儿寄书给他,挺有意思,但一翔没有多想。正看得痴迷,院门被敲响了。刘小茵上午就回娘家了,说一个远亲家里办喜事,要和王小凤、牛小妹她们赶过去。一翔以为是小茵回来了,就拎着书本去开门,来人却是马怜怜。马怜怜手里拎了一提袋东西,让一翔感到害怕。如果她今天晚上在这里吃饭,那个王金泉也过来,这个惬意的周末就被破坏了。马怜怜一脸俏笑,说:"翔哥哥,在干什么呢?"一翔脸上不冷不热的,淡淡地说:"没什么,看闲书。"马怜怜瞅了一眼书皮,说:"哥哥真是儒雅,不是我们这些人能比的。你日理万机,还有心思看这书,可见是个大心脏。"说完,自己先笑了起来。一翔说刘小茵没在家。马怜怜说:"我知道啊,我是来找你的。"然后径直走进客厅。一翔只好跟进去,让了座,给她倒了一杯水。马怜怜看着一翔,脸上笑得很热烈,只是不说话,猩红的小嘴张着,像是随时要撕咬什么东西。一翔也不说话。上周三,肖一本打电话,说王金泉的事办了,调到邻近一个乡镇做镇长去了。一翔把消息传给小茵,告诉她这样的事情以后再也不要做了。王金泉的事办得利量,自然与肖一本的事情得到顺利解决有关。肖一本带着一翔提供的材料去找部长,部长无奈,让袁辉煌专门跑到省委组织部汇报,得到有关处室的确切回复后,把肖一本的年龄改了过来。但是,那篇署名黄组的新闻稿件却让一翔露出了尾巴,大家都猜测这事是他做的。写稿件宣传工作是好事,但是,这篇稿件恰好配合了肖一本事情的解决,好事便有了内幕,让人心里不舒服。赵山水和袁辉煌嘴上没说,但见到一翔时,脸上的表情把心里的话全说出来了。一翔知道自己道行很浅,偶尔办一件大一些的事,会牺牲掉很多东西,前后算一下,得不偿失,所以,还是少动为佳。

　　一翔坐在马怜怜对面,有一页没一页地看着书,心里却像长了草似的。马怜怜不怪一翔不理她,笑够了,把提袋里的东西掏出来给一翔看,原来是几盒燕窝。马怜怜说小茵身体不好,给她补补身子。然后马怜怜从手包里掏出一张金色的卡,屁股挪到一翔旁边,把卡往他手里塞,说:"哥哥,我今天来呢,主要目的是给你送这张销魂卡,这里面可比你的围棋书精彩多了。"手里动着,屁股一个劲地往一翔身边蹭。隔着几层衣服,一翔能感觉到马怜怜肉体的温热和激情。一翔连忙向旁边挪了挪,问:"是电影卡?"马怜怜往一翔身上贴了一下,一只白嫩的小手有意无意地按到了一翔的腿,吓得一翔一抖,脸一下红起来。"哥哥听说过金丝园没有?"马怜怜的手没有拿开,还趁势加了一点劲。一翔知道如果自己不站起来,就很难抵挡马怜怜,如果她有进一步的动作,他也许会软瘫在沙发上。一翔艰难地站了起来,声音抖抖地说:"马怜怜,你过了河,还想拆刘小茵的桥吧?"马怜怜嘿嘿地笑了,说:"哥哥,世上本没有桥,你这样的夫子多了,也就有了桥。算了,为了小茵,我就把口水咽了。"然后把手里的卡放到茶几上,说,"这张卡你一定要留下,凭它,可以在金丝园享受五次一级套餐。当然,你也可以带几个朋友一起去,不过,我觉得你应该自己消受,慢慢地消受,你就会知道美妙是什么滋味。"

一翔听说过金丝园。坐落在城南郊区的金丝园,原来是一处农庄,叫玫瑰红,是农家乐形式的消费场所。后来因经营不善,被一家娱乐集团收购,改为夜总会性质,取名金丝园。一翔他们去考察干部时,曾经有考察对象试探过他们的口风,要请他们到金丝园玩。一翔他们拒绝了,一是感觉神秘,不敢去;二是怕留下无穷的隐患。

一翔有些心慌,如果不走出去,他担心自己禁不住诱惑。一翔一边往外走,一边扭头看着马怜怜,说:"马怜怜,如果你不把这些东西拿走,我立即打电话,建议他们把王金泉调回去,你自己看着办吧!"

马怜怜脸上有些挂不住,所有的风情像被一阵风吹走了。她看着王一翔的背影,狠狠地跺了一下脚。

一个星期以后,一翔刚吃过中午饭,便接到阎强大一个电话,说一个顾客拖欠培训费,用一张卡抵了,他要用这张卡请一翔和江松消遣一下。一翔正好没事,便答应下来。三个人在强大家聚齐,便来到胡同口拦了一辆出租车。阎强大让出租车司机送他们去金丝园。一翔诧异地看了他一眼,说:"那地方应该很贵吧?"强大说:"再贵也没办法,这卡总得花掉吧!"江松便有些感叹,说没想到第一次去奢侈,还是被卡绑架的。一翔想起马怜怜送卡的事,觉得有些好笑,看来金丝园这地方是躲不过去的,既然这样,就见识一下吧!想是这样想,心里仍然有些不安,担心会有意料之外的事情发生。

金丝园的大门呈凤首形,灰色,乍一看,让人以为来到了某所大学门外。进了大门,便见一座高大的汉白玉美女雕塑耸立在阔大的院子中间,穿的衣服像是旗袍,又像是裙子。院子的东西北三面都是五层楼,连接在一起,像一只硕大的马蹄铁。楼面上几乎砌满了玻璃幕墙,自西而东,分别是蓝色、金色和绿色,在下午阳光的照射下,三色交映生辉,空气中似乎弥漫着无数的光粉。玻璃幕墙上悬着数幅巨大的红色布标,印着时下流行的文化口号。三人在雕塑前驻足,品了半晌,猜不出这女人是谁。一翔只好叹了一声,说:"白玉有幸修风流,黄花三痴寻痴缘。春风一度无限恨,沉香亭北拍红栏。"江松笑道:"一翔兄,如果这是主题,我们今天是不是有些大胆了?"一翔也笑道:"这有什么,酒肉穿肠过,佛祖心中留。何况,我们还不知道这里到底有什么样的酒肉。"

进了大厅,顿觉屋大人矮,花香人丑,三人被扑面的奢华压得面目紧张,惴惴不安。一个漂亮女孩迎面走来,问:"三位先生事先有约吗?"强大摇了摇头。女孩看看一翔,说:"这位先生好面熟,您是这里的常客,肯定是事先约好的。让我带路吗?"江松和强大转脸惊讶地看着一翔,把一翔搞得很尴尬。一翔抹了抹脸,问女孩:"你再看一下,还是常客吗?"女孩笑了,说:"先生长得儒雅,会喜欢上这里,以后会成为常客的。"三人跟着女孩,曲曲折折,来到一间小厅。女孩请三位坐下,依次倒了茶水,说:"我叫巍巍,今天就由我为三位先生服务了。三位先生需要什么,我立刻就去安排。"一翔被搞得一头雾水,也不知道自己需要什么,说:"你先说说你们都有什么吧!"巍巍说:"只有您想不到的,没有我们做不到的。"强大说:"原来这里是一个百度公司,一搜就来。"巍巍说:"既然是三位先生一起来,爱好和想法肯定是一致的,我给你们推荐一个项目吧。"巍巍从壁柜里取出一本彩印册子,打开来,放到三人面前。册子里全是裸身或半裸的女孩子,千姿百态,妖娆无比,像一团火一样,瞬间烧得人喘不过气来。一翔说丫头你这是干什么?我们可是金卡消费,你就让我们看黄色图片吗?巍巍笑了,说:"这种图片,各位老板肯定看过不少,在这里看不如买一本在家里看。这些女孩都是我们这里的服务员,你们需要哪一个,可以随便挑。你们是金卡消费,挑好以后,可以享受最好的套餐。我建议你们往后翻,后面的照片是近期才加上的。"看三个人都不好意思,巍巍就主动代劳,翻到最后几页,十来个金发欧女的照片出现在眼前。巍巍看着目瞪口呆的三个男人,笑着说:"各位老板肯定知道我们这个会所的名字叫金丝园,一方面呢,是因为我们的内部装饰金光灿烂,被彩灯一打,像有万道金丝在飘;另一方面呢,我们每年会不定期地从俄罗斯输送一些漂亮姑娘过来,搞一些交流活动。这些金发碧眼的姑娘是最近才来的,是我们的招牌菜。"强大看看一翔,看看江松,一翔和江松脸色通红,嘴角直抖,一看就是没经过世面的。强大站起身,强压住内心的惶惶,掏出金卡,问:"我这张金卡,可以退吗?"巍巍有些吃惊,说:"退倒是可以,不过,只能给你三折。我们鼓励消费,先生们消费了,我们的价值才真正体现了。"强大说:"三折就三折,你现在就给我退。"巍巍想笑,嘴咧到一半,又急忙控制住,拿过金卡快步走了出去。

江松摇了摇头,说:"金丝金丝兮乱我心,强大一翔兮口舌干,口舌干兮奈若何,金丝金丝奈若何!"强大笑道:"你小子也别装正人君子,要不是我们两人在场,你恐怕就会吟金丝缠我兮奈若何了。"正逗笑,巍巍进来了,把三千块钱递给强大,说:"三位老板,你们不用急着离开,我们还有其他项目的,你们可以了解一下啊!"强大说下次吧丫头,我们下次再来。强大使了个眼色,三人一起站起来,低头咬唇,像面临强奸威胁一样急匆匆地跑了出去。

站在金丝园大门外,三人长出了一口气。江松说:"像我们这样的人,总给人一种肾功能不全的感觉。"强大掏出那三千钱,说:"今天本来想让大家开个洋荤,不料被人家出了洋相。这样,我请客,给你们压惊。咱们到黄花大酒店,今天要把这些钱全部花光。一翔皱了皱眉,说:"从这个地方省出的钱,不花也罢。"江根笑道:"白玉无辜修风流,金钱蒙羞买金丝。走出去十米,也就忘了这屁事。如果你还记得来龙去脉,说明你心里还没有放下,早晚还会回来。"

第十一章　太阳升起了

　　夏季的暑热刚刚过去,秋天的凉爽还没来得及展开的时候,王一翔和刘小茵的女儿出生了。

　　在小茵看来,只有两个支点的家,会时时面临倒下的危险。现在好了,女儿出生了,最重要的支点来了,从今以后,她生活的重心要转移到女儿身上了。而对于一翔来说,女儿出生的意义更是不同寻常:她就像一枚太阳,会照亮他以后的生活,也会照亮他心里一些阴暗潮湿的角落,让他的生活永远散发出阳光健康的气息。同时,女儿的出生,意味着他和刘小茵之间的某些不和谐暂时告一段落,他们不用再相互猜疑,不用再因为信任度不够而产生无谓的伤感,他们的关系也许会从此走上较为健康的道路。当然,女儿出生的最重要的意义在于她自己。一个幼小的生命就像刚刚跳出地平线的太阳一样纯洁而清新,他要用心呵护,让她幸福地冉冉升起。

　　他们给女儿取名王之阳,小名园儿。

　　园儿满月的时候,一翔和小茵爆发了一次冲突,这次意料之外的冲突,让一翔从美好的憧憬中跌落,对于未来的生活灰心沮丧。

　　离园儿满月还有十天,小茵就和一翔商议怎么办满月酒。按照小茵的意思,双方的亲戚是不能少的,同学和朋友也是要通知的,平时送出去很多红包,让他们回礼也是应该的。还有一翔单位的同事,按惯例也要邀请。一翔表示同意,大家都这么做,自己没必要标新立异。一翔给父母打了电话,问他们能不能前来。父母有些犹豫,最终还是决定不来,说我们有些事情走不开,过些日子我们再专程去看园儿吧！母亲给一翔汇了五千块钱,说给是园儿的一点心意。一翔算了一下,计划中的人都到,不会超过十桌。至于在什么档次的酒店办席,一翔认为没必要太奢华,有特色就行了。小茵说那不行,人越少越要高档次,就在黄花大酒店办。一翔说那里可是很贵的,十桌饭,没有万把块钱拿不下来,你收的那几个钱全扔给酒店了。小茵说你别操这个心了,我让刘大年去联系,他们会打个大折。一翔觉得这倒是个好办法,在这种事情上,刘大年总是有办法的。到了满月那天上午,当一翔抱着园儿,跟在小茵身后赶到黄花大酒店的时候,他大大地吃了一惊。

说好的十桌变成了二十桌,说好的那些人都来了,计划外的人却来了不少。刘千年的朋友来了,刘大年和刘二年的朋友来了,当然,他们要来,谁也挡不住。真正让一翔恼火的,是县区委组织部来了很多人。如果这些人和一翔有交情,倒也能说得过去。问题的关键在于,他甚至叫不出一些人的名字,连人家在哪个科室都搞不清。一翔把小茵拉进一个空包间,问她到底是怎么回事。小茵说人家要来,你还能拒绝吗?一翔说关键问题是我一点都不知道,这正常吗?你邀了这些人,为什么不和我讲一声?再说了,我凭什么让人家来?我何德何能让人家来?你知道这会造成多坏的影响吗?小茵笑了,说:"我倒没有看到什么坏影响,我觉得,他们愿意来,只能说明你的人缘很好,也可以借此进一步提高你的威望,这是正能量。再说了,以后他们家里有什么事,我会去还礼的。"两人正吵着,刘大年走进来,黑着脸说:"大家都入席了,你们倒好,有时间在这里吵架。"一翔委屈得鼻子里都快渗出泪水了,他揉了揉鼻子,说好好,刘小茵,很好!你这样的能力,在家里窝着有些可惜了!

园儿的满月酒席办得很圆满,热烈的气氛感染了一翔,使他暂时忘记了不快。

晚上,一翔抱着女儿,坐在客厅的沙发上,哼唱刚学会的一首摇篮曲。小茵坐在一翔对面数钱,边数边看礼单。小茵满面红光,没有劳累一天的疲惫,没有奔波之后的憔悴,她的眼神甚至是金色的,嘴唇有些灼热,似乎散发着渴望的气息。"五万,"小茵看了看一翔,说,"和我猜测的差不多。我明天就把这钱交给刘二年,让他帮我放出去,每年最少有一万块钱的回报。我要给我女儿攒一笔钱,到她出嫁的时候,那将是一份非常丰厚的嫁妆。"一翔亲了一下园儿的小脸,把脸扭向一边,说:"我要买一辆车。"小茵瞪大了眼,说:"王一翔你再说一遍,你想做什么?""买一辆车。"一翔说。小茵说你疯了吧?买车,一辆车要十几万,你买车?你拿什么买?用这笔钱?你什么意思啊?你有什么不满就直说,何必搞这些没头没脑的事?

　　一翔不看小茵的眼睛,低头把想买车的理由说了。上班较远,风吹日晒,是不是需要车?女儿满月了,时不时要带她出门,热了冷了,是不是需要车?还有,黄花城的东南西北都有很好的风景区,有了车,没事时就可以去玩了。一翔说我只要两万块,我两万块就能买辆车,用上三年,我还能卖一万多呢!

　　小茵说两万块钱买车?你是买摩托还是买汽车?你把话说清楚啊!一翔被小茵逗笑了,说:"我已经算过了,两万块,能买辆二手普桑,而且不会超过十万公里,车况也差不到哪里。"小茵说你让我想想,我想清楚了再回答你。

　　小茵想了一夜,第二天早上交给一翔两万块钱,说你想买就买吧,不管你是什么理由,不管那理由能不能站得住,不管你心里是不是还有一个我不知道的理由,想买你就买吧!我知道,园儿的满月席我做得有些过分,但是,我不也是,算了,不说了,你想买就买吧!

　　一翔通过阎强大的关系,从二手车市场买了一辆黑色普桑,一万九,已经跑了十五万公里,内饰已经陈旧不堪,外表勉强能说过去,补了一些漆,上了一层蜡,竟然有鲜灵灵乌油油的感觉。阎强大不知道一翔买车的目的,但什么都没问。一翔把车停在黄花桥外的马路边,然后倒退着过了桥,来到院门前。他的目光一直盯在车子上。那孤独的黑色的身影,那冷峻分明的棱角,还有蜡层下面遮遮掩掩的沧桑,都令一翔着迷。这辆车,是他的朋友,他要像对待朋友一样对待它。

　　一翔给它起名叫老黑。

　　和老黑相处了三天,一翔已经把它的脾性全摸清了。下午下班的时候,一翔给小茵打电话,说晚上要加班,估计会熬到很晚,不回家睡了,让小茵带着园儿回娘家。小茵说我不回,有园儿给我做伴,我什么都不怕。一翔犹豫了一下,说那好吧,把门锁好。

一翔开着老黑在城外转了一圈,天渐渐黑了下来。他打开车灯,把老黑开到城南五里一个叫水岩的村庄。三个月以前,下乡调研的时候,他曾经路过这里。他记得道路的南侧有两片玉米地,在两片玉米地的交界处,有一条三米多宽的土路,土路的两旁长着两排四十多年树龄的老杨树。当时一翔想,什么时候能到这些老杨树下坐上半天就好了。现在,他找来了。玉米已经收了,小麦已经长了半尺高。他沿着土路开了将近一百米,靠边停好,然后熄了火,默默地在车里坐着,在黑暗里坐着。

村庄在五百米外,偶尔有一点灯光闪出来,衬出它黑黝黝的轮廓。狗吠声偶尔响起,似乎是为了提醒人们注意它们的存在。公路上偶尔驶过一辆车,黑暗被刺破后,瞬间又合拢,把所有的寂静都揽到了怀里。这些并没有引起一翔太多的注意。一翔感觉自己正坐在玉米地里,屁股下不是柔软的海绵座位,而是散发着清香的玉米秸。小麦在路两旁的田野里轻轻地舞蹈着,似乎在畅想着初夏到来时的美丽,它们清新的气息,已经浓浓地四处洋溢,像是要包围身边的世界。微风吹过,树叶相互摩挲,发出沙沙的声音,似乎在提醒一翔,宁静也是一种声音,是最美的声音。一些不知名字的虫子偶尔鸣叫几声,很惬意,闲适,是幸福的呻吟。突然,两声清脆的鸟鸣从麦地里升起,是那种低飞的土歌儿鸟,极快的身手,双翅一抿,贴着地皮能蹿出十多米远。一翔还听到了小麦的对话,它们在诉说着成长的心得,在诉说着宁静的心情,在诉说着对于未来的憧憬。一翔想起了大别山腹地那座叫翠坪的小城,想起了那条叫岚的河。无数美好的夜晚,他坐在竹林里,听山风的声音,听岚河怀抱里的水声,还有,竹子们也在私语,就像这些小麦。一翔忽然想起了袁四儿,那个痴痴的女孩,她现在还好吗?

夜深了,一翔睡着了。

是鸟儿欢快的叫声把一翔吵醒的。晨光熹微,周边的世界像是刚刚被注入了新鲜血液。老杨树的身影渐渐清晰,小麦们也从睡梦中醒来。老黑上方的树枝上立着两只翠绿的鸟,啾啾的叫声是美妙的晨光曲,在田野里悠扬地飘扬。一翔抹了一把脸。买车,其实是为了在黄花居之外拥有一个小小的家,这个家自然是孤独的,是忧伤的,但是,却可以让他安静地独处,聆听内心的声音。它可以为他遮风挡雨,让他安然入眠。他来到这里,是想体验那种浸满忧伤的孤独;他想知道夜晚的大自然是不是像自己一样孤独;他想知道一个人在孤独的车里过夜,会不会孤独得哭泣;他想知道那时的哭泣是什么样子,会不会带着撕心的疼。但是,他没有找到答案。他美美地睡了一觉,似乎这里就是他的家,他感到身心欣悦,精神饱满。

一翔幸福地叹了一口气。

太阳升起来了,一翔这时才想起,他还有个女儿,叫园儿。

第十二章　天堂之旅

　　元旦，阎月儿转给一翔一封邀请函，是华东六省一市业余棋手对抗赛组委会发来的，邀请他参加一周以后在杭州举行的业余棋手对抗赛。这项赛事由六省一市围棋协会联合主办，邀请的棋手大多在官方认可的市级以上大赛中拿到过好名次，他们虽然是业余棋手，但在技术上与专业棋手很接近，水平不可小觑。据说中国棋院也将派员到场观摩指导。一翔觉得这是个难得的学习机会，就委托月儿回了函，说自己一定准时参赛。

　　接下来的几天，自然要推掉一切杂务，把心思收回到棋盘上。一翔和阎强大兄妹下了几盘试验棋，又把几本他认为对本次比赛有用的棋谱拿出来重温了一番。一翔觉得水平已经恢复得差不多了，状态也调整得足够好了，就写了一张请假条，去找赵山水请假。科员外出一周，科长无权批，须分管副部长签字。如果是一周以上，就得部长亲自批了。赵山水不在，一翔来回跑了两趟，赵山水办公室的门仍然紧闭着。一翔有些不耐烦，就来到赵山水隔壁的组织科，想问问赵山水的去向。组织科只有董小青一个人在，正歪在椅子里看一本书，笑得前仰后合的。董小青比一翔小一岁，却比他早两年参加工作。董小青很漂亮，一张白白的瓜子脸很耐看，当她笑起来的时候，双颊特别有质感，让人有一种伸手拧两下的冲动。一翔和董小青处得不错，虽然业务不同，却有一些共同的话题，像《红楼梦》之类的古典名著，两人凑到一起能不间断地聊上半小时。但两人没有深交。董小青这人看着随和，其实是不好接近的，正哈哈笑着，一转脸，也许就冷若冰霜了。部里的同事背后都喊她双面美女。对于她的任性,大家的解释是一样的:董小青的父亲是市政协副主席,曾经在黄花区区委书记任上待了五年,在黄花城是喊一声能传出一百公里以上的人物。一翔走到董小青身边,看到她正在读的书是《灯月缘》,就笑道:"一夜东风,吹散了柳梢残雪,更是吹开了千门灯火,九街风月。"董小青抬起头来,说:"你连这种禁毁小说也读得这么熟,可见是个只认得酒旗而不识得小二的。"一翔把手里的请假条给董小青看,问她是否知道赵山水去哪里了。董小青脸色有些讶异,说:"这个时候,你要出去一周?"一翔不解地问:"这个时候怎么了?与别的时候有区别吗?"董小青犹豫了一下,低声说:"你是真不知道还是假不知道?"一翔说我是一个关门读禁毁书的人,一般的风是吹不到我耳朵里的。董小青点点头,说也是,如果什么都知道,就不是你了。但是,这可不是一般的风。董小青告诉一翔,部里近期要提拔一批正科和副科,名额有限,够条件的都在积极争取,有的人天天往领导那里跑,明里暗里,吃奶的劲都使出来了。董小青说我真佩服你了,王一翔,你竟然连这事都不知道,也太冷漠了吧?一翔心下黯然,这样的香风都没有吹到自己,可见人缘已经面临危机了。一翔说谢谢你,小青。董小青撇了撇嘴,说,这还值得谢?如果我帮你一把,你会怎么谢我呢?说罢,眼睛亮亮地瞅着一翔,似乎就等他一句话,这一句话一旦说出来,事情就定了。一翔心里一热,索性在董小青对面坐了下来。

"你说个明确的,要不要我帮你?你知道我有这个能力。不过是个副科,对于我爸来说是小事,打个招呼就行。"董小青说。

一翔犹豫了好一会儿,最后还是说:"算了,听天由命吧!"董小青叹了一口气,说:"本姑娘还没这样做过,哭着闹着要帮人家,不是神经,就是精神病。我知道你这人顾忌多,算了。不过,我还是劝你一句,既然来了这个衙门,就得想着当县太爷,不然,你来做什么呀?所以,你应该放弃这次外出,在家里看着总比跑出去强。"

一翔点点头,说:"再次谢谢你,小青。"

从董小青屋里出来,一翔跑到卫生间蹲了半个小时,总算把紊乱的心绪理顺了。他又去找赵山水,仍然不在。一翔把请假条从门下面的缝隙里塞了进去,然后给赵山水发了个短信。不一会儿,赵山水的回复来了:好,一路顺风。一翔以为赵山水会不同意,或者只准三天,没想到这么顺当。又一想,人家可能眼巴巴地盼着自己走呢!这么想着,心里竟有些酸酸的。

但一翔的心里还是存了一丝侥幸:谁知道呢?事情才刚刚开始,谁又能判断出结果呢?也许,当自己从杭州回来的时候,会得到一个出乎意料的好消息呢!

晚上,一翔把自己要去杭州参加比赛的事情和刘小茵说了。小茵不同意,说下棋只是个爱好,为它费这么大周折,值吗?你最近不是不下棋了吗?怎么又拾起来了?小茵的脸色很难看,浓浓的失败感挂在脸上,像一汪长长的秋水。一翔说这样的比赛对于业余棋手来说,也许一生只有一次机会,不去太可惜了。一翔没敢说单位要提拔人的事,如果说了,铁定走不了,他不想再做不辞而别的事。好说歹说,小茵终于同意了,但加了个条件:以后再也不许为了下棋跑到外地去。一翔想,只要你同意就行,以后再说以后的事吧!

临睡前,小茵忽然问了一句:"是你一个人去吧?"一翔愣了一下,忽然明白过来,觉得很好笑。一翔一本正经地说:"我向全中国的围棋爱好者发誓,这次到杭州,黄花市只有我一个人。"

一翔是傍晚时分赶到杭州北站的,他顾不上打听公交车路线,匆匆打的赶到西湖边的一个会议中心报到,和一个湖北棋手住在一个房间。第二天上午有比赛,加上旅途劳累,一翔很早就睡了。一觉睡到早上五点多,打开手机看时,有两条短信,一条是小茵发来的彩信,小茵抱着女儿,站在凉亭边,向大门方向看;另一条是阎月儿发来的,祝他取得好成绩,并让他帮忙买一条蚕丝被。阎月儿近来对他不冷不热的,这个短信虽然有些公事公办的意思,仍然让一翔心里热乎乎的。

按照赛程,前三天进行小组比赛,单循环,成绩最好的两名棋手从小组出线,进入前八。第四天没有赛事,进入前八名的棋手抽签决定对手。从第五天开始,战火重燃,进入残酷的淘汰赛。一翔目标不高,胜一场就行。当然,不胜也没什么。这样的大赛,主要任务是学习。一翔在赛事的第一天就完成了自己的目标。小组赛第一轮,他中盘战胜对手。第二轮比赛费了些周折,但一翔仍然以较大优势取胜。第三轮比赛对于一翔能否进入前八至关重要,他轻装上阵,一套组合拳还没打完,对手就投子认输。一翔兵不血刃就进了前八,震惊了组委会。黄花小城,地图上几乎找不到的地方,围棋版图上连一个点都不是的地方,在这样的赛事里竟然杀出了一个前八,出乎所有人的意料。更让大家意外的事情还在后面。八进四的比赛,一翔的对手是江西省一位业余七段,曾经在省级比赛中拿过冠军。这样的选手,一般都是组委会特邀的,主要是为了提高赛事的档次,当然,如果能获得冠军,奖金也是非常丰厚的。一翔知道对手的厉害,所以事先做了充分准备,计划在前二十手采取步步为营的方法,以守为主,以守代攻,渐渐形成攻守兼备的形势,然后由守转攻。他的对手在这场比赛中只犯了一个错,那就是轻视一翔。轻视的结果很严重。业余七段在布局阶段过于自信,导致势大力轻,网大无鱼。一翔刚开始对于成功没有一成把握,他不相信七段识破不了自己的小手腕,一旦识破,他的处境就会非常困难。但是七段真没有识破,七段砍瓜切菜般横冲直撞,一杆枪舞出团团金光,却枪枪落空,虽然灿烂得如西天的晚霞,但是已经临近令他恐惧的黑暗。及至一翔的滚钩和地挠在一片金玉之声中滚滚而来,七段已经筋疲力尽,应对乏术,瞬间便被做成了刺猬。即便如此,一翔的优势也不大,最后胜了寥寥数目。这对于一翔来说,是意外的惊喜,七段的实力的确很强,稍不留意,早已成了蹄下之酱。而对于七段来说,却是无法接受的结果。他呆呆地看着一翔,希望对面坐着的是一团梦影。一翔活动了一下筋骨,酸疼,这才感觉到自己的紧张。又看看高手,心里有了些恻隐。梦里江天无纤尘,皎皎空中孤月轮。可怜飞花如鸿影,光华逐栏不照君。这也是没办法的事 。

　　一翔的胜利,震动了西湖的水。

　　赛事的第六天,半决赛正式打响。一翔知道这一次自己无法幸免了,因为他的对手是来自上海的高手燕春来,江湖上名头极大,人送绰号"满江红"。一翔知道燕春来的来历。他曾经是一名专业五段棋手,十五年前,他刚刚二十出头,在全国已经小有名气,眼看一番辉煌就要在面前展开,却意外地遭遇了一场车祸,并引发了一系列症状,身体健康急剧下降,不得已而退役。一翔曾经看过燕春来和一位九段棋手对弈时的棋谱,当真是一江春水向东流,一团锦簇鬼见愁。一翔长出了一口气,想,今天就是战死疆场,也值了。

一盘棋战了三个小时,杀得阴风阵阵,飞沙走石,虽然没有血流成河,却也是尸骨遍野,寸草寸灰。一翔以一又四分之三子惜败。燕春来看看一翔,看看棋盘;看看棋盘,又看看一翔。他想动一下身子,却意外地左右摇晃了一下,险些摔倒。燕春来稳住身形,脸上的表情瞬间变了三次。

一翔想哭。他没想到自己竟然下出了如此精彩的一盘棋,这是自己下的吗?是吗?半卷红旗临易水,一夜数度围老城。那位白衣银盔的猛将是自己吗?一翔想哭,他觉得眼前这盘棋是天赐的,是老天对他的厚爱。

一翔艰难地站起来,向燕春来深深地鞠了一躬。燕春来向一翔伸出手,一翔握住,燕春来借力站了起来,说:"如果我不来,我会后悔一辈子。年轻人,给我留个地址,以后我们多联系。"

夕阳中的西湖是成熟的风情少妇,淡淡的水雾似一层纱,略微掩了本真,却添了一分妩媚。晚霞如淡粉,均匀地涂在她俊秀的脸上,似乎是心底涌动的春潮。一翔坐在苏堤南端的一只水泥凳上,看着眼前的景,心里仍想着与燕春来的对弈。一个听凭内心呼唤的人,一个可以坦诚对话的人,一个对人生有充分认识和设计的人,这是一翔给燕春来下的评语。虽然体弱多病,仍然可以站立着傲视人生,这样的人,生来就是给人做榜样的。与燕春来相较,一翔觉得自己生活得很乱,乱到无解。明天就要回去了,又要面对那些乱成麻的生活了。一翔叹了一口气。留也不能留,走又没意思,他的心情一时变得很差。

"翠黛不须留五马,皇恩只许住三年。绿藤阴下铺歌席,红藕花中泊妓船。处处回头尽堪恋,就中难别是湖边。王一翔,你是不是有些流连不欲返呀?"一翔吃了一惊,这熟悉的声音,分明是阎月儿的。一翔抬头看时,可不就是她。阎月儿穿着一身牛仔服,背着一只牛仔包,正笑吟吟地站在他面前。这一瞬,一翔产生了紧紧抱住她的冲动。他平静了一下心情,淡淡地一笑,问:"你什么时候来的? 事先怎么不打个招呼?"月儿开心地笑着,以前时不时流露出的嗔怪和嘲讽的表情都不见了,这个时候的月儿比西湖美。"我早来了,你比赛的第一天我就在现场,你每一场比赛我都在现场。"月儿说。一翔无法掩饰自己的惊讶,心里的春水忽然激烈地荡漾了几下。"那你为什么不告诉我?"他问。月儿放下包,坐到一翔身边,说:"我不能扰乱你。我就是要看看,那个发挥到极致的王一翔,到底能下出一盘什么样的棋。""那你看到了什么?"一翔又问。月儿重重地叹了一口气,说:"王一翔,你真不该在黄花混了,那不是你待的地方。你知道吗? 在你和燕春来大战三百回合的时候,我的泪水流得哗哗的。你在黄花太憋屈了,你应该去寻找一个适合你的地方,去寻找一个你可以在那里龙吟虎啸的地方。如果找不到,就回你的大别山,回你的翠坪,你就找一个山洞隐居吧!""你想害我? 我去隐居,你在黄花和阎老大尝尽人间烟火?"一翔本来想开个玩笑,不料声音很滞重,像是在一本正经地说话。"不,我要陪你去隐居!"月儿的身子不由自主地靠到了一翔身上。一翔没有动,月儿温暖的身子,似乎是他寻找了很久的慰藉,被她偎着,有一种美好的融合的感觉。"为什么这么想? 我下的棋到底给了你什么刺激?"一翔问。月儿轻叹了一口气,说:"一盘能让我哭出来的棋,你还让我怎么说? 我觉得那时你就是那些棋子,你迫不及待地在棋盘上跳,在棋盘上舞,你的眼里只有棋盘,没有任何别的。唉,王一翔,我真想也变作一枚棋子,和你一起跳,或者,在你的指尖上跳,一直跳到地老天荒。"一翔被月儿说得心潮激荡,眼睛酸酸的。"他们给你起了一个外号,叫温柔一刀。"月儿接着说。一翔笑了,说:"这是什么外号呀? 温柔还能当刀? 我倒更喜欢原来的那个,缠丝王。"月儿认真地说:"我觉得这个名字起得很好,非常适合你的棋风,也适合你的性格。我郑重地和你说,王一翔,黄花不适合你,在黄花温柔,你就是人家的菜。在你的棋盘上温柔，你就是一把利刃了。"一翔心神安定了一些，轻轻地推开月儿，说："你这孩子，是不是累了？你住哪里？我送你回去。"月儿摇摇头，说："我不回去，天色还早，我要你陪我逛西湖，到花港观鱼，看三潭印月，然后，我们一起去断桥上找许仙和白娘子。"一翔叹了一口气，站起身来，说："今天太晚了，再说，我也累了。""那明天呢？"月儿问。"明天，明天我们要回去了，待的时间太长了。"一翔说。月儿生气地站了起来，转身就走。一翔连忙追上去，说："要不，明天我们去登北高峰吧！"月儿想了一想，点头道："南北高峰高插天，两峰相对不相连。晚来新雨湖中过，一片痴云锁二尖。也是个好去处。那好吧！还有，我要你今天搬到我住的宾馆去，我好和你说话。"一翔板了脸，说："不行。"月儿愣了一下，低了头，说："那好吧，明天早上六点，你来喊我。"

一翔不敢和月儿在西湖边盘桓太久，这里的每一寸土都见证过无数的爱情故事，每一棵树都能讲述无数的人间悲欢。早些离开吧！一翔想，世间有无数美好，你已经得到了属于自己的，不要奢求。

但是，一翔知道，这个发生在西湖边的小故事，是无法忘记的美好的记忆。

第十三章 漫长的岁月

一翔到办公室上班，正好看到袁辉煌拿着一份部内的任职文件，到办公室去盖章。袁辉煌看了他一眼，笑笑，说，回来了？一翔也笑笑，说是。"拿了名次吗？"一翔不置可否地又笑笑。他的比赛结束了，部机关的人事任免也结束了，也好，眼不见，心不烦。

之后的几天里，一翔感觉到大家都有意识地避着他，好像他是一根扎人的刺，或者是一抹黄澄澄的屎。一翔想，他妈的至于吗？不就是没有和你们竞争吗？成全了你们，倒显得我是另类了。一翔曾亲眼看到干训科的一个科员为了和部长多见几面，故意绕圈子走远路，而得到的结果更可笑，部长说我一天碰见你几次了，你这家伙是不是不干工作啊？吓得那科员一连几天窝在办公室里不敢露面。一翔想，什么是另类呢？这样的家伙不是另类吗？如果他不是，又是什么呢？

一周以后，赵山水把一翔叫到办公室，问他愿不愿意到研究室去，说这是一条很好的迂回线路。赵山水的意思是，一翔到研究室以后，可以先挂研究室副主任的衔，主任很快就会被提拔为副处，那时一翔就可以转正了。一翔不在乎主任或者副主任，他首先想到的是，到研究室以后，他就不用在那些旋涡里周旋了。研究室还是比较清闲的，干部考察、基层督查之类的工作，研究室基本上不参与。大家都说研究室那几个人是写材料的机器，领导把开关一摁，那几个家伙就转起来了，领导再一摁开关，他们就默无声息地断电休息。一翔倒是喜欢这样的生活，觉得研究室是部里的小桃花源。但是，一翔不敢擅自做主。当初岳父和老万费了很大劲才把他弄进干部科,要走,也得和人家说一声,征求一下意见。一翔说我考虑一下吧,明天就答复。赵山水说好吧,我等你。

　　下午快下班的时候,一翔给董小青打了个电话,让她下班后别忙着离开。等大家走得差不多了,一翔带着给董小青买的一条渐变丝的围巾去了她办公室。董小青正在电脑上PS一张照片,一翔把围巾递给她,惹来一阵尖叫:"呀,王一翔,你还真会买东西,这种渐变丝我特别喜欢。"然后董小青笑吟吟地看着一翔,说:"没想到,你还会讨女人欢心,我看错你了。"一翔说你这人真是,我这是真心买给你的,觉得这样的丝巾和你挺配的。董小青点点头,让一翔坐,然后走过去把门关上,低声说:"你不找我,我也要去找你。"一翔有些疑惑地看着董小青。董小青说:"赵山水有没有让你到研究室上班?"一翔点点头。董小青说:"这种烂主意,用在任何人身上都不好使,唯有你看不明白。我不是说你智力不够,你的IQ比我高得多,但是,你不是这个场合里的人,你的智商用不上去。"一翔说:"我真想去研究室。"董小青不屑地撇撇嘴,说:"人一旦感情用事,大脑就短路了。我告诉你,赵山水想把办公室的某个人调到干部科,而干部科的人员已经够多了,如果再增加人,就会引起其他科室的不满。所以,必须调出去一个。你们科那几个人都是有背景的,让谁走?所以呢,赵山水要下一个套,许个糖豆。我告诉你,赵山水已经和你们科的两个年轻人谈过了,人家都拒绝了。所以他把这个注押在你身上了,如果你不理会,他就没有招了,只好等机会。"一翔皱皱眉,这样的套子,他的确没有意识到。董小青接着说:"你以为他真会给你个研究室副主任?你如果去了,就成了一只粘在网上的虫。你看看哪个科配副科长了?没有。你凭什么脱颖而出?再说了,研究室那五个人的情况你也了解一些,一个主任,三个副主任科员,还有一个主任科员。你呢,就是一个科员,让你当副主任,只有鬼才信。"一翔同意董小青的观点,这些问题如果他认真地想,也能想明白,但是他讨厌想这些事情,往往和真相擦肩而过。阎月儿说他不适合在黄花待,董小青说他不是这个场合里的人,都是正确的。这里真不属于他,当初到这里来,就是个错误。但是,不来又怎么办呢? 会不会犯其他的错误? 一翔长叹了一口气,说小青你找找你爸,把我调到一个清闲的单位吧,人少的,没有争斗的,我安心地在那里下棋,我一周请你吃一次饭。董小青笑了,说:"你这人真有意思,上次问你要不要帮忙,你不要,现在倒找上门了。哪里都没有桃花源,除非你在某个单位当了领导,日子才会好过一些。我给你设计一下吧! 你在干部科再干几年,熬个正科。再熬三年,想办法到市直单位当个副职,那时你的日子就好过了。"董小青的设计方案,是组织部的年轻人共同的想法,当然,也有野心更大的,就地提拔副部长,是顶层设计。一翔点点头。大家都走在同一条路上,有的人昂着头走,有的人低着头走,他是属于低头走路的。走上这条路不容易,而离开这条路,似乎难度更大。

一翔回到家里,一脸的不悦,饭也不想吃,抱着园儿闷头想心事。刘小茵看着不对头,便一个劲儿地追问到底怎么了。一翔把赵山水找他谈话的事说了。小茵想不明白,就给刘千年打了个电话,问应该怎么办。刘千年一听就火了,说他妈的这个赵山水,看我见面不扇他,把主意打到我刘千年身上了,他把我当落草的凤凰了。你告诉一翔,宁可在干部科当兵,也不到研究室当那个主任。凤尾强过鸡头,他在那里待了这么久,这个道理还想不明白? 一翔在旁边听得清清楚楚,苦笑着想,原来大家的意见都是一致的,既然大家都这么认为,我就跟着走算了。

第二天,一翔找到赵山水,表明了自己的态度。赵山水阴沉着脸,嘴角动了动,什么都没说。

一翔没想到这次拒绝会给自己带来一系列的不愉快。赵山水越过科长袁辉煌,接二连三地给一翔派了很多任务。先是让他配合市纪委到乡镇查案子,待了半个月,搞得筋疲力尽,人困马乏。刚回来,又让他到西安出差,查一个临近退休的处级干部的履历。这边还没交掉差,又被派到一个偏远的村里蹲点,辛苦了一个多月。一翔刚开始并不在乎,感觉挺充实。但他很快就意识到,这是赵山水在和他玩心眼,变着法儿拾掇他。从村里回来以后,一翔让小茵到市医院找人,给他开了一个假病历,然后拿着病历去找赵山水,说我得了肾炎,要到北京看病。不等赵山水点头或者摇头,一翔就脚步重重地走了出去。

一翔躲在黄花居,没日没夜地打了十天棋谱,又跑去和阎强大、江松喝了一场酒。这种任性让他很享受,之后又觉得很失望,好像这十天是偷来的,那些享受也是偷来的。

一翔觉得自己就像一只在浓雾里飞翔的鸟,不知道自己会飞到哪里,哪个枝头可以落脚,哪里可以快活地鸣叫。这些漫长而无趣的日子,让他产生了强烈的厌倦。他想,说不定哪一天,他会做出一个令所有人吃惊的决定,当然,他自己也会吃惊。自此,一种期待便在他心里扎了根,他盼望那朵期待的花会绽放,会结果,会散发出迷人的芳香。

第十四章 寻衅滋事或者抢劫

自打踏上黄花的土地,一翔就没有回过翠坪,没有见过父母。他渴望一次回乡之旅,渴望突然出现在父母面前,给他们惊喜。但是,这种渴望一直没有得到满足,原因太多,一翔羞于去想。他没有料到,最终帮助他实现愿望的,竟是弟弟王二翔。

父亲偶尔会给一翔打个电话。园儿出生以后,父亲的电话多了一些,每次通话结束的时候,都要和园儿说几句,听懂听不懂,心里很高兴。但是父亲在晚上十二点打来电话,是从来没有过的事,这令一翔心里充满了恐惧。果然,父亲告诉他,就在两个小时前,王二翔和一个朋友喝多了酒,在街上遇到一个女子,酒后无德,打了人。王二翔的朋友跑了,王二翔被派出所拘留了,据说,那女子要告他抢劫。父亲让一翔回家,说这种事情的解决很麻烦,也很敏感,稍有差错就会酿成终生遗憾,父子两人一起想办法,总比一个人强。父亲的声音里有一些恐惧,这是一翔陌生的,也让他意识到事情的严重性。一翔和小茵商量,要回家一次,尽快把事情解决掉。小茵迟疑了一下,说咱们一起回去吧,园儿还没见过爷爷奶奶呢! 一翔没想到小茵会主动提出回家,心里很高兴,当即答应下来。

久别重逢应该是一种令人激动的喜悦,但是一翔和父母的见面却是充满了忧伤的。父亲和母亲似乎被二翔的事击垮了,他们已经没有多余的精力点缀这次重逢。父亲向小茵笑笑,母亲搂住小茵,抚了抚她的脸,然后接过园儿,在园儿脸上亲了亲。

父母了解的情况很少。一天多过去了,他们没有见到王二翔,也没有关于他的更多的消息。另外一些信息是从派出所传出来的,被打的女子住院了,需要支付医药费,需要有人安抚情绪,如果没有人去做这些事,麻烦会接二连三到来。父亲说如果操作不当,王二翔极有可能被检察院以抢劫罪起诉。一翔自然知道抢劫罪的性质,一旦被定性,最少判三年以上。一翔不相信王二翔会抢劫,酒后无德,他可能打人,可能耍一些无聊的伎俩,但他不会抢劫。一翔在家里待了一会儿,把小茵和园儿安顿好,就和父亲坐三轮车去了城南派出所,王二翔在那里关押着。

接待父子二人的是一位年轻的民警,姓邵,看警衔,四角星花一枚,是二级警员。一翔说我们是王二翔的家人,想见见他,还想了解一下情况。邵警官正坐在办公桌后面看一份材料,抬头看看他们,又接着看材料。三分钟以后,他终于看完了材料,又抬起头来,说:"见人,可能性不大。至于案情嘛,我可以给你们透露一点。王二翔和另一个小流氓喝了很多酒,然后在晚上十点共同对一个袁姓女子实施了抢劫,抢了一条金项链和一千块钱。另一个小流氓畏罪逃跑,王二翔被当场抓获,案情很清晰,很快就要报检察院。"一翔知道,目前最要紧的是见到二翔,弄清真实情况,然后再决定怎么办。当然,如果他真抢了,谁也没办法;如果没抢,该做的工作还是要做的。一翔看了看父亲,点了点头,然后起身走了出去。

三分钟以后,父亲在派出所大门口找到一翔,说妥了。一翔便随在父亲身后重新回到邵警官的办公室。邵警官仍然一脸严肃,说:"我知道你们也不容易,据老爷子说,你在外地上班,回来一趟挺辛苦。所以,见就见吧,但是,只有五分钟时间。"父亲连忙点了点头,一翔也点了点头。一翔父子随在邵警官身后来到后院,走进东厢的一间小屋。小屋被一道粗粗的铁栅隔成了两个单元,外间放着两把椅子,里间是一把椅子,椅子上坐着狼狈不堪惊慌失措的王二翔。见有人进来,二翔慢慢抬起头来,待看到是父亲和一翔时,他脸上现出无穷的惊喜,猛地扑到栅栏跟前,双手伸出来抓住一翔的手,说:"哥,你回来了?你要救救我,我没有抢劫,我只是酒后无德,我一分钱也没有抢。"一翔点点头,示意二翔把椅子拉过来,坐下好好说。然后一翔把外间的两把椅子挪到铁栅跟前,和父亲坐下。一翔说你说吧,记住,要实事求是地说,不能有一点虚假。二翔点点头。二翔描述的事实经过,与一翔想象的差不多。二翔和刘呼喝了酒,东倒西歪地往家走,在城南的梧桐街遇到了一个女孩,人长得很漂亮,背着白色的小包。刘呼一把抱住了女孩的腰,然后朝女孩脸上甩了一掌。女孩拼命挣扎,在刘呼脸上又抓又挠。刘呼喊二翔过去帮忙。二翔就跑过去,在女孩脸上搂了两拳,看到有人经过,两人撇下女孩跑开了。二翔半醉半醒,跑不多远,就被什么东西绊倒了,然后就被人压在身下了。一翔问:"抢了没有? 那女孩的包、项链,还有钱。"二翔坚决地摇摇头,说真没有。哥,你是知道我的,我这人就是小坏,不会抢人家东西的。"那刘呼抢了没有?"一翔问。二翔又摇了摇头,说:"刘呼的女友刚和他分了手,我们喝酒,就是想安慰他一下。他这几天有些神经质,看到女人就想上去搂人家一顿。他没有抢,这一点我能记住。"正说着,邵警官走进来,说好了好了,时间到了。

一翔和父亲回到家里,把情况和母亲、小茵说了。母亲哭得泪人一样,让一翔抓紧想办法,说二翔娇养惯了的,在里面受不了,会胡说的。一翔一时无计可施。如果真像二翔说的那样,那么,那女子一定撒了谎,目的只有两个,一是严惩二翔,谁叫你寻衅滋事呢? 一是引起王家的恐慌,从而获取更多的赔偿。虽然在二翔身上没搜到抢劫的证据,但人家完全可以一口咬定是刘呼把赃物带走了。要还原事情真相,必须通过关系找到派出所负责人,请他要求办案人员不偏不倚。一翔自从上大学就离开了家乡,对县城的情况了解很少,更没有能用得上的关系。父亲和母亲都是工人出身,接触的人都是这个阶层的,在这种事情上,基本无法发挥作用。

小茵轻轻地拉了拉一翔,说:"你们组织系统的人不是经常在一起开会交流吗? 和尚不亲帽子亲,你想想办法,能过关系找找翠坪县委组织部的人。"一翔忽然想起,自己和宜阳市组织部干训科的牛科长在一起开过两次会。翠坪县属于宜阳,也许,找牛科长可以解决二翔的问题。

第二天早上,一翔雇了一辆出租去宜阳。临行之前,他叮嘱小茵和母亲一定要去医院看看被打的那女孩，送些钱物。小茵犹豫了一下，说："一翔，我夜里又仔细想了一下，这事要不要和我大哥说一下？这样的事，他比我们懂得多，知道怎么做工作，还有，说不定他和这里的公安很熟，能直接使上劲。你去找组织部的人，绕来绕去的，最后还得找警察。"一翔想了一下，说："我先去找找牛科长，看他怎么说。我争取不给刘大年找麻烦。"小茵叹了一口气，说："我知道你看不惯刘大年，但是这个时候，毕竟还是自己人好用些。"一翔说再说吧，我回来再说吧！

　　牛科长热情地接待了一翔，这让一翔一直忐忑的心安静了一些。牛科长答应帮忙，说明天我就打电话了解情况，尽最大努力把问题解决掉。一翔很感激，要请牛科长吃饭。牛科长说中午还有事，吃饭就免了，咱们谁也不请谁。然后牛科长说到赵山水，说和赵山水是好朋友，让一翔给赵山水带好。一翔回到家里，把事情和大家说了。父亲很高兴，说牛科长毕竟是市里的科长，县里肯定会给面子的。小茵并不这么看，她认为牛科长是在推托，关键时刻，情况瞬息万变，为什么要等到明天才打电话？等材料定型了，谁打电话都没用了。一翔心里一直烙印的，就是这事，既然答应打电话，为什么要等到明天呢？一翔忽然想起牛科长提到了赵山水，也许，他想把这个人情卖给赵山水，毕竟赵山水地位高，可以得到更多的回报。把人情卖给他王一翔，有什么意义呢？牛科长年近五十，即使一翔将来能在黄花出人头地，估计那时老牛已经退休了。像牛科长这种老油条，心里都有一把精致的算盘，每时每刻都把算盘珠子拨得哗哗响。

　　一翔很纠结。他不想求赵山水，经过几年的接触，他对赵山水的为人已经看得很清楚。他送你一个桃，你得还一筐桃。而且，前一段时间闹得不愉快，人家愿意帮这个忙吗？

　　晚上，一翔睡不着，就一人跑到岚河边散心。数道山泉从山坡上哗哗地流下，在汇入岚河时突然变得无声，似乎是存了敬畏之心。空气中弥漫着竹子们清新的气息，似乎能听到竹根在地下伸展的声音。一翔想起自己去黄花之前，就在这里，曾经和二翔有过一段对话。现在呢，那个活泼可爱的弟弟，正在派出所里挣扎。二翔凄惨的喊声立刻在耳边响起：大哥，救救我！一翔沉不住气了，立即掏出手机给赵山水打了个电话。赵山水已经睡了，接电话的时候还带着浓浓的睡意。"王一翔，你也不看看什么时间了，半夜了，你在外面自在，我明天可是要上班的。"一翔连忙道了歉，说："我不是心里急吗？这个时候给你打电话，说明事情只有你才能解决，说明你非常重要啊！"赵山水显然愣了一下，顿了半晌才说："王一翔，你好像开了窍，我听着你的声音，好像是从天外传来的。"一翔说赵部长，以前我有不对的地方，还请你海涵，我知道你很宽宏。一翔还想说下去，胃里突然有一团酸酸的东西涌出来，哽在喉咙里，让他窒息。一翔狠狠地拧了自己一把，心想，妈的，你个王八蛋，这样酸倒牙的话你也能说出来。赵山水哈哈了几声，说你肯定是遇到大事了。我了解你，王一翔，我给你办了，你还会腹诽我，还会在背后造我的羊毛。一翔从心里佩服赵山水，说："赵部长，你对我的了解并不全面。我是一个知恩图报的人，我虽然不能肝脑——"赵山水截住他的话，说："你这几句话，我听着有些恶心。你听出自己的语气了吗？你他妈的快哭了。说吧，让我为你做什么？"一翔把上午去找牛科长的事说了，说牛科长那儿我想请你慎重地和他说一说，请他一定帮帮我，不然，我弟弟这次真的很麻烦。赵山水沉吟了一会儿，说："这个人，他有个亲戚在黄花区的一个乡镇当副镇长。他和我联系几次了，想让我帮他亲戚挪个位，说白了，想进镇党委。我一直没答应，我了解过，他那亲戚表现不好，阴阳怪气，群众基础很差。你让我找牛科长，我还真有些作难，他会提条件，那时我怎么办？"一翔心里有些凉，说："赵部长，这个关键时刻，你看——"赵山水说："这样吧，我先答应他，把你的事办好了再说。如果不答应，你的事注定解决不了。我明天早上就给他打电话，你等我的回音吧！"一翔一再表示感谢，如果赵山水在他面前，极有可能得到他一个拥抱。一翔对赵山水的看法发生了一些改变，他真心认为赵山水是一个非常善良的人，非常真诚的人，非常乐于助人的人。

　　一翔回到家时，离天亮还有三个多小时。他仍然睡不着，想着王二翔，心里很痛苦。如果自己不去黄花呢？如果能经常见到二翔，就可以给他一些提醒，也许就没有现在的事了。一翔责怪自己的自私，为了爱情跑到了黄花，把责任抛到了九霄。刘小茵躺在他身边，也睡得不安稳，过一会儿就睁开眼睛看看他。天快亮的时候，刘小茵穿好衣服走了出去，过了十来分钟才回来，身上冻得冰冷。一翔揽了揽她，问她做什么去了。小茵说没什么，出去呼吸一下新鲜空气。

牛科长的电话是上午十点多打来的，当时一翔正和父母商量二翔的事，小茵正给园儿喂饭。牛科长告诉一翔，二翔已经从派出所转到了看守所，他的案子已经审结了，卷宗也转到了检察院批捕科，案件定性是抢劫。一翔当时就晕了，说，怎么这么快？牛科长一再确认自己的消息是真实的，说，赵部长都打电话安排我了，我能不尽心吗？眼下没有太好的办法，只有等案卷运转到起诉科，再想办法把性质改过来，如果能改成寻衅滋事，最多判个一年两年。如果工作做得好，还有可能判拘役，这是最好的结果了。

一翔挂了电话，一下瘫坐在椅子上。

大家都听到了，父亲的泪水立马下来了，母亲更是号啕大哭。一翔一时心如刀绞，却不知道接下来怎么办。倒是小茵冷静，说："这怎么可能？他们是神探？两三天就把一个案子定性了，可能吗？转到检察院了？纯粹是胡扯！再说了，刘呼还没抓到，怎么能定性？王一翔，你找的这个人有问题，是什么问题我搞不清，但起码他的消息经不住推敲。"一翔也有些怀疑，但牛科长有什么理由糊弄他呢？不想办，那就不办呗，有必要糊弄？小茵把园儿放到一翔怀里，掏出手机拨了一个电话，问："我让你打听的事你问了没有？"接电话的人声音很低，似乎说话有些不方便。小茵也压低了声音。两人说了四五分钟，小茵挂了电话，说："问清了。"一翔和父母一齐把目光聚到小茵脸上。小茵说："我请刘大年帮忙了。他路子宽，通过省公安厅的一个朋友，和这边的警察联系上了。二翔的确被转走了，是拘留所，不是看守所。他的案卷仍然在派出所。刘大年的朋友很有面子，现在，派出所那边回话了，说只要受害人不继续告，愿意和解，他们可以撤案。他们可以等，等我们做受害人的工作，但是时间不能太长。现在工作的重点在那个女孩身上，咱们争取用三天时间把她攻下来。"一翔心里一阵轻松，和那女孩打交道，肯定比和公安打交道轻松得多。"关键是钱的问题，"小茵说，"准备好钱吧！和受害人谈，其实就是谈赔偿多少的问题。"

　　一家人商量了一会儿，决定由母亲和一翔出面去做工作，母亲可以打苦情牌，一翔当时就可以拍板。父亲很钦佩小茵，说："我觉得小茵去最好，你和那女孩年纪差不多，有共同语言。"小茵笑了，说："爸，我把你儿子都舍出去了，这是美男计。另外，如果我真去了，说不定会和那女的一起骂二翔，到时你们会恨我的。"母亲也笑了，说："唉，谁知道谁和谁能成一家子？咱们姓王的能有小茵这样的媳妇，是多少辈子才修来的福。"一翔感到心里很宽慰，来之前还在担心小茵和父母处不好，没想到这么快就达到这个高度了。

　　一翔和母亲打的来到医院，在医院门口买了一些礼物。受害人住在八楼，出了电梯左拐，第三个房间就是。进房间之前，一翔问母亲："妈，在钱的问题上，你的底线是多少？"母亲摇了摇头，说："这事没底线，只要给得起，要多少我给多少。"一翔摇摇头，说："见了人家的面，你可不能这样说，你得哭穷。"母亲摇头道："这穷还要哭吗？可不就是穷？"

　　病房里有三张病床，病人加上来探视的亲朋，一屋子满满的。被打的女孩住在最里侧靠近窗子的床位，旁边围了几个女孩子，在叽叽喳喳地说着什么，看到有人走过来，就止了话语，把乱纷纷的目光投过来。一翔感到身上很不自在，本来就是理亏的事，本来就有些不习惯这种场合，偏偏还有几个美女。一翔把带来的礼物放在床尾，注意地看了看被打的女孩。女孩正半靠在床头吃水果，脸上有几块青瘀，嘴角也破了。一翔轻叹了一口气，想，王二翔，你真是个混蛋。这时，坐在女孩身边一直面向里的一个女人回过头来，看了看一翔。一翔吃惊地睁大了眼："袁四儿？怎么你也在这里？"袁四儿脸一红，站起身来，说："我怎么不能在这里？你怎么会来这里？"一翔不好意思地摇摇头，说："我来，我是——"母亲在一边说："我二儿子缺德，我大儿子替他赔错来了。"袁四儿笑笑，说："王一翔，我是轻儿的姐。"她指了一下床上的女孩。一翔有些惊讶，同时心里一阵轻松，一块石头落了地。袁四儿对一翔母亲笑了笑,说:"阿姨你先在这里坐一会儿,我和王一翔有几句话说。"袁四儿看了一翔一眼,径直往外走。袁四儿经过一翔身边时,身子带起了微风,但是一翔觉得那是一股飓风,裹挟着他不由自主地跟了出去。

袁四儿和一翔来到走道尽头,往右一拐,就到了贮藏室门口。袁四儿站住,面对着一翔,目光里有了一些挑衅的意思。一翔有些慌乱,有一种赤裸着半身站在袁四儿面前的感觉。袁四儿生硬地说:"王一翔,听说你这次带了老婆一起回来,而且你老婆已经来看过我妹妹了。可惜当时我不在,没见到。"一翔问:"这么说,你知道是我弟弟犯的浑?"袁四儿说:"我当然知道,我知道他是王二翔,我还知道你肯定会回来。当然,你不回来也无所谓,如果你连兄弟情谊都不讲了,他判个三年五年的你也不会心疼。"一翔想,这真是应了那句话:旧怨何曾随风散,短笛新声并梦存。一翔说:"四儿,我这次,和我妈来,就是想和你们商量一下,咱们以经济补偿的方式把这事了了吧,何必惊官动府?如果王二翔判了,你们这边呢,在经济补偿方面肯定无法满意。你们开个价,我和我妈商量,能接受,我们没有二话。"袁四儿说:"这些都不是问题,我妹妹的事儿我当家,我说和就和,我说不和就不和。"一翔心里很不舒服,对袁四儿怀有的那点歉疚感慢慢退去。一翔点点头,说:"你说吧,怎么办?"袁四儿点点头,说:"五万元医疗费。"一翔不假思索地点点头,说可以!袁四儿嘲讽地一笑,说:"我这个条件不高,我知道你们会答应。对于你们,这肯定是一桩满意的生意。但是,我还有一个附加条件。"一翔说你说吧,只要我能做到的,我一定会做。袁四儿说:"我要你,陪我一个晚上。"一翔皱了皱眉,他没有料到会是这样的条件,一时没反应过来。袁四儿追问了一句:"怎么样?"一翔有些狼狈地说:"四儿,你这是何必呢?我知道你恨我,但是这样不合适。你肯定已经成了家,这样,对大家都不公平。"袁四儿哈哈一笑,说:"王一翔,这个世界上有公平吗?你想要的,你就牢牢地抓在手里。你不想要的,随手一甩就完事了。这是不是公平呢?你当初那样对待我,是不是公平呢?"一翔低了头,半闭着眼睛。这一刻的尴尬,其实是一种彻骨的痛。被人逼到墙角还不能反抗这样的境遇,他不想遇到第二次。袁四儿突然长叹了一口气，说："你这人，我没想到，都过去好几年了，孩子都有了，还是一个正人君子。算了，我也不难为你了。你抱抱我，亲我一下，算是给我一个交代吧！"一翔感到鼻子酸酸的，这样的结果，是他没有想到的。一翔靠近袁四儿，轻轻揽住了她的腰，还没来得及把脸凑过去，袁四儿的两只细细的手臂像两根有力的藤一般缠过来，紧紧地箍住了他。袁四儿的嘴唇如两片通红的铁，令他瞬间产生快被烧死的感觉。一翔把眼睛闭上了，他不敢看袁四儿燃着激情的眼睛。突然，一翔感到双颊有了两行凉意。唉！那是袁四儿的泪水。

袁四儿终于松开了一翔，她用手背把脸上的泪水揩干，说："王一翔，你这个冷血的男人，迟早有一天，你会遭报应的。"一翔也用手抹了一下脸，什么都没有说。袁四儿凄然一笑，转身向病房走去，走出数米，突然止住脚步，回过脸来，说："别忘了，五万块，最迟明天送过来。"一翔点点头。袁四儿沉吟了一下，又说："有件事，看在我们的情分上，还是对你说了吧。你不要再和那个牛科长联系了，那是个指望不上的，成事不足，败事有余。"

看着袁四儿款款的背影，一翔百感交集。所有的事情都始料未及，所有的情节都让他有一种身处陌生世界的感觉。什么是恩？什么是怨？什么是情？什么又是仇？一翔感到很迷惑。这个世界，他越来越不懂了。

一翔突然产生了一种渴望，他渴望被抢劫，被抢得精光，甚至连内裤都不留下。一翔想，痛痛快快地抢劫，都比刘呼和王二翔的寻衅滋事来得痛快。寻衅滋事，其实是一种无能的表现。有本事你们就来抢吧，毫不留情地抢，明明白白地抢。我什么都不要，我只希望把这个世界看明白！明白比什么都重要！

第十五章　老万来了

　　袁四儿没有给一翔明示，一翔也懒得追问。赵山水和牛科长在王二翔的事情上到底扮演了什么样的角色？袁四儿又是怎么知道的？一翔觉得寻根究底是没有意思的，事情圆满解决，就行了。但是，一声感谢却是少不了的。一翔回到单位后，到赵山水办公室道了谢。赵山水问事情办得如何，一翔没有实说，说事情很棘手，走一步看一步吧！一翔拿不准赵山水是不是已经知道了结果，也不知道这样说是不是合适，这事本来就是一本糊涂账，糊涂到底才是正常。

　　过了几天，王二翔到黄花来了，说是特意赶来谢谢嫂子。一翔明白他是被父母骂孬了，在家里待不下去了，出来讨个清闲。住了不到一周，一翔在省城工作的一个同学帮二翔找了一份工作，在一家民营企业做办公室文员，一翔趁机把他赶走了。刚送走二翔，一翔就接到刘千年的电话，让他晚上和小茵一起到黄花大酒店去，说有一件重要事情。一翔感到很奇怪，一般情况下，刘千年不会亲自给他打电话，刘小茵一直是他们之间的传声筒。一翔问小茵是怎么回事，小茵也有些莫名其妙。下午下班后，一翔开着老黑，带着小茵和园儿去了黄花大酒店。走进包间，一翔立即就明白了。老万正坐在沙发上和刘千年、袁雪莲亲昵地说话，不用问，肯定是祝贺老万踩了高枝。

　　老万十天以前被确定为黄花区的区委常委、副区长人选，昨天上午市里下了任命文件。也就是说，从昨天开始，老万已经是黄花区的常委和副区长了。一翔觉得这事没有什么好祝贺的，市直单位的副职到县区做副职，谈不上重用，更不是提拔。县区的副职回到市里，还不一定能任市直单位的副职。大家之所以认为这种任职值得祝贺，主要是因为黄花市的县区比较少，副职岗位比市直单位少得多，能占有这样的资源，的确不容易。而且，市直单位油水少，用勺子舀一点，大家都看得清清楚楚。而在县区就不一样了，到处都是油水，你就是舀一盆，也很少有人知道。比如，黄花区有二十个乡镇，中秋和春节这两个大节，每个乡镇都会给区里的几个主要领导表示一下，分管的那些县直部门自然也不甘落后。这种例行的表示，虽然数量不多，累加起来就不少，而且非常安全。你不需要为人家办什么事，不需要动用什么资源，就可以获得很可观的收益。县区的花花绕多得很，外人只知其一，不知其余。到县区任职还有很多好处，比如，自由度更大些，虚荣感更强些，面对的层次不一样，有些事更好糊弄一些。当然，如果你问某人，你为什么要到县区？某人会一本正经地告诉你，这是组织决定，我听从组织召唤。贴心一点的，会这样回答你：多岗位锻炼一下，提高一下能力，可以更好地为大家服务。一翔一直认为，老万这样的人不应该到县区任职。在市直，老万最多影响一个单位，一个系统，如果他到县区去，会影响一大片的。

　　虽然曾经和老万搞得不愉快，但一翔并没有不自在不舒服的感觉。老万是个性格开朗的人，不拘小节，容易让人产生一种错觉：他永远不会计较别人的错误。一翔向老万道了贺，老万哈哈笑着和一翔握了握手，说同喜同喜，以后还得老弟多关照。坐在一边的刘千年立即制止老万，说你是叔叔辈，怎么能和小孩子称兄道弟？以后再不能这样了。老万坚决地摇了摇头，说我是怎么走到今天的我自己不明白？没有您，我还在区里做办公室科员呢！刘千年谦虚了几句，笑得哈哈的，然后对一翔说："你看你看，到了这样重要的岗位，还能记得以前的那些小事。"

　　不一会儿，刘大年和刘二年都来了，都带着老婆和孩子。刘千年一挥手，说："万常委，今天我一个外人都没喊，全是咱一家子。"老万有些激动，说："还是老领导理解我，我一直想和咱这一家子安安静静地吃一顿饭，拉拉家常。"

　　菜是好菜,酒也是好酒,这是刘千年招待人的最高规格。大家轮番给老万敬酒,连王小凤和牛小妹都使出了浑身解数,不一会儿,就把老万灌得满脸通红。小茵拉着一翔给老万敬了一杯酒,说:"万叔,以前有什么对不住的地方,还得请您多包涵。"一翔感到不舒服,回头瞪了小茵一眼。小茵装作没看见,一口把杯中的酒喝了。一翔脸上有些挂不住,悻悻地坐下。老万说没有没有,妹妹你说什么呢,哪有的事儿。酒桌上出现了片刻的安静。王小凤站起来,说:"这样,我再敬——"刘千年瞪了她一眼,王小凤立时蔫了,知道老爷子有话要说,就把后半截话咽了下去。

　　刘千年倒了一杯酒,端起来,冲一翔说:"这杯酒,你拿去敬你万叔。以前的事呢,就不多说了,都是自家人,说多了没必要,你万叔也不会计较。但是呢,这个礼节还是要讲的,敬了就当是说声对不起了。"一翔有些蒙,感到很突然,一时不知道如何办,怔怔地看着刘千年。刘千年的手悬在空中,在无声地等待。刘大年说:"还看什么呀?爸给你酒呢!"一翔看看刘大年的眼神,有些傲慢,但还算温柔。一翔站起来,接了酒,一仰脖子喝了。刘二年在旁边撇了撇嘴,说:"妹夫,你这喝的啥酒呀?我怎么看不明白呢?"一翔抹了抹嘴,坐下,夹了一点菜,在嘴里慢慢地嚼着。老万没有说话,笑眯眯地吃菜。刘二年倒了一杯酒,说:"这样,我教教你吧!"刘二年端着酒杯站起来,走到老万跟前,说:"万叔呀,以前我妹夫有做得不对的地方,我替他说声对不起了,一切都在这酒中。"刘二年一口把酒干了,刘大年在旁边喝了一声彩。老万连忙站起来,说谢谢、谢谢。

　　一翔觉得一股热血直往头上涌,他猛地站起身来,还没站稳,就被小茵狠拽了一下,只得重新坐下来。一翔看了看小茵,小茵面带微笑,似乎什么都没发生。一翔抓过一只小碗,哗哗倒满酒,一仰脖喝了下去。然后又去抓酒瓶子,被小茵伸手拦住。"一家人在一起喝酒,有个言差语错的,你耍个什么劲?"小茵低声说。刘家父子冷眼看着一翔,像看着一条在浅水里拼命挣扎的黑鱼。

　　一翔想忍,像小茵说的那样,顾全大局。但是,他觉得忍不下去。转念一想,不忍又能怎么办?把桌子掀了?那以后还怎么和刘家做亲戚?肯定做不成了,恐怕连夫妻都没法做了。这是什么狗屁逻辑?一翔想,他们想从他这里得到非分的东西,他没有给,结果倒好,颠倒过来了,是他欠他们了。如果这样做算术,他是不是欠全世界所有人的?他不理解刘千年父子,永远都理解不了,他们和他在观念上永远都不会有交汇点的。一翔突然有些后悔,后悔仓促的黄花之行,后悔在这个他不喜欢的地方让自己陷入无可奈何的境地。

"刘小茵,为了你,今天我忍了。"一翔说,然后站起身头也不回地往外走去。小茵一把没抓住,也跟着往外跑,喊道:"王一翔,你给我回来。""让他走!"刘千年气得狠狠地捶了一下桌子。小茵站住,回头绝望地看着大家。没有人说话,似乎大家突然间都有了心事。过了一会儿,老万叹了一口气,说:"刘叔,你看,都是因为我。"刘千年摇摇头,说:"他最近的表现,虽然不是太好,总算是开了一点窍。我本想借这个机会,让他再醒一下,以后让他向你多学习,帮我撑一下这个家。没想到,真是朽木不可雕,不可雕!"刘千年举起酒杯,说:"喝酒吧,小插曲,不要让他败了兴。"

一翔不想回家。他现在最想去的地方,是阎月儿家里。但是,他不能去。他不想让委屈的情绪流露在朋友面前,更不想让委屈的泪水流淌在朋友面前。一翔开着老黑出了城,来到水岩村,他曾经和老黑一起在这里睡过一夜。小麦没有了,田野里没有了任何农作物。那些曾经散发迷人清香的小麦,也许已经成了饲料,或者成了谁家烟囱里的炊烟。只有那些高大的杨树,在风中摇曳着,唱着凄凉的歌。一翔受不了这凄清,带着老黑回了城,把老黑停在离黄花居不到一百米的地方。黄花居暗黑的轮廓让他想起当初自己找到它时的欣喜,以及装修时的希望。还有那些黄色的花,就像热烈的血,给了他精神,给了他安慰。现在,它们已经被暗夜包围了,看不到他,也无法被他看到。

刘小茵还没有回家,也许今夜她不会回来了。一翔有些悲愤地想:"她永远姓刘,这一点,永远都不会改变。"

　　手机响了,是老万打来的。一翔不想接。老万是谁,正在做什么、想要做什么,都与他无关,他还要把老万从他的手机里清除出去。但是,老万有足够的耐心,铃声一遍一遍地响着,让一翔无法安静。一翔按下了接听键,想,这是我最后一次接你的电话,老万。"兄弟,你在哪里?"老万的声音有些沙哑,酒喝得不少。一翔没回答。老万接着说,"兄弟你听着,我不和你说晚上的事,咱们弟兄之间,什么事都没有。我想告诉你,明天,明天晚上吧,七点,咱们到阎强大家里去,在那里会合,我有一个惊喜送给你。记住,一定要去啊!"

　　一翔感到好笑,也感到惊奇。老万竟然认识阎强大,这事从没听阎强大说起过。老万为什么要在阎强大那里和他碰面呢? 他能派送出什么惊喜?

　　一翔想不通,但情绪有了一些好转。他发动老黑,驶向了黄花居。

第十六章　会长是几品

　　约好的时间是晚上七点,但是一翔在六点半多一点就到了明月棋吧。晚饭后没有事,与其枯坐,不如早些去。而且一翔已经有一段时间没有见月儿了,心里隐隐地有一种渴望见面的冲动。当然,如果没有和老万的约定,他会把这种冲动压到床腿下面。阎强大兄妹正在家里看电视,但能看出来,该准备的全都准备好了。一翔和他们聊了一会儿天,就问强大是怎么和老万认识的,老万到底会不会下棋。强大说我们根本就谈不上认识,他半个月以前来我这里,说是参观学习,还要介绍学生。前天他又来了,说要介绍一个贵客,还说要把你也约来。我这里做的是生意,自然不能往外推他。月儿接过话头,问一翔这个老万是干什么的,怎么一张嘴就那么大的口气。一翔笑了,说:"口气大了,说明他没有刷牙。"正在这时,传来敲门的声音,月儿连忙跑过去开门。片刻,老万陪着一个四十岁左右的面目清秀的高个男人走了进来。一翔睁大了眼睛,有些不相信。高个男人笑眯眯地向一翔伸出手,说:"我一看就知道你是王一翔。"一翔连忙迎上去,和高个男人握了握手,说:"孔市长,你怎么到这里来了?"阎强大兄妹听到一翔喊孔市长,面面相觑。一翔给他们作了介绍,然后请孔市长坐下。

　　一翔在部里见过孔令清。孔令清去年从南方一个市调到黄花做副市长,分管科教文化等领域,做了不少实事,给大家留下了很好的印象。孔令清和部长是老乡,家住邻村,相距不到一公里,所以他偶尔到部里找部长聊天。一翔曾经在大剧院听过孔令清作的关于文化建设的报告,很专业,很有见地,一听就知道有很深的造诣。一翔曾经动过念头,想和孔令清探讨一些文化问题,又担心这人和部长一样不好接近,便没有往前迈步。今天在这里见到孔令清,一翔感到很惊喜。

孔令清在棋吧各处转了转,连着说了几个好,说想不到在黄花还有这么好的去处,以后空闲时会经常来学习,然后问月儿是否欢迎。月儿说当然欢迎,市长常到这里来,等于给我们做广告。大家都笑了。孔令清对一翔说:"我早就听说你的棋下得好,在杭州的大赛上,还赢得了温柔一刀的美名,真让我自豪。听老万说,他和你很熟,就通过他冒昧地把你邀来,想向你学习学习。"一翔问:"市长会下棋?"孔令清笑了,说:"谁没有过大学时代? 在大学里,这可是一项很时尚的活动,追女朋友的时候可以加分的。"一翔兴奋起来,说那我先陪市长下一盘,我败了,强大和月儿上。孔令清说:"以后下棋的时候,你们就喊我老孔,直接叫孔令清也行,叫孔兄更好,不然我会不自在,感觉融不进来。"

一翔没有想到孔令清的棋下得这么好,二十招过后,便显出了行云流水般地流畅,一不小心,竟被他占了一些先机。一翔看了看旁观的几个人:老万不懂棋,满脸堆着笑,偶尔给孔令清递一枚棋子,时不时地给两人加一点水;强大和月儿被孔令清的棋惊出一脸的讶异,同时感到很兴奋,有一种觅得知音的感觉。一翔敛了心神,把心思专注在棋盘上。又下了二十手,一翔把局面扳回,露出了咄咄逼人的气势。孔令清长吁了一口气,看看一翔,暗暗点了点头。两人你来我往,南拳北腿,东邪西毒,直杀得昏天暗地,碎石翻飞。阎月儿在旁轻声道:"满目山川,秋雁斜飞,旌旗首尾千余里,疑是谢玄百万兵。我今天也是开了眼了。"老万把月儿拉到一边,轻声问:"妹妹你告诉我,谁的赢面大一些?"月儿摇头,说:"现在真不好说。"老万吃了一惊,问:"这么说,一翔也有可能赢是吧?"月儿疑惑地看着他,说:"万领导,你这话问得好过分。我一开始就赌他会赢的,我只是没想到这位大领导能下出这样的好棋。"老万心里有些虚,表情有些琢磨不透。两人重新回到棋桌旁,老万一个劲儿地盯着一翔的眼睛看,希望一翔偶尔抬一次头,能看到自己的眼神。一翔全

神贯注在棋盘上，根本就没理会老万。老万轻轻地咳嗽了一声。孔令清微微
蹙眉，说："老万，你消停一下。"老万悄然坐下，再也不敢出声了。

　　一盘棋下了两个多小时，终于到了曲终。两人投下最后一子，都闭上眼
睛，默然无语，似乎刚从腥风血雨的战场上下来，已然筋疲力尽。老万向强大
示意。强大点点头，开始数子。孔令清睁开眼睛，说："别数了，我输了。"一
翔也睁开了眼睛，说："孔兄，承让了。"孔令清微微一笑，叹了一口气，说："我
真没有想到，黄花城藏了一条龙，一条飞龙，真是不辜负温柔一刀的美名。今
天是我来到黄花后最开心的一个晚上。一翔，把你的手机号留给我，我有空
闲时一定再找你下棋。"老万连忙报出一翔的手机号，说："孔市长，你有空闲
了，和我说一声就行，我通知一翔。"孔令清笑道："都行，都行。"

　　一翔和阎氏兄妹把孔令清和老万送到大门口，孔令清忽然想起了什么，
说："有一件事差点忘了说。咱们体育局有很多专业协会，但是围棋协会一直
没建起来，很多爱好者都在外面飘着，交流起来不方便。我一直想找个人把
这个协会建起来，苦于没有合适人选。一翔，通过今天的接触，无论是人品还
是棋品，你都给我留下了深刻印象。我觉得由你出面筹备围棋协会最合适，
你把这个担子挑起来吧！"一翔感到太突然，一时不知如何回答。孔令清说：
"会长一定要名实相符，所以你就不要推托了。至于那些具体的事，我让体育
局来操作就行了。成立以后呢，体育局还会拨给你一些活动经费，我也会游
说一些企业，让他们积极支持你的工作。"一翔想了想，说："孔兄，我不是不
想做，你还不了解我，我很散漫，对琐事有一种天生的恐惧。"孔令清一指阎月
儿，说："这还不容易？给你配一个秘书长，你宏观上掌握一下就行了。"又问
阎月儿："月儿，你愿意吗？"月儿爽快地说："当然愿意。"一翔知道再推脱就
没有意思了，而且这的确是一件很好的事，就点了点头，说行，我干。

　　一翔回到家，把要成立围棋协会的事情和小茵说了，掐掉了和孔令清下
棋这一段。小茵是中午回来的，到现在为止还没和一翔说过话。一翔之所以
主动告诉小茵，是觉得这件事不小，肯定会占用很多精力和时间，他不求得到
小茵的支持，只盼望小茵不投反对票。小茵没表态，只说："你想干就干，不想

干就算,我不干涉你。"一翔点了点头,他要的就是这个表态。

在孔令清的直接过问下,市围棋协会成立的程序履行得很快,不到一个星期,所有的准备工作都做好了。星期天上午,由市体育局出面,召开了市围棋协会成立大会,孔令清参加了会议,还把组织部长拉来了。一翔心里明白,孔令清这是给他王一翔贴金呢,闪闪发亮的金箔,一旦贴到脸上,就会灿烂很多年。市财政局每年拨两万块钱的专款,用于围棋协会开展活动。钱直接打到体育局账户上,协会需要花钱时,打个报告就行。成立大会上还来了几家著名企业,全是孔令清拉来的。其中一家企业把中午的饭钱结了,另外几家企业更利量,一家包了一个一万元的红包。一翔很激动,带着几个副会长给几家企业的代表敬酒,表示感谢。自打来到黄花市,一翔就盼望能有一个这样的组织,大家在一起痛痛快快地下棋,没有任何利益驱使,没有交易,只有交流。现在好了,有了棋协,有了经费,他可以举办活动,可以寻一个固定地方和大家交流棋艺,可以把黄花的围棋事业搞得红红火火。

一翔开展的第一个活动,是把燕春来从上海邀到黄花,讲了三天课,下了两场指导棋。一翔佩服燕春来。他曾经自问,如果自己陷入燕春来当年的困境,结局会是什么?他能重新站起来吗?他能勇敢地面对自己的生活吗?他还有勇气下棋吗?燕春来做到的他能做到吗?燕春来曾经和他说过,有围棋陪伴,什么都可以轻描淡写,什么样的命运都可以接受。这样的心态,需要强大的精神力量,一翔知道自己没有这样的精神力量,所以他不敢像燕春来那样直面一切。燕春来很高兴有这样一个和大家交流的机会,并做了充分准备,在黄花期间,他把自己的能量释放到最大值,赢得了大家的好评。黄花的围棋爱好者的数量出乎一翔的意料,热情更是出乎他的意料。月儿仅仅在闹市区张贴了几张海报,能容纳五百人的讲堂就被爱好者们挤得满满。从他们在讲堂上提出的问题可以看出,很多人都具备了一定的基础,稍加引导,就可以再上一个台阶。一翔感到自己的选择是正确的,这样的工作令人愉快,让人有一种坚持不懈的渴望。

当然,这一切都要感谢孔令清。

一翔在小茵这里得到的最大支持就是她的漠然视之,对于她来说,已经进步了。一翔在酒桌上的反抗对于刘千年父子倒是一个提醒:这个家伙,看来是无法改变了,如果你进一步激怒他,恐怕他会做出更加激烈的行为。当然,没人怕他,但是,往一段朽木上一遍遍地泼水,有什么意义呢? 能得到什么结果呢? 一把腐不可闻的木耳? 还是一片白花花的霉斑? 这样的事情,刘千年不想做,放他去吧! 刘千年想,我尽到了我的责任,我已经问心无愧了。

小茵把一翔当了市围棋协会会长并举办活动的事告诉了刘千年,刘千年冷冷一笑,说:"你问问他,那个会长是几品?"小茵自然不敢问,小茵想,管他是几品,他高兴做,就让他做吧!

一个月以后,一翔得到了一个意外的惊喜:他被提拔为副主任科员。在短暂的惊愕之后,一翔感到惊喜,他认为自己之所以被提拔,是得到了理解,得到了承认,从今以后,他可以被公正地对待了,可以不被当作另类看待了。但是,这个惊喜在十分钟以后就渐渐消失了,从董小青那里,他知道了事情的真相:是孔令清帮了他的忙。董小青说王一翔我小看你了,我现在才知道,你不让我帮忙,是有更大的后台,真是真人不露相。一翔连忙和她解释,说我和孔市长真没有什么关系,我们是最近才认识的,连熟悉都算不上。董小青笑了,说:"你解释什么呀? 我什么不明白? 一句玩笑话也能让你这样?"看着一翔有些尴尬的表情,董小青轻声说了一句:"看来,你很在乎我的感觉啊。"

一翔感谢孔令清。副科就像一块砖头,及时垫到了他的脚下,使他在部里避免了很多尴尬,为他今后赶超别人提供了可能性,同时,还让别人对他另眼相看。另眼相看至少能产生一种结果:他们不敢把他当面团了。一翔给孔令清发了一个短信,表示了感谢。孔令清没回,可能是没看见,也可能是这种事情对于他来说太平常,不值得回复。

"若是月轮终皎洁,不辞冰雪为卿热。"一翔想。他感到内心有一股激情被点燃了,这是从未有过的感觉。激情人人都有,只不过有时会迷失,而现在,迷失的激情似乎回家了。

第十七章　隐形的翅膀也要飞翔

　　园儿两岁的时候，黄花城在一翔心里，渐渐地成了一朵含苞的黄花，他开始热爱它了。除了阎强大、江松等人，他还有了其他朋友，当然，是围棋这根线把大家牵到了一起。孔令清是不是朋友呢？这个问题一翔没有想过，他是把孔令清当作好兄长的，他不喊孔市长，喊孔兄。但是，除了下棋，他们之间几乎没有来往，一翔没有在私人问题上占用过他的时间。除了下围棋和酿酒，一翔还学会了园艺，黄花居在他的照料下，所有的黄花都茁壮成长，如一团团黄色的火焰，把黄花居变成黄花城一处小小的风景，每每引来行人驻足。偶尔还会有人提出参观的要求，一翔和小茵总是委婉地拒绝。一翔的开车技术也有了很大的提高，老黑很争气，很配合，这令一翔感到欣慰。这些都是一翔热爱黄花城的原因。他曾经想过一个问题，如果有一天，他要离开这里，会不会感到留恋？没有答案。但是，照这样发展下去，他会留恋的。

　　园儿两岁生日，一翔和小茵为她举办了一个小型的聚会。他们只是请了亲戚，连朋友都没通知。一翔尽量避免和刘千年一家来往，实在躲不过去，就坐在一边默不作声，就当自己不存在了。当然，大家很快就习惯了，气氛也没有受到影响。好在生活中不全是尴尬，偶尔在米饭里吃到一粒小小的沙石，也没有什么大不了的。当一翔以为生活会这样一五一十地过下去的时候，变故就像在黄花公园那株老槐树上做窝的乌鸦一般，突然飞来了。

　　如果一翔不知道那件事情，乌鸦也许会飞到别处。但是，黄花城三岁孩子都知道的事情，一翔没有理由不知道。

黄花城发生了一起强奸案。这样的案子，一年会发生很多起，一般情况下无法引起太多的关注，发生了，结案了，判了蹲了，似乎与大多数人没有关系。但这次发生的强奸案却震惊了全城，大家不厌其烦地谈论，不厌其烦地打听事情的进展，不厌其烦地说着诅咒罪犯的脏话，似乎只有这样才能充分表达自己的关心和愤怒。一个叫牛小喜的女孩，在一个暴雨之夜被一个叫钱文的男人强暴了，强暴手段极其恶劣，以至于谈论的人不好意思涉及其中的细节。恶劣的强暴行为激起了公愤，而更让大家无法接受的，是钱文在区检察院工作，据说还是区公安局副局长刘大年的表弟，刘家在黄花城的名气对这件事起到了发酵作用。

事情的发展在大家预料之中，钱文逃跑了，半个月没有抓到。而牛小喜，由于受到强烈刺激，精神失常，已经住进了精神病院。

一翔认识钱文，他的确是刘大年的表弟。钱文的母亲是刘千年的亲妹妹。一翔在家庭聚会上见过他几次，对他的印象一直不好。钱文高中还没毕业，就被刘千年安排到一个乡镇派出所当了协警，过了两年，调到城里派出所成了正式干警，然后调到了区检察院，进了起诉科。一翔曾经听说过这样一个故事：钱文晚上去文明小吃街赴约，叫了一辆三轮车，车主是一位六十多岁的农村老人。车到了小吃街，钱文下车就走，老人自然追着要钱。钱文从一个小摊上拿了十张大饼塞到老人手里，让他五分钟吃完，吃完就给钱，吃不完，这十张大饼的钱由老人来付。老人边吃边哭，引来很多人围观。刘千年曾经问过钱文这事是不是真的，钱文说舅舅你别听他们瞎传，他们这样传不是臭我，是臭你。我能给你抹黑吗？吃饼的事是不是真的，一翔不知道，如果是假的，制造传闻的人一定有非常丰富的想象力。一翔从来不主动和钱文说话，如果钱文和他说话，他就点点头，然后借故走开。

一翔和刘小茵正式谈了一次，问她钱文是不是得到了刘大年的包庇。刘小茵否认了，她也很气愤，说看不出这人连狗都不如。一翔不信。钱文在案发的第二天早上被人撞见在城里一家早点铺吃早餐，然后喊了一辆出租车，大摇大摆地出了城，还让出租车司机捎话给牛小喜，说他真喜欢她，他出门办事,回来就娶她。钱文如此猖狂,自然是有原因的。一翔几乎可以断定,刘大年起到了别人无法起到的保护作用。

刘小茵说,王一翔你为什么恁关心这件事?一翔说全城人都在关心。刘小茵说,我觉得你更加关心,你这么关心是不是因为牛小喜是阎月儿的表妹?

一翔惊呆了。他真不知道牛小喜是阎氏兄妹的表妹。一翔打电话向阎强大求证,强大说是真的,小喜已经进了精神病院,小喜的父亲,也就是强大的姑夫,每天到区政府上访,已经持续半个月了。一翔知道强大的姑夫已经七十多岁了,退休前是一个乡镇的镇长。强大说区里有关部门的态度很积极,但是雷声大雨点小,每天都说要抓人,却一直抓不到。再拖下去,姑夫会被拖垮的。强大无奈,只好让阎月儿陪着姑夫去上访。一翔安慰了一番,放下电话,一时心绪难平,悲愤的情绪像潮水一样激荡了很久。

过了三天,一翔接到强大的电话,说姑夫出了车祸,已经死了。"那月儿呢?"一翔的心提到了嗓子眼。"月儿受了轻伤,在医院里简单治疗后就回家了。"强大说。一翔再也坐不住,迅速赶到了明月棋吧。月儿的伤不重,左臂在电线杆上撞了一下,有些瘀青,左眉上也有一点擦伤。但是月儿的情绪极差,一方面自然是由于姑夫的去世;一方面,是受了严重的惊吓。昨天晚上,月儿陪着姑夫去了区里一位分管政法的领导家里,要求加大抓捕力度,并要求在网上通缉。那位领导说目前的抓捕力度已经非常大了,已经调动了各方力量,无奈钱文有一定的反侦察能力,没有留下任何踪迹。至于网上通缉,需要向上级汇报后再答复,他争取尽早促成此事。月儿和姑夫提出的第三条意见,是暂时停止刘大年的职务,钱文和刘大年家的亲戚关系大家都知道,平时来往得非常亲密,刘大年极有可能借助手中的权力和关系去帮助钱文。领导没有答应,说刘大年目前没有参与抓捕行动,他与钱文案没有直接关系,停职不合适。而且,刘大年负责的工作很重要,如果停了他的职务,会影响工作的。月儿和姑夫在领导家里待到晚上十点多才告辞出来。街上行人稀少,路灯昏黄,月儿和姑夫边走边说,商量下一步怎么办。走到一个小十字路,突然从对面驶过来一辆卡车,飞速地碾向两人。姑夫大叫了一声,一把推开月儿,自己却被卡车撞飞,当场气绝。

月儿说姑夫就死在我面前,我一辈子都忘不了这一幕。他有时间躲开,如果不是救我,他也不会死。一翔问强大肇事司机怎么交代的。强大说逃逸了,根本就没抓到,连车牌号都没看清。黄花市公安局近期在城市的主要街道装了一些摄像镜头,还没有启用,如果没有目击者,一时半会儿是无法找到肇事车辆和司机的。月儿断定那辆卡车就是冲着她和姑夫去的,就是故意杀人。为什么要故意杀他们呢?不用想都知道。一翔倒吸了一口冷气。可怕!真是疯狂,真是有恃无恐!一翔建议强大发动所有亲戚去上访,给有关部门施加压力,要求迅速查明姑夫的死亡真相;同时,要把姑夫的死和钱文的案件联系在一起,吁请尽快抓捕钱文。

一翔说强大你把所有注意力都放到这些事儿上,至于月儿,由我来照顾。

接下来的一段时间,一翔一边照顾月儿,一边增加了去岳父家的次数,当然,是和小茵一起。有数次,小茵本来不打算回娘家,但在一翔的撺掇下,还是去了。一翔的举动被认为是向刘千年主动示好,是想修复已经破裂的翁婿关系。一翔在刘家唯一想做的事,是观察刘千年的举动,观察偶尔遇到的刘大年和刘二年在做什么。有时,一翔主动把话头往钱文身上引,当着大家的面问小茵钱文的母亲最近怎么样,要不要去看看。一翔从刘家人的言谈和举止,几乎可以断定他们一直没有中断和钱文的联系,即使钱文目前的躲藏地点不是他们安排的,他们也是知情人。而且,他们还通过秘密途径给钱文经济支持,这样做的目的只有一个,那就是帮助钱文逃避法律的制裁。

一翔认为小茵也知道一些情况,起码她知道刘家人一直暗中帮助钱文。以小茵的性格,她对这种事情没有自己的想法,刘家人的想法就是她的想法。

一翔对刘千年父子彻底绝望了,并下定决心帮助强大和月儿。无关乎人情,只关乎人性,关乎正义。如果对这样的事情也能容忍,还有什么事情不能容忍呢?做人必须有底线,退到底线以下,就是披了张人皮。

一翔想了几套方案,他谨慎地选择着,以求万无一失。在这样一个敏感期,所有相关的人都异常敏感,稍有不慎,就会走进死胡同,缚住了手脚,无法继续。一翔在一个周末的晚上忽然兴致大发,让小茵做几个菜,说要痛快地喝一杯。小茵对一翔近来的表现虽然感到奇怪,心里却很高兴。小茵到厨房炒菜,一翔坐在客厅里,把小茵的手机打开,给刘二年发了条短信:"二哥,钱文最近又换地方了?"在等待回复的过程中,一翔有些紧张,甚至有些口渴。不一会儿,刘二年的回复来了:"没有,还在常州。你不是不关心这事吗? 怎么忽然问起来?"一翔回道:"毕竟是自家人。我在常州有个同学,我想让她给钱文送点东西,他一个人在外挺难的。"刘二年回复:"不用,大哥都安排好了。"一翔道:"我已经和同学说了,人家东西都买好了。我没说别的,只说一个亲戚钱丢了,需要帮助。你把详细地址给我,再和钱文打个招呼。"正忙乎着,小茵端了两个菜进来,说:"王一翔,今天咱在客厅吃,边吃边看电视。我今天可是把所有本事都使出来了,你爱吃的臭豆腐,你爱吃的盐焗笋尖。"一翔连忙把手机放到身后,说:"再炒个鸡蛋。"小茵有些奇怪,说:"你不是不喜欢吃炒鸡蛋吗? 今天怎么了?"一翔笑道:"今天想吃。"小茵撇嘴一笑,转身出去了。一翔把手机拿出来,刘二年的回信已经到了:"常山大酒店 2211 房。万分小心,不能出一点错。"一翔长吁了一口气,回道:"放心吧!"一翔此时最怕的是刘二年把电话打过来,好在天要灭钱文,刘二年估计正在酒席上,不方便打电话。

一翔把短信删掉,立即用自己的手机给阎强大打电话,告知了信息。阎强大手里有省公安厅和市公安局几个领导的电话,以受害人家属的身份打电话报告信息,最合适不过了。在这种时候,没有人敢把信息压下来。挂了电话,一翔有些得意,一不留意就笑出了声。一翔感到自己的双腋下忽然长出一双翅膀,它上下扑扇着带着他飞,感觉好极了。嗯,翅膀,一翔想,隐形的翅膀,关键时刻一定要飞翔。

小茵端着炒鸡蛋走进来。一翔嘿嘿一笑,说:"娘子,来来来,今天我要与你一醉方休!"

第十八章　白盐或者辣椒粉

钱文在常州被抓的消息迅速传遍了黄花城,它就像一阵春风,瞬间就把所有人都吹得暖暖乎乎的。没有人知道细节,只有一个花絮伴着消息来到:钱文被抓时,正在和一个常州籍的女孩睡觉,据那女孩说,他们是谈朋友,都在商量订婚的事了。大家一致认为,警察办了一件天大的好事,如果再晚些抓获他,不知还要祸害多少女孩子。

强大打电话把这个消息告诉一翔时,他正安静地坐在凉亭下打谱。强大说我和月儿代表牛小喜和死去的姑夫向你表示感谢,如果没有你,这事不定会拖到什么时候。一翔小声说:"老兄,你不必谢我,我现在是地下工作者,曝光是比被捕还要痛苦的事情。"

但是,一翔还是被曝光了。当刘小茵拿着自己的手机站到正专心打谱的王一翔面前时,看她的面色,一翔立刻就明白了,关键的时刻来临了。一翔曾经想象过这样的时刻,但想象总是比现实富有诗意。刘小茵的手机里有一翔和刘二年的短信对话,虽然一翔把它们删除了,但是刘二年又把它们全部转发给小茵了。刘家人思来想去,认为钱文的被捕,极有可能是小茵在常州的同学跑了风,就找小茵查问。小茵这才知道,自己给王一翔炒下酒菜的时候,还给刘二年发了这么多短信。这样的短信,已经不言自明了。小茵站在一翔面前,没说话,泪水扑簌簌地落了下来。一翔说你这是干什么? 不就是几条短信吗? 我想知道钱文的下落,就用你的手机问了。我也是出于关心,这有什么呢? 小茵说:"王一翔你敢做不敢当啊? 你的男人气概呢? 你刚做过男人的事，为什么要摆出一副阳痿的样子？"一翔垂了头，准备咬牙挺过去。小茵说："你知道我爸和我哥他们怎么说你吗？你知道你这样做对于我们意味着什么吗？我并不在乎钱文是死是活，他活该！但是你为什么要掺和进来？有你什么事？有我们这个小家什么事？你为什么就不用脑子想想后果？"一翔抬起头，说小茵我向你保证，我并不想伤害你，也不想伤害你父亲他们，我只是想凭良心做件事。小茵把手机狠狠地摔在地上，说："你的良心在哪儿？如果这就是你的良心，这世界上还有良心吗？"一翔咬了咬嘴唇，说："小茵，起码我没有把你们刘家包庇钱文的事告诉任何人，如果钱文不交代出来，刘大年和刘二年就是安全的。"小茵愣了一下，这是她没有想到的。刘大年在得知钱文被捕的消息后，匆匆忙忙地赶到省城去了。小茵本来以为他是去救钱文的，还劝阻过。现在看来，刘大年是给他自己揩屁股去了。

小茵把自己和园儿的一些日用品塞到一只拉杆箱里，撂给一翔一句话："我再也不会回来了。"然后带着园儿回了娘家。

一翔知道这一关不好过，但小茵过激的行为还是出乎他的意料。一翔原来以为，如果事情曝光，小茵大不了和他吵一架。钱文只是表亲，既然被抓了，事实就无法改变了，事情很快就会过去。一翔怔怔地看着小茵抱着园儿走在黄花桥上的背影，知道事情真的不可收拾了。

本来以为往人家伤口上撒了一把白盐，没料到，落到伤口上的却是一把辣到极点的红色辣椒粉。

一翔的情绪消沉到极点，想，小茵的过激也许是对的，她面临的压力比他大得多。也许，在这黄花城，自己就是一个另类。

一翔没想到的事接二连三地到来。

一翔走进办公室，发现办公桌上有一束鲜艳的玫瑰。一翔以为是谁放错了地方，问科室的同事，大家都说不知道，再问，大家就笑，说放你桌上就是你的。一翔在玫瑰花里寻找，终于找到一张小小的纸条，上面写着：全市人民敬佩你感谢你。一翔立即意识到，这束花可能与前几天发生的事情有关。纸能包住花,却包不住火,自己杀岳父家回马枪的事,看来已经暴露到社会上了,而且,一根线的遮挡也没有。

一翔给强大打电话,问是不是他说出去的。强大坚决否认,说这样的蠢事连他的学员都不会做。一翔不知道风是从哪里吹出来的,是真有人吹风,还是大家的想象? 但是,无论源头在哪里,他是裸了。在单位里,如果走道的墙上被抹了一把泥,大家肯定会说是一翔做的,因为他们认为只有一翔才能做出与众不同的事。送鲜花是肯定和赞扬,却令一翔觉得身上发冷。

惶惑中的一翔收到月儿发来的短信:若得骄阳明日好,吾谁与看夕阳红。

接下来发生的事情,让一翔证实了自己的担忧。

老黑近几天出了点问题,毕竟老了,时不时会发点小脾气。一翔下午下班后带老黑去了一家车铺,做了一个小保养,然后又换了一个火花塞。做完这些,已经天黑了。一翔打刘千年家的座机,找小茵,没人接。小茵的手机摔了,躺在凉亭的石桌上,在等待主人回家。一翔失望地开着老黑回家,快到家门口时,迎面开来一辆越野车,远光灯像熔岩一样,贼亮,晃得一翔几乎睁不开眼。一翔往旁边避了避,视力刚恢复一点,就听见沉重的"咣"的一声,车身剧烈地抖了一下,一翔一头撞到前挡玻璃上。还没等他明白过来,车门被强行拽开,一双有力的手扭住他的胳膊,他被拖离座位,然后被重重地抛到了地上。接下来发生的事情不再出乎意料,躺在地上的一翔被狠狠地揍了一顿。拳头、巴掌还有鞋底,对付他,这些东西足够了。痛揍持续了两分钟,对于一翔来说却是一个世纪。越野车呼啸着离开,像是一匹野马奔向草原的深处。一翔在地上躺了十分钟,这十分钟里没有行人,没有车辆,似乎这个世界突然之间把他抛弃了,或者说,他熟悉的世界已经离他远去了。一翔吃力地活动了一下胳膊腿,还能动,他抹了一下脸,湿乎乎的,开着腥味,令他感到恶心。他像驮着一座山一样,用尽力气爬起来,检查了一下老黑。老黑的左前大灯被撞碎了,前保险杠一半拖在地上,另一半与车子保持着联系。一翔挣扎着爬进车子。还好,车子还能开。伤痕累累的一翔,带着伤痕累累的老黑,摇晃着去了刘千年家。

刘千年家门前的灯光永远是那么冷气逼人,透出不可侵犯的高贵气质。一翔把车子停在门前,看着那两盏灯,想,这里更适合刘小茵,黄花居对于她来说,也许从刚开始就是一个错误,一个彻头彻尾的错误。一翔没有敲门,他给刘千年发了条短信:我就在大门外,你让小茵出来,我们见一面,然后我永远从刘家消失。

接下来需要做的是等待,也许,要等到明天早上。一翔的心里渐渐产生了一丝快感,他想象着刘小茵看到自己时可能会有的表情,觉得这是一件有历史意义的事,她还没有看到过被揍以后的他。多么有意思的事,也许刘小茵会毫不犹豫地跟着他回家。但是,为什么要她回家呢?这里更适合她。算了,如果她不愿意,就让她在这里待着吧,包括园儿。

十分钟以后,刘小茵出来了。在这之前,在这个大院里,肯定发生了一些口角,发生了一些只有他们自己才知道的故事。刘小茵独自一人,阴沉着美丽的脸,孤傲地走了出来。一翔打开车门,踉踉跄跄地走到小茵面前。小茵吃惊地睁大了眼睛,然后,她用手捂住了嘴。她一把抱住一翔,失声大哭。

“是谁?你告诉我,是谁?”小茵哭着喊道。

一翔摇摇头,说:“别追究是谁,知道了也无法改变我的丑陋的脸。我来,就是让你看看,我是付出了血的代价的,我为我的行为付出了代价。”

小茵猛烈地摇头,说:“你不要告诉我这是刘大年干的,他在省城。”

一翔笑了,说:“我没有说是他,也许不是他,但也可能是他。”

小茵说:“你等等我,我去抱园儿,我这就陪你回家。”

一翔说:“不要,小茵,你就安心地在这儿待着,我是真心话。”

刘小茵似乎没有听见,飞快地跑进了院子。

第二天上午,一翔依然去上班。他认真地修饰了自己,使肿胀的脸不那么难看,或者说,不那么恐怖。他把手上的伤掩藏在一双手套里,走路尽可能慢一些,使身体不会由于痛苦产生摇晃。在办公室的走道里,他遇到了赵山水。赵山水愣了一下,然后笑了,说:“栽下水道里了吧?黄花城的下水道口比省城多一半,其中有一半没有盖子,也就是说,没有盖子的下水道口和省城的下水道口一样多。"一翔也笑了,说:"你扯的吧? 我要请假去省城数一下。"

上午的时间对于一翔来说非常短暂。不断有人来看他,表达慰问之意。也有人借故跑过来,看一眼,然后低头笑着走出去。一翔安心地做着自己的工作,安静地应付着所有的围观。对于他来说,一切都过去了,在这么短的时间内,该发生的都发生了,这是多么幸运! 他无须让自己的精神和毅力经受漫长的考验,一切都挺好。

快下班的时候,董小青发了一条短信,让一翔下班后到她办公室去,一翔没回信。以董小青的性格,早该跑过来了,她让短信过来,自然是在设计让一翔感到意外的情节。十二点一刻,一翔迟疑了一下,还是去了董小青办公室,他觉得没有理由回避她,刻意地回避反而显得虚伪。董小青的门是闭着的,一翔敲了敲门,他希望她忘了短信,已经回家了。但是,那扇棕色的门立刻就开了,董小青的美脸就像一轮月亮一样出现在他面前。

董小青示意一翔关上门。一翔反手碰上门,眼睛却被办公桌上的琳琅满目牢牢吸引住了。各式各样的糕点,配以各式各样的小碟子,五颜六色,还有一瓶葡萄酒。一翔笑道:"该不是你过生日吧? 那也不能在办公室里过吧?"董小青示意一翔坐下,然后在他对面就座,说:"我准备一个上午了,你还满意吗?"一翔点点头,说:"太精致了,不过,为什么不邀几个朋友到外面吃呢?"董小青切了一小块水晶之恋,递给一翔,然后倒了两杯葡萄酒,说:"我是为你准备的,为什么要去外面? 再找其他朋友,那谁是主题呢?"一翔举起酒杯和董小青碰了一下,说:"为我? 为什么?"董小青一口把酒饮尽,说:"从今天开始,我对你有了全新的认识。你是英雄,黄花英雄,更是我董小青心目中的英雄。"

奶油慢慢在嘴里泅开,甜甜的,很快就润湿了喉咙。富有弹性的椰粒在齿间跳动着,让咀嚼变成一件有意思的事。一翔笑眯眯地看着董小青,说:"你翻开历史,见过这么狼狈的英雄吗?"董小青正了脸色,道:"英雄一不问出处,二不问结果,英雄产生在制造壮举的过程中。王一翔,全黄花的人,有百分之八十以上希望自己像你一样,但是,却没有一个人能像你一样。你知道是为什么吗?责任和担当!每个人都有责任,每个人都想担当,但是,担当不是一句空话。有的人有心无力,有的人有力无胆,有的人有力无心。相对于你,我们都是懦夫。懦夫多了,一个民族就完了,一个国家就完了,这个世界也要完了。"一翔摆摆手,说:"别扣高帽,我实话和你说,小青,我也怕,但如果我不去做,我睡不着。我不比任何人高,我只是体内有更多的勇敢因子。一个人发狂了,为什么?他天生就比别人多一些狂的因子,这不是他的原因,是遗传。"董小青喝了一口酒,说:"这么说来,你父母比你要勇敢得多。"一翔愣了一下,笑了,说:"咱不说这些,正好我饿了,吃,我要把你的美食吃光吞净。"董小青两臂挂在桌面上,轻轻地吞了一粒红樱桃,然后轻轻地说:"王一翔,我爱你。"一翔吓了一跳,定睛看时,董小青的脸竟有些红。一翔垂下眼皮,狠狠地吞下一块点心。董小青说:"你别怕,宝贝,我只是爱你,我不会撩你。我对我爱的人说一声爱,是因为我勇敢,如果这句话我都不敢说出来,我会睡不着的。"一翔红了脸,给董小青斟满酒,和她碰了一下杯子,一饮而尽,说董小青虽然我不爱你,但我喜欢被你爱的感觉。

董小青说:"王一翔,以我过去的脾气,会一拳把你打花,可惜你的脸已经花了,经不起我的老拳了。"

第十九章　雪城

　　冬天说来就来,还没来得及把去年的冬衣翻出来,冰凌子就挂在檐下了,小雪就飘飘地落下来了。小雪落下的第二天,刘小茵病了,先是发高烧,本来以为是感冒,输了几天液,热退下一点,肝区又隐隐作痛了。一翔感到恐惧,不顾小茵的反对,带她去市人民医院做了检查。医生说可能是脂肪肝引起的肝功能障碍,住院输液吧! 住了一周,仍然不见好。一翔和小茵正式谈了一次,要带她去北京检查,据说北京地坛医院是全国最好的治疗肝病的医院,一翔说咱就去那里。小茵不愿去,说家里离不开,再说了,如果真查出什么来,死得更快些。小茵说到死,一翔的心里哆嗦了一下,更加坚定了决心,说这次我说了算,必须去。小茵无奈,只好答应。接下来的问题是安顿园儿。小茵的意思,是让父母帮忙看几天,或者让王小凤看几天。王小凤和刘大年有两个孩子,大的是女儿,小的是儿子,分别比园儿大三岁和一岁,虽然园儿不喜欢那两个孩子,在一起玩几天还是没有问题的。一翔想让阎月儿带几天,园儿和阎月儿很投机,她喜欢月儿。最后两人想了个折中的办法,让园儿自己决定。园儿已经两岁多了,平时话语不多,但每一句都能说到点子上。园儿的态度很明确,说要跟月儿姑姑。为什么这么选择呢? 姥姥和姥爷太古板,一天不见笑一次,压抑;大舅家虽然吃得好,也有玩的,但是天天有麻将场子,那些人高声大嗓的,吵死了,再说,她不喜欢那两个孩子,娇贵,烦人;至于月儿姑姑,不但安静,还可以学诗,可以听月儿姑姑讲故事,喜欢。小茵无奈,只好答应。

北京也在下雪,而且下得更大,偌大个城市几乎被雪淹没了。一翔通过同学关系,联系到地坛医院的一个专家,到达北京的当天就给小茵做了检查,但结果要等第二天才能出来。专家让一翔第二天下午到医院去看结果,并给他留了电话。从医院出来,天已经黑了,两人决定在前门附近找个地方住下,晚上可以到天安门广场看雪景。找了好一会儿,终于在前门对面的巷子里找到一家旅馆,一晚上一百块钱。两人简单地洗漱了一下,就挎着胳膊到附近一家面馆吃饭。跑了一天,没正儿八经地吃一顿饭,全身都有些软,小茵连迈步的劲儿都没有了。两人刚在面馆坐下,门口闪过一个身影,很熟,一翔一时却想不起来是谁。小茵叫了起来:"万叔。"熟悉的身影退回门口,果然是老万。老万向面馆里瞅了瞅,笑了,说:"瞧这缘分,能在这儿碰见你们,真是前生注定。"老万穿了一件厚厚的皮大衣,崭新,一看就知道是到北京以后才买的。老万听一翔说小茵有病,仔细看了看小茵的脸色,点点头,说认真查一下吧,好不容易来一趟,查个彻底。然后问两人要不要和他一起去吃饭,说有一个大场子,去了倒可以见见世面。小茵不去,说:"万叔我们去了会给你丢人的,在这里,我们就是乡下人。"老万笑了,说:"我妹子到哪里都像主人,那里不过是场子大,去的全是正儿八经的北京乡下人。"老万掏出两千块钱,塞到小茵手里,说:"我也不强迫你们,你们自己好好吃吧,吃点好的。"然后匆匆忙忙地告辞。一翔有些不解,说:"老万这个场子肯定是他请人家,难道是想再进一步?时间有点短吧?他调整职务才多长时间?"小茵嘴一撇,说:"你以为全国人民的生活都是下围棋呀?花费几个小时坐在那里,想的全是没用的东西,傻不傻呀?人家老万当了副区长以后,首先想的是挣钱。我听我爸说了,老万现在东南西北跑招商,目的却是以招商的名义给自己弄块地,将来要靠它发大财的。"一翔被小茵的病搞得心神全乱,哪有心思听这些。吃过饭,已经八点多了。一翔要带小茵去天安门,小茵嫌累,不愿意去了,说看完病再去吧,或者,下次带园儿一起来时再看吧!

第二天下午,一翔独自一人赶到地坛医院。小茵也要去,被一翔劝住了,说外面太冷,你受不了。一翔留了个心眼,生怕病情不理想,被小茵知道了,影响以后的治疗。专家还没有到,一翔在专家的办公室外面等了好一会儿,才见他行色匆匆地赶来,见面先道了歉,说出了个诊,然后就把小茵的诊断单拿出来,说:"老弟,你要做思想准备了。"一翔吓了一跳,脸色立刻就白了。专家叹了一口气,说:"人人都有这样的时候,只不过早一天晚一天罢了。"一翔瘫坐在专家对面,半天没回过神来。他不相信小茵已经到了肝癌晚期,她的面色那么红润,声音那么清脆,她的身体充满了青春活力,怎么可能得那种病?一翔产生了一种虚脱的感觉,他眼前的世界忽然没有了一丝温暖,就连专家办公室里的暖气都是冰冷的。他感到自己的血液已经凝固了,它们不再流动,而且,流动本身已经没有了任何意义,所有的事情都失去了意义。

专家建议一翔回家,说在北京治疗与在黄花治疗没有区别,多则半年,少则三个月,结局是无法改变的。既然这样,不如回家。一翔知道没有必要再待下去了,他木然地站起来,向专家告别,走进外面的冰雪世界。

冰雪在一翔脚下发出咯吱咯吱的声音,他听不到。雪片与冷风很快就把他冻得冰冷,他感觉不到。一辆出租车在他身边停下,问要不要送一段。一翔一屁股坐进车里。司机问他去哪里,一翔愣了一会儿,说:"景山。"司机诧异地看了他一眼。这样的天,上景山,真是不可思议。一翔在景山公园门口下了车,径直向景山顶上登去。天色暗下来了,雪依旧下着。站在景山顶端往南看,是故宫的无数大大小小的房,红墙被灯光衬着,变成一团紫色的雾。黄瓦全部被雪侵占了。还有那些数不清的树,那些被无数人踩过的庭院,全部被大雪拥进了怀里。那些人呢?那些一天到晚喧嚣的人群呢?全部被雪赶走了。一翔想,这个被雪埋没的城市,这个被雪压迫的故宫,它们其实是经历了无数伤感的,但是,它们坚持住了,待到雪消,它们就会重新绽放。自己呢?这次能坚持住吗?坚持住又有什么意义呢?如果是在黄花,如果小茵仍然健康,当他在这个时刻回到黄花居时,小茵一定正在厨房里忙碌,她会给他一个美丽的笑脸,然后端出热腾腾的饭菜。这样的日子,没有了。小茵,很快就会没有了。

一翔悲痛难抑,失声哭了起来。

手机响了，是小茵。小茵问一翔怎么还不回去，是不是检查结果不好。一翔擦干眼泪，说不是，没什么，专家来晚了，刚见过面，一会儿就到旅馆了。小茵说你快回来吧，天冷，我们去吃火锅吧！一翔答应着，泪水又流了出来。

一翔下了景山，绕过故宫，来到前门一带。前门向东不远有一家四川火锅店，一翔本可以打电话让小茵出来，很近，累不到。但是一翔不想这么做。他回到旅馆，进门就抱了抱小茵。小茵问检查结果到底怎么样。一翔说专家说肝部有些炎症，开了药方，让我们回去慢慢调理。小茵高兴了，说我们去吃火锅，我要吃得满身大汗，然后我要洗个大澡，把全身的寒气和疲劳全都撵走。一翔环顾四壁，说我们换个好一些的地方住吧，这地方我有些不适应。小茵笑了，说："你是不是觉得没事了就要作践了？这里挺好，我不换。"一翔还要坚持，小茵说饿了饿了，快去吃饭！你能不能不再絮叨？一翔只好作罢。

火锅店里人不多，进门就能嗅到浓浓的火热。小茵挑了个临窗的桌子，可以边吃边看外面的雪景。小茵一边点菜，一边对一翔说："老王，如此良辰美景，如此瑞雪和佳人，你难道没有诗兴？我点好菜，你要来首诗呀！"一翔心如刀绞，脸上还要装出愉快的样子。一翔在从景山回来的路上，一直在想一件事：小茵的病与自己有很大关系。四年的婚姻生活，虽然坚持着走过来了，但坎坷之多，是他始料未及的。这些坎坷，原因大多在自己。一个女孩子，她想过正常的家庭生活，她在世俗的社会里随波，她在无可奈何的情况下与父母保持一致，她想夫荣妻贵，她想出人头地，她错了吗？大家都是那样生活的，为什么她就不可以？跟了你王一翔就一定要改变？就一定要变成你要求的样子？许多矛盾，本来可以大而化之的，却被激化到不可调和。那些矛盾令她苦恼，郁结于心，郁闷伤肝。刘小茵之所以走到这一天，就是你王一翔害的。这样的念头在一翔心里翻滚，挥之不去，令他痛惜不已。

"你的诗呢？"小茵把菜单交给服务员，笑望着一翔。一翔艰难地笑笑，说："才见岭头云似盖，已惊岩下雪如尘。千峰笋石千株玉，万树松罗万朵云。"小茵品了一下，说："总觉味道不够。这元稹写悼亡诗倒是挺好的，像什么'曾经沧海难为水，除却巫山不是云'，什么'取次花丛懒回顾，半缘修道半缘君',写得多好。可是写这雪景的时候,才华就跑了,就平庸得不像话了。"一翔的神经似乎被拨动了一下,脸上的肌肉突然痉挛起来。

饭吃到一半,小茵要去方便。一翔要陪她去,小茵不让。片刻,小茵回来,跑到一翔旁边和他并肩坐着,低声说:"老王,你猜我刚才在那边的包间看到谁了?"一翔摇摇头,说:"不会是北京猿人吧?"小茵说:"笨蛋,是老万啊!"一翔说:"这有什么好神秘的?昨天也看到他了,这很正常。他今天不去赶大场子了?估计事情办得差不多了。要不,咱把他喊过来一起吃?"小茵说:"要是能喊我早就喊了,你去看看去,向人家学学经验。"一翔一脸疑惑地站起来,向小茵手指的包间走去。

透过包间窄窄的门缝,一翔看到老万和一个二十岁左右的女孩正如胶似漆地紧挨着坐在一起。桌面上堆满了各种美食,还有一瓶干红。老万捏着女孩的手,正说着甜言蜜语,女孩被逗得嘿嘿直笑,不时伸手打老万一下。一翔想,妈的老万,昨天刚见过大场面,今天又在这里导演小时代了。

一翔回到小茵身边,一句话也没说。小茵笑着问:"帅哥,心里痒吗?"一翔摇摇头,说:"我估计吧,那女的是他朋友,或者是招商工作人员吧!"小茵说:"你的嘴巴总是与你的眼睛不一致。老王,看着我的眼睛,告诉我你真实的感觉。"一翔笑而不语,给小茵夹了些羊肉。小茵叹了一口气,说:"没意思,一点都不配合。"

老万怎么样与一翔一点关系都没有。一翔心里时时忧虑的,是小茵的病。

回去后,怎么办呢?一翔觉得自己走进了死胡同。

第二十章　爱情会死亡吗

从北京回来以后,小茵在家里待了两天,就被一翔送进了市人民医院。小茵不愿意去,说你不是说只是肝炎吗? 一翔说你在家里会传染园儿的,咱迅速治好,你就可以永远待在家里了。一翔通过关系,找到科室主任,要了一个单间,费用较高,但是方便得多。一翔想让小茵舒服些,同时,也想尽可能多地和小茵单独相处。

一翔思来想去,最终决定不告诉小茵真实病情,他要让小茵最后这段日子多一些快乐。现在,有一个比较麻烦的事情摆在面前:要不要告诉刘家。刘家知道了,小茵肯定会知道。但是,如果现在不说,到最后怎么办? 那时,知道了真相的刘家会抱怨他,甚至仇恨他。当然,现在他们已经仇恨他了。一翔想来想去,还是给刘二年打了个电话,说小茵病了,肝病,问题不大,但需要住院治疗一段时间。刘二年比刘千年和刘大年稍微温和一些,这是一翔给他打电话的原因。一翔给父母打了电话,把小茵的真实病情告诉了他们。母亲当时就哭了,要立刻赶过来。一翔不让,说你们现在过来,我就没法瞒她了。

一翔请了长假,把所有时间都用来陪小茵。他学会了煲汤,学会了做菜,每天都翻新花样,尽可能满足小茵。小茵虽然被病情折磨得精神低落,但一翔的表现还是赢得了她的表扬。"老王你要是再这样,我就不愿意从病床上起来了。"小茵说。

一翔与主治医生有个约定,要求他和自己共同瞒住小茵,直到无法隐瞒为止。医生认为这不是好办法,但还是听从了。当然,隐瞒并不是一件容易的事,时时处处都要小心,一不留神,就有可能引起怀疑。一翔到市中医院找到一位老中医,希望得到他的帮助,在两条线上同时挽救小茵。但是,所有的努力都无法改变最终的结局。三个月以后,小茵的病情急剧恶化,已经无法起床了。一天早上,小茵让一翔把镜子拿给她。镜子里的小茵瘦得很厉害,容颜枯槁,嘴唇发紫。小茵默默地看了几分钟,把镜子放到一边,拍了拍床沿,让一翔坐下。一翔知道,瞒不住了,再瞒,就是愚蠢了。

　　"王一翔,如果你再瞒我,我都无法替你想办法了。"小茵说。一翔把小茵抱在怀里,说:"小茵,我是想让你多快乐一些日子。"小茵点点头,说:"看你辛苦,我心里也难受。其实我早就知道了,那天下午你离开地坛医院以后,我给专家打了个电话,他已经把实情告诉我了。"一翔流泪了。小茵和他共同隐瞒着这个真相,是为了不让他过早地背上沉重的思想负担。小茵说:"老王,坚持到今天,已经不容易了。我有几句话和你说。我不说感谢你,你是我老公,你为我做的是应该的。但是,我确实很感谢你。我们从认识到现在,八年多了吧?结婚也四年多了。这么长的日子,虽然磕磕绊绊,但是,我是幸福的。这一点,我必须承认。我们以前发生的争吵,其实与爱情无关,我一直没有怀疑我们的爱情。我不赞成你的一些做法,但是,我是理解你的。我只是担心你越走越远,最后不食人间烟火,我们在这个尘世就没法生活了。无论你信不信,我信。"一翔点点头,流着泪说:"谢谢你,小茵。"小茵抚了抚一翔的脸,说:"今后我不在你身边,你自己保重吧!有三件事,我想了这么多天,只有这三件事,我是放不下的。"一翔说:"小茵,我们共同努力,你的病会有转机的。"小茵淡然一笑,说:"面对现实吧,老公。我放不下的第一件事,自然是园儿。你要带好她,让她快乐地长大成人,当你的行为可能伤害她时,或者说,有可能给她带来不好的影响时,你要以她为重。"一翔说:"你放心吧,从今以后,她是我全部的生命意义。"小茵说,"第二件事,就是你的性格。我改变不了你,但是,你也不能太任性。实在不行,你就回家吧!带着园儿,调回翠坪吧!如果你不愿意,那就回省城。其实,省城倒是一个很好的去处,当初咱们真不该来黄花。省城是大海,你这样的鱼,总能在那里找到适合你的水。黄花呢,它只是一条水沟,一条被严重污染的水沟,你找不到你要的水,早晚你会热死在这里,或者冻死在这里,或者熏死在这里。这件事你尽快选择吧,离开这里吧!"一翔没有考虑过这些,听小茵这样说,心里也动了一下。在黄花的生活以后会更艰难,这几乎是肯定的。但是,一翔不愿意多想,坐在小茵身边想这些,该是多么残忍。"还有第三件,我知道会让你为难。我想让你修复与我们老刘家的关系。我知道这很难,因为这不仅仅取决于你的态度,还取决于他们的态度。我不想看到我的亲人们弄成现在这个样子,想起来我心里就难受。我还有几天时间,我会和他们谈一次。但是,你能答应我吗?"一翔点点头,说:"我能,我肯定能。为了你,我可以做任何事。"小茵笑了,说:"你这个人,看着是匹马,其实是头驴。谁能把你的眼睛蒙住,让你在磨道里转圈,谁就是高人。我终于把你的眼睛蒙住了。"

一个星期后,刘小茵永远离开了王一翔。

小茵的离去,对一翔的打击远远超出人们的意料,更是刘千年父子无法想象的。一翔病了一个月,他时刻感到自己要随小茵去了,小茵的影子时不时在他眼前飞舞,在召唤他。他无尽无休地回想着他们共同的生活,回想着每一次温存、每一次争吵,回想着自己的固执和惭愧。如果没有那些令人伤感的不快,小茵会英年早逝吗? 这是一翔无法释怀的,也是他最心痛的。"此恨何时已。滴空阶、寒更雨歇,葬花天气。四载悠悠魂梦杳,是梦久应醒矣。料也觉、人间无味。不及夜台尘土隔,冷清清、一片埋愁地。钗钿约,竟抛弃。"一翔一遍一遍地流着泪吟诵,五内俱焚。

父母从老家赶来,一直陪在一翔身边。他在黄花的为数不多的朋友,都在用不同的方式帮助他。一翔没想到的是,孔令清也来了。孔令清送给一翔一幅字:"独立沧浪霜华冷,心与秋空一样清。"所有的帮助都是良药,一翔慢慢地康复,一颗愁苦的心慢慢地从秋空落到尘间。他想起小茵要求他做的三件事。眼前最需要做的,是到刘家去,他必须修复与他们的关系。刘千年全家都参加了小茵的葬礼,当一翔走到他们面前,想和他们说话时,刘千年一脸愤怒地走开了,并且回头向大家招手,让刘家的所有人都跟他走。对于刘千年来说,愤怒永远大于悲伤。一翔看着小茵的遗像,看着他们的背影,陷入一种绝望。现在,他必须去刘家,当悲伤没有完全散尽时,共同的心境,也许能提供沟通的可能。

　　一翔打的去了刘千年家。木质的门头,桶状的吊灯,还有灰色的让人感觉随时会有雨点从上面滴落的墙瓦,所有这一切,都让一翔想起他和小茵刚刚来到黄花时,当他和小茵一起来到这里时,他对这个家庭的热爱,以及对未来的憧憬。暖融融的爱情,多么美好!现在,那些曾经鼓舞他的东西呢?都没有了。他不再想象,也不再希望,他来这里,只是为了完成一个嘱托。

　　一翔敲门,然后耐心地等待。在这两扇大门前,他已经学会了等待。拖沓的脚步声,总是在敲门声消失以后才出现,渐行渐近,然后便有一张毫无表情的脸出现在面前。今天,还会是一张毫无表情的脸吗?一切都变了,又好像什么都没变。不一会儿,拖沓的脚步声出现了,渐行渐近,终于到了门前。那两扇古老的大门,在发出咿咿呀呀的声音,而毫无表情的脸,也出现了。"走开!"岳母发出一声低而沉的吼叫,然后迅速把大门关闭。一翔刚刚用碎石堆砌起来的一个模糊的世界,在一瞬间坍塌了。

　　一翔离开的时候,回头看了一眼那两扇大门。小茵曾经在这里出入了二十余年,现在,那个美丽的女子,她的身影再也不会在这里出现了。

第二十一章 相依为命

接下来的日子,一翔和园儿相依为命。

以父亲的意思,一翔最好回省城,哪怕把工作辞了也无所谓,以一翔的能耐,在省城找到一份理想的工作并不困难。但是,父亲并没有郑重地和一翔谈这事,怕引起他的伤感。父亲让母亲留在黄花,帮一翔带园儿,同时照顾一翔的生活。一翔不同意,他不想让自己的生活成为父母的负担。一翔告诉父母,自己已经在黄花生活了多年,习惯了,他能带好园儿,不需要任何人为他分心。父母最终同意了一翔的意见。

暑期结束,园儿上了幼儿园小班。一翔每天早上五点钟起床,为园儿做早饭,然后送她上学。他不开车,他喜欢骑自行车送女儿,自行车前杠上绑着一只小椅子,女儿软和和的小身子半靠在他怀里,感觉好极了。而且,也方便交流,一个低首,一个抬头,这样四目相对的交流,对于他,对于园儿,都是异常温馨的。园儿说她喜欢这样的感觉,说这样就不感到路远了。园儿中午放学,一翔自然要去接。幼儿园放学早,十一点半,园门准时打开,而不到十一点的时候,几乎所有的家长都拥挤在大门前了。小班孩子的家长要到教室门前接孩子,哪个孩子先被家长接走,其余的孩子都会以羡慕的目光看着。一翔不想让园儿羡慕别人,所以就尽可能地早到,大门一开,他就飞快地冲进园内,冲到园儿的教室门前。如果能第一个接到孩子,一翔会非常自豪,园儿也会非常开心。当园儿走出教室,来到一翔面前时,他会一把把她抱起来,亲上一口,园儿便笑出声来,然后在他脸上也亲一口。下午的上学和放学,是上午的重复，温情的故事演绎多少次都不嫌多，每一次都会有新内容加进来，让生活增添新的乐趣。但是，这样的温暖是有代价的，一翔必须缩短工作时间，必须早退。如果没有特殊情况，早退也不会引人注意。但是，在这样的单位工作，特殊情况不可能太少。比如有几次部里开全体人员会，到了接孩子的时间，会议还没有结束的迹象，一翔只好向部长请假；有几次下单位考核，到了接孩子的时间，一翔只好向大家道歉，说我要早走一会儿。时间长了，关于一翔的种种议论就传到了部长那里。部长只笑，不发表意见。赵山水也找过部长，说王一翔现在这种情况也挺不容易的，为了照顾他，就把他调到研究室吧！既不耽误工作，也方便了他的生活。部长说："等等吧，他自己会调整好的。"董小青意识到了一翔的处境，找他谈了一次。一翔说等园儿再长大一些，我就放手了，就可以让她一个人去上学了。董小青说："可人家不等你啊，你为什么不找个保姆呢？这样下去，你会很累，身体也吃不消，这本来就不是一个人的活儿。而且，咱们干的这份工作，根本不允许你长时间这样。"一翔也想过找保姆的事，哪怕找个白班保姆也行，这样他就能腾出一些时间。但是，他不想失去接送园儿的快乐，不想减少和园儿相处的时间。而且，保姆的吃喝和工钱，是他无法承受的。小茵一场病花干了所有积蓄，他的经济状况非常差。他不能对董小青说这些。他知道董小青会积极地为他想办法，他担心的也正是这一点。一翔说慢慢来吧，慢慢来吧！

　　慢慢来，倒是对于无奈生活的一种应付方式，但是，沮丧是不可避免的，心浮气躁也是不可避免的。不久，一翔和一位学生家长发生了一场冲突，差点引发了一场拳脚。上午课间休息时，园儿把老师课堂上发的糕点塞到了小书包里，被一个男孩子看到了。男孩子说园儿你不想吃就让给我吧！园儿说这是给我爸留的。男孩子就嘲笑园儿，园儿有些恼，和男孩子吵了起来。男孩子嘴拙，说不过，就动了手，把园儿的小脸挠了一道细小的血痕。一翔接园儿的时候，发现了园儿脸上的伤，就问园儿是怎么回事，然后带着园儿去找老师。正好那男孩子还没走，一翔就让老师命令男孩子给园儿道歉，结果把男孩子吓得号啕大哭。正好男孩子的母亲来接孩子，于是吵得天昏地暗，如果不是老师拦着,肯定要演出一场武林大会。那母亲不依不饶,竟闹到了部里,在部里高声大嗓地喊了十多分钟,如果不是保安赶来,不知道要闹到什么时候。第二天,部长找一翔谈了一次话,说你如果处理不好这些小事,我只有一个办法,那就是把你调离干部科。一翔不怕调离,对于他来说,在哪里工作都是一样。但是调离是要自己提出的,不能被迫。一翔前思后想,竟一筹莫展。他已经没有什么可以牺牲了。围棋不下了,棋谱不打了,围棋协会的事情全部交给阎月儿打理了。小茵生病之前,他一直在明月棋吧兼指导老师,现在也辞了。酿酒的事更不用提了,他已经激不起一点兴致,黄花酒坊已荒废日久。一翔想来想去,认为只有一个办法能缓解目前的困境,那就是退租,把黄花居退了,或者转租给别人,然后在幼儿园附近找套小房子,既可以节省接送园儿的时间,也可以节省开支。

于是一翔去找阎强大,让他帮忙把黄花居转租出去,再帮忙找套小房子,越便宜越好。阎强大感到吃惊,在他的感觉里,黄花居已经不是一翔自己的,它已经是黄花城小有名气的景点,同时也是一个象征。在黄花居的凉亭里谈棋论道,在黄花居里诗酒唱和,在黄花河边信步而行,在翠竹林中纵论古今,不仅是一种享受,更是一种精神追求。强大把一翔要转租黄花居的事告诉了月儿,又告诉了江松夫妇。大家在一起商量,要把接送园儿的事揽下来,不管一翔怎么推辞,都要坚决地揽下来。主意已定,大家集体找一翔谈了一次,把商量好的意见说给一翔:每天早上,由一翔把园儿送到幼儿园,剩下的两接一送由大家全权负责,下午放学后,由月儿把园儿送回黄花居,交到一翔手里。一翔不同意,说你们是靠双手吃饭的,双手用在别处,就可能吃不饱饭。江松说你这人看似清高,其实是很世俗的,本来以为你是一棵松,原来你就是他妈的一棵装了一肚子虫子的老杨树。你连这点事都不敢托付,还有什么出息?我们不只是把你当作兄弟,我们还把你当作黄花居里最粗最壮最旺盛的一株黄花,你大气些,不要让我们失望。一翔无话可说,只好点头答应。

一翔卖了老黑,给阎月儿和江松老婆金青青一人买了一辆电动车,说接送园儿方便些。然后一翔在周六带着园儿去了开封,在那里住了一晚,带园儿吃了开封的灌汤包子和垛子牛肉,这些小吃是小茵生前念叨过的,念叨多了,把园儿也惹馋了,嚷着要去吃。周日早上,一翔又带着园儿去了清明上河园,在园子里玩了一天。

　　在回家的路上,一翔对园儿说:"宝贝,从现在开始,一直到你幼儿园毕业,咱们可能都没有机会出来了。"

　　园儿点点头,说:"爸,你卖老黑的时候,我就想到这些了。"

　　一翔搂住园儿,热泪盈眶。

第二十二章　让野鸡再飞一会儿

　　园儿的暑假过到一半,一翔接到任务,要到乡镇检查基层组织建设,主要任务是查空壳村,一个星期的时间。一翔没办法,只好把园儿托付给月儿。月儿倒是很高兴,说你放心去吧,等你回来,保准园儿比现在胖。一翔心里过意不去,觉得月儿为自己付出得太多,而且是无法回报的付出。一翔说我回来以后请你们吃饭吧! 月儿笑了,说:"你回来以后,再酿一坛黄花玉液吧。我哥喝了你的黄花酒,再也不愿喝别的洒了,说你的酒有毒,喝了就离不开。"一翔爽快地答应了。

　　这次基层组织建设检查规模很大,市里总共抽了 300 人,组织了 50 个检查组,从市财政划拨了五十万资金作为专项经费,要求所有人员吃住在村,而且不得与乡镇、村发生任何经济上的联系。组织部总共抽了二十个人,全部是组长。一翔所带的一组有五个人,负责检查临河县的两个乡镇。两个乡镇共有三十个行政村,一个星期完成任务,平均一天要查五个行政村,没有车辆根本无法完成任务。如果严格遵守市里的要求,不与当地发生任何经济联系,车辆就要自己解决。如果租车,一半补贴要用在车上,大家的吃喝住宿就不够了。自己掏腰包? 掏谁的? 掏组长的还差不多。一翔后悔把老黑卖了,如果老黑还在,问题就好解决了。

　　一翔这边还没想出办法,作为被检查对象之一的临河县阳源镇的书记和镇长已经来到了组织部楼下,带了一辆商务车,说要接领导到镇里去,还说所有事情都安排好了,领导到镇里后可以立即开展工作。一翔知道,所谓安排好了,既是指生活和交通工具已经安排就绪,也是指各个被查的村子都做好了准备。村子做好了准备,那就要仔细了,搞不好,就会带回一个假象。一翔躲到无人的地方,给董小青打了个电话,问她那一组出发了没有。董小青说我们已经在路上了。一翔连忙问是怎么去的。董小青说我的哥,你傻呀?哪个组不是坐的乡镇的车?哪个乡镇不来车接?你如果听市里的,就得骑自行车下去,而且,时间得延长到三个星期,这工作就没法开展了。入乡随俗吧!哥,记住酒肉穿肠过、佛祖心中留就行了。一翔挂了电话,苦笑了一下。好一个佛祖心中留,吃了喝了,该怎么打分还怎么打分,这得多厚的脸皮啊?一翔无奈,只好带着本组的几个成员坐上阳源镇的商务车。

进了镇政府,先到书记办公室洗脸洗手,然后一边喝茶,一边听书记和镇长把镇里基层组织建设的情况谈了谈。一翔说这样吧,我们有任务在身,时间紧,上午就下到村里去。你们的车,我就不客气了,给我们用几天。至于住宿和吃饭,你们就不用操心了,我们自己负责。书记说王科长你这是打我的脸吧?哪里有这样待客的?你们放着城里的安逸日子不过,到乡下来帮助我们工作,我们已经很歉疚了,哪里还有自己吃住的道理?我和镇长亲自安排了,考虑到你们的工作方便,咱就不到县城住了,你们就屈尊住在镇上。镇上有一家旅馆,虽然没法跟市里的宾馆比,但与县里的中等旅馆相比,差别并不大,我已经让他们留了五个房间,被褥全换了新的,包括拖鞋什么的,全是新置的。中午呢,就在镇里吃饭,下午我让司机送你们到村里去。王科长你看这样好不好?一翔看看时间,也快到中午了,再看看几个组员,也是人困马乏的,只好点了点头,说:"中午就这样了,我们生活用品放到旅馆,吃过饭就下去。不过,有一点是要说清的,住宿由我们自己掏钱,我们是有补贴的。至于吃饭,只麻烦你们这一次,以后由我们自己解决。"书记挠了挠头,说先住下再说吧,再说吧!

按照一翔的计划,下午要检查三个行政村。各个村子之间基本都有村村通,三米宽的水泥路,虽然有些窄,比以前的土路好得太多了。前两个行政村,用了两个多小时就看完了,没有发现空壳村,一翔比较满意。所谓基层组织建设空壳村,是指行政村没有独立的基层组织建设活动室,没有相关档案,没有活动记录,或者档案严重不全。这两个行政村未能完全达标,如,第一个行政村基层组织建设活动室的面积只有六十多个平方,离二百平方的要求相差不少,但毕竟是有了。第二个村活动室面积不小,但是与计划生育、综合治理等部门共同使用,功能不突出。考虑到村里的实际情况,也在可接受范围。但是,在第三个行政村,一翔遇到了难题。村子叫梅左,村口栽着很多梅花,给一翔的第一印象挺好。"一树寒梅白玉条,回临村路傍溪桥。不知近水花先发,疑是经冬雪未销。"虽然是夏季,梅树的千般婀娜仍能让人想到冰雪中的胜景。梅左的书记叫梅望,早已得了通知,在村口迎着。一翔看到此人五十多岁,一脸病容,形销骨立的,心里就有些含糊,不知道这样的身板怎么做工作,能不能撑得住。梅书记穿林过巷,把一翔他们带到一个崭新的小院前。院里有一幢三层小楼,仿徽派建筑,白墙灰瓦,清秀得很。院前和院里散种着几株梅花,让一翔看得心中欢喜。不种果树种梅花,这格调已经高了一筹。但是,进了小楼,一翔却感到有些不对劲。一股浓烈的刚刚装修过的气息堵得鼻子不舒服,墙面虽然一抹白,但有的地方还有湿印,可见是刚刚粉的。一些红红绿绿的制度匾额在地下靠墙放着,还有几块横躺在地上。一翔问:"梅书记,你们这活动室是刚建好的?"梅书记连连点头。一翔笑道:"现在很多村子都没有集体经济,你们又不是贫困村,上级不可能拨款,那你建活动室的钱哪里来的? 你这房子没有十五万是建不起来的。"梅书记说:"这个,以前还剩点钱,镇里又资助了一些。"一翔就有些怀疑,向一个组员使了个眼色,组员出去了。一翔让梅书记把村里开展基层组织建设的材料取出来,然后从包里掏出打分表,准备逐条勾选。梅书记面露难色,哼哧了半天,才从楼上拎下来一个塑料公文袋,里面散乱地装着一些纸张。一翔打开看时,却是镇里发的一些文件,还有几份党员花名册,几个年度混杂在一起。一翔黑了脸,问:"就这些?"梅书记红了脸,说:"这些事都是组织委员管的,他出门打工了,大部分材料都在他手里。"一翔说:"那他出门了,你们的活动就不开展了?"梅书记垂了头,不说话了。

　　正说着,刚才出门的组员回来了,笑着说:"梅书记,原来你这活动室是临时借来的呀!"梅书记的脸更红了。组员说:"我刚才出去了解了一下,这套房子是一个叫梅源的人盖的,是给儿子结婚用的。前天梅书记找到人家,好说歹说要用一个星期,人家只好答应了。"一翔看着梅书记,摇摇头,说:"梅书记,你也不容易啊!"

　　从梅左回到镇上的旅馆时,天已经完全黑下来了。书记和镇长在旅馆服务台旁边的沙发上坐着,正在喝茶,看到一翔他们回来,连忙站起来,说辛苦辛苦,赶紧洗洗,咱们去吃饭。一翔笑着摇头,说:"我们已经自己解决了,你们事多,忙去吧!别为了我们耽误工作。"书记和镇长相互看了一眼,书记说:"这不行啊王科长,我们——"一翔说:"我们怕犯纪律,市里有规定的。"书记说市里不了解各地具体的情况,再说了,你们累成这样,如果晚上吃不好,会影响明天工作的。一翔摆摆手,说:"二位的盛情我们领了,请理解我们,大家都是为了工作。"书记和镇长劝了半天,见一翔坚决不同意,只好作罢,悻悻地走了。一翔能感觉到同组的几个人也有些失望,有两个人还在私语,脸上露出不满的神情。一翔问服务员镇上哪家饭店卫生条件好些,然后把大家带过去,简单地吃了晚饭。待回到旅馆,打开房门,一翔有些吃惊。房间里的桌子上摆了很多东西:盒装茶叶、速溶咖啡、法式小面包、德芙巧克力等,一应俱全,另外还有一条软中华香烟,卫生间里摆放着洗漱用品大套餐。旅馆的硬件一般,但拾掇得干净利落。一翔又到隔壁两个组员的屋里看了看,都是一样。一翔给服务员打电话,问这些东西都是谁买的。服务员说是镇长派人买的。一翔叹了一口气,有些无可奈何。一翔躺到床上,给月儿打了个电话,问了问园儿的情况。月儿说如果你不放心,那你回来带吧!一翔笑着说:"我哪里是不放心,我是——"月儿也轻声笑了,说:"你不会是找个打电话的理由吧?"一翔尴尬地咳嗽了一声。月儿见他不说话,轻声地咕哝了一句:"伪道学。"就把电话挂了。一翔愣愣地看了一会儿手机,又给董小青拨了个电话,想问问她那边的情况。董小青在县城一家宾馆住着,刚洗过澡。一翔说你们在县城住啊?不违反纪律?董小青说你以为我想住这里?不住怎么办?还有,他们逼我喝酒,我竟然被灌了三两酒。这些乡镇干部,真是一群野蛮人。"一翔不满地说:"喝这么多,这么热的天,不难受?"董小青说:"我难受呵,王一翔,你要是个男人,就过来陪我说话。你等着,我让县委组织部的司机去接你,才三十公里。"一翔连忙说:"别别,我喝得比你还多。我就是想问问你,在村里遇到什么情况没有?"董小青说:"情况?那些情况我坐在办公室里就知道个八九不离十。遇到什么问题都不可怕,关键是看你怎么解决这些问题。"一翔就知道董小青那边的情况和这里差不多。至于怎么解决,一翔现在不愿意去想。目前的任务是发现问题,怎么解决,那是以后的事。

第二天上午检查了两个村。第一个村子的情况基本满意,村书记和所有的村干部都在。活动室完全达标,所有档案材料一应俱全。一个组员刚刚提出活动室的归属问题,村书记立即把活动室从谋划到建成形成的所有材料都找了出来,除了房产证什么都有。一翔忍不住就夸了几句,说你这样的村干部,完全可以到乡镇任职了。在一旁的村主任笑着说:"他可不能走,他要是走了,这一摊子就玩不转了。"一翔连忙问是怎么回事。村主任说:"他可是个能人,是俺村里的致富标兵,村里的好多公共设施,都是他掏钱办的。"一翔和村书记连连握手,说了一些鼓励的话。

到了第二个村子,一翔兵分两路,自己带两个人去老村干部、老党员家里访问,了解基层组织活动的情况,让另两个组员和村书记一起去活动室查材料。村书记五十多岁,胖胖的,黑黑的,听说一翔要去走访,就有些吃惊,说那些人家里就不要去了吧,脏,还有狗,咬人凶得很。一翔说不要紧,我们小心一些。一翔一行三人来到村西,正在打听老村干部、老党员都住在哪里,忽然从附近一个院子里冲出一个五十多岁的女人,一把抓住了一翔的胳膊,说:"我知道你们是市委派来的,我有情况要反映。"一个组员说:"我们不是来——"一翔用眼色制止了他,问:"你怎么知道我们是市委派来的?"女人说:"镇里前几天就来人安排了,说这几天上边来人,让我们不要乱说。他们不让说,我偏要说。"一翔感到很有意思,就说:"那你说吧,看我能不能帮得上你。"这时,旁边围上来不少人,基本上都是老人和中年女人,大家七嘴八舌地说:"苗大妮,别再说你的事了,人家领导不是来检查这些的。"苗大妮说:"我不管他们是来干啥的,我有冤,我要让全世界都知道我冤枉。"苗大妮反映的是她的低保问题。苗大妮的男人有严重的精神病,早已丧失了生产能力。家里还有公公婆婆,都是八十多岁的人了。一个儿子十年前分出去单过了,现在也出现了精神问题,日子也过得紧巴巴的。全家的生活压力都在苗大妮一个人身上,还不到五十岁,头发已经白了一半。苗大妮每年都找村干部申报低保户,每年都不批,到镇里给男人申请残疾证,也不批。苗大妮说你不批给我,我也没怨言,但是一碗水你要端平了。村书记的亲的近的,一年都挣十几二十万,为什么也能吃低保?为什么也能当贫困户?你们都是大领导,这些问题不解决,你们下来干啥?干其他的有什么意思?正说着,村书记急匆匆地赶过来,冲着苗大妮喊道:"就你这老娘们事多,你不说这些就活不成了?"苗大妮说:"你当书记就这水平?你这说的是人话吗?别人怕你,我偏不怕你,我看你今天能吃了我。你敢不敢当着上级领导的面再打我一顿?"正闹着,突然来了几个中年男人,笑着闹着把苗大妮推回去了。

一翔看着村书记,问:"你不是陪他们看材料吗?怎么到这里来了?"村书记笑道:"这西头的人,事多,养的狗也多,我真担心你们不了解情况,被狗咬着。"几个人并肩往活动室走,一翔又问:"那苗大妮说的情况是不是属实呢?"村书记说:"她家的情况倒是实际的,但是,比她家穷的人还多着呢,名额有限,总得一个一个来吧!我准备明年就让她吃低保,再到镇上跑跑,把她家的残疾证给落实了,也能领几个钱。"一翔知道这话是搪塞自己的,心里就有些气,觉得这个村书记不地道。到了活动室,一翔前后左右看了一遍,觉得有些不对劲。宽宅大院盖得很气派,面积够,功能分得也挺清楚,该上墙的也上墙了,该归档的也归档了,还有一些宣传器材,档次挺高。但是,似乎哪里有些不对劲,让人觉得不舒服。一翔问村书记这个活动室盖了几年了,当年盖房时有没有形成会议记录之类的东西。村书记说没有记录,几个人商量一下就盖了,当时没想那么多,哪知道上级会查这个?一翔满屋里转了数圈,坐到活动室的连椅上,眼睛直视着村书记,说:"书记,你就实说了吧!这个活动室是哪家村民的？你不说，我让人到村上问去。"村书记有些慌，脸红了一下，笑了，说："领导真是火眼金睛，瞒不住领导，我就说实话了。这个房子是我的，是我前年盖的。当时村里没有活动室，上级要求严格，我就把自己的房子贡献出来了。"一翔感到奇怪，说："既然是贡献，这是好事啊，为什么要瞒我们呢？"村书记说："村里穷，怕说出来让领导笑话。"一翔心里疑惑，觉得村书记不像是做出这样义举的人。一翔让人把所有档案材料搬出来，摊放到桌子上，一点一点细细地翻看。在一盒财务报表里，一翔突然发现了一张白条，上面写着：今收到村委会本年度房租一万五千元。落款正是村书记的名字。一翔知道这就是自己要找的答案。一翔扭头看看村书记，村书记知道瞒不住了，就一脸讪笑，说："我本来是要无偿送给村里的，他们不愿意，说于情于理都说不过去。"一翔点点头，想，好个于情于理。

　　一翔他们用了三天时间，总算把镇里十四个行政村查完了。总体情况不大理想。有四个村是空壳村，而且是名副其实的空壳。按照市里的规定，如果一个乡镇有三个空壳村，书记和镇长就地免职。一翔有些作难，如实反馈吧，书记和镇长就干不上了。一翔从侧面了解到，这个镇里的书记是从基层一步一步干起来的。从农校毕业后，先在农技站工作，然后调到镇办公室当科员，提了副主任，又提拔主任；主任干了五年，才当上党委委员，又过了三年，提拔了副书记；在副书记任上干了三年，当了镇长。到目前为止，他在书记任上才干了三个月。一翔心里有些犹豫，人家苦心巴力混到这个份上，真不容易，非常出类拔萃了，如果被撸了，实在可惜。

　　第三天下午，检查结束后，一翔他们回到旅馆，准备休息一下就去镇里和书记、镇长告个别。进了旅馆的大门，却看到书记和镇长都在院里站着，一脸迷茫。一翔有些不自然，和他们打了个招呼，然后让旅馆老板结账。书记笑着说："已经结了，你们就别操心了。"一翔坚决不同意，推搡了一会儿，实在没办法，只好作罢。书记说已经在黄花城里订了一桌饭，晚上他和镇长陪一翔到黄花城吃饭。一翔正色道："这可使不得，再不能有其他开支了。"书记想出各种理由来说服一翔，无奈一翔就认准了一条：坚决不同意。书记把一翔请到一个空房间里,说:"王科长,我知道我的工作做得不好,这次检查的结果不理想。以后呢,我一定努力工作,这次还得请你多多包涵,多多美言。"一翔迟疑了一下,说:"这个,我尽力而为吧!"书记千恩万谢,眼泪都快下来了。

　　一翔准备直接从阳源镇去下一个乡镇,征求大家的意见时,遭到了一致反对。大家都说这几天吃得不舒服,有些拉肚子,不如先回黄花休整一下,明天上午再去。一翔觉得有理,就同意了。镇里的商务车把大家送到黄花城时,天已经黑透了。一翔本来要请大家吃饭,看大家郁郁寡欢的样子,劲就泄了,请司机把大家挨个送到家。司机最后把一翔送到黄花居,车子停稳,从行李箱里搬出两箱茅台来。一翔说你这是干啥?司机说:"领导,这是我们书记特意给你准备的。"一翔说这个万万不可,你放车上去,我是坚决不能收的。司机说:"如果这点事我都办不好,我还有脸在镇里开车吗?"一翔知道司机的难处,就掏出手机给书记打了个电话。书记的声音里带着哭音,说王科长你辛苦了这几天,没吃一顿安稳饭,这点酒是我的一点心情,是我个人的,与镇里无关。你要是推辞,我现在就到黄花去,我自己给你搬家里去。一翔最后使出了撒手锏,说:"你要是把酒留下,我就如实汇报。如果你让司机把酒搬走,我倒可以考虑帮你一把。"书记没想到一翔这么说,愣了片刻,只好答应了。一翔把苗大妮的事跟书记说了,建议立即解决,不然在群众中影响不好。书记一口答应下来,说这样的事于情于理都是必须解决的。

　　一翔去月儿家里看了看园儿,和阎强大兄妹说了一会儿话,就告辞回家。刚打开大门,手机响了,是袁辉煌的号码。一翔以为单位里有什么事,连忙接了。袁辉煌东扯葫芦西扯瓢,扯了半天才扯到正题,说:"一翔呵,你们这几天查的那个阳源镇,书记呢,是你嫂子的初中同学,你可得关照一下。这一次,市里可是要动真格的,有三个空壳村的乡镇,书记、镇长真要免职的。"一翔这才明白过来,说:"科长,他那个镇,可是有四个空壳的,而且,组里的人都知道这事,我也瞒不过去呀!"袁辉煌说:"我也没让你瞒啊! 不过,有些标准可以多角度理解。比如你查到的那个叫刘阁的村子,那个活动室虽然暂时不是村里的,但人家村委会不是准备买下来吗? 不是正在筹资吗? 我听说,镇里也在想办法,下个月就可以签购房合同了。这样的情况,就看你怎么理解了。"
一翔苦笑了,这种指个兔子让人撵的事,兔子最终都会跑掉的。一翔知道不
搪塞过去今天晚上就别想睡觉了,便答应考虑一下,想个万全的办法。他知
道袁辉煌肯定在想:什么他妈的万全,你点头就行了。

接下来的四天,一翔在柳云镇查了十六个行政村,情况也不理想,出现了
三个空壳村。一翔想不到的是,柳云镇的书记能量比阳源镇的书记大得多。
一翔他们正在查的时候,就接到了几个熟人的电话,让他们手下留情。回到
黄花的当天晚上,赵山水给一翔打了个电话,连哄带吓的,说汇报时你可不能
乱说,与人为善,胜造七级浮屠。一翔感到好笑,如实汇报倒成了乱说了,这
人真他妈的有意思。如果都与人为善,还花恁些人力物力搞这次检查做
什么?

柳云镇的书记和镇长给一翔准备了一份大礼:一张一万元的购物卡。一
翔坚决地拒绝了。他需要钱,他希望带着园儿到超市购物时,园儿能随意选
择她想要的东西,但是他不可能为此付出那么大的代价。

在乡下跑了一周,众人都累成了狗。回到黄花的当天晚上,一翔在一家
野味馆做东,请大家饱餐了一顿,表示了强烈的感谢之意。如果是在别的组,
住得好,吃得好,身体上会少受一些委屈,而且还能得到很多实惠。但是,大
家并没有抵触行为,顶多在背后议论一下,能做到这样,着实不易。一翔挨个
敬酒,挨个说谢,把气氛调动得热火朝天。回到黄花居,一翔坐在书房里,把
两个乡镇的汇总材料摆在面前,一遍一遍地看。后天就要汇报了,情况查清
后,怎么汇报是最大的问题。如实汇报,这两个镇的书记和镇长都会被撤职。
如果市里真这么做了,倒是好事,杀一儆百的作用很快就体现出来了,问题很
快就会解决掉。市里花费人力物力是要发现问题的,是要解决问题的,不然,
不如拿这些钱去扶贫。如果不如实汇报,与人为善,会有人感恩。在这个世
界上被人感恩是很困难的,现在他得到了这样的机会。抓住还是放弃?是巩
固关系还是破坏关系?是做别人眼里的好人,还是做人人讨厌的坏蛋?

一翔想到半夜,不停地叹气。如果是在过去,比如小茵活着的时候,也许

他已经下了决心,他会毫不掩饰事情的本来面目。现在为什么这么犹豫?一翔想,可能与小茵的嘱托有关吧! 想到了小茵,一翔忽然明白了:小茵活着的时候他都能坚持,为什么小茵去世后他要改变呢? 小茵会怎么看? 小茵肯定会以为,他以前之所以那样做,就是为了让她难受。

一翔长出了一口气。这件事情,真的没有什么好犹豫的,听从内心的声音,是没有错的。

第二十三章　秋雨打湿的河流

　　汇报的那天上午,下了秋雨,这是今年的第一场秋雨,落到脸上,有些凉意了,也让在暑热中挣扎了一个夏天的人们长舒了一口气。该发生的总要发生,该过去的也会过去。一翔想,没有什么了不起的,如果没有孔令清,他连个副科都不是,有什么好在乎的? 一个人之所以思前顾后,是走于自己内心的忧惧。

　　汇报会在市委小会议室召开,书记参加,分管书记也参加,部长自然是要参加的。这样的规格,足以说明市委的重视程度。本来只通知各组组长参加会议,组员就免了,开会前一个小时,改为全体组员参加。大家都在休息室里等候,按顺序到小会议室汇报。一些人开着不着边际的玩笑,似乎在掩饰内心的不安,又似乎在期待什么。

　　董小青和一翔坐在一起。董小青低声给一翔讲了一个故事,说有一个村主任把房子借给了村里当活动室,有一天市委书记去调研,问这个活动室到底是谁的。村主任打死不改口,说是村里的。书记当即喊来有关部门办了房产证,产权属于村里了。村主任当天晚上一口气喝了一斤酒,夜里被送到镇医院抢救。一翔觉得这样的故事一点都不可笑,反而很可悲。你要求村里一定要建二百平方米的活动室,凭什么? 你只图宽敞,调研它的可能行了吗? 人家拿什么来建? 北方的村子,和南方是没法比的。集体经济很少,村里的收入很少,二百平方米的房子是一个极大的负担,很多村子根本不可能完成。一翔想,那些人也苦哇! 这个念头一闪出来,一翔身上就出了一些汗。这样一个摆在面前的矛盾,怎么一直没有意识到呢?如果那些乡镇的书记和镇长因此被撤了职,冤不冤?

第一组出来了,脸上的神情很凝重,像是被熊得很厉害。大家连忙问汇报的情况,第一组的组长说:"大家还是如实汇报吧!我不是说我们没有如实汇报呵!我是说,有些情况书记是掌握的,如果谁倒霉撞到了枪口上,那就是天意了。"

众人面面相觑,一时有些茫然。一翔想,这些表情真是有意思,这是欺骗内心的典型表情。一翔看看董小青,小青的表情很轻松。一翔暗自佩服这个女孩,也许这个世界上就没有什么人能骗得了她,就没有什么事能难得住她。谁要是娶她做了老婆,想拿住她,得有多高的智商啊!

陆陆续续进去了十多组,出来时的表情有悲有喜,但那种茫然依然在脸上没有散尽,有的更加迷茫了。一翔是第十五组,一翔带着全组人走进小会议室时,心里挺紧张。小会议室里坐满了人,有市领导,还有相关部门的主要负责人。孔令清也在,一翔已经一个多月没见他了。所有的目光都集中在一翔他们脸上,如刺,让人想退缩。一翔暗笑自己,觉得人真是一种弱点很多的生物,如果抓住了这些弱点,人就变得不堪一击了。在书记对面有五个空位,是给检查组留的。书记的目光一直盯在一翔脸上,部长的目光也盯在一翔脸上。一翔刚坐下,书记就在对面说:"如实汇报,这是我唯一的要求。"一翔笑了笑,说:"这是我最擅长的。"会议室里响起了一阵轻微的笑声,像平地起的一阵小旋风。孔令清也笑了,向一翔点点头。

一翔的汇报在会场里引起了很大反响。一翔先把村活动室共同的特点简单汇报了一下,然后重点讲了存在的问题,比如借用民房的问题,比如村书记把自家房子出租给村里的问题,比如除了党员花名册和几份文件几乎没有其他材料的问题。然后,又对这些问题进行了分析,指出集体经济的缺失以及责任心的匮乏是造成这种现象的主要原因,有关部门支持力度不够是原因之一,督查不严是原因之一,村干部待遇过低也是原因之一。一翔没有注意大家的反应,但是,他知道自己正处于焦点,因为他的汇报与众不同,他敢于点出发现的所有问题,敢于向某些人脸上甩巴掌,之前肯定没有人这样做。

汇报结束的时候,一翔建议用一分为二的观点看待乡镇的主官,不能简单地用撤职这样的方式处理,应该给他们机会去纠偏,去解决问题。在他们手里出现的问题,他们最清楚如何解决。

会场里一时静极,像是一盏炽热的吊灯突然停了电,大家一时反应不过来。一翔心里一阵轻松,他说出来了,他把自己想说的表达出来了。没人鼓励他,但也没有人制止他。他觉得这一个星期没有白累,他对得起那些补贴,对得起自己的那份工资。

一个组员偷偷地碰了碰一翔的腿,对他竖起了大拇指。

一翔站起来,看了看书记。书记脸色阴郁,似乎有一场雨要下。书记做了个手势,示意他坐下。书记环顾四周,说:"大家都听清楚了吗?这才是真话,这才是我们要摸的实际情况,这才是对我们的决策有用的信息,才是最终解决问题的关键。到目前为止,除了这一组,我们听到了什么?有的乡镇没有空壳村,一个都没有。有的乡镇有,有一个,最多两个。为什么?因为有三个空壳村就要处理人了。我们派那么多人下去,就是为了得到一份及格的卷子?当然,及格是好事,关键是,到底及格了没有?"书记转向秘书,说:"你去告诉那些还没有汇报的检查组,我是要抽样复查的,故意虚报瞒报是要受处分的。"书记对一翔点点头,说:"你这位同志带了个好头,汇报得很好。"孔令清说:"他叫王一翔,在组织部工作,不只工作能干,围棋也下得非常好,得过六省一市业余赛的亚军。"书记笑了,说:"你这是复合型人才啊,不错。不过,我可要提醒你一句,实话说多了,是要被人记恨的。"一翔笑道:"那下次我就不说了。"书记哈哈大笑,说:"那我就建议有关部门把你改成专业棋手,你说的瞎话再多,在棋盘上也起不到作用,不伤害工作,只伤害你自己。"

一翔出了会场,立即去了明月棋吧,准备把园儿接回家。一个星期没和女儿团聚,一翔心里像长了草。园儿正和月儿对诗,你一句我一句,正杀得热闹。一翔一把抱住园儿,问:"宝贝,想爸没有?"然后笑吟吟地等待女儿说出"我想死你了"之类的话。没想到园儿摇摇头,说:"爸,你忙去吧,我在月姑姑这里挺好的。"月儿哈哈大笑。一翔看着月儿,问:"你给我女儿灌了什么迷魂药?"月儿说:"你以为这药是好灌的?你灌了这几年,怎么迷不了人家?"园儿说:"爸,要不,让月姑姑到咱家住吧!"月儿红了脸,装作拾掇东西,一声不吭。一翔笑了,说:"行啊,你想邀,你就邀吧。"园儿跑上去抱住月儿的腿,问:"月姑姑,你去不去?"月儿脸更红了,想说什么,一翔的手机突然响了。电话是董小青打来的,问一翔有没有时间,中午在一起吃饭。一翔也想了解一下情况,就答应了。月儿看看一翔,说:"这个女孩的声音好脆,离老远都能听见。"一翔摇摇头,说:"是个同事,估计想和我说说今天上午汇报的情况。"月儿抱着园儿亲了亲,说:"园儿跟爸爸去吧,今天中午有好吃的。"园儿说我不去,老爸重色轻友,我才不学他。一翔给搞得脸色通红。月儿说:"园儿你这样说,不文雅。姑姑教你个文的,正适合你爸。"月儿看了王一翔一眼,说:"为求美人一魅眼,过河拆桥心不软。"一翔忍俊不禁,道:"阎月儿,我服了你了,这样不伦不类的东西你竟然也会。"

董小青定的地点竟然是黄花小酒馆。一翔到的时候,花六正在灶上炒菜,他老婆杨小飞忙里忙外蝴蝶一样地飞转。看到一翔,花六惊喜地叫了一声,说王领导来了,我以为你调回家了呢,这么久也不来喝酒。杨小飞听见了,连忙跑了过来,撇了撇嘴,说:"调回家?他才不舍得。那个美女在6号等着呢!"一翔拱了拱手,说:"你这二位,竟然这样对待顾客,看我不掐了你们的酒路。"杨小飞说:"你不说酒我倒忘了,前几天有几个顾客指明要喝你的黄花酒,你赶紧给我送一百斤吧!"一翔说过几天吧,过几天我一定给你们酿最好的黄花酒。

董小青点了四个菜,已经上齐了。看到一翔进来,董小青从随身带来的挎包里掏出一瓶酒来,说:"我今天从我爸那里偷了一瓶酒,给你饱口福。"一翔细看时,是本地一家酒厂出的三十年陈酿。这种酒用三十年的母子酒勾兑,入口就是一条线,这头喝,那头立刻就能感觉到。而且这酒是不上市的,酒厂老板一年就酿一百斤,只送给最亲爱的人,一翔接过酒瓶,打开瓶盖,立刻就闻到一股异香。一翔说:"你这酒倒提醒了我,我也要酿几百斤纯酒,封到大瓮里,放上三十年,留着退休以后喝。"董小青把两只酒杯放到一起,让一翔倒满,然后端起一杯,轻轻地抿了一点,说:"你能在这里待三十年? 能待到退休?"一翔愣了一下,问:"你这话从何说起?"董小青说:"你是来自另一个星球的,迟早要回去的。"一翔一饮而尽,连说好酒。董小青吃了一点菜,看了看一翔,说:"我今天约你,是有话和你说。"一翔点点头。董小青说:"你知道不知道,你的汇报是一件具有里程碑意义的事情?"一翔心里一沉,连忙问董小青为什么这么说。原来,一翔走后,书记让部长亲自到休息室传达要求:必须实事求是,如果有虚假行为,一经发现,将彻查到底。短暂的失措之后,大家都调整了汇报材料。有一部分检查组的汇报材料中本来没有一个空壳村,临时调整为有,有一个到两个。还有一部分检查组本来准备了一至两个空壳村,临时调整到三个或四个。根据有关人员的统计,总共有十四个乡镇出现了三个以上的空壳村。也就是说,如果市里按照原来的文件执行,将有二十八个乡镇党委书记和镇长被免职。董小青说:"王一翔,你这次出名了,书记在会议上几次三番表扬你,说你能坚持原则。你知道不知道,现在大家都很佩服你,说你真人不露相,走了一条捷径,用不了多久就会被提拔了。"一翔吃了一惊,气愤地说:"说实话的人,怎么成了投机取巧的人了?"董小青说:"你这事,经不起倒推的,一倒推就是这个结论。我告诉你,好多检查组本来是有约的,是有内幕的,你倒好,逼人家临时改了主意,让人家失信。你知道失信意味着什么吗? 意味着有一些部分人可能因此而被免职,意味着一些本来顺风顺水的生意最后做成了双亏。你说说,你把局面搞成了这样,不是为了自己的异军突起,是为了什么?"一翔连着喝了两杯酒,说:"董小青,难道连你都不了解我?"董小青笑了,说:"不了解你,我还会请你吃饭?"一翔点点头,说:"这就行了。说说你吧,你是怎么汇报的?"董小青冷笑了一声,说:"如果我在你前面汇报,我就可能成为你。我才不在乎那些小东小西的,我怎么汇报是我的高兴,不会被什么东西什么人胁迫的。"一翔伸出手,和董小青握了握,说:"君是河南房次律,始终怜得董庭兰。"董小青哂笑道:"那你倒是陇西董庭兰了？太自大了吧？"一翔摇首道："那倒不敢比,不过,有了一个同志,我还是挺高兴的。"董小青说："你也别高兴得太早,今后有你的好日子。咱部里有三个科长是在你前面汇报的,人家检查的都是先进乡镇,没有一个空壳村。你半路上插一刀,这下好了,人家成了带刀侍卫了,这刀拔不下来了。你小心吧,那些刀早晚得扎在你身上。"一翔说扎就扎吧,我已经遍体鳞伤了,不在乎多一刀少一刀。董小青说："有件事我得提醒你。部里近期要召开专题民主生活会,要搞民主测评的,如果你得的差评多,会很麻烦的。要不要我给你平衡一下？我的话,还是有人听的。"一翔摆摆手,说："不用,我还想扎他们一刀呢,你平衡什么？"董小青吃惊地问,"你还扎刀？你扎谁？"一翔说："有些人不该扎吗？"董小青脸色有些变,说："王一翔,你真不想在部里混了？"一翔笑笑,没回答。

　　不经意间,一瓶酒喝得差不多了,董小青脸上现出几朵红云,鼻尖也冒出几粒细汗。一翔也有了六分酒意,说："董小青,我教你下围棋好吗？以你的天分,不到三年就会有小成。"董小青不屑地说："小成？大成了又如何？一天能吃三斤？能喝三斤？"一翔被泼了冷水,冻住了嘴。董小青说："我说一句话,你仔细听。你这样的性格,是不适合在这里待的。晚走不如早走,可以避免很多意外。如果你同意,我让我爸给你办调动,调到省城去,找个清闲的单位,自由自在地生活。我呢,随后也调过去,咱们带着园儿在那里轻松地过日子,你说好不好？"一翔的酒一下醒了,脸上冒出一片热汗,垂头半天不吭声。董小青叹了一口气,说："你这人,真是没意思。话都说到这份上了,你还这个样子,真没意思。我知道,那个下围棋的阎月儿还在等你,但你想过没有,生活不是一时的激情,是需要长流的细水。还有,你刚才说自己是董庭兰,其实,做董庭兰有什么意思呢？倒不如携酒兰舟,长啸江湖。"一翔用手支住脸,嗫嚅着说："我何尝不想过这样的日子,但是,但是——"一时语塞。董小青无奈地笑了一声,说："只是同游者非心仪之人,是吗？"一翔无语,脸色有些尴尬。董小青声音低到几乎听不见,说："王一翔呀王一翔,你真是有眼不识金镶玉。"

　　一周以后,部里召开了专题民主生活会,在民主测评时,王一翔甩出了三把刀,给在基层组织建设检查时弄虚的三位科长打了不称职。在部机关的多次民主测评中,不称职票非常少,这种被视为不团结的行为是被大家鄙视的,大家一致认为,这种行为是小人之举,是没有市场的,使用这种方式的人最终会让自己陷入困境。一翔的三张票是三把锋利无比的刀,在那块本意显示民主却总是被用来遮羞的布上戳了三个大窟窿。当民主测评结果贴到走道墙上时,引发了一阵剧烈的骚动。大家聚集在那张白色的 A4 纸前面,看着意料之外的结果,表演着各种各样的表情:控制不住的气愤,夜雾般的茫然,不自觉地流露出来的快意,等等。大家发出的声音与表情并不统一,大家一致认为,这样的行为是不可理喻的,不可原谅的。大家还认为,之所以发生这种事情,肯定是三位科长都得罪了某一个人。有人提醒三位科长仔细想想测评时每个人的表情,也许可以从中找出些线索。有人则偷偷建议三位科长去找办公室主任刘鸣一,票是刘鸣一统计的,也许可以从笔迹看出一些问题。中刀的一个科长压抑不住心中的愤怒,在走道里大声叫喊,让背后使刀子的人勇敢地站出来。

　　此时一翔正坐在董小青的办公室里,他一脸通红,情绪波动。董小青眼睛直视着一翔,她的目光此时就是一枚钉子,把一翔死死地钉在那把椅子上。"听我的,王一翔,做了就做了,一切都过去了,千万不要出去,千万不要像一个英雄一样承认自己的行为。如果那样,你很快就会成为狗熊,你最好给英雄留一点体面。"一翔说我要肯定自己的举动,如果不出去和大家说清楚,我就是否定自己。董小青笑了,说:"你能让这样的结果出现在大家面前,说明你勇敢,也说明你坚强,你是个当之无愧的英雄。但是,如果你跑出去裸奔,你就是个莽夫,是个没有任何理性的蠢人。真正的智者要站在众人之外抡须而笑。你面红颈粗地向大家宣布自己的英雄行为,不过是一时的虚荣罢了。你要为英雄收尾,再抹上亮丽的一笔,很好,但是,你以后再也没有机会成为英雄了。"一翔知道董小青是对的,表达了想法,达到了目的,同时又保护了自己,这才是智者,自己应该成为一名智者,而不是赤膊上阵的许褚。

晚上,园儿熟睡以后,一翔来到黄花桥上。周边的黑暗被远处的灯光稀释了一些,桥的轮廓较为清晰。黄花河水温柔地流淌着,发出细碎的波声。岸边的黄花丛里,偶尔有秋虫鸣叫,时不时还会有一只鸟儿发出梦呓般的声音。一翔倚在桥栏上,想着白天发生的事,感到莫名的忧伤。有数星冷雨落下来,碰到了一翔的脸,然后又是数星。一翔抬头向天,于是,更多的秋雨扑到他脸上。一翔想,这些秋雨是勇敢的,它们认为应该落下时,就落下了,根本不会顾及谁的感受,根本不会想到被它淋湿的万事万物还会有感受。秋雨越来越密,成了雾雨,成了小雨,已经可以听到它打湿黄花的声音,可以听到它打湿黄花河的声音。黄花河水与秋雨会合在一起,像是在共同演奏一首婉转的曲子,像是在轻声地合唱,又像是拥抱在一起轻轻地接吻。一翔忽然有一种莫名的感动:这就是自然的和谐,这被秋雨打湿的河流,与打湿它的秋雨,与被秋雨打湿的黄花,还有这黄花桥,竟是和谐的,就像有史以来一直如此,就像明天后天仍然会这样,就像其他的事情根本就没有发生过,就像在这世界上,只有它们自己。

似水如云一片心,落花时节洗荷裙。不妨碎里寻知己,难免悲中溅泪痕。一翔想,秋雨可以碎里寻知己,无须考虑悲中溅泪痕,而自己,就像一只随时可能折翅的鸟儿,发出一声悲鸣都感觉困难。就像古人说的,"倦客空知难对语,屋檐滴碎是秋声。"这一切的和谐中,只有自己是不和谐的。

一只狗悲鸣着从桥外的道路上跑过,又在前面不远的地方绊了一跤,现在,它开始大声地呻唤了。一翔想,如果一只狗对着一棵树撒尿,没有人会指责它,因为大家认为它天生就是对着树撒尿的,它根本不会到厕所去。但是,人是知道厕所的,是知道小便必须尿到厕所里的。但是,有些人为什么还要对着树撒尿呢? 当他们对着树撒尿时,为什么还要装出若有所思的样子,好像他这样做无比正确呢?

不知不觉地,一翔已经被秋雨打湿了。

第二十四章　黄花居

　　初冬的时候，一翔出了一次差，配合干训科带着三十名年轻干部到上海培训。在大家的感觉里，这是一趟苦差。时间较长，一个月。年轻的，耐不住夫妻别离，年长的，体力上吃不消。最劳神的，是要管理三十人的学习和生活上，一点差错都不能出。一翔不想去，要和女儿分别这么长时间，他会不适应。而且，把园儿交给月儿带一个月，心里也过意不去。但是，部长指名让一翔去，赵山水也支持。袁辉煌与一翔谈话时，说这是领导的信任，不能以任何理由拒绝。不管是信任还是什么，推辞都不明智。一翔答应下来，然后请阎强大兄妹吃了一次饭，把园儿托付给他们，并把黄花居的钥匙交给了月儿，说还得麻烦你帮着照看一下房子。月儿说："说得倒优雅，照看？是帮你打扫吧？是帮你拾掇吧？"一翔笑了，说："你这么说也行，如果你这么做了，我不会坚决反对的。"

　　一个月都在外地生活，日子显得特别漫长。好在一翔自小在南方长大，生活上比较适应。而在周末，一翔倒有一个很好的去处，那就是去燕春来家，找他下棋。这是一翔最惬意的事。在燕春来家里，一翔享受到了最好的招待。燕春来和一翔下棋，交流棋艺，还介绍他认识了一批棋界的朋友。一翔的棋艺有了较大的提高，和燕春来对弈时，已经互有输赢，而且时不时有神来之笔，引得围观者啧啧称奇。燕春来看到一翔的进步，心里很高兴，趁机劝他放弃黄花，到上海找一份与围棋有关的工作。燕春来答应尽力帮忙，并且认为一翔肯定能做得很好，将来成为名师也不是不可能。一翔有些动心，从事与围棋有关的工作,想想都令人愉快。燕春来的建议就像一翔的黑发一样,牢牢地盘踞在他的头顶,并且不断地生长。一翔答应认真考虑一下,无论来与不来,都会给燕春来一个明确的答复。

在这一个月里,一翔一直与月儿保持着联系,每天晚上都要打个电话。聊得最多的是园儿,聊过园儿,再找一些别的话题聊一会儿。当通话成为习惯以后,就有一些牵挂浮出水面。如果过了晚上九点一翔还不打电话,月儿就会把电话打过来,问他是不是很忙,是不是有什么事,是不是酒喝多了。这样的时刻很舒服,是享受,也是放松,是生活的动力。一个月临近结束时,一翔有了一种恐慌感,他说不清这种恐慌感是源于美好习惯的即将结束,还是源于对感情的进一步认识。但是,有一点是可以肯定的,这种恐慌感与月儿有密切的关系。

出来一个月,自然要带些礼物。一翔给强大和江松夫妇选了几件礼物。但是,在给月儿买什么的问题上,一翔费了很多脑筋和体力,几乎逛遍了上海城。其实很多东西都适合月儿,不适合也无所谓,不过是个礼物而已,你还指望谁因为一件礼物而记你一生? 一声惊喜的哇,不过是瞬间。一翔明白这些,但是,心里却总是放不下。带吃的? 豫园的小吃太丰富,每一种都是特色,但是,吃的东西太普通。带穿的? 他真没这水平。以前他的衣服都是小茵买,他连 XXL 是怎么回事都不知道。再说了,买得不合适,钱就糟蹋了。于是一翔去逛古玩市场之类的地方,跑了几家,不是太贵买不起,就是看不上眼,或者觉得与月儿不配。回家的前一天,在一条偏僻小街的一家小店里,一翔找到一对紫铜镇纸,长二十厘米,每只重约一斤。镇纸打磨精细,工样古朴,颜色略暗,拿在手里,有一种读书的欲望。它最吸引一翔的,是一组简单的雕饰和一首小诗。雕饰简单到似无却有,是几绺细细的蒲草,和半轮明月。把一对镇纸合在一起,便看到左右两丛相向的蒲草,似乎在亲昵地私语。而其间似乎隔了一泓碧水,水痕轻轻,好似有微风拂过。半轮明月终于成了一轮,圆圆的,散发着清辉,与水、草相衬,构成了从容自然的和谐。明月的下方,每只镇纸上都竖刻了两句诗,放在一起就是完整的一首:辛苦最怜天上月,一夕如环一夕玦。若似月轮终皎洁,不辞冰雪为卿热。一翔有一种爱不释手的感觉,心里也暖暖的。这种意境,这首诗,自然不是大众作品。问价时,果然有些贵。一翔问来历,店主只笑,说你这先生问来历,自然明白它是有故事的。既是这样,不如不知道,留个想象也好。一翔点点头,请店主用黄绸包了,小心翼翼地收了起来。

一个月的时间,对于待在家里的人来说是短暂的,对于一翔来说,却是漫长的。正因为漫长,回家的时候才显得亲切,感到温暖。一翔回到黄花时,正是上午十一点左右。一翔带着行李去了幼儿园,想给园儿一个惊喜。当他发现园门紧锁时,才想起今天是周六。于是他去了明月棋吧,仍然是大门紧锁。一翔没有打月儿的电话,他拖着一只拉杆箱,慢慢地走向黄花居。黄花城给他一种陌生的感觉,被冷风吹起的尘土,还有在空中旋转的干枯的梧桐树叶,让他有身处异乡的感觉。但当树叶舞蹈着落回地面,舞蹈着打到他身上的时候,熟悉的感觉慢慢回来了,脚下也踏实了。

黄花居的大门虚掩着,一翔吁了口气。昨天晚上,在上火车前,他和月儿通了电话,告诉她今天上午到。他知道月儿可能会别出心裁地欢迎他,他希望如此。一翔推开大门,眼前的景象与他想象中的,有些相同,又有些不同。那不同,就是月儿给他的意外。冬天到了,在他的想象中,他会看到已经凋零的、铺满院子的黄花,会看到落尽叶子的榆树的柔细的枝——只有这样的时候,它们才显得孤独无助。他还会看到散落一地的竹叶,还有那些闪着黄金光泽的竹子,它们挺拔的身姿,在每一个冬天都那样骄傲。当然,还有满地的尘。而在寒风中略显清瘦的房子呢,它们会因为主人的远离而憔悴。他想象中的,是略显凄凉的肃杀,似乎黏附着他挥之不去的过往。但是,出现在眼前的,却是这样一番景象:黄花自然已经落尽了所有的繁华,它们安静地看着一翔,似乎他从来没有离开过。榆林少了往日的葳蕤,似乎恢复了本来的样子,齐整而亲切,让一翔产生了拥抱的冲动。还有屋后那些伸展到空中的竹子,枝头上还有一些半枯的叶,那一方天空似乎突然明亮了许多。而那些落下的黄花,以及榆叶和竹叶,并没有散落在院子里,更没有随风起舞。在榆林的中央,出现了一个彩色的围栏,细密的彩绳织成的两米高的网,分门别类地收拢了那些缤纷的落英,就像冬季草原上的干草垛,温暖而诗意。地面光洁而清新,阳光透过树丛洒到院子里,斑驳而明快。凉亭被遒劲的连翘包围着,似乎随时可以装进一个美妙的梦。亭子朝向院门的两根立柱上浅浅地镂着一副对联:斗间紫气分明后,擘地成川看化龙。浅绿的底色,不张扬,却隐着一股英气。横额上有三个略大一些的字:书剑亭。也是浅绿色,却是手书的。一翔知道这是阎月儿的字,不由自主地笑了。亭子里的石桌擦拭得一尘不染,上面摆着一副棋具。石桌后面,靠近西北角的亭柱,放着一副精巧的剑架,半米高,上面立着两把宝剑。一翔丢了拉杆箱,坐到石凳上,取过一把宝剑,呛啷一声拉开,蓦地一道寒光如闪电一般射出。一翔一时性起,就在亭子里舞起来,剑走龙蛇,身姿飘逸,阳光与剑光相映,光影缤纷。正舞得高兴,忽听园儿在一旁叫道:"爸爸!"

一翔收剑看时,月儿正拉着园儿的手,站在亭外不远的地方。

月儿笑吟吟地说:"都到家了,还不进屋,看来是不想园儿了。"

一翔走出亭子,抱起园儿亲了亲,说:"想,怎么能不想。"然后转向月儿,说:"这一个月真让你费心了,难为你还把这里收拾得这么干净。在回来的路上,我一直在想着怎么收拾这个园子,看到现在这个样子,我才意识到这就是我想要的效果。"园儿说:"爸,我们这一个月都住在这里。""真的?"一翔吃惊地看着月儿。月儿淡然一笑,说:"你以为这么大的园子,一天两天能收拾好?这屋前屋后恁大的地方,打扫干净容易,想有些创意,必须花费一些心思。怎么样?满意吗?"一翔点点头,说:"十分满意。特别是这个亭子,我有一种坐在里面不忍离开的感觉。对了,为什么要把亭子命名为书剑亭呢?黄花亭也挺好啊!"月儿走进亭子,把一翔刚刚舞过的宝剑插入鞘内,说:"我有一天忽发奇想,对于你来说,这个亭子的主要作用是遮风挡雨,偶尔在里面儒雅一番,说白了,就是一个小桃源。包括你的黄花酒坊,不过是卖了黄花换酒钱,逍遥倒是逍遥,但是,过于散淡会让你弱不禁风。"一翔放下园儿,在亭子里坐下,说:"我明白了,你的意思是,这黄花居可以是一个桃源,但是,也应该是一个阵地。"月儿摇头道:"这么诗意的地方,被你僵化了。你原来的想法我还是了解一点的,扁舟泛湖海,谁论世上名。但是,这黄花仙其实是做不了的。最终的结果,自然是'遑遑三十载,书剑两无成'。所以,我想用"书剑"二字给它命名,让这个园子多些能量。"一翔心里突然袭上一番感慨,欲说却又无语。

园儿在一边闹着要看一翔带回来的礼物。一翔打开箱子,把园儿的礼物递给她,又从夹层里取出给月儿买的镇纸,说:"在街上碰到了,也不知道你是否喜欢。"月儿打开黄绸,脸上露出惊喜,继而又有些忧伤,说:"这样的好东西,如果是碰上的,可真是有缘。如果是用心挑选的,我会受宠若惊的。"

一翔知道此时应该说什么,而且,是个好时机。但是,那些几乎要冲口而出的话,现在还是不说为好。应该说,与要不要说,也许中间还隔着遥远的距离。

月儿期待的表情渐渐淡去,一翔感到歉意。"千金纵买相如赋,脉脉此情谁诉?"一翔想,脉脉此情,自然要自己诉。但是,现在不能诉。

第二十五章　传奇是这样炼成的

　　大雪终于纷纷扬扬地落了下来，不到一天，黄花城就迷失了。三天以后，无边无际纯洁美丽的白色成了黄花城唯一的风景。很多故事被大雪阻在了家里，阻在了人们冷得哆嗦的嘴巴里，阻在了冻得有些麻木的意识里。但是，一翔却在这场大雪中出了名。大雪没有阻滞他的故事的发生，更没有让他的故事沉寂在身下，相反，大雪为他雕了一尊孔武威严的塑像，令人仰视。当阳光重新明媚的时候，塑像没有融化。一翔带给黄花城的震惊，从院墙内走向马路，走向更广阔的地方，最终镂刻在黄花人的记忆里，而且，无法抹去。

　　一翔从幼儿园接了园儿，踏着厚厚的积雪去了青龙陵园，在那里待了二十分钟，然后回到家里。去青龙陵园的目的只有一个——刘小茵正在那里长眠。确切地说，是刘小茵的灵魂在那里飞翔着。刘小茵去世一年多了，这是一翔第一次带着园儿去看她。当然，他自己已经去了无数次。在那里，他一边低吟"重过阊门万事非，同来何事不同归"，一边感受着"梧桐半死清霜后，头白鸳鸯失伴飞"的凄凉。当初把小茵安置在这里，是经历了一番斗争的。飞翔要把小茵葬在随时可以看到的地方。"原上草，露初晞，旧栖新垅两依依。"既然要"两依依"，就要在近处给小茵找一处新垅。走出家门，向西一公里，就是青龙陵园，一翔想把她安葬在那里。但是，他的想法遭到了刘千年父子的坚决反对，因为青龙陵园过于寒酸，是不折不扣的平民陵园。刘家的意思，是在城东郊的九霄陵园买一块墓地，那是全市有名的贵族陵园，葬着很多生前名气很大的人。一翔不同意，说离家太远，小茵回一次家不容易。为此，一翔和刘大年吵了一架,最终刘家让了步,随了他的心意。刘小茵的骨灰被安放在青龙陵园最东侧的一个小园里。淡忘,或者深埋在心底,或者在固定的时间让思念的翅膀有节制地飞翔,对于王一翔来说,是最好的办法,也是他多次想到的问题。但是,刘小茵总是让他想起爱情,想起他们在爱情道路上留下的一串串曲曲折折的脚印。有多少次,一翔在思念中羞愧地流泪,在泪眼婆娑中,他的内心被爱情和回忆充满,记忆越发鲜活。

如果一翔对王园儿稍加留意,他会很容易地发现一些异常:气鼓鼓的嘴巴,似乎哭过的眼睛,还有她衣袋里的一把小刀——它应该待在文具盒里。对于幼儿园中班的女生王园儿来说,这样的情形少之又少。但是,与大雪的搏斗很辛苦,对于刘小茵的思念很强烈,使得一翔忽略了这些细节,以至于当刘大年带着儿子出现在黄花居的院门前,当一翔打开院门看到他们时,他的想象力无法帮助他猜测出已经发生的故事。一翔吃惊地看着刘大年,然后回头看看随在他身后走出来的园儿。园儿扭头走回了堂屋,一翔的脸色冷冰冰的,也随在园儿身后回了堂屋。他已经预感到,刘大年和他儿子的到来,与园儿有关。

园儿安静地坐在沙发上,小手托着一只像冰一样坚硬的果冻,在嘴边慢慢地吮着,似乎她一直就坐在这里,从早上到现在就没有离开过。一翔没有说话,他走到园儿跟前,慢慢地坐下,好像他刚刚梦游了一圈,随在他身后走进来的是什么人,与他没有任何关系。

刘大年穿着整洁的警服,当他牵着儿子的手走在大街上时,似乎在向所有人叙述一件值得宣传的事情:再忙,也不能忘了家庭,也不能忘了儿子。没有人知道,这是他一年里第二次到幼儿园接儿子,而第一次,连他自己都忘了是什么时候。难得接一次儿子,刘大年的心情本来很不错。刘大年喜欢雪,他准备带儿子去打一场雪仗,然后去吃一顿美食。但是,当他看到儿子被泪水浸红的眼睛,继而看到儿子右手上一道浅浅的刀痕时,他的怒火在一瞬间就喷发出来了。

"王园儿,是你用刀割了刘大豪的手?"刘大年尽量让自己的表情温和一些,但他的努力失败了。那种想象中的温和,就像嘴里的热气,离开嘴唇就变成了冰。刘小茵死后,这是一翔父女第二次看到刘大年,第一次,是在小茵的葬礼上。他们倒是经常看到刘大豪,因为他和园儿是同班同学。"他骂我。"园儿继续吃着果冻,没有抬眼。"我不想知道原因,我只想知道,是不是你用刀割了他的手。"刘大年感到自己的头发直立起来,这是暴怒的前兆。在局里,当他的头发立起来时,没有人敢在他面前停留。"是! 但是,他骂我爸是王八蛋!"园儿抬头看了一翔一眼,笑了笑。一翔也笑了。刘大年点了点头,从衣袋里掏出一把小刀,这是从附近一家超市里刚刚买来的。刘大年打开小刀,塞到刘大豪手里。刘大豪惊慌而不解地看了他一眼。"你去,在她手上划一个同样的刀口。"刘大年拍了拍儿子的头,目光中充满了鼓励。刘大豪犹豫着,向前迈了一步,又向后退了一步。

"去!"刘大年大喝了一声,像一根教鞭砸在刘大豪的后颈上,刘大豪向前跟跄了两步。

园儿还在吃果冻,她的镇静令已经走到她面前的刘大豪更加犹豫甚至有些恐惧了。

一翔慢慢地站起来,转身出了屋子,向书剑亭走去。当刘大年父子用疑惑的目光注视着那扇在他身后合上的门,并极力猜测他离去的原因时,王一翔拎着一把宝剑走了回来。一翔有十把宝剑,每一把宝剑都有一个故事,都有一个名字,而且名字就刻在剑身上。比如他从浙江丽水购得的一把四棱剑,名字叫"飞龙在天"。刘小茵在世时对一翔的剑癖有些反感,曾经把其中的一把送给了一个朋友。王一翔请那朋友吃了三次饭,费了九牛之力才讨了回来。一翔从来不幻想倚马横刀走天涯,但是,琴心剑胆自风流的想法还是有的。十把剑有三把开了刃。在一翔看来,开了刃的剑,就像经了沧桑的男人,味道更足。一翔拎在手里的宝剑是三把之一,取名"九天"。阎月儿自然不知道会发生这些事情,不然,她会换一把没有开刃的"钗头凤"放在那里。飞翔脸色阴冷,就像门外的积雪,这样的表情与"九天"配合在一起,对于刘大年产生的作用远远超过一把枪。

没有人知道刘大年是怎样狼狈地从堂屋里逃出的,没有人看见院内发生的事情。但是,黄花桥上演绎的惊心动魄的一幕,却被三十余人清晰地摄入了眼中。黄花居内传出园儿开心的笑声,似乎为之后发生的事情作了一个序,然后,刘大年像一支箭一样蹿出黄花居的大门。这支箭忘了自己的儿子,在蹿出大门后,以同样的速度奔向黄花桥外的马路。然而,在黄花桥的中间,他极其惨烈地叫了一声,然后扑倒在桥面的雪地上。

血从刘千年的大腿上流了出来,冒着热气,在融化了近处的一块积雪以后,很快变成了一片红色的冰。

一翔站在刘大年身边,从刘大年的大腿里抽出了他的"九天"。他似乎很满意这把剑,带着欣赏的表情看着剑尖上的红色,满意地点了点头。十年求一剑,霜刃未曾试。今日把示君,谁有不平事。一翔不由得感叹,这把"九天"真正一试霜刃的机会,竟然是刘大年给的。一翔手挽"九天"向家里走去。在院门内,他遇到了刘大豪。惊恐的刘大豪看到了一翔的满面笑容,总算有了一点安全感。他后退着向自己的父亲走去,眼睛一直盯着一翔,似乎是在跑与走之间选择着。

这个故事给予黄花城的震撼,远远超过了三个月以前发生的一起五死一伤的灭门案。而那起案件的侦破,刘大年起到了关键作用,他是英雄。

在近一个星期的时间里,所有有人的地方都在谈论王一翔,感叹在这个巴掌大的黄花小城里,竟然还有这样的汉子,他竟然敢在刘家头上动土。然后大家便猜测王一翔刺出的那一剑到底是过于精准,还是过于糟糕,因为它竟然从离刘大年的大腿动脉不到一毫米的地方穿过。如果王一翔是一个剑术高超的家伙,这一剑足以说明他高超的程度;如果他是一个剑术糟糕的家伙,那么,刺出的那一剑只能说明他的运气和刘大年的运气一样好。在议论的同时,所有人都在等待一个结果:王飞翔被五花大绑,押到那座戒备森严的看守所,然后在极短的时间内被判处十年以上,甚至无期徒刑。而王飞翔的作案动机几乎没人打听,也没人猜测,似乎它一点都不重要,重要的是过程和结果。

处在震撼之中的人,无法想象还有另一个震撼在眼前无声无息地洇开,当他们被慢慢地洇到的时候,才恍然意识到,那是一个没有炸响的焦雷,它就像太阳一样,永远都不会爆炸,但是,你每时每刻都能感觉到它的存在,让你惶惶不安。事情发生三天之后,一翔大摇大摆地走着去了办公室。那座威武的白色的楼,一时成了万众瞩目的地方。三个小时后,一翔走出办公室,去幼儿园接王园儿,然后带着王园儿慢慢地走回家。没有人希望看到他们给王一翔设定的结果,但是,也没有人相信那个结果不会到来,时间推迟了而已。但是,当时间被推迟到一个半月的时候,大家都明白自己犯了一个可喜可贺的错误。那辆从陡峭山坡的顶端飞驰而下的铁滑车,竟然没有把人困马乏的高宠碾为肉泥,当它来到高宠的面前时,甚至变成了一条温柔的宠物狗。这可能吗? 这为什么是可能的呢?

事实在疑惑目光的包围中被确认为事实,雪慢慢地化掉,散尽,所有的事物都回到了本来的样子。但是,王一翔给所有人留下了一个悬念:他怎么能做到这些? 刘千年是一棵立在河岸上的千尺大树,树根已经过了河,在对岸盘根错节,盘出了一片树林。而刘大年呢? 他是那片树林里最为茂盛的一棵,早晚也会盘出一片更大的树林。在黄花人的意识里,相较于刘家的树林,一翔只是林边的一棵草。现在,这棵草变成了山。那么,那只促成这个变化的手在哪里呢?

没有人怀疑一翔背后有一只手,这只手巨大得超出大家的想象。

当然,事实是无法改变的,无论山因何而来,它都是山,都会有人仰视。

一翔不知道关于他的猜测已经编成了一张巨大而神秘的网,它赋予他神力,让他相对安全。

在事情发生的第二天,一翔就把阎强大兄妹和江松夫妇请到了黄花居,郑重地把园儿托付给他们,如果他被捕,被判了刑,就由他们把园儿送回老家。在送园儿回家之前,由月儿向孔令清传话:棋协的事,就算辞了。大家都感到有些恐慌,所有的对策似乎都轻飘飘的,所有的预测却都是沉重的。于是,大家把希望放在孔令清身上。强大建议由他出面找一下孔令清,月儿去也行,毕竟月儿在棋协待的时间长,与孔令清更熟悉。一翔摆手拒绝了。与孔令清的关系,最好只停留在棋盘上。如果有其他的,也行,那要孔令清主动给,比如这个协会,比如一翔的提拔。自己找上门去,极有可能破坏掉原有的关系,即使得到了,想回到从前就难了。江松同意一翔的观点,但是危急时刻是不是可以且顾眼下?一翔摇头道:"有什么危急?你们帮我看好园儿,我就没有任何危急了。"

一翔的安全着陆,令他自己都感到意外。所有的原因他都想过了,最为合理的,无外乎三个:第一,刘千年老谋深算,不想节外生枝。刘小茵尸骨未寒,如果把一翔置于死地,等于陷自己于不义。而且,即使办了一翔,刘家又能得到什么呢?把自己的大度显示出来不是更好吗?第二,把一翔办了,他女儿王园儿怎么办?刘家如果坐视不管,一点人情味儿都没有了。如果领到家里,以后的日子能安泰吗?孩子都这么大了,有可能领回的是个白眼狼。第三,孔令清为一翔说了话,他的话在黄花可谓一言数鼎,如果他坚持一下,刘家也不敢轻举妄动,毕竟伤害发生在黄花居,是刘大年上门滋事。这三个原因中的每一个都可能导致一翔的安全着陆,如果三个原因同时起作用,事情就再正常不过了。

不久以后,又发生了一件事,这时一翔才知道,自己已经成了一只大鸟,可以在黄花的上空自由地飞翔。上午十一点多,一翔给月儿打了个电话,说今天比较闲,他要去接园儿,然后步行去了幼儿园。在一个路口等待绿灯的时候,有三个不到二十岁的男孩子匆匆地赶过来,准备闯红灯跑到马路对面。几辆汽车疾驶而来,险些撞上,惹出一片惊呼。男孩子们嘴里不干不净地骂着,准备再闯。一翔没有看他们,做了个后退的手势,说:"等一下有什么呢?何必在违规的同时又把自己陷到危险中?"男孩子们扭头看看他,交换了一个眼神,向他围过来。一翔知道接下来会发生什么,一语不合就拔刀相向的事,在这片热土上每时每刻都在上演。一翔说你们要违法了,你们要把自己陷到更大的危险之中了。其中一个男孩子忽然用一个手势止住了另外两个,他有些惊慌地看着一翔,问:"你,你是用剑扎刘大年的?"一翔一愣,随之一笑,说:"我没有扎他,是他撞到我剑尖上了。"男孩子连忙鞠了一个躬,说:"对不起王叔叔,我们有眼无珠。"然后拉着另外两个男孩子匆匆忙忙地跑了。一翔看着他们的背影,感到好笑。人的名,树的影,一翔想,也许还会有女人用他吓唬夜啼的孩子吧?

当一翔把这件事情讲给月儿听时,月儿笑了半天,说:"天惶惶,地惶惶,黄花出了个王一翔。十年寒窗无人问,雪地刺刘天下扬。我真后悔没早些把你那亭子改名。"

一翔的心里却有一股酸楚:这种名声,岂是他想要的?

第二十六章　树与风

　　一翔的生活逐渐平稳下来。在单位里,大家已经习惯了他的行为,对他的行为也有了预判,有些敏感的事情,或者不让他参加,或者让他参与其中极小的一部分。而在工作之外,只有董小青和他保持着亲密关系,他在单位里几乎没有其他朋友。当然,也没有人故意刁难他,雪地刺刘的故事已经铭刻在大家心里,没有人愿意和他一起演绎传奇。园儿上了一年级,学校就在离黄花居不远的地方,上学与放学都不用人陪了,她完全可以照顾好自己。一翔和月儿偶尔去接一次,算是给她一个惊喜。园儿很让人省心,学习成绩也不错,与同学相处融洽是她的一个长处,这一点,一翔望尘莫及,也让他隐隐担忧。一翔与月儿的关系,已经发展到只隔一层窗户纸的地步。身边的朋友都看得出,那层窗户纸很薄,吹弹可破,也许,哪天刮来一阵小风,就可以把大家期盼的事情办成。一翔暂时没有把这层纸吹破的想法,月儿的态度已经非常明确,连园儿都能看出。一翔也不知道自己在等什么,为什么还要等。也许,晚一天向月儿挑明,就可以减少一分对小茵的愧疚。一翔没有应燕春来之邀到上海发展。上海是个好地方,但是,他总觉得上海的风有些潮湿,有些咸腥,怕自己适应不了。他也不想回翠坪。王二翔现在很安分,也知道关心父母了,这让一翔很欣慰。父母还不算老,还没到身边必须有人的时候。既是这样,那就在黄花待下去吧!

　　如果生活就这样如流水般淌下去,一翔会感到满足。虽然与他想要的生活有不小的差别,但是,也是在边缘行走了,能看到那种生活的影子,也很不错了。如果他不认识刘秋明，如果刘秋明不来黄花居找他，如果在刘秋明心目中他不是英雄，也许他真的会变作黄花河里的一朵浪花，时不时哗哗地浪一下，然后归于流水。

但是，刘秋明来了。

刘秋明是周末下午来的，当院门被他敲响时，一翔正和月儿坐在书剑亭里对弈，园儿则在一边看书。正是春末夏初，阳光已经给人轻微的烤炙感。亭子里很舒服，让人产生置身野外的感觉。连翘疯长，已经孕育了细小的蓓蕾，开放的日子就在眼前了。榆林里偶尔飞来几只小鸟，婉转啼唤着，让人心情愉悦。一翔已经许了月儿和园儿，当晚霞满天时，他们一起去杨小飞那里吃饭。杨小飞最近开发了一个新菜品，叫"朝花夕食"，用早上刚开的南瓜花、黄瓜花等配上特制的调味品或煎或蒸，或做汤，味道非常鲜美。杨小飞已经向一翔发出数次邀请，并且让他再酿一些黄花酒。酒已经酿好，就在后院的酒坊里。园儿甚至想好了晚饭后去干什么。城里新开了一家蛋糕坊，可以让顾客亲手制作，园儿早就跃跃欲试了。

一翔把刘秋明迎进院内，又向他身后看了看，以为江松夫妇也来了。刘秋明是江松的表弟，姑舅老表。刘秋明高中毕业后没考上大学，就回到城南郊的老家刘小庄，闭门思过半年，美其名曰辟谷。辟谷结束，正打算出去打工，江松找到了他，让他到鼓场帮忙。说是帮忙，其实是江松照顾他，让他既不远离父母，又能有一些收入。一翔和刘秋明很熟，也把他当作小表弟。"你自己来的？"一翔有些惊讶，在他的印象中，刘秋明是第一次一个人到这里来。刘秋明点点头，和月儿打了个招呼，说："翔哥，我有话要和你说，咱们到屋里去吧。"

一翔知道刘秋明的老家刘小庄在黄花区的开发区南缘。这样的地理位置意味着什么？要么成为风水宝地，要么被一口吞掉。前年黄花区已经从刘小庄征了六百亩地，村里的耕地已经不多了。也许用不了多久，刘小庄就没有了，刘小庄的村民会像一群麻雀一样，翅膀一抿，硬着头皮飞向不熟悉的远方。前几天江松还当着刘秋明的面和阎强大开玩笑，让强大请刘秋明的客，赶紧把刘秋明家仅有的十亩地买到手,说不定明年就能赚一倍。当刘秋明告诉一翔,那十亩耕地以及刘小庄另外的一百九十亩耕地近期要被征收时,一翔并没有惊讶。征收是迟早的事,碗边的油水,早晚会被人揩去。

开发区的规模已经达到了两千亩,已经进驻了不少企业,但是,创造的产值却很少。有些厂房建起来以后,根本没有生产过,因为建它的目的就是抵押贷款。贷的款呢? 不知道。有的厂房建到一半就停建了,一脸脏污地站在那里,像一只没人要的丑狗。开发区周边的土地保不住,所有人都知道,窝边草,嘴边肉,得有多少能人想着它? 一翔告诉刘秋明,征就征了,就像大雨,你能挡住吗? 全身淋得湿漉漉的,不如找个地方避雨。但是,当刘秋明说这件事的老庄是老万时,一翔感到了震惊。

老万不分管开发,不分管城建,也不分管农业,所有与土地有关系的事,老万都不分管。一翔不相信,让刘秋明详细说一下。刘秋明说这是个小道消息,没经过证实。据说,老万从北京请来了一家公司,要和这家公司联合在本地建厂,而真实的目的却是圈地。为什么圈呢? 不为套取贷款,只是因为看好这块地的未来,等涨到一定高度就转手卖掉。这样的小道消息,一翔信。开发区里还有不少空地,如果老万请来的公司是正常投资,完全可以在开发区里落脚,没有必要跑到开发区外面征地。借着招商的名义,打着扩大开发区的幌子,把那些肥沃的土地装进自己的腰包,想这么做的人比流浪猫还多。

一翔给刘秋明倒了一杯水,问:"老万去你们村了?"刘秋明摇摇头,说:"他没去,这件事一直都是镇长袁平均出面。袁平均前天下午跑到我们村,让我们半个月之内把地交出来,说政府按三万八一亩的标准征收。""有文件吗? 征这么多耕地,是要省政府批复的,没有文件去征地,无论以什么理由,都是违法的。"一翔说。刘秋明摇摇头,说:"袁平均说手续齐全,征地文件也有。我们要看,他说文件在区政府锁着,早晚会给我们看。前年征我们六百亩地,真有省政府的文件,大家看了文件,二话没说就把地让出来了,连地里的青苗都没让包赔。"一翔明白了,长出了一口气,说:"这事很简单,不见文件不给地,你们坚持住不就行了?"刘秋明说:"问题是有些人坚持不住。这二百亩地分属三十多户,已经有二十多户答应给地了,另外的十来户正在观望。据说很快就要签合同了,签完后一把给钱。袁平均还许了,最先签合同的十户,每户另发三千块钱补贴。"一翔笑了,这一招倒是好,重赏之下出勇夫,带头的人出来了,事情就好办了。带头的人看不明白吗?当然明白。但是,当了多少辈子的胳膊,和大腿扭过多少次,自然知道胳膊扭不过大腿的道理,既然扭不过,不如多拿三千块。

一翔说秋明你来找我,就是为了告诉我这事?刘秋明愁眉苦脸地说:"我认识的人当中,你是最厉害的了,你又在组织部工作,知道怎么办。我想请你帮我们爷四个出出主意。翔哥你知道不?前不久有人出一百万买我们那十亩地,我们都没卖,明年肯定能卖到一百五十万。如果被万区长他们拿走,还落不到四十万。在手里攥着的钱,硬被别人抽走了,我爸心里就像被刀割的一样。"一翔点点头。这不是豪夺,是巧取。从内心说,一翔不想再和老万有一丝一缕的联系,更不想和他发生不愉快。刘小茵走了,她带走了很多关系,包括老万。一翔将近一年没见过老万了,老万也不像过去那样,时不时地来个电话闲扯一通。给刘秋明出主意,就是和老万对着干,会引出不少故事来。而且,有多大的胜算呢?还有,这不是一朝一夕能解决的事,无论胜与败,都会持续很长时间,精力上耗得起吗?

但是,如果没有人帮刘秋明想办法,爷几个很快就会退下阵去。有不少人连阵都没上就投降了,与他们相较,刘秋明父子已经很勇敢了。

树欲静而风不止。一翔想,刘秋明是一棵小树,他父亲和哥哥也是。老万本来也是一棵树,大树,但是,这一次他想成为风,想把那些树连根拔掉。风不止,树难静,想守着几亩地好好过日子,谈何容易!

一翔说这件事说容易也容易,说难也难。只要你们坚持不给地,问题就容易了。他是违规拿地,甚至是违法,这样的情况,他自然不敢用暴力。只要你们坚持住,早晚有一天他们会放弃的。说难,是因为坚持下去是一件很辛苦的事,他们会想出各种主意刁难你们,甚至使出一些无法承受的招数,让你们觉得无路可走,只有投降。你要我出主意,就是一条,不拿出文件,死也不给地。

刘秋明点点头，说："我爸也是这意思，这次要干到底。"

一翔忽然想起了什么，问："你们为什么不上访呢？这种明显违规的事，很好查验的，水落石出很容易的。"刘秋明摇摇头，说："这样的事，不只是刘小庄有，其他村子也有，人家也有上访的。你把材料递上去，人家批下来，让地方上查实，地方，唉，地方在谁手里呢？所以我爸不让去上访，说白耽误工夫。再说了，访不好，还有可能被当作闹访。"

一翔无可奈何地叹了口气，想，这个曾经最有效的方式，现在被老百姓这样认识，何尝不是一种悲哀？

刘秋明走后，月儿走进来，坐在一翔身边，说："你们说的，我都听到了。我觉得，你帮他们出出主意是应该的。但是，以你的性格，我真担心你会赤面白脸地闯进去。"一翔轻声说："应该不会吧？这事确实帮不到太多，我就是拎着红缨枪闯进去又有什么意思？"月儿点点头，说："是啊，一来，帮不上太多；二来，园儿也上小学了，精力也该集中在孩子身上。各家有各家的生活，世界上有很多不公平的事，在它们面前，我们就是一粒粉尘，一粒粉尘能做什么呢？"一翔感到诧异，在这类问题上，月儿以前很少发表意见。他看看月儿，月儿脸色微红，也正看着他。一翔有些明白了，他想拉住月儿的手，拍拍她的脸。手伸到一半，却变作另一种意义的手势："走吧，我带你和园儿吃饭去。"两人走到院子里，一翔又说："你看，要不要把强大也喊来？"月儿说："你们在一起总是高声喧哗，谈些不着边际的事，你让我和园儿静一静好吗？"

一翔呵呵地笑了。

第二十七章　刀光闪闪映月明

　　阎强大给一翔打电话的时候,一翔正在办公室上网查询耕地征用的有关事宜。按照规定,县级政府仅有权批准三亩以下耕地的征用,征用一千亩以上的耕地,必须由国务院批复。这样推测,征用二百亩耕地,肯定需要省政府批复,这与以前的猜测是相符的。找到了依据,一翔心里安泰了一些。阎强大告诉一翔,三天前,有一个绰号叫鬼头刀客的高手来到棋吧,指明挑战吧主。强大当天和他下了三盘,一盘没赢。第二天,强大又找了几个高手应战,也败下阵来。强大本来不想联系一翔,但是,鬼头刀客不知从哪里听来的消息,知道了一翔是本城第一高手,便一再要求阎强大把一翔约来,否则他就赖在棋吧不走。强大说一翔我不敢强迫你,这事你自己决定吧! 我估计他是受人指使,来踢我场子的。反正我的场子已经被他踢烂了,你来不来都没有什么。一翔笑着问:"你看我能战胜他吗?"强大犹豫了一下,说:"这个家伙真的很厉害,我想不明白,这样厉害的角色为什么要来我的棋吧挑战。如果是受人指使,谁又能令动他?"一翔听出强大的话外音来了,他是说那家伙的水平绝对不亚于一翔,谁胜谁负,还真不好说。

　　一翔有一种跃跃欲试的冲动。除了燕春来,一翔近年来几乎没有遇到令他感到棘手的高手。像鬼头刀客这样的神秘人物最能刺激一个棋手的味蕾,吃掉对手,或者被对手吃掉,都是一种快乐。一翔没有去想战败的后果,对于一个棋手来说,战败是不可避免的,就像吃饭时可能咬到腮一样。他唯一担心的是,如果他战败了,那个叫鬼头刀客的家伙仍然赖着不走怎么办。一翔感到奇怪的是,月儿竟然没有和他说这事,一句没提。这三天里他和月儿见过一面,月儿的表情没有任何异样。一翔让强大给他一个小时时间,他要把这事梳理一下。

一翔想了半小时,还是有些犹豫,正在这时,孔令清的电话打了过来。一翔已有数月没见到孔令清,前不久听说他带着一个文化产业团到非洲访问去了。一翔问孔令清什么时候回来的。孔令清说回来一周了,一直忙,也没和你联系。一翔有些感动,说怪我和领导联系不够。孔令清哈哈大笑,说:"你也会说这些话了? 好好,进步了,进步了。"孔令清话头一转,问一翔是否知道黄花城来了一个叫鬼头刀客的棋手。一翔说知道。孔令清说:"我是从网上的体育论坛看到的,你可以上去看一下,有不少人要求会长出来,用温柔一刀把刀客斩了。据他们说,如果你避战,那个刀客可能要在本市落地生根,广招门徒,和你的协会分庭抗礼。这个情况倒是有些复杂,你怎么看?"一翔笑了,说:"我正犹豫呢!"孔令清说:"有什么好犹豫的呢? 败给他,可以看到差距;胜了他,鼓舞了士气,推动了工作。再说了,我非常看好你。迎战吧,我当你的后勤。就在咱们围棋协会下这盘棋,我徇个私,让人去布置一下,造个声势。如果你决定迎战,时间就定在后天上午吧,正好那天我有时间,我去给你打下旗。"一翔有一种茅塞顿开的感觉,想,市长就是市长,几句话就把理说清了。一翔爽快地答应了下来。

一翔立即通知了强大,让他转告鬼头刀客,后天上午九点钟,在市围棋协会办公室决一死战,不见不散。强大有些激动,说:"我要广散英雄帖,让大家都去擂鼓助威!"然后一翔让强大转告月儿,让她尽快和孔令清取得联系,听听孔令清的意见,尽可能地把协会办公室收拾得雅致一些,气氛造得浓一些。

市围棋协会办公室位于城北,是一个坐北朝南古色古香的两进小院。晚清时是齐鲁会馆,民国时被一个盐商购去,改为"书香苑",前养兰,后栽竹,又名"竹兰轩"。自春至秋,兰香幽幽,竹影婆娑,惹人情牵。出后门十步,就到了柳河南岸,杨柳依依,蒹葭苍苍,微风轻抚,碧波摇荡,真是一个好去处。

一翔当初受孔令清之托选择办公地点时,也是千挑百选,才选中此处,又由孔令清出面,动用人际关系,适当提高租金,动员盐商后人搬出。然后由月儿设计,费了一番心血进行改造,既不失兰竹之幽雅,又纳入时尚之清新,是办公的好地点,也是下棋的好去处。

一翔赶到"竹兰轩"所在的柳南巷东口时,已经能感觉到浓浓的比赛气氛了。月儿在孔令清的授意下,在柳南巷东西两头均做了不少文章,镶红嵌绿,绽花舞蝶,既起到了宣传作用,又渲染了气氛。而于竹兰轩本身,除了两只系于门头而翔于空中的彩色气球,倒未过多着墨,依然保持往日的淡雅风貌。月儿别出心裁,找来四个漂亮的女服务员,均着红色旗袍,明眸皓齿,风姿翩然,往大门前一站,立即吸引了众多行人。月儿专门买了一些一翔最爱喝的小苦丁。这种生长在峨眉山一千五百米以上高寒处的小苦丁,经开水冲拂后,其苦意均蕴于缕缕水汽中,闻之而神清,啜之则微甘,品之则暗香入于舌根,回味无穷。当然,这种茶只有贵宾才能享受到。一翔来了,在月儿带领下,大家一起鼓掌,搞得一翔有些不好意思,向众人鞠了一个大躬。一翔心里明白,有一部分人是来看棋的,他们希望一翔能够痛快淋漓地把鬼头刀客斩于马下;有一部分人,其实是来看他的。这几年他在黄花闯下了一些名头,很多人想借此机会一睹芳容。一翔想起了燕春来,在杭州大战时,两人虽然是对手,却流露出很多惺惺相惜的意思。再看眼前这架势,即使杀得血流成河,即使一刀斩了鬼头刀客,众人也心绪难平。一翔心里有些不舒服,想,把一场普通的比赛搞得像枪挑小梁王似的,有必要吗?又一想,既然人家呼呼大叫着转着车轮舞出一团寒光,大家的心情也是可以理解的。

一翔和鬼头刀客的比赛被安排在后院最大的一间棋室——天元居。天元居是贵宾室,硬件和软件都是一流,即使到省棋院,也很难找到这样层次的棋室。当初孔令清为了建这个棋室,专门找了一个酒商赞助,为此还给那酒商当了一次"推销员",被人诟病。鬼头刀客半小时以前就到了,正在和强大低声说话。一翔坐好,喝了一口茶水,看了刀客一眼:个头中等,略胖,圆脸,双颊被剃须刀刮得乌亮。刀客的眼神很特别,看什么都是若有所思的样子,似乎满怀心事。"贵姓?"一翔问。刀客讶异地看了强大一眼。强大笑道:"大家都喊你鬼头刀客,就忘了向王会长介绍你的尊姓大名了。"强大转向一翔,说:"高秋,高远的高,秋天的秋。"一翔忽然想起了"漠漠轻寒上小楼,晓阴无赖似穷秋"这句诗,忍不住就微笑了一下。不一会儿,孔令清也来了,还带着老万。一翔冲孔令清笑笑,看到老万,皱了皱眉。观众都被阻在三米开外。月儿专门准备了四把仿红木椅子,分列在棋桌的东西两侧,上面坐着孔令清、阎强大、老万和江松。月儿亲自做裁判。首先猜先,一翔执黑先行。一翔二指搛子,轻点右上,高秋左下;黑3左上,白4右下。一翔黑7走出二间低夹,高秋白8立施阻断。一来一往,一打一还。高秋被前几日的胜利激情鼓荡着,一路高歌,如朵朵白芍哗哗绽放。一翔目光迷离,似沉醉于难忘往事,步履滞重,左倾右斜。高秋讶异,预感黑云即将压顶,遂左奔右突,务求颗粒归仓。一翔长叹一声,双目精光点点,轻展水袖,抖出莲花数朵。三十余回合,黑棋势力稍厚,看似潜力无穷。白棋略一犹豫,寒光一闪,飞刀出鞘,开始侵消。黑棋固若金汤,守则作秀,一翔一拍胯下马,双铜生风,与高秋战作一团。一鼓即衰,高秋力怯,踉跄而退。一翔轻飞彩带,红旗数展,连成鄂豫皖。白46脱先侵消右边,48手继续抢占好点。黑49猛攻左边孤棋,白棋顿时陷入困境。高秋长出一口气,抬眼看一翔,想,看来那些人说的不假,这个家伙真是无愧温柔一刀的绰号,斩人于无形,吸血于俄顷。高秋经过长考,发起新一轮猛攻,54粘、56扳,连施翻云覆雨手,暂且脱困。一翔69手点角,猛触高秋左下,高秋剧痛,痛及中腹,不欲生。高秋二次长考,做出痛苦选择,牺牲中腹,努力做活金角。一翔瞬间优势明显。"柔条旦夕劲,绿叶日夜黄。明月出云崖,皦皦流素光。披轩临前庭,嗷嗷晨雁翔。高志局四海,块然守空堂。壮齿不恒居,岁暮常慨慷。"一翔心中默念,抬头看高秋时,已经满面汗水。一翔不忍,故意用两手消劫,吃掉白棋数子,用以缓势。高秋心领神会,迅即青龙探爪,撕抢一镇两村,比赛重新进入白热。孔令清和阎强大忍不住同时咦了一声,心内疑惑不已,看一翔时,却是稳若山松,似乎一切都了然于胸。枪来戟往,斧下钺上,白棋刚获生机,又被黑棋一招裆里拔花,惹得肝肠寸断。月儿看着一翔，一时百感交集："老家伙，你哪里还是温柔一刀啊，你就是那致命的温柔！"高秋转身看看情绪激昂的观众，再看看对面的一翔，想："知道有这一劫，进也不是，退又不行，倒不如昨天得胜还朝了。"无奈，虽兵老将残，也要为荣誉而战。正思保全之策，却被黑棋一记忠义销魂手，连人带马戳翻在地。高秋想不能再战了，乳房和肚皮都露出来了，再战就没有全尸了。高秋起立，拱手认输，说："王师父，我高秋纵横大江南北，今天才得遇真龙啊！"一翔微微一笑："高大哥，以你的手段，大江锁不住你，只要提防阴沟翻船就行了。"

孔令清很感慨，把一翔拉到一边，说："你有没有看出来？这家伙最少是个专业五段！"一翔摇摇头，说："孔兄你有所不知，昨天晚上月儿已经把他的底全透给我了。这人十年前就是专业七段，如果不是因为婚姻失败，心里阴影太多，恐怕九段的帽子已经戴到头上了。佳人不在兹，取此欲谁与？其实他到这里来，是一种自甘堕落啊！偏偏又被我一棒戳翻，不知是当头棒喝，还是雪上加霜啊！"

一翔这边刚得胜，大门口和巷口便放起了鞭炮，炸了半天，仍然没完没了。高秋的脸色越来越难看，从角落里拽出一只旅行箱，啪啪拍了两巴掌，拎起来就走。一翔一把拉住，说："高兄，你我是以棋会友，又不是为了一张脸皮，你就是走，也要吃了午饭。"高秋犹豫了一下，放下箱子，说："其实，我是想和你好好聊聊的，既然会长你诚意相邀，我也就不客气了。"

孔令清和老万中午都有事，先告辞走了，众人也陆续散尽。一翔邀江松和强大、月儿陪客，把大家带到了杨小飞的小酒店，让杨小飞把看家的菜全上来，又要了五斤黄花酒，众人开怀畅饮起来。高秋刚开始还有些拘谨，特别是和强大挨边坐着，有些别扭，待看到大家确实是以诚相待，没有任何芥蒂，便逐渐放开了。一根绑束很紧的皮筋一旦得到释放，自然要弹起来飞行一段距离再落到地上。在黄花美酒的作用下，高秋的飞行够高够远，在空中划着美丽的曲线，一时半时落不下来。高秋开始滔滔不绝地讲述自己为什么要来黄花，为什么要到明月棋吧挑战，听得大家目瞪口呆。

高秋十年前就是河南省的专业七段。十三岁在省内闯下名号，差点进了国家棋院,这样的经历对于任何人都是一种骄傲。高秋十五岁进了省棋院,此后,他的终极目标就是永远待在省棋院里,终老于此。他认为,对于一个棋手来说,这是最好的归宿。为了达到这个目标,他努力下棋,潜心修炼。高秋说下棋是世界上最美的事情,也是最安全的事情。写文章,祸从口出,从笔出,指不定哪天就被人批了,然后就扔了;搞体育,伤病是永远无法避免的,而且会影响老年的生活。再说了,累得很,出了很多蛮力,还会被人当作武夫。武夫让人畏惧,但是,却没有人愿意单纯做一个武夫;做行政,那是世界上最有风险的事情,因为在那个系统内黑与白是永远搅不清的,你今天把人家的白说成黑,明天就会被人家颠倒一回,有可能就要了你的命。所以,只有下棋才是真正的幸福,能下到一定的层次,幸福就加倍了。而在专业的棋院里下棋,就幸福到顶了。高秋二十岁出头就结了婚,这时他已经有了不少积蓄,全是下棋挣的。高秋的老婆美不胜收,这样的日子,想一想都令人心旷神怡。但是,高秋在棋盘上千算万算,却没有算到生活中的妻子会在某一天抛弃他,而那时他对于她的爱已经达到顶点。她抛弃他的方式对于他是一种羞辱,她和体委的一名拳击教练暗度陈仓,逼教练和老婆离了婚,一年不到就以一纸证书堂而皇之地获得了合法地位。这件事对于高秋的打击非常巨大,三年之后,他还说不清这件事会不会继续给他造成伤害。拳击教练,这个用拳头说话的职业,给了高秋的儒雅致命的一击。高秋还没有从眩晕中清醒过来,第二记拳又打过来了,是勾拳。一位棋院领导找到他,让他收一个孩子为徒,每周抽出六个小时授课,当然,这六个小时集中在周末。那孩子的父亲是棋院领导的亲戚。高秋想都没想就拒绝了,周末是他让翅膀休息的时间,是他让梦想放飞的时间,是他到尘世畅游历览芸芸众生的时间,也就是说,他从仙界下到凡间,只有周末了。拒绝的后果也不算严重,一个月以后,他被调整到少年棋院当了教练。高秋不能容忍,他认为在棋院里存在这样不公平不公正的行为是对围棋的亵渎。高秋找到那位棋院领导,和他愤怒地吵了一架,然后失手打了他一个耳光。当清脆的掌击声传到高秋的耳朵里时,他对自己的行为感到十分震惊。这只轻轻拈起一枚棋子,优雅地摁到棋盘上的手,竟然掌捆了领导的脸,简直是不可思议。不可思议的事情会带来不可思议的后果,高秋被行政拘留十天,然后被棋院调整到传达室。高秋毫不犹豫地辞了职,带着一副围棋走出了棋院的大门。他不知道走出棋院以后的日子如此艰难。他只会下棋,也只愿意下棋,即使到夜市摆摊可以挣到双倍的钱,他也不屑为之。在省城待了半年,当他以棋为生的手段走入死胡同时,他开始了自己的流浪生涯。他想击败他视为对手的所有人,胜利就像麻醉药一样,让他暂时忘记过去,忘记那个美丽的女人和那个丑陋的领导,忘记他走出棋院以后所受的屈辱。他走遍了半个中国,击败了无数对手,也被很多对手击败过。被击败只是短暂的痛苦,然后他会迸发出更大的力量。高秋说到这里时,已经喝了一斤酒,眼珠子像在酒里泡的一样。一翔示意大家别再劝酒,把剩下的酒也收了起来。高秋一把抓住一翔的手,说:"兄弟,我和你讲这些,你知道是为什么吗? 我是想告诉你,你要么就专心做一个棋手,除了对棋敏感,对其他的都要迟钝些,这是你的安全保障。要么,你就完全堕入红尘,你除了嫖和赌以外,可以干任何事,不要底线。为什么不可以嫖和赌? 因为你要对得起自己的家人。你看我,我是个对棋和人生都很敏感的人,所以我做不好棋手,也过不好我的人生。我这样的人,注定了要在红尘中像一只狗一样流浪。"

一翔问高秋:"你认识燕春来吗?"高秋点点头,说:"在一次比赛中见过他,没交过手。"一翔说等忙过这一段,咱们一起去找燕春来。

一翔觉得高秋的黄花之行其实是命运送给自己的礼物,从高秋身上,他学到了很多东西,也看到了自己的影子,或者说,看到了将来的自己。至于将来距离现在有多远,他说不清。也许,比永远还远,也许,就在前方不远处等着他。

第二十八章　对峙

　　一翔牵挂着刘秋明的事，几次想打电话问一下，最终还是忍住了。也许事情已经解决了，一翔想，这种掠夺的方式，听起来就是个笑话，根本不可能成功。

　　一翔不知道，刘秋明为了保卫那十亩地，正处在高度紧张和焦虑之中。

　　刘秋明暂时离开了江松的鼓屋，回到家里，与父亲和两个哥哥商量之后，下定了决心：见不到征地文件，一亩地都不给。这样的决心，其实就是门前大槐树上做窝的斑鸠，它可能每天都回到窝里，也可能在一个风雨的日子迷失方向，飞到无法识别的远方。事情向前发展着，就像村西大河里的流水无法阻挡。袁平均恩威兼施，很快就把村里另外一百九十亩地全部拿到手，签了合同，按了手印。刘秋明家的十亩地就像大河中的一条船，被河水包围在中间，无法泊岸，也不知道岸在何处。刘秋明父子想去自己家的麦地，必须经过袁平均的土地了，这样的状况对于他们的心里产生了很大的影响，像刀一样切割着他们的决心。袁平均还放出话来，等他把刘秋明家的十亩地拿到手，就给另外一百九十亩地的原户主发奖金，一家三千。所有盼望拿到奖金的人都把目光集中到刘秋明父子身上，这些目光刚开始是热烈的，它们在等待着最后一个上岸的人；继而是焦灼的，谁知道那个家伙会不会上岸呢？也许，他是想溺死在水里；后来，那些目光几乎饱含了仇恨，到嘴的鸭子真有可能飞走，期待极有可能掉到水里。刘家父子有一种惶惶不可终日的感觉，似乎所有人家的树梢上都挂着一枚太阳，只有他们家没有。

在一个阳光明媚的上午,袁平均带着一台轧路机,隆隆地开到刘家那十亩地附近。袁平均让司机把轧路机的油门开到最大,档位挂在最小,轧路机在刘家地头咆哮着,像一头要吞没世界的猛兽。刘秋明父子抢着棍棒从村里扑出来,袁平均一挥手,轧路机一头冲进了刘家的麦地,疯狂地奔跑起来。刘秋明父子冲上轧路机,把司机揪下来痛揍了一顿,又把方向盘拆下来带回了家。第二天,村主任来到刘家,好说歹说才把方向盘要走。又过了一个星期,袁平均带着那台轧路机第二次来到刘家麦地前。轧路机坚决而迅速地冲进麦地,十亩麦子不到半个小时就灰飞烟灭了。刘家父子赶到时,两尺高的绿油油的麦子已经流尽了绿色的血液,在肥沃的土地上痛苦地呻吟着,渐渐地闭合了眼睛。刘秋明把司机打得满脸开花,袁平均则躲到一边,给镇派出所打电话报警。不一会儿,来了几个干警,把刘家父子带到派出所,整整关了二十四小时。刘秋明的父亲扑倒在麦地里,搂着麦子们的尸体痛哭了一场,回到家里就生了病,终日以床为伴,以泪洗面。

刘秋明把父亲委托给两个哥哥,跑到黄花居来找王一翔。

刘秋明瘦了很多,眼神灰暗,面容枯槁,似乎青春的血液都隐藏了。一翔默默地坐在刘秋明的对面,听他诉说着,内心隐隐作痛。刘秋明说翔哥,我听说袁平均准备拉一道长长的围墙,把他征的地都圈进去,我们爷几个要是想种地,必须要翻墙进去了。以后怎么办呢? 即使这十亩地不给他,还怎么种呢? 还怎么卖呢?

一翔明白,袁平均在刘小庄写了一个困字,就把刘秋明父子困死了。刘秋明的父亲已经病倒了,如果这个问题短期内得不到解决,老人还能站起来吗? 短期之内怎么解决呢? 即使时间和精力都有,又怎么解决呢? 何况,哪来的时间和精力呢? 现在,袁平均倒不急了,着急的是刘秋明父子,这样的变化真是始料未及。

一翔想到了任舒。这家伙近来混得不错,已经在省城那家报社升了记者部主任,前途一片光明。任舒和一翔的交情很深,当初一翔和小茵谈恋爱,第一个知道的就是任舒。一翔在一天晚上给任舒打了个电话,把事情说了说,问任舒怎么想。任舒犹豫了一会儿，说："翔子，这样的活儿，基本上都是出力不讨好的，没有人愿意出头，没有人愿意成为英雄。"一翔说："没有人想成为英雄，但是，正常地活下去的权利还是应该追求的。当然，你已经活得挺好了，没有必要冒险。"任舒说你这话说对了，就目前而言，我的前程全在自己的掌握之中，如果我愿意，明年下半年我就可以成为这家报社的副总。一翔长叹了一口气，说："我明白了。"任舒笑了，说："你明白个屁呀！你只知其一，不知其二。这样吧，我明天早上给你回话，无论是什么结果，你都要笑着接受，不要影响咱俩的交情。"一翔点点头，说："这件事，与交情无关。"

第二天早上，任舒给一翔打电话，说："所有的事情都与交情有关，冲着你翔子的面子，我要到黄花去。"

任舒果然来了，任舒开着一辆半新不旧的普桑，只身一人来到了黄花。晚上，一翔和刘秋明在杨小飞的小酒馆请任舒吃饭，邀江松夫妇和阎氏兄妹作陪。晚饭还没结束，任舒的思路出来了。任舒拉着一翔来到酒馆外面，把自己的思路告诉了一翔，然后郑重地说："兄弟，我只能这样帮你，至于结果如何，我也不知道。"一翔叹了口气，说："这就行了，尽人事听天命。"然后一翔掏出五千块钱，说这是刘秋明让我给你的，你要在这里活动，开销自然是少不了的。任舒变了脸，说："你他妈的这是寒碜我，我是奔着这几个钱来的？我在省城边儿上随便找个地方转半天，都比这挣得多。"一翔笑了，说："睡在我下铺的兄弟，不枉我们兄弟一场。"

任舒不愧是名记，不到两天时间，就把事情了解得清清楚楚。所谓的征地，其实是老万和刘千年、刘大年几个人共同设计的一场戏，自编自导，让袁平均去演。他们和刘小庄的村民签订的合同有两种，一种是征地，一种是租地，全部是一式两份。村民握在手里的，是租地合同，征地合同都在老万和袁平均他们手里。如果出了问题，就说是租地，租地简单多了，你情我愿，不违法。那些村民在签字按手印时根本就没有看清合同上到底写了什么，根本没看清和自己签合同的是谁，你给钱，我给地，拿到钱就行，知道得再多也没有用。合同上盖的章，属于老万从北京请来的一家公司：喜来商贸有限公司。

公司倒是真的,在北京做得也不错。虽然章是公司的,但是人家的参与仅仅限于书面上,当然,分红是一分也不能少的。

一翔被震惊了。刘千年和刘大年父子也参与了,这是他想不到的。细想一下,也在情理之中。老万在黄花有些实力,但有些事情无法亲自出面,必须依靠一些人。依靠谁?刘氏父子自然是最佳人选,一个是退休的实力派,一个是春风得意的副局长,合适得很。任舒说老弟这事你可想清楚了,刘千年、刘大年可是刘小茵的家人,小茵虽然不在了,毕竟你们曾经夫妻一场。我把文章写出来,发出来,自然会造成影响,产生后果。我在省城谁都不怕,我辞了工作,还有更好的去处。你怎么办?黄花这么小的地方,胜与不胜,你以后都会有很多麻烦。一翔笑了,说:"谁知道是我把你请来的?"任舒摇头道:"兄弟,你这智商,怎么能做这样的大事呢?我跑了这么两天,所有的事情都弄清楚了。你以为就你那点事,能瞒住人?"一翔说大不了我走,离开这里。任舒说好吧,我把你的态度看作是永不回头,那我就写稿子了。我今天晚上就能写好,明天早上发给报社,我估计后天早上就能见报。

第二天是周末。一翔还没起床,任舒就把写好的稿子发到了他的邮箱里让他过目,说已经传给报社了。一翔脸都没洗就坐到电脑前,迫不及待地打开邮箱。稿子有近一万字,按报纸的开张,两版才能登完。一翔看了标题,就知道这稿子分量足,能抓住人,肯定能产生轰动效应。《开进麦地的轧路机》,这名字太经典了!任舒先把关于土地征收的有关政策深入浅出地做了个简单叙述,又用数百字概括讲述了近期在外地发生的两桩强行征地案件,然后笔锋一转,笔墨落到了刘小庄刘秋明家绿油油的麦地被轧路机轧成绿地毯这件事上,顺便带出了镇里发生的几起强征土地事件,痛斥了没有上级批文欺上瞒下逼着群众签署征地合同的行为。文中的重点人物是袁平均,捎带着把黄花区有关领导以招商为由听之任之的情况做简要叙述,然后发出一连串疑问:虽然我不知道这些发问能不能得到回应,但是,我仍然要问,招商是不是必须以牺牲群众的根本利益为代价?地方保护到底应该保护哪些东西?有关领导的默许到底是为了获取地方利益,还是为了从中捞取个人好处?这种事情到底什么时候才能终止？到底能不能够终止？当我们大量的耕地被招商的大旗覆盖而没有任何招商效益作为回报时，谁该为这些事情负责？谁又愿意为这些事情负责？这样大规模地把耕地变作白馒头吃掉的事情，为什么屡禁不止？

一翔一口气读完稿子，泪水竟不知不觉地流了下来。他拍了拍自己的脸，感叹自己的脆弱，然后给任舒打了个电话，说老任我真服了你了，厉害！真是厉害！你是我的偶像。任舒笑着说："你才知道我厉害呵？我厉害的地方多了。明天报纸出来，你看效果吧，那时你才知道我到底有多厉害。"一翔惊喜地问："明天就能出报纸？"任舒说："主编刚才给我打了电话，他已经看了稿子，签发了，明天的二版和三版全文刊登。严格地说，是今天晚上七点钟，七点钟就能开印，到明天早上八点钟，全省人民都能看到了。纸媒出来后，电子版也要上传，范围更大，三天之内全国人民都知道了。"一翔忽然有些担心，说你弄恁大的动静，不怕有压力？不怕有意外的事情发生？不怕将来后悔？任舒说："你这人真是，把我拉来的是你，现在说这话什么意思？我告诉你吧，我写的是事实，事实一旦被公布出来，害怕的应该是被揭露的那些人。传播的范围越广，我就越安全。师弟，你明不明白？我这是借你们的事为我自己扬名呢！"

一翔把消息告诉了刘秋明，按捺不住心里的激动，又告诉了阎月儿。月儿有些不放心，怕一翔兴奋之中做事不稳当，弄出什么动静来，就跑到黄花居和一翔一起等。一翔邀任舒到黄花居来，一边喝酒一边等。任舒不愿意，说我这两天熬死了，我要睡觉。明天上午咱再喝，喝一天，后天我就回家。

等待有时让人心惊肉跳，有时令人充满希望，一翔是充满希望的。一翔已经和刘秋明商量好，文章登出来后，刘秋明父子立刻去请一个戏班，就在那块地里，一刻不停地唱三天三夜。

一天的等待，对于一翔来说，就是一年。晚上八点半，任舒的电话打了过来，说报纸已经印出来了，让一翔明天上午去市里的报亭买一些，至于买多少，自己定。一翔说那就买三百份吧！一翔给刘秋明打电话，让他明天一早就守在报亭跟前,报亭一开门,立即买三百份,一个报亭不够,再到别的报亭买,然后带着报纸到最繁华最热闹的地方免费发掉。

第二天,天还没亮,一翔就起了床,在院子里慢慢地溜达。溜达了一个小时,一翔给刘秋明打了个电话,问他去了没有。刘秋明说我四点多就来到这个大报亭门口了,人家还没开门呢!过了半个小时,刘秋明的电话打了过来,声音有些不对,说报亭开门了,报纸却没到,问报亭老板是怎么回事,老板也说不知道,正常情况下,分销点早该把报纸送来了。一翔给任舒打电话,问他是怎么回事。任舒说不会吧,我们这个系统很严谨的,报纸不准时送达,要当作事故处理的。你等一会儿,我现在就和主编联系。一翔继续在院里转圈,心里有了一些不祥之感。转到十一点多,一翔的汗全流尽了,嘴里干得像吞了沙子。正着急时,忽听黄花桥东头响了几声喇叭,抬头看时,任舒的普桑已经停在那里了。一翔连忙迎过去,一看任舒的脸色,就明白这事儿完了。任舒眼圈发暗,神情极度委顿,像刚刚被人捶了一顿。一翔什么都没有问,把任舒领进黄花居,为他倒了一杯水,然后静静地看着他。

任舒喝了一口水,声音沙哑地说:"老弟,真相总是让人受伤,但是,我们却不得不面对。"一翔说:"那就面对吧!"任舒告诉一翔,报纸确实印出来了,一份不少。报社的七个分印点昨天晚上就印好了报纸,天一亮就将送往数十家一级销售点,然后陆续送到订户手里。但是,早上四点,意外出现了。主编告诉任舒,是那篇关于征地的文章出了问题,有人连夜跑到省城某领导家里告状,说稿件严重失实,坚决不同意见报。至于背后还有哪些内幕,主编也不知道。主编说他还要争分夺秒编印出一份报纸,争取在下午五点以前分发到客户手里,不然,报纸的声誉将严重受损。

任舒说:"老弟,到了这个地步,我帮不了你了。"一翔摇摇头,说:"有你这样的同学,我非常荣幸。"任舒说:"根据我了解到的情况,找省里某领导反映问题的,极有可能是老万。他们动用了私人关系,很硬的关系,挡也挡不住。我采访时,他们已经有了察觉,估计这两天一直在严密监控我。我没想到,煮熟的鸭子还是飞了。不过这样也好,省得惹大祸。我和你说啊兄弟:你就此收手吧！你如果现在收手，也许他们不知道是你使的劲。非常时期，安全第一。"一翔说："你老兄都不顾自己的安全，我还顾什么安全？"任舒说："我在采访以前，就知道要冒很大的风险，但是我一直认为，只要能把报纸印出来发出去，风险就能降到最低。我没有想到，这最后的一步棋，棋子已经捏在了手里，就差往下落了，却被人抢过去，砸在了我的脚面上。"

任舒说走吧，我带你去刘小庄，去看看那块地，看过之后，这事就算结了。

半个小时后，任舒开车带着一翔来到了刘小庄，来到了那二百亩土地跟前。二百亩，辽阔而荒凉。被碾压的小麦已经被铲车铲走，拉到不知什么地方去了。一些遗留下的碎碎的麦秆，也已经枯萎了，成了干草。一阵风吹过，麦秆与尘土一起扬起，旋转了片刻，又呜咽着落下。一翔想，现在正是"燕草如碧丝，秦桑低绿枝"的好时节，谁想到这里却是"亭皋木叶纷纷下，陇首秋云片片飞"。任舒取出相机，拍了几张照片，就回到了车上。一翔站在荒凉的土地上，叹息了半晌，然后走到车前，拉开车门，说："任兄，今天我陪你一醉方休。"任舒摇摇头，说："我还有些事，今天要赶回去。"一翔苦留。任舒叹了口气，说："老弟，我和你实说了吧，我已经辞了职，有些工作需要交接一下。另外，有几家报社邀我过去任职，我要赶回去和他们见个面。"一翔心里越发不舒服。任舒笑笑，说："你也别替我难过，还是替你自己想想吧。我估摸着，要不了多久，你就会滚回省城，这里真不是你待的地方。但有一件事你要记着，阎月儿是真心对你好，你回省城的时候，千万不要只带着园儿。"一翔点了点头，鼻子酸得厉害，一句话也说不出来。

第二十九章　白头吟

　　一个星期后,一翔约了江松夫妇,在刘秋明的陪同下去看望刘秋明的父亲。老人仍然卧床,精神萎靡,几乎看不到痊愈的希望。回到家里后,一翔闷闷不乐,无法释怀,便想去杨小飞那里喝酒解闷,刚走到酒馆门口,董小青的电话打了过来。

　　一翔近来很少看到董小青。董小青换了科室,去了干部监督科,虽然只是主任科员,却是比科长还厉害。大家都能看明白,要不了多久,董小青便会取而代之。董小青忙得脚不沾地,今天到省里汇报工作,明天到外地学习经验,刚刚歇了一天,又接到任务,带着一个组配合审计局进行干部离任审计。一翔有时想,年轻的时候,很多人的道路是相同的,谁也看不出谁将走向哪里。直到某一天,忽然有一个岔路口出现在面前,走向不同道路的人,就有了不同的结局。像董小青,她现在就走到了一个岔路口,她所选择的,其实是早就决定的。也许,从这里开始,大家就分道扬镳了。

　　董小青问一翔在哪里。一翔说我在杨小飞这里,心里不舒服,要吃酒。董小青说那你等我一下,我一会儿就到。一翔有些不信,但董小青一般情况下不说谎。一翔点了几个菜,全是董小青喜欢的口味。他突然意识到,自己有些想董小青了,这种突如其来的感觉让他吃了一惊。怎么可能呢? 但是,为什么不可能呢? 朋友久不相见,也是要想的。一翔想。

　　董小青很快就到了,进屋就张开双臂,给了一翔一个大大的拥抱。一翔也不自主地张开了双臂,把董小青温暖的身子抱在了怀里。董小青推开一翔,奇怪地看了看他,笑了,说:"原来你也有些想我了。"一翔也笑了,请董小青坐下,给她倒了一杯水,然后让杨小飞上菜。杨小飞把菜端上来,眼神有些严厉地看了看一翔。一翔明白,她这是替阎月儿打抱不平呢!董小青有些惊讶,说:"王一翔你搞什么鬼?你怎么知道我喜欢吃这些菜?"一翔笑而不答。董小青说:"不枉我把你当作朋友,没想到你还有这份细腻。"说着话,从小包里掏出一个小盒子递给一翔,说:"还是上次外出的时候给你买的,一直没机会给你。"一翔打开看时,却是一颗乒乓球大小的镏金紫铜麒麟,托在手里沉甸甸的。一翔抚摸了一下,凉凉的,很细腻,有一种温润的感觉。一翔问:"为什么要送我这个?"董小青说:"好看,好玩,觉得配得上你,就买了。"一翔敬了董小青一杯酒,说:"谢谢妹子了。"董小青撇了撇嘴,说:"你这样的人,是没心没肺的,竟然会真心谢人,难得。"几杯酒下肚,董小青认真地看了看一翔,问:"你最近是不是做了什么事,得罪了赵山水?"一翔疑惑地摇摇头,说:"他对我的看法已经固定了,我即使得罪他,他也应该习惯了。而且,我最近很少和他打交道。他是副部长,我是小草一棵,不在一个层面,交叉的机会很少。"董小青眉头皱了皱,说:"不对,肯定有,你忽略了。"一翔问她为什么这么肯定。董小青说,"我昨天到赵山水办公室汇报工作,在门外听到他正和那个老万说你,好像是要把你调出去。无缘无故的,怎么会和老万说这个?即使你得罪他,与那姓万的有什么关系?"一翔明白了,任舒担心的事发生了。董小青端起一杯酒,直塞到一翔嘴里,说:"你的嘴并不是你想象的那么紧,那你就招了吧!"一翔只好乖乖地把给刘秋明出主意,以及把任舒请来的事说了。董小青笑了,说:"原来我对面坐着一个英雄啊!其实你已经是英雄了,智抓钱文,剑挑刘大年,你早就是黄花的英雄了,你为什么还要再当一次英雄呢?有瘾啊?你知道不知道,英雄的屁股下都是坐着火山的?"一翔摇头,说我从来没有想过当英雄,我只不过是为了生存而挣扎。这么随口说着,一翔忽然意识到,自己的确是在为了生存而挣扎,为自己的生存,也为别人的生存。

　　董小青郑重地给一翔出了个主意,让他请病假去外地看病,畅游祖国的大好河山,对身体有好处,在老万和赵山水那里,也是做一个逃跑的姿态。你逃了,人家就忘了。董小青让一翔去找一下孔令清,孔令清和部长有很铁的关系,只要他说一句话,部长心里就有数了,赵山水就没有招了。一翔知道自己不会去请病假,更不会外出。但是,孔令清那里倒有必要去一次,刘小庄征地的事,孔令清肯定知道一些信息,去讨个主意也好。

董小青看到一翔态度暧昧,知道他没往心里去,又为他想了一招:如果不想在部里待或者认为怎么样都无所谓,就找关系调到别的单位去,哪怕去一个最小的单位,只要能提拔为副处,就等于获得了一把钢枪,进可攻,退可守。反正年轻,占据有利地形后,时间上耗得起。一翔看着董小青被酒精染红的小脸,说:"董小青,如果现在我带你去省城,咱们就在那里安家,你愿意吗?我记得你曾经向我提过。"董小青愣了一下,说:"此一时,彼一时,我不想哄你,我不去。一边是不能给我任何爱情保障的男人,一边是刚刚开始的,什么呢? 就叫事业吧! 我自然要选择有保障的。"一翔知道,董小青的父亲很快就要退休了,虽然树大根深,退了与不退总是不一样的,董小青要在那棵老树落叶之前,自己成为一棵树。

一翔端起酒杯,和董小青碰了一下,想,这个女孩子,倒是一个很好的红尘知己。

一翔决定去找孔令清。他没有为自己的事情去找过孔令清,他不想让几种关系搅在一起。受人恩惠,当仰人鼻息,不仰时自己不舒服,好似无以为报;仰时心里更不舒服,觉得没有自尊,本来好好的关系,弄得不伦不类。但是,为刘秋明的事情去找孔令清,一翔觉得名正言顺,何况,他不是去求孔令清办事,只是想讨个主意。

一翔下午给孔令清打了个电话,说想见他,只要半小时。孔令清让他快下班的时候到他办公室去,时间宽裕些,可以多聊聊。五点半下班,一翔五点二十五到了孔令清办公室。办公室分为里外间,里间是孔令清办公的地方,外间是会客室。会客室里摆着一张长沙发和一张单人沙发,还有一张办公桌。长沙发上坐着三个人，一看就知道是来找孔令清的。秘书正在电脑上找资料，看到一翔进来，向他笑了笑，起身去敲了敲里间屋的门，然后走了进去，片刻后出来，向一翔示意，让他等一会儿。一翔点点头，在单人沙发上坐下。约莫等了半个多小时，来访的几个人和孔令清见了面，带着不同的表情离开了。孔令清在里屋喊一翔进去。一翔推开里屋的门，心里竟有一窒的感觉。本以为里屋很宽敞，没想到只相当于会客室的一半，一张办公桌，两把椅子，两架书橱，把一间小屋挤得满满的。孔令清正站在书橱前活动筋骨，指了指对面的一把椅子，示意一翔坐，然后打开书橱，取出一个长方形的纸盒，摆到一翔面前，让他打开。一翔打开看时，竟是一尊古人对弈青铜雕：一位中年棋士与一位红颜少妇相对席地而坐，正在对弈。周边有茵茵青草，还有小花数朵，中年棋士的肩上落着一只小鸟，正勾头看着棋局，若有所思。青铜雕很精美，布局合理，细节生动，特别是棋盘上正在演绎的棋局，竟是扑朔迷离，高深莫辨。一翔心中一凛，脱口道："骊山语罢清宵半，泪雨霖铃终不怨。何如薄幸锦衣郎，比翼连枝当日愿。"孔令清叹息了一声，说："你果然识得这遇仙图，这刘仲甫《骊山遇仙记》，已经没有几个人知道了。"一翔说："这遇仙棋谱，我看过多遍，即使认不出骊山仙姥，棋谱也能让我联想到这个故事。"孔令清说："只可惜，刘仲甫当世不缺，这骊山仙姥，却是再无处寻迹了。"一翔笑道："刘仲甫当世不缺，怎么讲？孔兄以为现在谁可以与刘仲甫相提？"孔令清说："在我眼里，你若精研数年，就是当年的刘仲甫。"一翔惊讶地看着孔令清。孔令清认真地点点头，说："我是有前提的，精研数年，这个前提一般人是做不到的。你若做不到，就不是。"孔令清拍了拍青铜雕，说："这是我到外地出差的收获，可遇不可求，看到它，我就知道它的主人是谁了。"一翔连着说了几声谢谢。

孔令清在一翔对面坐下，说："即使你不联系我，我也要打电话找你。告诉你吧，你的主任科员就要解决了，你们部长已经答应我了。"一翔一时不知说什么好，吭哧了半天才说："孔兄，你又何必为我的事去求他们？"孔令清说："谈不到求，谈不到。为你做点力所能及的事，我感到高兴。好了，说吧！

你主动找我,肯定是有事,而且还是不小的事,说说吧!"

　　一翔就把老万和刘千年合谋,假借政府名义在刘小庄征地的事说了一下,也把刘秋明父子的坚持以及刘父卧床不起的事说了。一翔留了个心眼,把邀任舒来黄花市采访这一段给省略了。孔令清听得很认真,表情很凝重。一翔讲完后,觉得心里轻松了许多。孔令清长吁了一口气,问:"完了?"一翔点点头。孔令清脸上有了一丝笑,说:"关于这件事情,我也有所耳闻。我觉得,老万他们的做法当然是违规的,但是他们的初衷却是好的,不都是为了招商引资吗?不都是为了经济发展吗?你有证据证明他们是在中饱私囊吗?"一翔不相信这话是从孔令清嘴里说出来的,一时感到极度失望。他已经把事情说得很清楚了,孔令清没有理由听不明白,更没有理由分不清是与非,那么,他为什么还那样说呢?"如果我没猜错的话,你还帮刘秋明做了一些事。"孔令清说。一翔点点头,原来孔令清什么都知道,他的心里肯定攒了很多事,只是不轻易说出口罢了。"那,我,刘秋明他们应该怎么办呢?"一翔问。这句话是多余的,他心里很明白。孔令清端起茶杯,喝了一口水,说:"这种事,还是让他们自己拿主意吧!我知道,你是想听听我的想法,或者希望我给老万打个电话,让他知难而退。翔弟,有些事不是你想象得那么简单。电话,你看,它就在我手边放着,我可以打,但是,我告诉你吧,打了也没有用。还是那句话,不是你想象得那么简单。"一翔感到心凉,是从脚底升起来的透骨的凉。他想立即走掉,但是,为什么要立即走掉呢?就因为孔令清没有满足他吗?一翔的眼睛有些酸,他知道眼睛的后面汪着泪水,如果不控制,就会流下来。是的,他把孔令清当作精神上的支撑,或者说,是他精神上的最后一道支撑。现在呢?没了。这是令人绝望的,但是,绝望是你自己的事情,不要扯上别人。

　　一翔坐在孔令清对面,努力控制着自己,默然无语。

　　孔令清站起来,向一翔招了招手,示意他靠近一些。一翔照办了。孔令清捏住一翔的一根头发,用力一捅,头发掉了。孔令清把它放到一翔面前,是一根白头发。孔令清叹了一口气,说:"你才三十出头,怎么就有白头发了呢?"想了一下,转身从书橱里拿出一块毡毯,铺在桌子上,又从窗台上取过毛笔和砚台。一翔接过砚台,慢慢地研磨着一块歙墨,墨块渐渐溶开,散发出淡淡的香味。

孔令清饱蘸浓墨,为一翔书诗一首,正是鲍照的《代白头吟》,只不过,孔令清把它简化了:"直如朱丝绳,清如玉壶冰。何惭宿昔意,猜恨坐相仍。毫发一为瑕,丘山不可胜。食苗实硕鼠,点白信苍蝇。凫鹄远成美,薪刍前见凌。古来共如此,非君独抚膺。"

一翔有些诧异。孔令清写这首诗,看似劝他想开些,委婉些,不要过于纠结,而实质上更像是一种不安心情的自我表达。一翔心里有了一种不祥的预感。

第三十章　香樟树

一翔被提拔为主任科员,出乎很多人意料,也招来很多非议。一翔就当什么事都没有发生过,一如既往地工作和生活。一周以后,部里要对市直单位的领导班子进行年终考核,一翔有些兴奋,以为可以轻松几天了。一翔已经很久没有参加干部考察或者领导班子考核了,这对于他倒是好事,大家都下单位了,考勤就停止了,时间相对宽裕些。当赵山水在全体人员会议上宣读参加领导班子年终考核的人员名单时,一翔理所当然地认为自己不在其中。但是,这一次他错了,他的名字出现在第四组。会议结束后,一翔去找赵山水,说自己已经习惯了留守办公室,也比较适合留守,这次能不能继续留守? 赵山水摇头,说这是部长办公会定的,要是不想去,可以去找部长。为这点小事去找部长,一点意思都没有。一翔之所以不想去,是担心管不住自己的嘴,节外生枝。既然定了,那就服从吧!

第四组的组长是市纪检委的一名室主任,中年女同志。一翔两年前就认识她,但是组长似乎一直认不清他,见面就耷拉着一张苦瓜脸,像性生活严重不足似的,你招呼她,她就看你一眼;你不招呼她,她根本就看不到你。一翔想,不知道这样的女人怎么过家庭生活,真怀疑她是否有过青春岁月。

考核的第一个单位是市环保局。一组四个人,在组长办公室会合不到三分钟,环保局的商务车就到了。一翔对环保局一直没有好印象,黄花市的环保工作差,全省人民都知道。局长赵守卫外号叫赵检讨,每年都要在全省环保大会上做一次深刻检讨。这样的人竟然干了五年环保局长,据说为了加强环保工作,很有可能让他兼任市政府副秘书长。前不久发生的一起农民集体上访事件,更让一翔增加了对赵守卫的反感。黄花河北岸有一家叫四环的化工厂,每天都把大量工业污水排入黄花河。多年来,不断有人呼吁把它拆除,还有不少受害者到市里上访,要求市里认真查处。但是,化工厂屹立不倒,颇有愈挫愈坚之势。于是,大家猜测这家化工厂肯定有坚强后盾,赵守卫自然成了焦点。有一副对联很形象地对此做了描述:"化工厂屹立不倒,试问守卫为谁守卫。黄花河黑水长流,原来环保兼职保环。"一个月以前,沿河几个村子的村民抗旱,用黄花河水浇灌小麦,造成两千亩小麦严重污染,颗粒无收已成定局。事发后,一千多村民到乡镇上访,到区里上访,还派了两百个代表到市里上访。市里勒令环保局尽快查清此事,但一个月过去了,处理结果仍然没公布,四环化工厂仍然正常生产。一翔不认识赵守卫,在他的想象里,赵守卫一定长了一副丑模样。

甫一见面,一翔大吃一惊。赵守卫长了一张极其儒雅斯文的脸,配上中等略瘦的身材,再配上朴素而得体的衣着,给人的印象,就是一个有三十年以上教龄的中文系教授。赵守卫站在环保局大门口,非常谦和地和考核组的每个人握手,然后把大家带到小会议室,环保局全体班子成员正在里面等候。寒暄之后,女组长代表全组把袁辉煌起草的通稿念了一遍,强调考核的重要性,请大家实事求是,认真准备,积极配合。然后由赵守卫代表领导班子做了一个述职,又做了一个个人述职。两个述职内容差不多,无外乎学了多少理论,做了多少好事,立了多大功,造了多少福,锻炼了多少干部,解决了多少与人民群众生活息息相关的问题。廉政建设一带而过,问题和不足也是一带而过。赵守卫讲完,请班子成员补充,大家都摇头,说述职得很好,全面而深刻,没有什么补充的。赵守卫便把目光转向女组长,说:"那就请组长指导一下吧!"女组长对赵守卫的两个述职报告给予了充分肯定,对环保局的工作给予了充分肯定,希望全局上下继续努力,为黄花市的环保事业做出更大的贡献。女组长说完,例行公事地看了看三位组员,问大家有没有什么补充的。另两位组员微笑着摇了摇头。一翔看了看女组长,又看了看赵守卫,咳嗽了一声。女组长脸色一变，说既然大家都没有意见，下面就投票——话还没说完，一翔的声音插了进来："我想问一个问题，你们看行吗？"女组长说："这个嘛，小王，咱们——"赵守卫接过话头，笑眯眯地说："欢迎这位领导多提宝贵意见。"一翔点点头，说："我就事论事，这两个述职报告里，到处是鲜花和掌声，环保局里花满枝，千朵万朵压枝低。鲜花能美化黄花市，赏心悦目，是好事。但是，我感觉这两个报告还有不足的地方，有些重要的事情还没有表述出来，比如，全市人民都很关注的四环化工厂排污的问题。"赵守卫的脸色一变，看了一翔一眼，目光里充满了不屑。女组长说："小王，这些业务问题，可以私下和赵局长他们探讨，在这里就不要说了。"一翔摇摇头，说："这不是业务问题，它与今天的考核密切相关。我觉得，回避问题是对年度考核的重要性认识不够。再说了，问题这么明显，如果考核不出来，考核组要担责任的。"赵守卫冷冷地说："有些问题我已经向市里主要领导汇报了。你说的四环化工厂的问题，我明天就到部里向部长单独汇报。"一翔能听出来，人家嫌他官小。一翔一笑，说："那行，领导知道就好。"女组长脸上冒出一些汗，说："我们继续进行，请把测评票发一下。"

半个小时后，一翔随在女组长身后走出环保局大门。正是中午时分，太阳暖暖地照着，门前一长排小汽车锃明瓦亮，骄傲地注视着众人。女组长回头看了看一翔，小声说："王一翔，你知道不知道，这个赵守卫和你们部长关系很铁？"一翔摇摇头。女组长说："人家是老乡，老家相距不到十公里。"

按照计划，每个组要考核十五家单位，时间是一个星期。第三天上午，一翔在民政局考核的时候，接到袁辉煌的通知，让他立即回部里值班。一翔匆匆地赶回部里，看到袁辉煌正悠闲地翻看一本杂志。袁辉煌抬头笑笑，说："部长在办公室，让你去一趟。"一翔知道环保局的事发酵了，笑笑，转身就往外走。袁辉煌又说："一翔，部长对你寄予了厚望。"一翔停顿了一下，继续往外走，说："我知道。"

部长正在批阅一份文件，看到一翔，指了指对面的椅子。一翔坐下，感觉全身都有些僵硬,他想把后背靠到椅背上,努力了一次,没有成功,便在心里叹了一口气,想,这里放一张凳子足矣,放椅子浪费了。

部长放下手里的铅笔,喝了一口水,看着一翔,笑了笑。一翔有些莫名其妙,也笑了笑。部长把嘴里的一片茶叶吐到手里,看了看,用一张白纸包了,放到桌角。一翔想,自己应该把那张包了茶叶的纸拿走,丢到纸篓里。如果他这么做了,也许,也许什么呢?反正做不了,想它有什么意思呢?

部长说:"小王,你到部里有八九年了吧?也是老组织了。我平时呢,也忙,和大家沟通不多,对大家关心不够。今天呢,是想和你闲扯一下,沟通沟通,生活也好,工作也好,随便聊聊。你呢,对我有什么意见和建议,也可以提。"一翔弄不清部长的真实意图是什么,本以为会有一根棒子落到头顶,出现在眼前的却是一根鸡毛掸子。部长又说:"你是部里的才子,这个我心里很清楚,孔市长也向我介绍过。我喜欢有才的人,真的,有才的人境界高,和有才的人相处,能获得很多惊喜。按说呢,你这样的资历,早该当科长了。但是,部里的情况你是知道的,大家都很优秀,岗位呢,偏少,委屈了不少人,包括你。总让你们受委屈,我心里不舒服,也觉得对不起大家,所以我和赵山水商量了一下,想把表现优秀的年轻人交流出去一部分,比如说你,你需要更大的舞台,更广阔的天空,在这里窝久了,会耽误你的前程的。"部长喝了一口水,目光在一翔脸上探询着。

一翔知道这一天早晚会来,也有一定的思想准备,但是,当它真的到来时,还是感到莫名地凄惶。

部长用右手的中指在桌面上轻轻地敲了敲,问:"你自己有没有意向呢?你想到哪个单位?"一翔摇摇头,说:"没有,我没有考虑过这个问题。"部长笑了,说:"怎么能不考虑呢?你不能什么事都让组织上考虑吧?当然,让我们替你考虑也是正确的,毕竟我们掌握的信息多一些。我觉得,有一个单位不错,挺适合你。"一翔抬头看了看部长。"档案局,"部长说,"缺个科长,听说他们内部有几个人在竞争,你去了,倒是帮他们解决问题了。"

一翔知道部长已经很客气了,转了一个大弯,才把让他滚蛋的意思表达出来，面子大大的。这面子其实是给孔令清的，没有孔令清，人家一句话就把他打发了。一翔站起来，说："我服从组织安排。"部长做了个手势，让他坐，说："急什么？别急，这只是话题之一，咱们再聊聊其他的。"一翔受宠若惊，面子越给越大，太阳从南边出来了。正在这时，袁辉煌敲门走了进来，把一份文件放到部长面前，说书记那边急着要结果。部长遗憾地看看一翔，摊了摊手。

一翔心里乱糟糟的，他慢慢地走回办公室，有一种魂不守舍的感觉。办公室静悄悄的，他站了一会儿，喝了两口水，突然觉得这里的一切都是陌生的，仿佛他从来没有到过这里。一翔感到心寒，寒得受不了，便转身出门，下楼，在楼门口站了片刻，往楼的后面走去。空旷的草地显得有些荒凉，就像他此刻的心情。不知不觉，就走到了那棵老香樟旁边。老香樟位于楼后西北角，偌大的草地上就立着这么一棵老香樟，显得不协调，但细品一下，便有一种说不出的美。老香樟旁边立了一块木牌，上面写着它的名字和树龄：香樟，五百年。如果没有这五百年的道行，大楼初建时，香樟就被刨了。五百年的香樟，在黄花绝对是树妖级的。当初是谁把它带到了这里？是谁把它栽在了这里？这五百年的变迁，它经历了多少故事？它为什么能在这里屹立五百年？一翔给它起了个外号，叫香飘飘。清晨，或者黄昏，如果有微风吹过，大院里就飘满了它的香气，那种柔和而持续的香，令人心醉，令人陶醉。香飘飘虽然已经五百岁，但枝干依然蓬勃，向四方横斜出去，看似软软的，却是有力的。它的叶子仍然是茂密的，让人无法联想到它的年龄。一翔在树下站了一会儿，眼睛和鼻子都有些酸痒。离开是注定的事情，这里也没有什么可留恋的，但是，真要走了，心里还是不好受。一翔知道自己是脆弱的，内心那些软软的地方，只需轻轻一碰，就会流出血来。"豫樟生深山，七年而后知。挺高二百尺，本末皆十围。"一翔想，这五百年的香飘飘，已经功德圆满了，虽然树心半为土，但是，观者安得知，观者只能看到它的茁壮。

与香飘飘遥遥相望的，是东北角数棵苍劲的白杨，据说过几天就要被伐掉了，原因是已经生了虫，有碍观瞻。明年春天，将在那里植上十余棵金合欢,到时候,会有一些小红灯笼在院里飞。一翔想,五百年的香飘飘,在南方是常见的,但是,百年以上的白杨,有谁见过?白杨最茁壮的是树干,枝叶的作用就是为树干提供养分,让它尽快地长高,长壮;香樟则不然,一棵粗壮的香樟一定会有很多遒劲的枝,相互提携,相依为命。白杨是易生虫的,那些攻击的痕迹总能让人想到一场场你死我活的战斗;香樟则没有,它以自己的醇香婉拒了虫子。白杨是易折的,看似威武,有时却经不起一阵狂风和一场暴雨;而香樟是柔韧的,它随风摇曳,既保护了自己,又创造了诗意。一翔想,无意中长成一棵白杨,是幸还是不幸?为什么不可以做一棵香樟?就像这香飘飘,在这里待了五百年,看烟云过眼,观世事变迁,岂不是一件乐事?

像香樟一样生长,倒是一种解脱。一翔摇着香飘飘的枝,听着香樟叶摩挲的沙沙声,长长地叹了一口气。他觉得,这是他三十多年来,叹得最长的一口气。

第三十一章　黄花吟和钗头凤

第二天,一翔没去上班。他要去档案局的消息,已经在部里传开了,也许,在部长找他谈话之前,就有一部分人知道了这个消息。董小青打电话问一翔为什么不拒绝,如果拒绝了,还有回旋的余地。一翔想,我为什么要拒绝呢?

一翔起得很早,在黄花居里转了几圈,感觉着自己的心情。轻松,确实很轻松,这就好了,一觉醒来之后便有这样的感觉,他对自己很满意。他去买了早餐,是园儿最爱吃的灌汤包和淡麻糊。园儿去上学了,一翔站在黄花桥边,目送她,看不见她的背影了,才返身回来,走进书房,取了一本棋谱,坐在书桌前静静地琢磨起来。大门是什么时候被阎月儿推开的,一翔不知道。阎月儿是什么时候来到书房的,他也不知道。一翔看到情浓处,抱起棋盘要去书剑亭的时候,才发现阎月儿正站在他的身后,含情脉脉地看着他。

一翔笑了,说:"你是飘进来的?"月儿说:"你知道你这叫什么吗?重色轻友。"一翔说:"你能告诉我谁是色,谁是友吗?"月儿笑道:"黑和白,谓之双色;至于友,那就看你的感觉了。"一翔看见月儿手里拿着一幅卷轴,便要过去铺在桌面上,原来是月儿手书的黄庭坚的《鹧鸪天·黄菊枝头生晓寒》:"黄菊枝头生晓寒,人生莫放酒杯干。风前横笛斜吹雨,醉里簪花倒著冠。身健在,且加餐。舞裙歌板尽清欢。黄花白发相牵挽,付与时人冷眼看。"一翔看罢,忍不住喊了一声:"好一个'黄花白发相牵挽,付与时人冷眼看'!"转脸看月儿时,见她脸色红红的,一副娇媚的样子,心里忍不住颤了几下,一股暖流涌遍了全身。月儿的字越发老到了,既笔势有力,又灵活舒展,若飞若动,若愁若喜,如群鸿戏海,又如游云惊龙。一翔欣赏良久,才叹道:"月儿,你不刻意在书法上发展,真是可惜了。"月儿说:"不求工,所以工。如果我刻意发展,也许就拘谨了。等什么时候阎强大娶老婆了,不要我陪了,我再潜心书法吧。"一翔皱了一下眉,问:"强大还没有找到中意的?要求别太高了,该凑合的时候,就凑合一下呗!"月儿笑道:"这么说,你是准备凑合了?"一翔摆手道:"我?我才不凑合,我想凑合都凑合不成。"正在斗嘴,一翔的手机响了,是刘秋明打来的。

刘秋明告诉一翔,袁平均又把轧路机开进了他家的十亩地,在上面碾了一个小时。一翔不解,问:"他们不是已经把麦子碾平了吗?还碾个什么意思?"刘秋明说:"他们在炫耀,也是在提醒我们,那块地是他们的,他们想怎么样就怎么样!"一翔长吁了一口气,不知如何回答。刘秋明问他该怎么办。一翔说我也不知道,然后就挂了手机。月儿给一翔倒了一杯水,放到他手里,说:"打不过,就走呗!"一翔苦笑了一下,说:"我可以走,刘秋明他们走到哪里去?"月儿淡然一笑,说:"大家都签了,刘秋明签了也没什么大不了的。你给他出主意,让他坚持,如果最后他坚持不住,你会成为罪人的。"从刘秋明的语气里,一翔已经感觉到,如果没有别的办法可想,刘秋明极有可能举手投降,也可能做出过激的行为。这都是他不愿意看到的,但是,他无法掌控。一翔感到无可奈何,想,既然无计可施,不如主动放弃,主动放弃,在心理上还能得到一点安慰。

一翔说:"月儿,等园儿放假,咱们出去转转吧!"月儿有些惊讶地看着他,但脸上已经绽满了笑容,说:"行啊,到哪里都行。"一翔接着说:"我心里,闷得很。"

一翔在等待部里给他下调令,那份调令,可能只有他一个人的名字。无论背后的故事是悲是喜,那将是一个恒久的记忆。也许,直到退休,这样的待遇都不会再有了。退休文件上会出现很多名字,某某某等同志,他是属于

"等"的。一翔等了一个星期,没有等到调令,却等到了办公室主任刘鸣一的电话,让他到部长室去。一翔知道事情起了变化,也许档案局那边的争斗有了结果,他连科长都做不上了。也好,像鸿毛一样轻,倒是可以漫天飞舞了。一翔没想到,部长竟然要他留下来,说你再待一段时间吧,部里的工作很忙,尤其是你们那一块儿,你走了,没有人能顶上来。一翔没有说什么,但心里还是有一些欢喜,甚至可以说是窃喜。他搞不明白怎么会有这样奇怪的感觉。部长问他有没有什么意见。一翔说我服从组织安排。部长笑了,说那就好。

　　一翔刚回到办公室,孔令清的电话就打了过来,问部长有没有和他谈话。一翔明白了,是孔令清让部长改了主意。一翔说孔兄,你怎么知道他要调我到档案局?孔令清说:"我们周末一起洗了个澡,我问起你的情况,他就说了。"一翔只有苦笑,人家洗了一个小澡,就改变了你的命运,这个世界真是不公平。自己去洗个小澡呢?改变的,只能是身体的卫生。怪不得大家都要做官呢!不贪不占,仅仅这种改变别人命运的感觉,就足以让人沉醉了。一翔表示了感谢,说:"孔兄,其实我是无所谓的,到哪里都一样。"孔令清说:"你还年轻,经历的事情少,听我的没有错。你在这个岗位上和你不在这个岗位上,是有很大区别的。你目前的这个岗位,它也许不能给你带来太多的物质,但是,它能为你减少很多麻烦,甚至,能给你免祸。我的话,你亲身体验之后会明白的,但是,为什么要到那时候才明白呢?"

　　一翔相信孔令清的话。这个世界缤纷多彩,别说这是孔令清的经验总结,即使是某个人的信口一说,一翔也信。每一件事情的发展,从理论上说,都有一万种以上的可能性。一万种以上,所有的疑惑都被包围了,都被消灭了。比如说希特勒,如果他父母的那次激情没有成功,就可能没有他。没有他,这个世界还会有二战吗?即使有,也不是希特勒的二战。那次激情失败的可能性很大,但为什么没有失败呢?如果失败了,会有很多人免于死亡,或者,死亡的极有可能是另外一批人。一翔拍了拍脑袋,这么无聊的东西都会钻进大脑,真是无聊。

　　手机响了,竟然是部长的手机号。多年以来,这可是第一次。一翔想,该不是改主意了吧？如果是,自己就要坚决地说不了。又一想,自己有什么资格说不呢？从首至尾,虽然也像砧板上的鱼一样折腾了几次,结果还不是一样？一翔没有想到,部长竟然送给他一个福利,让他去浙江绍兴观摩一场围棋比赛,而且是国家级的。部长说这是为了让他把围棋协会的事情办得更好,棋协的队伍是人才队伍,这个队伍带好了,也会促进干部队伍的建设。一翔的嘴张得很大,半天没有合上,只有惊喜才能产生这样的效果。在绍兴举行的全国围棋比赛,强手云集,像一翔这样的业余棋手连报名的资格都没有。一翔本来准备在家里看中央五套的直播,据说要转播六场比赛。家里没有有线电视,一翔跑到有线电视台交了两年费用,把有线电视装上了,把园儿惊喜得亲了他半天。部长的福利一下把一翔甩上了云端,让他幸福并困惑着。本来说好掏红包祝贺别人的婚礼的,到了现场,自己却成了新郎,那个穿着婚纱的美丽女孩,突然就是自己的老婆了。一翔忘了道谢,挂了电话后,仍然不相信自己有这样的好运。显然,部长给了孔令清一个大大的人情。让一翔留下已经不易,又让他在工作日到外地去满足喜好,更是额外抹了一笔金粉。这背后的故事,一翔不去猜,情节自然是曲折的。孔令清在这个故事里付出了多少牺牲,他自己不说,一翔也不想去问。记住这份情谊就够了,一翔想,这种发自内心的情谊,是最宝贵的,如果简单地表达出来,就没有意思了。

　　一翔和阎月儿商量,想让园儿请几天假,两人一起带着园儿去绍兴。月儿非常惊喜,说:"真的? 你不是骗我吧? 太好了。我要和你一起去绍兴,去看棋,去看三味书屋,去看沈园,去看兰亭,去坐乌篷船,去吃那里的茴香豆。"一翔笑了,说:"只要不是去找孔乙己,我都能满足你。"月儿想了想,突然摇了摇头,说:"不行,我不能去了。园儿快放假了,这个时候请假,会影响期末考试的。她一向争强好胜,如果考得不理想,会打击她的。"一翔觉得有道理,但是,不带她们去,心里总觉得有些亏欠。想来想去,没有太好的办法。为了弥补缺憾,便答应给月儿和园儿多带些好东西,比如豆干、霉干菜之类。月儿撇了撇嘴,说:"生了霉的东西是好东西?"一翔说那你说吧,想要什么? 月儿说:"我想要什么,你心里不清楚?"

　　在绍兴举办的全国围棋赛让一翔大开了眼界，真是彩云片片，珠玑满眼，灿烂辉煌，到处都有让人意想不到的精彩。一翔每时每刻都能感觉到自己的差距，在心里感叹真是不虚此行。燕春来曾建议他全身心地投入，燕春来看到了差距，也看到了未来。一直游走于外围，不知不觉，就被拉开了档次。看到差距是好事，但是，弥补差距的可能性几乎没有，难免让人心灰意冷。一翔唏嘘感叹了一番，暂时抛开赛事，跑到兰亭玩了半天，然后又莫名其妙地走进了沈园。穿长廊，过葫芦池，观宋井，游半壁亭，越双桂堂，不知不觉，就来到了著名的诗壁前。看着斑驳的字迹，读着一左一右两首催人肝肠的诗，眼前便浮现出陆游和唐琬两张清瘦的被爱情熬得干苦的脸，心里一窒，泪水竟流了出来。旁边一对年轻情侣正在兴高采烈地拍照，看到一翔哭，伸了伸舌头。女孩子大胆地走到一翔跟前，问："哥，你不会也有一个唐琬吧？"一翔用纸巾擦了擦泪水，摇摇头，说："没有，没有。"便急匆匆地走开了。女孩子在一翔身后高声喊她男朋友："我告诉你，如果你真有一个唐琬，我会给你让位的。"男孩子小声说："我要是有唐琬，我怎么会给你机会哇？"

　　坐在陆游纪念馆前，一翔掏出手机，给阎月儿发了个短信："我在沈园，你在哪里？"等了一会儿，月儿的回信来了："我在学校门前，在等你闺女放学。今天是周五，晚上我们去吃烧烤。"一翔觉得心里有一股暖流涌上来，还想再说点什么，想了半天，竟无话可说。

　　第二天早上，一翔睡得正香，忽听有人敲门，敲得很急，像是有非进不可的理由。一翔昨天有些累，本来打算上午睡觉看书，下午才去赛场，被敲门声闹得有些心烦，一边睡眼惺忪地走过去开门，一边低声咕哝着什么。待到打开房门，一翔吃惊地睁大了眼睛：阎月儿牵着王园儿的手，正笑眯眯地站在他面前。园儿欢快地叫了一声爸，就从一翔身侧挤进屋，砰一下把自己甩到床上，说我累死了，累死了。一翔仍呆呆地看着月儿，似乎不相信眼前发生的事是真的。"你，怎么来了？"一翔轻声说。"我，我要你，我要你陪我去沈园。"月儿说。一翔迟疑了一下，向前迈了半步，把月儿紧紧地拥在了怀里。

第三十二章　梅花落

从绍兴回到黄花以后，一翔通过孔令清联系上一家企业，由企业赞助，搞了一次全市围棋精英赛，规模虽然不大，却发现了几个可造之材，都是十几岁的孩子，天资很高。遗憾的是，这些孩子没有经过名师指点，虽然能感觉到后浪之势，如果不精心培养，仍然会趴到沙滩之上。一翔决定近期找孔令清认真谈一次，想争取一笔经费，把这些孩子送到省棋院培训三个月。如果有一个孩子将来能获得参加全国围棋赛的资格，就是功德一件，对黄花的围棋发展是个不小的促进。

周末上午，一翔跑到阎强大家，准备和阎氏兄妹好好议议这事，请他们出出主意。绍兴之行，一翔终于和月儿确定了关系，不再像以前那样欲说还休，这让两人都感到很满意。心意通了，感情似乎更浓了一些，这令一翔质疑自己的内心：本来认为已经浓极的感情，为什么还会再进一步？为什么总是被刷新？是不是自己对阎月儿还有什么保留？这种怀疑让他想到过去，让他感到痛苦。两人关系的确定对于大家都是一件开心的事，阎强大最开心，说月儿找到了可以托付的人，他就可以高枕无忧了。刘秋明和江松也在阎家，好像正在商量什么事，看到他进来，江松笑了，说："我刚才就说打电话请你过来，月儿偏不让，说你这几天有些忙。"一翔猜出他们正在商量刘秋明家那十亩地的事，就点了点头，说："大家在一起议一下也好。"月儿给一翔倒了一杯水，说："秋明那块地，翔哥已经说得很清楚了，坚持住，就是你的，坚持不住，就是人家的。秋明坚持到现在，他们仍然不敢强占，这本身已经说明问题了。"刘秋明眼泪汪汪的，说："问题是坚持不下去了，十亩地被困在中间，种不上，更没法收，天天窝心。还有，左邻右舍的都想从袁平均手里拿奖金，天天盼着我们投降，见了我们爷几个，就没有一个好脸色。都在一个村住着，时间长了，心理压力太大。"

大家一时无语，气氛有些压抑。半晌，强大扭头看看江松，说："老弟，你是民间艺人，肚子里装着上千个本子，都是古往今来的经典，你就不能参考参考，拿个主意？"江松咳嗽了一声，说："要说肚子里本子多，我一点都不谦让。我呢，这些日子也给秋明出了几个主意，但都不好用。我昨天夜里没睡着，终于想了一个点子，只是这药下得有些猛，就怕伤了别人，也把自己伤了。"一翔连忙说："这个时候没有猛药还真办不了事，你说说看。"江松从衣袋里掏出几页纸，说："这个计划所有的步骤，每个步骤可能产生的结果，我都写在这里了，你们都看看，行就行，不行就不行，但是，不能骂我。我就是一个艺人，肚子里肠子不少，只是不知道哪根肠子起关键作用。"

一翔先看了，暗暗吸了口冷气。置之死地而后生，这话好说不好做。最重要的是，如果置之死地而无法后生，一切都完了。即使刘秋明本人愿意做，需要承担的后果也太严重。一翔想，江松不愧是民间艺人，这样的想象力，这样全然不计后果的想法，真不是一般人能做到的。一翔把纸递到强大手里，月儿和刘秋明把头凑过去一起看。一翔喝了一口水，看了看江松，默然无语。

"我不同意。"月儿说。

"我也不同意。"强大说。

江松苦笑了一下，说："其实我也是不同意的。但是，既然需要一个本子，就要有人写，我把它写出来了，也算是尽了一份力。"

大家都把目光集中到刘秋明脸上。刘秋明想笑，脸上的肌肉扯动了几下，很快就僵硬了。"我愿意做。"他说。这个决定显然出乎了大家的意料，月儿有些冲动地叫起来："你神经了？为了几亩地，值得吗？不就是经济受些损失吗？冒这样的险，得到了又能怎么样？"刘秋明艰难地摇摇头，说："姐，事情到了这一步，已经不是经济损失的事了。照江哥这个方案做下去，那十亩地也不一定能守住。他这个方案最吸引我的地方,是把老万弄倒,能弄倒老万他们,我牺牲再多,都觉得值!"强大声音低沉地说:"你想过没有?你才多大?他多大了?你刚刚谈了一个女孩,正在热恋,你的生活才刚开头,老万已经在走下坡路了。这样的劫争,无论结果如何,吃亏的都是你。"刘秋明坚决地摇摇头,说:"如果我爸死在这件事上,我这辈子还有什么好生活?倒不如拼个你死我活。"一翔站起来,走到刘秋明身边,拍了拍他的肩,说:"你决心这么大,我支持你。人就得有些气节,为了气节而死,不后悔。何况,这个计划很周密,只要操作得当,成功的可能性还是很大的。"一翔转向大家,说:"现在不要再讨论要不要做了,大家把重点放在怎么做才能做得更好这一点上!"月儿咬着嘴唇说:"刘秋明,这事你要不要和你爸商量一下?还有,你要不要和刘小文商量一下?"刘小文是刘秋明的女朋友,在一家超市当收银员,两人正在热恋。刘秋明摇头道:"如果和他们商量,什么都做不成。知道的人越多,成功的可能性越小。如果我出了事,来不及和他们解释,就烦劳各位哥姐吧!"

一翔掏出手机,给杨小飞打了个电话,让她留一个包间,然后对大家说:"今天我请秋明吃饭,请大家作陪。我不是给秋明鼓劲,也不是用一种形式确定一个开端。我是佩服秋明,他这么年轻,就有这样的精神,我要向他学习。"

一辆本田轿车停在离大亚商场不远的地方,车里坐着王一翔、刘秋明和江松。车子是江松借来的,他上周刚刚拿到驾照,坐他开的车总有些让人不放心。刘秋明不想让一翔和江松陪着,阎强大和月儿也认为没有这个必要,即使刘秋明做砸了,近在咫尺的他们也无法帮上忙,眼睁睁地看着还不如看不到。再说了,这种事情,最好让刘秋明独立做,理由自然不要明说。但一翔还是不放心,就撺掇江松借了一辆车,说是给江松增加创作素材。半个小时过去了,该出现的还是没有出现。一翔有些紧张地问:"秋明你搞清没有?她会来吗?"刘秋明很有把握地说:"会,这个规律很准。每个星期六下午三点多,她一准会来这个商场,先购物,然后到三楼喝咖啡。"江松问,"你的人呢?

准备好了没有?"刘秋明点点头,说:"放心吧,我让我二哥亲自上。"正说着,一个四十多岁的衣着华丽的女人从一辆出租车上下来,肩上挎着一只白色的红谷真皮包,径直向商场门口走去。一翔心里一阵紧张,说:"来了,刘欣来了。"刘秋明长出一口气,下了车,慢慢地向刘欣走去。

　　一翔认识刘欣,和老万认识不久,一翔就认识了刘欣。一翔对刘欣还是有好感的。这个女人有一种天生的高贵气质,待人接物很随和,乐于助人。小茵还没去世时,一翔和她说过,说刘欣一朵鲜花插到了牛粪上,老万真配不上刘欣。当时小茵还不同意,说再是一朵鲜花,如果没地方插,早晚得萎掉,还不如插牛粪上,插到旗杆上倒风光,能在上面待几天? 一翔重重地叹了一口气,想,沧海桑田,谁能料到,今天他要在这里看刘欣的戏呢? 如果小茵还活着,这一幕肯定不会出现。

　　刘欣走进了商场。刘秋明走到门前,四下瞅瞅,站住了。不到十秒钟,商场里传来一阵尖叫,紧接着,一个身材瘦小的年轻男人从商场里飞跑出来,手里攥着刘欣的红谷真皮包。商场里传出一阵叫喊:"有人抢包了,抓住他。"刘秋明大喝一声,向年轻男人追过去。年轻男人回头看了一眼,把手里的包甩到了地上。刘秋明停止了追赶,弯腰拾起了皮包,年轻男人迅速跑开了。刘秋明刚刚转过身来,刘欣已经跑到了他面前。刘秋明把包递给刘欣,问:"大姐,是你的包吗?"刘欣点点头,脸上的表情还有些惊恐。刘秋明:"如果不是腿疼,我肯定抓住他了。你打开看看,不知道东西少了没有。"刘欣把包打开,简单地翻了一下,说:"没有。"然后从包里抽出两张百元大钞,递到刘秋明面前,说:"年轻人,真是谢谢你了。"刘秋明红了红脸,摆摆手,说:"大姐,东西没少就好,钱可不能要,不然你会认为我是为了钱才这么做的。"刘欣笑了,把钱收回去,说:"现在像你这样的年轻人可真不多了。要不,我请你喝杯咖啡? 或者,给我一个帮你的机会。"刘秋明摇头道:"大姐,我时间紧,还要到民政局办事。"刘欣有些意外,连忙问:"你到民政局办什么事?"刘秋明说:"我没职业,向我爸要了一点钱,想开一个福利彩票投注站。听说这事得到民政局申请,我想去问一下。"刘欣犹豫了一下,说:"这个,现在可是不好办。你这样一个人跑去,一点用也没有。再说,今天是周六,没人上班的。"刘秋明的脸色变得很难看,说:"我好不容易才要到这点钱,如果办不成,我爸会把钱收回去的。"刘欣从包里掏出一张名片递给刘秋明,说:"这样吧,下周一或者周二,你和我联系,我帮你想想办法。"刘秋明看了看名片,脸上露出惊喜的神情,语无伦次地说:"原来大姐你是民政局的科长!我真是好运气。我的事,就指望你了大姐。"刘欣淡然一笑,说:"我还要买些东西,有时间再聊。"

一翔看着刘欣的背影慢慢地消失在商场里,忽然感到一阵苍凉,似乎筑了很久的河坝被突如其来的洪水冲垮了。落梅如雪乱,拂了一身还满,一翔想,刘秋明的事情结束后,自己要认真地考虑一下未来了,就这么天天被矛盾缠绕着,何时是个尽头呢?

在孔令清的帮助下,一翔和月儿认识了市里一家塑编厂的老板,从他那里得到了一笔赞助。老板要走了市围棋办会今后三年所有赛事的冠名权,并且向阁月儿要了一幅字,指定要白居易的《新栽梅》:"池边新栽七株梅,欲到花时点检来。莫怕长洲桃李嫉,今年好为使君开。"月儿自然不吝惜笔墨,写好并装裱好,然后约了一翔,上午十点多给老板送了过去。从老板家出来,时间还早,月儿提议到黄花公园转一下。一翔心里有事,本不想去,看到月儿兴致高,只好陪着。在公园深处的一个茶坊里,月儿要了一壶小兰花。一翔笑了,说:"你以前是只喝白毫的,今天怎么了?你可听过这样一首诗'春到兰芽分外长,不随红叶自低昂。梅花谢后知谁继,付与幽花接续香'。咱们刚刚给老板送了白居易的《新栽梅》,你现在又要喝兰花,莫不是受了崇拜,心绪难平?"月儿给一翔倒了一杯茶水,说:"有吗?这个小地方有口茶喝就不错了,还想喝白毫?我看这杯热茶能不能堵住你的嘴?"看一翔笑而不语,月儿的话倒多起来,"你告诉我,王一翔,为什么那个老板偏偏就要我写《新栽梅》呢?而且,他本是个不爱字的,我看得出来,他为什么一定要我写呢?"一翔呷了一口茶水,说:"当老板的,隐私比我们这些人多得多,因为他们的欲望多,惹的事多。也许,他最近和一个叫梅的女孩发生了什么故事吧!但是,有一点我是看出来了,他要冠名权,要你的字,其实与他的生意、与他的企业文化是没有多大关系的。他只是想提高个人身价而已,做个儒商,还有比这更高的追求吗?"月儿笑道:"你也别这么说,人家想做儒商,也是可以理解的。再说了,孔市长都打过招呼了,他不做儒商也会被我们变作儒商的。"

两人正聊得热闹,一翔的手机响了,是刘秋明打来的。近几天,袁平均发动了刘小庄的男女老少到刘秋明家闹,说再不把那十亩地交出来,就把他们全家从村里赶出去。刘秋明的父亲躺在病床上和他们吵了几句,竟被一个年过八旬的老爷子打了几拐杖,气成脑梗了。刘秋明说翔哥我真受不了了,如果没有江松哥的计划,我真的要把地给他们了。一翔说你再坚持一下吧,越是临近成功,越能感到极限的临近。然后一翔问刘秋明和刘欣联系了没有。刘秋明说联系了,刘欣说这几天有些忙,让我等她的电话。我们家已经把钱凑齐了,她电话一到,我立即就带钱过去。

一翔挂了电话,说:"月儿,我要到省城去一下,找任舒。他被省城的《清风时报》聘去了,副主编。任舒比较了解刘秋明的情况,也愿意帮忙,我得和他面谈一次,在这个计划里,他可是主力。"月儿看着一翔,眼神有些复杂。一翔知道月儿的意思,她不支持江松的计划,她想劝阻他们。说实话,对于能不能成功,一翔一点底也没有,如果不是被逼到了墙角,这么作困兽斗的行为谁也不愿意去尝试。一翔说:"月儿,我知道你的想法——"月儿用手势制止了一翔,说:"鲍照的《梅花落》你肯定是知道的,'中庭杂树多,偏为梅咨嗟。问君何独然?念其霜中能作花,露中能作实,摇荡春风媚春日'。"一翔道:"念尔零落逐寒风,徒有霜花无霜质。"一翔说我明白了,月儿,你是说,怕我坚持不下去?只是一时的情绪?你放心吧,我不会零落逐寒风的。"月儿摇摇头,说:"翔哥,你没有理解我的意思。你不知道,自打认识你,我就有一个想法,希望能和你在世俗的生活里过与世无争的日子,没有挑水和耕田,却有下棋和写字,琴瑟合鸣,相携相知,白头到老。我现在看到了这种可能,我知道得来不易,所以我很珍惜,非常珍惜。我不希望你做梅,霜中作花,露中作实,固然是一种风骨,是成就,但那不是我希望的生活,也是我们承受不起的生活。

有霜华而无霜质,倒是一种庆幸。我只想你做一株杂树,'一树春风千万枝,嫩于金色软于丝',多好的感觉。'木欣欣以向荣,泉涓涓而始流',多么富有诗意的日子。我以前佩服你的行为,但是,当我有机会和你共度一生时,我突然感到害怕,我只希望我们,你、我,还有园儿,平平安安地过一生琴棋书画的生活。"

一翔静静地听着月儿说话。他很想告诉月儿,没有人不希望在她描述的那种境界中安度一生,没有人不希望与琴棋书画长伴。但是,有些坎儿不迈过去就会摔倒。带着她们走,去省城,去过自己的小日子,当然可以。但是,要一心无挂地走,要心情平静地走,要心安理得地走。霜华可以不要,但是,霜质却是无法舍弃的。但一翔什么都没说,月儿正沉浸在她的世界中,他要说的话,是水面上的一阵轻风,能吹起一些波痕,但是波痕很快就会平复,月儿依然是那潭无法侵入的春水。

一翔握住月儿的手,凝视着她漂亮的眼睛。

月儿说:"你不想带我和园儿出去玩吗?去草原吧!园儿早就吵着要去草原了,她喜欢看到那种草起草伏的情景,还有骏马,骑在骏马身上奔驰,可是每一个女孩子的向往。我呢,深夜静听千万株牧草在风中起舞的声音,肯定非常美妙,我想知道那是一种什么感觉。'暮云空碛时驱马,秋日平原好躲雕',想想就让人心驰。坐在老牧民家里喝马奶酒,在草原的夜空下,我们一起散步,这不是你一直想尝试的吗?还有马头琴,那苍凉的天籁之音,肯定能给我们很多启示。在琴声中唱歌,在琴声中写字,多好的生活。翔哥,我们这几天就动身好吗?"

一翔微笑着说:"月儿,这些生活,自然不能缺少。但是,现在去草原还有些早,过一段时间再说吧!"

第三十三章　传奇的背后是泪水

　　四月份的第一个星期二,黄花城发生了一件绝对可以称之为重大事件的事情:黄花区副区长万省才的结发妻子,市民政局的科长,黄花城资深美女刘欣,晚上七点多钟,在万省才家附近的一条小街上被人绑架。这个消息有如一场突如其来的暴风,让已经习惯了平静的黄花城居民感到兴奋,他们无法在自家屋檐下安安稳稳地坐着,更无法在床上安然入睡,所有人都觉得,聚到一起嘴里不停地说些什么,对于自己和别人的健康有好处。于是,在街头和巷尾出现了很多自发形成的小圈子。关于这次绑架,大家并没有太多的信息,只知道被绑架的人是副区长万省才的老婆刘欣,而且绑架没有成功,正好有一队巡逻民警经过,刘欣的呼救起到了至关重要的作用。那个绑架刘欣的人,是个二十出头的男孩子,当场被民警抓获。绑架万省才的老婆,这是一件可以议论很久的事情,里面的文章太多。为什么要绑架万副区长的老婆呢?大家认为,最直接的原因,是她有钱,有珠宝。据说,她上街时包里总是带着几张价值数十万的银行卡,还带着几块造型精美的宝玉,随时可以拿出来把玩的。另一个原因,是她长得漂亮,那男孩子可能刚刚失恋,想找个美女做点刺激的事。但是,反对的声音立刻升起来了:再是美女,也是资深的,四十多岁的女人,值得一个二十出头的男孩子劫色吗?大家的意见逐渐统一起来,那男孩子是奔着钱去的。

　　还有几个问题大家想不通:为什么那劫匪要在晚上七点多钟下手?天还没有完全黑下来,正是人多的时候;为什么那劫匪只有一个人?据说他开着一辆租来的破旧的桑塔纳,把车停在刘欣前面,然后下车和刘欣搭讪,然后才动手把刘欣往车里拽。这样的情节,与年轻恋人闹别扭有些相似。而且,他既然要抢劫,要绑架,为什么不看好周边的环境?为什么要在民警巡逻的时候下手?他是弱智?还是他过高地估计了自己的能力?

真正的答案只有王一翔和阎强大他们知道:那个绑架者,是个叫刘秋明的年轻人,他之所以选择那样的时间和那样的环境,目的只有一个,让大家都看到刘欣被绑架,然后,让警察抓住他。

星期二晚上,刘秋明被警察带走以后,一翔和江松夫妇坐在阎强大兄妹家里,面面相觑,一言不发。事情正走在规划的道路上,这个开头,已经取得了成功。但是,这样惨烈的开篇,对于他们来说,几乎就是失败。大家都有很多话要说,但谁都没有勇气说第一句。说什么呢?要做的事情还有很多,要讨论的事情还有很多,但是在这个时候说,似乎都不合适。每一句话,都可能是一根刺,扎得人全身哆嗦。

有人敲门。月儿走过去开门,随手打开了院里的灯。随在月儿身后走进来的,是刘秋明的恋人刘小文。刘小文很漂亮,有一张青春的朝气蓬勃的脸,身材略显瘦削。她穿着超市的工作服,一看就知道是从超市跑过来的。泪水汪在眼里,随时都会落下来。刘小文走到一翔面前,说:"刘秋明前几天和我说过,如果他出了什么事,让我不要怪他,真正的原因,你们几个会告诉我的。现在你们几个都在一起,你们肯定知道他为什么这么做,他为什么这么做?请告诉我!"泪水终于落了下来,打湿了她的衣襟。一翔看看刘小文,又看了看月儿。月儿拉过一张椅子,让刘小文坐,然后为她倒了一杯水。一翔环视众人,大家都低着头,似乎谁都不愿意回答。怎么回答呢?一翔叹了一口气,说:"前些日子,秋明为了办一个福利彩票投注站,找到了刘欣送了五万块钱,请她帮忙。但是,一个多月过去了,刘欣没有帮忙,甚至连他的电话都不接了。我估计,秋明去找刘欣,是为了要回这五万块钱,而不是,不是绑架她。"刘小文愣了一下,说:"五万块钱?那是我向我妈借的。他说有急用,很快就会还我妈。他肯定担心无法向我和我妈交代,才铤而走险的。这个傻瓜,钱算什么？钱算什么？"刘小文放声大哭起来。

一翔的手机响了，是一条短信。一翔打开看了，然后走到电脑桌前，打开了电脑。

"出来了。"一翔说，轻轻地吁了一口气。大家围拢过去。在《清风时报》的电子网页上，有一条以任我行的名义发布的新闻，标题是：《黄花市黄花区副区长老婆被绑架》。开篇第一段："今天晚上七点半钟，黄花市黄花区副区长万省才的老婆、市民政局科长刘欣被一个二十岁出头的男人绑架，原因令人吃惊：年轻男人声称，他之所以这样做，是要索回被刘欣吞掉的血汗钱。"全文约有五百字，对于事情的叙述简明扼要，像是一个目击者在娓娓讲述。在结尾处，作者写道："本报记者将跟踪报道，把信息及时传送给关心这起案件的广大读者。"

一翔把标题复制了，粘贴到百度上的搜索框，然后按了一下回车键，立刻便有数十家媒体的相关报道出现在眼前，大部分是直接转发任我行的原文，也有几篇是以任我行的稿件为基础，加入了一些疑问和自己的观点。一翔回头看看大家，轻轻地咳嗽了一声，说："这些消息，明天省城和外省的很多报刊都将以纸质媒介刊出，黄花，这次是无法太平了。"刘小文惊讶地问："他们怎么知道得这么快？王大哥，你有没有办法制止他们啊？我可不想让刘秋明出这么大的名。"月儿拍了拍她的肩，说："你傻了？舆论越炒，知道的人越多，对秋明越有利。他是为了讨还公正，是为了讨还女朋友家的血汗钱才这么做的，这样的动机，大家都知道才好。"一翔点了点头，说："媒体的视线会逐渐转移，秋明的绑架案会退到幕后，大家会渐渐淡忘他，有比这件事更抓人眼球的东西浮出来。"

一翔对月儿说："任舒他们在黄花的活动已经开始了，所有的活动都与我们无关，我们的任务是及时收集社会信息，转给他们做参考。"

月儿点点头，说："到这一步了——"扭头看看刘小文，把后半句话咽下去了。一翔也注意地看了看刘小文，她正好奇地盯着电脑屏幕，似乎对于那些报道还没有一个完整的认识，而伤心暂时退到了身后。一翔忽然想到一个他一直忽略的问题：刘秋明的爱情，在经历一番波折之后，还能保得住吗？

　　事情的发展出乎很多人的意料，令有关者和无关者都瞠目结舌。民间传说的版本越来越多，但焦点已经离开了刘秋明的绑架，集中在刘欣和万省才身上。有人说刘欣是万省才的收款机，万省才是出了名的怕老婆，他收受的钱，都由刘欣经手，因而绑架者才把注意力集中在她身上。有人说刘欣在外面找情人，万省才非常气愤，于是找了个心腹，想收拾她一顿，没想到那心腹见钱眼开，弄成了现在这个样子。还有人说，万省才背着刘欣在外面买了很多地，都是以亲戚的名义，刘欣发现后，威胁要告发，于是万省才不得不痛下杀手。这些民间版本如洪水，淹没了黄花的街道，而且愈演愈烈，令有关部门承受了很大压力，也让他们感到头疼，唯一的办法，是迅速把案子审清，尽快向社会公布真相。但是，在真相还没有完全浮出水面的时候，一个又一个亟待说明清楚的问题如每天早上七点半大亚超市的员工一样，整整齐齐地排成了长队。

　　二十多家省内省外的新闻媒体齐聚黄花，这是多年来不曾有过的情景。市里有关部门前年曾经搞过一次活动，叫"市外媒体看黄花"，费了很大劲才邀来二十家媒体，而且大多是市级的。现在倒好，没有人邀请，二十多家有影响的媒体的记者在事发第二天就赶到了黄花。他们马不停蹄，到市政府采访，到区政府采访，到办案部门采访，到社会上采访，有的媒体还微服私访，满地开花，到处结果。一篇又一篇稿件从黄花飞向四面八方，飞起的时候是阳光下的白鸽，落下的时候，变成了一枚枚爆炸力十足的炸弹。一翔对三天以来的稿件进行了简单的统计，结果令他叹为观止。三天时间，二十多家媒体围绕这次绑架案竟然发出了一百余篇稿件：《副区长的老婆为什么被绑架？》《绑架的背后还有什么故事？》《绑架给了我们什么启示？》《真的是五万块钱惹的祸？》《看副区长怎么说？》《群众眼里的副区长》，等等。一翔不得不佩服任舒，这样集束式的轰炸，已经超出了他的想象，只有任舒能做到。

　　如果仅此而已，大家的惊诧也许无法持续太久。这样的社会新闻，对于记者来说自然是很好的素材，但是，肥油总有榨干的时候。令人想不到的是，有一些触角敏感的记者已经把视线瞄到了别的地方，而且还到有关部门进行了实地采访，一些当事人被准确地找到，一些事实真相就要被揭开了。在这样一个敏感的时刻，没有人拒绝记者，拒绝就是掩盖，就有可能被报道出来，就有可能无法洗清自己，甚至被当作同伙。

这些情况很快反馈到老万那里，老万感到了惊慌。

绑架发生的时候，老万并没有真正重视起来。在他看来，那就是一起普通的绑架案。事情发生的当天晚上，刘欣还在刑警队录口供的时候，老万给刘大年打了个电话，问他到底是怎么回事。刘大年告诉他，看来这只是一起普通的刑事案件，唯一棘手的问题是，刘欣可能真拿了人家五万块钱。老万笑了，说："这样的事口说是无凭的，他说给了就是给了？"刘大年犹豫了一下，说："那个叫刘秋明的，他手里有实证，有送钱时的录像，嫂子的声音和动作都很清楚，钱确实是收了。"老万有些急，问："这么说，是有准备的？是存心的？能不能弄清目的是什么？是担心花钱办不了事而留下证据作要挟，还是有别的用心？"刘大年说不知道，这个现在问不出来，那小子很硬。老万坐不住了，开车跑到刘千年家里，把刘大年兄弟俩都喊过来，一起商量对策。刘千年毕竟经多识广，他认为，如果刘秋明的目的是要回那一笔钱，这件事倒有很大的操作余地，刘欣可以用各种说法来应付，一定不能承认，有录像也不承认。同时，对刘秋明晓以利害，以无罪释放或者缓刑来逼他收回指控。最差的结果，是这五万块真落到了刘欣身上，甩也甩不掉，那也没什么，做工作，把钱退了，大不了落个纪律处分。而刘秋明呢？抢劫罪是成立的，七年以上是跑不掉的。老万点点头，问刘大年："刘欣什么时候能回家？"刘大年说："问清楚以后，今天晚上就可以回去了。她是受害者，刘秋明的指控即使成立，那也是另一个案件了。"

老万挠了挠头，面色非常难看，说："我现在最担心的，是节外生枝。如果事情不是那么简单呢？"。刘千年摇摇头，说："这只能走一步看一步了，棋是人家先走的，人家刚刚打出第一粒棋子，你怎么知道他怎么想呢？只能用常规手法应对。"

现在好了,第二粒棋子打出来了,而且,出手就占定了天元。

媒体发表的最新一批稿件,内容彻底摆脱了案件本身,所有的枪口都转向了刘欣,而又都小心翼翼地忽略了老万。刘欣的故事太多了,如果没有这些稿件,恐怕连老万都无法真正了解这个与他同床二十多年的女人。在一篇题为《一百亩地从何而来》的文章里,记者曝了一个猛料:刘欣在城南竟然拥有一百亩土地。这绝对不是空穴来风,文章里附上了记者在土地局拍到的土地证,地主正是刘欣。仅仅这一枚炸弹,就足以把老万夫妇炸得粉身碎骨。但是,还有第二枚、第三枚、第四枚。在《拥有十处房产的女人》这篇文章里,记者做了这样的描述:他们到房产局走访了有关科室,查询了刘欣和老万的一些直系亲戚的房产,然后对这些亲戚进行了采访。令人震惊的是,他们竟然不知道自己的那些房产坐落在何处,有多大面积,更说不清左邻右舍是谁。最后,他们不得不承认,是刘欣借用了他们的名字,房产是刘欣的。在《谁动了他们的奶酪》这篇报道里,提到了刘欣利用在民政局的关系,为一些城市居民提供低保待遇,每户收取三千元的费用……

不到十天时间,一场普通的绑架案,竟引发出这么多故事,令黄花城的居民目瞪口呆,大呼过瘾。他们每天都处在期待之中,期待已经成了他们的一种习惯,他们希望看到更多的剧情,而且可以肯定,下一集永远比上一集精彩。所有人都明白,结尾的几集快播出来了,连主角是谁都猜出来了。

老万几乎崩溃了。他想象过很多可能性,准备了很多应对的套路,但是还没来得及用上,就被攻破了城池。

一翔安静地坐在家里看书打谱,侍弄他的黄花,似乎正在发生的一切与他没有任何关系。实际上,他给任舒打过几次电话,邀他到黄花居一聚,都被任舒拒绝了。任舒说作为一个记者,在黄花报道事实真相是我的责任,我是在为这个社会尽自己的力量,所以在黄花我不能喝你一杯水,以免瓜田李下。如果你有心情,咱们在省城聚吧!我估计,也快了。一翔知道结果很快就会出来,即使事情不再深入发展,即使任舒明天就走,那辆已经在轨道上飞跑的车,也不会轻易改变方向。他想要的结果,那个明修栈道、暗度陈仓搏来的结果,就像明天早上的太阳一样,会确定无疑地出现在面前。

一翔没有和任舒做太多的沟通,更没有想到短时间内会收获这么多成果。作为资深记者,任舒要实现预设的目标,套路很多,这是外行无法想象的。但是,有一点必须承认,任舒的成果得益于刘欣的狂妄。刘欣胆子太大了,一百亩地,竟然用自己的名字;十处房产,竟然都在这座小城市。那十处房产原来的东家,也许都是黄花人,他们把房产送给刘欣时,根本不会考虑她怎么处置。黄金和现金可以埋到地下,可以裹上油纸扔到塘里,房子不行,它必须稳如泰山地立在太阳下。问题的关键是,刘欣根本就没想到会出事,她所做的防范非常简单,就像一层纸,一吹就破,这使得任舒的工作轻松了许多。

一翔想起一句话:什么都是浮云。在媒体的攻势下,那些本来可以守住的秘密被公开了,那些本来可以成为一道门锁的朋友和亲戚退缩了,那些本来打不开的档案室也轻松地照进了阳光。什么都是浮云,当然,浮云也不错,老万现在想做一朵浮云,可能吗?

又一轮攻势开始了,任舒写的《开进麦地的轧路机》打响了第一枪。还是原来的标题,但是内容增加了很多。任舒理直气壮地采访了有关部门,采访了那家以招商名义跑到刘小庄盖章的公司,采访了刘小庄的村民,他言辞激烈地指出,那个叫万省才的人,那个在刘欣和袁平均背后站着的人,早就把刘小庄的村民全部绑架了,他才是真正的绑架者。这种凌厉的笔锋,足以把一个人切开,把他凌迟。一翔由衷地感叹,这才是任舒,这才是当年那个意气风发的家伙。一翔很羡慕任舒,任舒说得多么畅快啊,说得多么淋漓啊,多么痛快啊! 一翔甚至后悔当初没去做记者,如果能像任舒一样,用手中的笔痛快地割开那些委顿的腐败的东西,该有多么快意!

一翔不知道接下来会发生什么,但是,有一点是肯定的:老万已经无处躲避了。在任舒的报道刊载之后,会有一批很有分量的报道发出来,它们会像一张张天网一样，把老万逼到河头，最终束手就擒。

月儿打电话过来，说刘小文在她家里，哭得像泪人一样。一翔连忙问原因。月儿说："她想见刘秋明，说如果见不到刘秋明，她就会死掉。"一翔知道，在这个时候见刘秋明，几乎是不可能的事。

刘小文的哭声通过话筒传了过来，令一翔的鼻子酸酸的。让刘小文和刘秋明见面，自然有必要。对于刘秋明，见面可以坚定他的信心；对于刘小文，可以让她的爱情更加坚定，在等待结果的过程中，这样的坚定非常宝贵。

一翔答应一定尽力想办法。

心海泣兰无计语，不是情人不泪流。一翔想，这段故事是带着血和泪的。

第三十四章　柳暗花明还是春梦一帘

　　一翔找了几个朋友,请他们帮忙,让刘小文见刘秋明一次。他得到的回话是:无法办到。刘秋明绑架案影响太大,市里和区里非常重视,不仅案子办得慎重,对刘秋明的看押也很严密。据说,刘秋明走出牢房的唯一机会,是一天一次的放风,而且,放风时必须戴脚镣。一翔觉得不对头,放风的时候戴脚镣,这是重案犯的待遇,刘秋明成了重案犯了?一翔只好使出最后一招,硬着头皮跑到市公安局去找政治部主任老凡。一翔和老凡并没有多深的私交,只是工作上的来往多一些。在这个关键的时刻,工作上的来往形成的交情也许能起到作用。平时不烧香,临时抱佛脚,他在心里暗讽自己。

　　老凡热情地接待了一翔。两人谈了一会儿工作,一翔就把自己来的目的说了,说我想带着一个女孩去看看刘秋明,这女孩是刘秋明的对象。老凡有些吃惊地看着一翔,似乎突然不认识他了,过了数秒,老凡小心地问:"王科长,你和这个刘秋明是什么关系啊?如果不是非常亲密的关系,最好不要动这样的念头。你想见谁我都帮你安排,唯独这个人,现在可是重点看管的。"一翔有些不解,说刘秋明的案件并没有特别之处,为什么要重点看管呢?老凡犹豫了一下,才说:"你只知其一,不知其二。有人专门安排的,你就别问太多了。"一翔明白了。一翔说我和刘秋明没有任何关系,倒是他的女朋友刘小文和我有一些关系,是我的亲戚,老家的,在这里打工。一翔说这女孩子也怪可怜的,上个月还爱得死去活来的,现在突然面临这样的事,有些接受不了,转不过弯来。如果能见上一面,以后何去何从,她心里就有数了。老凡点了点头,为难了半天,才说:"这样吧,明天上午九点,你带她来这里找我,我带你们去。但是,有一点你得和她说清楚,见面可以,绝对不能说话。"

一翔一连说了好几个谢字。老凡说:"这事过去就算翻篇了,你也忘了,我也忘了,对别人更是不能提起,你可要和你那亲戚说好了。"

第二天上午,一翔带着刘小文,坐着老凡的车来到了市看守所。

对于看守所,一翔有一种与生俱来的恐惧。七岁的时候,他曾经在县监狱外面看到一个犯人满身是血地趴在布满铁丝网的大墙上,两个武警拎起他,把他扔回了墙内。当车子在看守所院内停下时,一翔想起了那个满身是血的犯人,心里忍不住颤抖了几下。

老凡把他们领到所长办公室,简单地和所长寒暄了一下,然后指着一翔说:"这是咱们市委组织部的领导,王科长。我昨天和你说了,王科长想了解一下看守所的情况,他正在写一个关于警示教育的材料,加强干部队伍教育嘛,材料很重要,咱们积极配合一下。"所长很客气,甚至有些殷勤,赶紧找出一堆材料,说要汇报一下。一翔看了看老凡,说:"咱们还是实地看看吧,这比什么都好。这些资料,走的时候带着就行了。"老凡点点头,让所长安排一下。所长说早安排好了,我现在就带你们去。

看守所共有三个监区,每一个监区都有六十余间牢房。在牢房的顶部,有一条平直的比房顶低半米左右的通道,站在通道里,可以透过牢房的小窗户看到内部的情况。一翔和刘小文随在老凡和所长身后,走在两米宽的通道上,感到从未有过的压抑。天气晴朗,但是一翔总感觉快要下雨了,空气似乎非常潮湿,衣服也很潮湿,身上涩涩的,很不舒服。所有的犯人都坐在牢房里学习,一个人领读,其他人跟着念。这是临时加的学习课,既可以让参观的人知道这里秩序井然,也能避免犯人的纠缠。第一、第二监区看完了,走进第三监区的通道时,老凡看了一翔一眼,点了点头。一翔会意,用手扯了扯刘小文的衣袖。所长边走边介绍,说些日常管理的事,也谈到管教干部的辛苦,与犯人打交道的艰难。一翔心里一动,想,如果把市直的干部分批带到这里来,让大家实地感受一下这里的气氛和监狱生活,倒是非常好的警示教育,它所起到的威慑作用,肯定远远超过那些八股的政治教育课。走到一半,老凡突然站住了,说:"这个牢房,怎么就这几个人?"所长说:"这里关押的都是还没有最后定案的,有几个被提出去讯问了。"一翔明白老凡的暗示,就给刘小文使了个眼色,然后透过窄小的窗户往里看。屋里有十来个人,坐成两排,面向牢门,正在齐声朗读《人民日报》刊登的一篇关于劳动改造的文章。一翔找不到刘秋明,看看刘小文,她的目光正死死地盯在第二排一个身形瘦削的男人身上。一翔也看清楚了,那正是刘秋明。

刘秋明坐得很直,手里的报纸举得很高,正在认真地朗读。他的光头在暗淡的光线中闪着黝黝的光,令一翔想起那些诵经的和尚。他身上的单衣有些宽大,左肩部有一块明显的污渍,后背上的衣服已经半湿了。一翔盼望刘秋明转过身来,让刘小文看看他的脸,让刘小文给他传递一个表情,也许这个表情可以让他牢记多年。老凡指了指刘秋明的后背,说:"你们监室里温度有些高。"所长点点头,说:"今年的天气反复无常,一时热一时冷的,去年这时候还甩不掉外套呢。"老凡点点头,说:"一会儿让他换件衣服,年轻人还有未来,要注意身体。"所长蹲下身去,敲了敲窗户上粗粗的铁栅。所有人都向这边看过来,刘秋明也转过头来。一翔心里忍不住咚咚地狂跳了几下。刘秋明瘦了很多,脸上的肌肉紧贴着颧骨,像一面陡峭的悬崖,加上黑黑的胡碴,显得疲惫而憔悴。但是,刘秋明的眼神中透出一股坚毅,只有内心强大的人才有这样的眼神,只有对未来充满希望的人才有这样的眼神。

刘秋明看到了一翔,他微微地惊讶了,随之露出不易察觉的微笑。紧接着,他看到了刘小文,他的眼睛一下潮湿了,只好闭了一下眼睛以控制情绪,随后又坚强地睁开。刘小文的眼睛一直直勾勾地盯着刘秋明,泪水不知不觉地流了下来。她张开嘴,似乎想说什么。一翔连忙碰了碰她,示意她一定要控制住情绪。所长对刘秋明说:"一会儿把湿衣服换掉,别让人觉得很艰苦似的。"刘秋明笑了,猛地站了起来,说:"是,领导。"一翔也笑了,说:"很精神啊! 表现不错。"刘秋明说:"谢谢领导夸奖,我会继续表现不错的。"老凡点点头,说:"这就对了,无论结果如何,都要有生活的勇气。"然后老凡看看一翔,说:"咱们继续?"一翔点点头,用眼神向刘秋明告了别。刘小文向刘秋明点了点头,抹了一把泪水,低头跟上了一翔。

从看守所出来以后,老凡看着刘小文,说:"我看得出,那个小伙子对你一往情深,他的心自然不会改变,但是,你可要认真考虑一下了。"刘小文坚决地说:"我等他,不管判多久,我都等他。"老凡看了看一翔,摇了摇头。

一翔心里五味杂陈。刘小文的坚定让他感到欣慰,也为刘秋明高兴。但是,这次见面让他开始认真思考月儿多次提到的那个问题:这么做,值吗?一个富有朝气的年轻生命,从此便掩了他的光芒,与外界隔断,在这压抑的地方渐渐锈蚀。当他有机会重新开始的时候,他的光芒再也无法恢复以前的明亮,生活中已经掺入了很多沉渣,已经无法像以前一样透明而清爽了。而这个代价换来的是什么呢?是另外一个人,或者另外一群人,面临和他一样的命运,包括刘小文,包括老万和刘欣。当然,他的十亩地安全了,但是那又怎么样呢?从此,一段充满艰辛的人生路摆在了他的面前,包括他的爱情,也要走在荆棘之上,而且,能走多远连他自己也说不清。

一翔把脸埋进双手里,轻轻地抹去眼里的泪水。

刘小文的情绪有些不稳定,一翔把她送到棋吧,让月儿陪她说说话,开导一下,然后一个人走回了黄花居。黄花桥东侧停着一辆黑色轿车,在阳光下闪着锃亮的光。一翔瞥了它一眼,径直走上黄花桥。停在这里的车子与他有关的不少,但是,他从来不会侧目去看一下。车门开了,刘千年和刘大年走了出来,刘大年喊了他一声。一翔扭头,看到了刘千年的笑容,是给他的。刘大年虽然没有笑,但已没有了往日的威严,对于他来说,这已经是笑了。一翔站住了,勉强挤出一丝笑容。"是找我吗?"一翔问。刘千年点点头,说:"是来找你,也来看看园儿。"刘大年返身从车上拎下一个礼包,透过塑料纸,能看到里面五彩缤纷。一翔的目光落在刘大年的腿上,他已经记不清,当年他留下的记号是在左腿上还是右腿上。刘大年下意识地缩了缩腿。一翔点点头,说:"园儿已经回来了,你们进来吧!"

黄花居与外面的世界一样,欣欣向荣,一派盛夏景象。榆树林绿意盎然,枝密叶稠,把骄阳拦在树顶,给人密不透风的感觉。黄花们正在努力地开放,空气中弥漫着似乎永远不会消退的清香。而屋后的竹园,也在半空中摇动着热烈的绿色的旗帜,发出热烈的声音,似乎想引起更多的关注。刘千年左顾右看,好像在找寻什么。一翔从他的表情能看出来,他有些失望。院子里收拾得很整齐,到处都能感觉到生活的气息,这气息里有清香,有温婉,还有激情,让人立刻就能感觉到院子主人对于生活的热爱。一翔想,刘千年肯定希望看到颓圮,看到萎靡,看到阴云一直笼罩在榆林上方。

园儿从堂屋里跑出来,看到刘千年和刘大年,眼睛里满是陌生和不解。她又看看一翔,便转身跑开了。刘千年看着园儿的背影,眼眶潮湿了。一翔也有些伤感,说:"小孩子,很久不见你,就有些生疏了。"刘千年叹了一口气,说:"我没有尽到责任,不怪孩子。"一翔有些惊讶,这样的语气,令人始料未及。

堂屋的后墙上,挂着一幅合影,一翔和小茵抱着园儿,在开心地笑。小茵生病不久,让一翔把她从医院接回家里,在后院的竹林前拍了这张照片。一翔征求过月儿的意见,问她要不要取下来。月儿不同意,说这里是小茵的家,你让她到哪里去呢?刘千年在照片前伫立良久,悲伤地摇了摇头,接过一翔递过来的水杯坐到沙发上。刘大年把带来的礼物放到茶几上,也坐下了。刘千年问了问一翔的工作情况,又问了问今后有什么打算。一翔简单地说了说,没有深聊的意思。刘千年看出来了,呷了一口水,说:"我来呢,一是看看你们爷俩个,前一段时间走动得少了,以后要多走动一下。小茵虽然不在了,我们毕竟有过一段亲人的感情。"一翔点了点头。刘千年接着说:"二来呢,我和大年还有一层意思,这一层意思呢,是为了老万。我说的,你明白吗?"一翔摇摇头,说:"您老有什么想法,就直说吧!"刘千年点头道:"那好,我就直说了。我希望你看在老万曾经帮过你的分上,也看在咱们亲戚一场,放老万一马。"一翔先是有些惊讶,继而脸色凝重起来,说:"我放过老万?我做了什么吗?我对老万做过什么吗?"刘千年看了一眼刘大年,嘴角露出一丝意思不明的笑,轻轻地摇了摇头。一翔心里有些敲鼓,不知道刘千年是掌握了什么证据,还是纯属臆测。刘大年在一旁说:"那些报社的记者,我们都了解了。你别误会,我们是配合宣传部了解的,来的都是客,连客人的底细都搞不清,是不礼貌的。我们发现,这些记者虽然都是奔着绑架案来的,看似各自为战,但是他们还是有一个隐蔽的核心的,这个核心,是一个叫任舒的记者。当然,他们写的全是事实,即使是有组织的,也是正常行为。那个叫任舒的记者,一翔,不用我解释了吧?你们曾经合作过,而且,还是同学关系。所以,你如果说你不知道一些情况,我是不相信的,老爷子也不相信。"一翔笑笑,说:"你不能因为他和我是同学,就把他在黄花的一切活动都与我扯上关系。"刘千年接过话头,说:"当然不会这样。我呢,还掌握了一个情况,令我不得不想到你。那个绑架刘欣的刘秋明,曾经在一家鼓场工作,而鼓场的老板,和你,和一家棋吧的老板,都有着良好的关系,是好朋友。其中的联系,我再说,就是轻看你的智商了。刘秋明绑架刘欣,理由是什么呢?他为什么不去绑架别人,偏偏就选中了刘欣呢?"一翔说:"报纸上不是登了吗?他送给刘欣五万块钱,事没办成,想把钱要回去,不用这种方式达不到目的。报纸上写得很清楚,你们还怀疑什么呢?再说,你们问我是怎么回事,不是揣着明白问糊涂吗?"刘大年冷笑了一声,说:"我在公安局干了十几年了,什么事没见过?要回自己的血汗钱?就这一个理由?谁信呢?这是一个圈套,从头到尾都是圈套,是奔着老万去的。为什么奔着老万去?你比我们更清楚。如果没有高人在后面出主意,那个刘秋明根本就想不出这些点子。那么多媒体一天时间就聚集到黄花,比新闻工作者大会还齐整,自然是经过精心谋划的,刘秋明的家人有这个本事吗?刘秋明也是个混蛋,竟然把自己舍出去了,这叫什么?取义?成仁?还是蠢货一个?"

一翔靠在沙发上,把目光投向门外,希望尽快结束这场谈话。刘氏父子的确聪明,他们很快就反应过来了。但是,刘秋明的子弹之所以打中了老万,是因为那块地,刘氏父子为什么不说这个呢?也许,他们没意识到那块地是真正的导火索,也许,是故意回避。无论他们怎么认为,他王一翔都是其中的重要人物,他是枪,射出了刘秋明;或者,他是支架,让刘秋明射出了子弹。这个思路是正确的。以后呢? 他的麻烦来了。

刘千年向刘大年使了个眼色,压低了声音,说:"别管这里面有什么曲折,别管以前发生过什么,老万毕竟是对你一翔有恩的人。人不能忘本,这是人立身的根本。你放过他吧,我知道,只要你愿意,任舒肯定会撤退。即使你和这事没有任何关系,你也可以去劝任舒呀! 对了,你去劝劝他,让他撤吧! 老万是个有本事的人,他是黄花的有功之臣,这样的人如果出了事,会让好多人寒心的。一翔啊,你不是最论理吗? 这个理,你难道想不清吗?"刘大年说:"如果你能让任舒离开黄花,刘秋明的事,我来做工作,争取让他无罪释放,至少,我能为他争取到缓刑。"一翔感到心里有一股气往上涌,他坐直身子,问:"即使任舒撤了,你们认为老万就没事了吗?"刘千年说:"咱们做到应该做的就行了,把这份情谊表达出来就行了,接下来老万是什么结局,那就看他的造化了。"一翔看着刘千年,问:"那么,您能告诉我一件事情吗?"刘千年点点头。一翔说:"请您告诉我,如果老万出了事,会牵连到您吗?"刘千年显然没料到一翔会这么问,脸寒了半天,才说:"我和老万关系不错,但是,我们只是朋友关系,绝没有其他的瓜葛。你了解我,我是什么样的人,你知道,全黄花城都知道。"一翔一笑,说:"我也就是问一下,这个时候,没关系更好。"刘大年说:"你能正面回答老爷子的话吗?"一翔正色道:"老万的事,确实和我没有关系。你们让我去劝任舒,我现在就可以回答,我劝不了他。他是有良心的记者,怎么可能因为别人的几句话就撤退? 人家可是大报记者,比我们这些人有主张。"

刘千年脸色通红,似乎有火苗在燃烧,他站起身来,看看刘大年,又坐下,想说什么,又摇了摇头,最终还是站了起来,向门外走去。刘大年低沉地说:"王一翔,你这样不计后果,就会有后果找上门来。"一翔没有回答,面带微笑把刘氏父子送走,然后,慢慢地合上院门。

一翔慢慢地走到书剑亭里,慢慢地坐下。他需要平静一下心情,把思路理理。如果刘大年真有能力把刘秋明弄出来,也许他们说的事有商榷的必要。但是，一翔不相信刘大年，一点也不信。何况，事情发展到现在，已经不在他的掌控中。刘秋明当初是为十亩地而拼命，后来是为了击败老万而舍身，事情刚刚完成一半，即使他王一翔打退堂鼓，刘秋明愿意吗？一翔想，自己动摇了吗？为什么会发生动摇？那么多人，为了一个共同的目标参与进来，在这个时候有这样的想法，是不是有些扯？

　　一翔从剑架上取过一把剑，呛啷抽出剑身，迎着阳光看了看，随手舞了几下，又插回鞘里，想，刘秋明才是真正的主角，自己不过是配合了一下，刘秋明被剃了光头，在里面苦撑着，自己有什么资格想这些无聊的事情？有什么资格和刘千年乱谈？柳暗花明与春梦一帘，有时只是一纸之隔，必须慎之又慎。

第三十五章　何处西南待好风

　　一翔收到江松的短信,邀大家晚上到黄花小酒馆一聚,说有喜讯和大家分享。一翔随手带了五斤黄花酒,既然是喜讯,少不了喝酒。一翔的酿酒技术近来又进步了,杨小飞的评语是:幽而雅,细而腻,虽然没达到琼浆的口感,但已经是玉液了。一翔到的时候,刚刚下午六点。酒馆近期装修了一下,门脸更光鲜了,特色菜也增加了。一翔之所以来这么早,是想向杨小飞学习一道菜,叫"黄花飞雪",用干黄花菜和炸成雪花状的猪皮做主料。园儿喜欢吃这道菜,一翔也能做得形似,但口感却抵不过。杨小飞很高兴,能让一翔低首学艺,可不是一件容易的事。这道菜的关键在于一个"飞"字,所谓飞,就是把改成雪花状的炸猪皮用温水发好,然后在开水里焯,功夫在发和焯上。杨小飞示范了一遍,一翔很快就入了门。杨小飞把一翔拉到包间里,给他沏了一壶茶,很神秘地问一翔是否知道万省才被双规了。一翔摇头说不知道。杨小飞不信,说大街上都传遍了,两口子一起双规的,连司机都搞起来了,市纪检委办的案。一翔说你那是市井消息,不可信的。杨小飞有些生气,说什么是市井? 我最烦听这两个字,我告诉你,这叫民间。好多消息都是先来自民间,最终还是被证实了。正说着,江松夫妇走了进来,阎强大兄妹随后也到了。杨小飞说你们聊吧,不用点菜了,我知道你们喜欢吃什么。江松笑道:"今天要加个大菜,小飞,做个爆肚鸡,我们要铺张一次。"爆肚鸡是杨小飞压箱的菜,费工夫,一般不做。杨小飞向一翔点点头,说:"你看,不是那消息,江老板会点这菜?"

不一会儿,菜已上了六味。江松示意妻子金青青给大家斟酒,然后端起酒杯,说:"我在黄花城没有几个朋友,你们几乎是我全部的朋友。所以,我有好消息必须让你们知道。现在我正式宣布,我和北京力辰说唱艺术团签约了。"

力辰说唱艺术团是全国知名的文艺团体,到这个艺术团工作,是江松的梦想。一翔刚认识江松的时候,就听他说过,他之所以在黄花窝着,之所以选择开一个小小的鼓场,主要目的是潜心修行,修到一定的时候,自然要飞出去。他要飞去的地方,就是力辰。对于江松来说,对于他的朋友来说,这当然是个很大的好消息。大家纷纷举杯祝贺。月儿问:"那你们很快就要离开了?"金青青说:"我们计划下周二去北京。"接下来是一阵突如其来的沉默,对于即将来临的分别,大家没有一点心理准备,心里都有些难受。这一别,自然不是永诀,但是,天各一方,见一面谈何容易,像现在这样说聚就聚,肯定是不可能的。良久,江松叹了一口气,说:"我,我给大家清唱一段吧!"大家散散落落地鼓了掌。江松清了清嗓子,唱道:

> 吴江水,会稽山,
> 越国健儿奏凯旋。
> 想过去,看今天,
> 惨淡经营二十年。
> 发愤图强卧薪尝胆,
> 壮志凌云浩气冲天。
> 同心同德克勤克俭,
> 才能够国富民强子孙幸福
> 传到那万万年哪!
> ……

江松唱罢,端起酒杯,豪气干云地说:"兄弟姐妹们,一起干杯吧!不要为眼前的离别忧伤,未来,是属于我们的!"然后一饮而尽。一翔干了酒,感到心里空空的。一翔和江松的交情,建立在志同道合的基础之上,他们可以聊天至深夜,可以就某个问题争论得面红耳赤,可以在一起正儿八经地探讨人生,可以毫无顾忌地谈论一些敏感问题。这样的朋友,走一个少一个,以后的生活自然要寂寞很多。

强大干了杯中酒,猛地把杯子顿到桌子上,把大家吓了一跳。月儿笑道:"老大,两杯酒不至于把你打晕吧?"强大瓮声瓮气地说:"都走吧,都走吧,江松,你们两口子到北京去吧,天地大,你能飞得更高。一翔,你也带着月儿飞吧,能飞到哪里就飞到哪里。我一人住在黄花,哪里都不去!"大家都知道强大心里不舒服,便说些安慰的话。正在这时,一翔的手机响了,是董小青打来的。一翔不知道她要说什么没头没脑的话,就想到外面接听。月儿说:"有什么话不好当着大家说? 翔哥,你该不是要撇了我们,去和中国棋院签约吧?"一翔白了她一眼,索性开了免提。董小青喂了一声,说:"王一翔,你怎么接个电话都这么黏性? 是不是和你的小美女在一起呀?"一翔偷眼看看月儿,有些后悔。月儿撇了撇嘴。一翔说:"你怎么猜这么准? 说吧,有什么事快说吧,别影响我。"董小青声音尖了起来,说:"我才懒得影响你,我准备告诉你一个消息,你肯定还不知道。你想不想知道? 想知道,就当着你的小美女,叫我一声青青姐。"一翔脸红起来,说:"董小青,我正忙呢,没时间和你扯,你不说我就挂了。"董小青哈哈一笑,说:"你这人怎么总不上进,一说就急。我告诉你,万省才被双规了,两口子都进去了。"一翔说:"你从哪里得来的消息? 该不是从大街上吧?"董小青说:"绝对真实,我爸刚开过常委扩大会,是他告诉我的。"

一翔挂了手机,看了看众人,拿起酒壶,给每个人都斟满,然后举起杯子,说:"为了,为了江松,再干一杯。"江松笑笑,说:"我知道你心里很矛盾,但是,这毕竟是我们等待已久的消息。来,兄弟姐妹们,为了这个等待已久的消息的到来,干一杯!"众人干了杯,月儿低声说:"老万进去是咎由自取,但是刘秋明却是无辜的。"江松长叹一口气,说:"这几天,我一直在想,当初我做这个计划是不是错了？我们让一个正在人生起点的男孩子去舍生取利，是不是太过了？仅仅为了那十亩地，这是不是有些扯呀？我实话实说，我后悔了。"一翔说："如果我们把认识停留在十亩地上，这样做肯定不值得。事情发展到现在，我想，刘秋明已经是舍身取义了。我们是在向世俗开战，即使是更大的牺牲，都值！"强大说："一翔，你搞得有些大了，世俗是谁？在哪里？"一翔说："我最近一直在思考，我觉得所有的社会问题，包括刘小庄的征地，都是因世俗而起。有些人全身上下浸满了世俗的汁水，有些人膝盖以下是世俗，有些人，他的基因里全是世俗，他还要传给下一代。世俗是什么？是传统文化糟粕的传承，是千年流弊的因袭，是血液中的栓，是所有和理想相悖的东西，比如腐败，比如为了利益而结成的联盟，比如克斤扣两，包括闯红灯。小的世俗像滚雪球一样，会滚成大的。大的世俗，会像原子弹一样，炸毁一座城市，一个国家。"江松说："那你知道世俗有多宽多长吗？"一翔说我不知道，我只知道，当我有力量的时候，能扎一枪就扎一枪，能踹一脚就踹一脚。如果没有了想扎想踹的人，这个社会就完了。与世俗战斗，不是为了哪一个人，是为了所有的人。"

月儿说："向世俗开战，你注定会倒下。与其这样倒下，不如迂回一下，可以做更多的事。"

一翔摇摇头，说："要么世俗，要么孤独，这是注定的事！"

江松沉吟片刻，说："我本来要做一个社会实践的，但是，由于突然和北京签约，我准备取消了。这样吧，后天，我把这个社会实践做了，也算是了了一桩心事。也许，它会改变我的一些观点。也许，会让我更加坚持。我邀请大家现场观摩，也让大家亲身体验一下世俗有多宽、有多长。然后，我们再思考一下，是为那些人冲锋，还是远远地躲开他们。"

强大问："要赞助吗？"江松说不用，有人赞助，而且，花不了几个钱。

江松的实践活动很像一次纯粹的商业促销活动。活动地点在大亚超市。江松的一个同学是超市副食品部的经理，一直和江松保持着良好的关系，这次活动的经费就是经理提供的,他有一百个理由这样做,而江松只有一个理由。

　　活动开展的前一天,大亚超市门前就贴出了大红海报:本超市定于明天上午九点开展酬宾大让利活动,一万只鸡蛋,每只一角钱,每人限购十只。先购先得,销完为止。一翔看到了海报,他相信这样的海报会吸引很多人,其中绝大部分是老年人。第二天上午,当一翔和月儿、强大来到超市门前的时候,他大大地吃了一惊:买鸡蛋的人群已经从副食品柜台排到超市门外很远的地方,还有很多人正在加入进来。老年人自然是主力,但是,也有一部分中年人和年轻人,甚至还有几个孩子。一翔走过去一问,才知道孩子们的父母要过一会儿才来,让他们先占个位,过一会儿再去学校。一辆警车在超市附近停下来,几名警察从车上走下来,找到经理和江松,要求他们速战速决,以保证道路畅通。一翔看看手表,离预定的销售时间还有二十分钟。江松和经理商量了一下,决定现在就开始。人群开始往前蠕动,当有人拎着新鲜的鸡蛋从超市里走出来时,外面的人群兴奋起来,一边向里张望,一边相互开着玩笑。有序的蠕动让一翔感到满意,他看看月儿,指了指人群。月儿不以为然,说这才开始,后面会有大戏。话音刚落,一翔发现拎着鸡蛋走掉的那些人又回来了,他们站在队伍的最后面,手里的鸡蛋不见了。一翔有些哭笑不得,这样循环下去,十万只鸡蛋也能卖出去。月儿拉了拉他的手,问:"你看到了什么?"一翔说我看见了一个美丽的女孩正站在我的身边。月儿说:"这个女孩也是一个世俗的人,你之所以看不到她的世俗,是因为她的世俗还没找到表演的舞台。"

　　当一千只鸡蛋卖完的时候,排在后面的人有些不耐烦了,一边指责组织者能力低下,一边使出一些小手腕,跑到前面加塞。人群中起了一阵骚乱,有几个人打了起来。好在超市的保安迅速跑过来维持秩序,人群重新稳定下来。但这种局面并没有维持太久,小的骚动不断发生,原因五花八门,甚至前面的人放屁都被当作对后面的人的污辱,引发口水战。两个小时过去了,队伍不但没有缩短,反而更长了,而鸡蛋已经卖出近五千只。这时不知谁说了一句:照这样排下去,今天没有希望了,买不到,这么长时间不是浪费了? 旁边的人立即响应。很多人从队尾跑出来,往前面插。前面的人一边呵斥,一边拼命推搡插队的人,局面混乱不堪,保安也没有任何办法。不大一会儿,局面彻底失控,一些人直奔柜台而去,然后所有人都直奔柜台而去,柜台前乱成一团,争吵声、呵斥声、叫骂声、和鸡蛋摔碎的声音搅和在一起,超市里乱得无以复加。

一翔和月儿站在门前,既可以看到里面,也可以看到外面。月儿说:"不会出什么事吧?"一翔也有些担心,就拉着月儿到超市里找江松,还没走到柜台跟前,就看到江松狼狈地跑过来,脸上被蛋清和蛋黄涂得分不清鼻眼,头发上还粘着几块鸡蛋壳。没有人买鸡蛋了,所有人都在抢,抢了还不走,希望能抢到更多。月儿赶紧掏出纸巾为江松擦脸。江松摇了摇手,说一翔你赶紧给我拍一张照片。一翔问为什么。江松说:"我等到现在,就为了这一张美丽的脸。"

鸡蛋终于被抢完了,超市里终于安静下来。经理满身蛋液狼狈不堪地走到江松跟前,说:"老弟,你做一个社会实践,差点把我的小命弄丢了。"江松笑道:"谁叫你这么认真? 抢就抢了呗,吃到肚里就好。"经理说:"你倒是乐观,一万只鸡蛋,按市价可是五千块,你知道我卖了多少钱? 不到七百,有三分之一的鸡蛋被抢走了。"

江松指着眼前的狼藉,笑着对一翔说:"这就是你要服务的人吗? 你就是为了他们向世俗开战? 他们本身就是世俗,你可小心了,在你为他们舍生的时候,他们会把鸡蛋投到你的脸上,还要说你活该。"一翔点点头,说:"有可能。但是,正是因为如此,才更有理由去扎上一枪,踹上一脚。"江松压低声音说:"我们能把老万弄到里面去,我们有本事让这些人不抢鸡蛋吗?"

月儿说:"如果他们把鸡蛋投到我脸上呢?"一翔愣了一下,说:"怎么可能呢? 你是花儿啊!"月儿冷笑一声,说:"哥,我送你一句诗吧,'斑骓只系杨柳岸,何处西南任好风'。你就安静地等待吧,很多时候,等待比行动更重要,不定什么时候吹来一阵轻风,就把你送到意中人身边了。"

第三十六章　花自飘零水自流

江松走了,他把一只精致的手鼓送给了一翔,祝愿一翔在鼓声中继续前进。一翔知道江松所说的前进指的是什么。江松这些年一直默默地做着自己的事,他就像一只鹰,在悬崖边的窠里渐渐长大,苦练技能,现在,终于振翅高飞了。当他高飞的时候,他的视野更广阔了,他的世界无边无际。一翔知道自己也有振翅高飞的能力,总有那么一天,他要带着月儿飞。一翔把自己的想法告诉月儿时,却被月儿讥笑了一番,月儿说看来我要苦练书法了,等你贫困潦倒的时候,我的书法可以带着你飞。

一翔不担心飞不起来,飞不起来,倒可以脚踏实地做些事,比如围棋协会的事。当了会长以后,他一直感到很充实,每天都有棋友打电话给他,和他探讨棋艺,甚至还和他探讨家庭生活。一翔一向认为自己在生活方面欠缺智慧,但是,当他的建议被采纳,并且因此被感谢时,他会非常兴奋,觉得生活中的智慧就像下棋一样,过一段时间总能上一个台阶。

一翔已经有一段时间没见到孔令清了,猛然想起来,便觉得心里有一种似有似无的依恋。他把棋协的事拢了一下,准备找个时间向孔令清汇报。没有孔令清,棋协走不到今天,而棋协的继续发展,没有孔令清仍然不行。这边正想着,孔令清的电话竟打了过来。一翔想,怪不得人家说黄花地斜,想谁谁来。

孔令清问一翔晚上有没有时间,他想请一翔喝茶,在家里。一翔和孔令清认识这么长时间,从没去过他家。孔令清是南方人,在黄花工作这么多年,老婆孩子一直没搬过来。孔令清一直住在离市政府不远的一个小区里，据说是三室一厅。孔令清的妻子一个月过来一次，为他整理家务，然后又匆匆忙忙地离开。一翔一口答应下来，他正想看看孔令清在黄花是怎么过家庭生活的，也许，他可以从中学到不少东西。

一翔带了两斤自酿的黄花酒，晚上七点半打的到了孔令清的小区，找到了七幢二单元二〇三。孔令清穿着睡衣迎接了一翔，接过他带的酒，说："落花踏尽游何处，笑入胡姬酒肆中。一翔，什么时候就咱们两人，跑到街上的小酒馆喝醉一次，你说好不好？"一翔说："好是好，但是，在黄花不可能实现。"孔令清点点头，说："岂止黄花，岂止黄花啊！"

孔令清家里的家具是与房子一起租的，虽然是实木的，却都是普通木料，普通样式，简单而朴素。单位也给他配了几件，也是以朴素和舒服为原则。只有墙上的几幅字画显出家庭布置与众不同。一翔对字画还是有一点研究的，很快就看出这些字画全是孔令清书画界的朋友送的，名气不大，但都是中青年才俊，发展空间很大。月儿的一幅书法竟然也在其中，写的是黄庭坚的《雨中登岳阳楼望君山》："投荒万死鬓毛斑，生出瞿塘滟滪关。未到江南先一笑，岳阳楼上对君山。"一翔有些不解，看了一眼孔令清。孔令清说："这是我让月儿为我写的，诗也是我点的。"一翔点点头，想，岳阳楼上对君山，对于孔兄来说，大概不是一件容易做到的事。

孔令清搬出一副茶具，放到茶几旁的一张折叠饭桌上，手法娴熟地泡了一壶茶，为两人各冲了一杯，说："我这茶叶可是上等货。我一个同学是省农大茶叶系的教授，这是他在大别山培养的茶，我缠了好久，才给了我一斤，我可是不轻易喝的。"一翔说："我不懂茶，你给我喝了就是浪费。"孔令清说："你陪我喝呀，这就不浪费了。"一翔笑了，说："今天只喝茶，不下棋了？"孔令清也笑了，说："这你可躲不掉。"从里屋取出一副棋具，摆在茶几上，说，"条件简陋了些，将就吧，咱们边下棋边喝茶，同时呢，聊聊天。这叫清茶一盏，素棋一盘，闲话一篇。"

一翔在路上曾猜测过孔令清邀他来的目的。和孔令清交往数年，都无缘到他家里喝一杯茶,一方面是自己没有提出要求,另一方面,也因为孔令清为人严谨。今天他既然主动相邀,应该有比较重要的事情要谈。就目前来说,比较重要的,就是老万的事。刘千年都知道老万的事是他王一翔一手策划的,孔令清更能猜出来。但是,现在才谈已经晚了呀!一翔内心有些忐忑,他一直在想,如果孔令清提出让他住手,他应该怎么回答。

　　下了半个小时棋,孔令清没有说一句关于老万的话。孔令清先是问了一翔近来的工作,然后问他和月儿的关系发展到什么程度了,什么时候结婚,说他们结婚时他很有可能不在,不能当面送上祝福,挺遗憾的。一翔说如果有那一天,我们请你喝喜酒,咱们到杨小飞的小酒馆,喝个一醉方休。孔令清点头,说:"一醉方休,这是多么美好的生活。"

　　棋至中盘,孔令清抬头看了看一翔,端起茶杯喝了一口,示意一翔也喝,然后说:"一翔,你今天手软啊!"一翔笑了,说:"喝了你的茶,哪里有手不软的道理。再说了,不是聊天吗?棋不是最要紧的。"孔令清点点头,说:"今天晚上,棋自然不是最要紧的。一翔你信不信,高中毕业以前,我的梦想是做一名棋手,或者做一名围棋教练。"一翔真不信,说孔兄你这样优秀,应该是多年卧薪尝胆修来的,与那个梦想似乎没有任何关系。孔令清叹了一口气,又喝了一口茶水,说:"当时,我有机会进省队,享受专业棋手的人生,但是我父亲坚决不同意,他当时在我们县里当副局长,他倒没用断绝父子关系之类的话威胁我,但他就是我的山,他不同意,那就是把山压在我身上了。现在想来,我真应该反抗。"一翔笑道:"孔兄,如果你反抗了,并且成功了,黄花就少了一个优秀的副市长,某某市将来就少了一个优秀的市长,这是更大的损失。你在这样的岗位上,可以按照自己的设计、自己的理想去建设黄花,不是很好吗?"孔令清靠到沙发上,看着一翔,说:"一翔,你知道我喜欢你什么吗?单纯!虽然你在黄花是一个有传奇故事的人,是一个民间英雄,但是,你仍然是单纯的。这样的单纯,是我曾经经历的,也是我一直想保持的,你现在保持得还不错,我希望你能一直保持下去。如果大家都能保持住这种单纯,这个社会该有多么美好。我曾经想把你培养成和我相近的人,现在我知道自己错了。以后,你就按照自己的想法发展吧,无论走到哪一步,都可以问心无愧。"

一翔感到心里不舒服,孔令清的语气有些奇怪,让人捉摸不透。

一盘棋下了两个多小时,喝光了两壶茶,局面仍然处于僵持状态。孔令清的手机响了,他起身到卧室接电话,回来后脸色有些不悦,甚至有些忧伤。一翔从他行棋的晦涩已经看出他有很重的心事,就站起身来,说:"要不,今天就到这儿吧?"孔令清犹豫了一下,看了看一翔,似乎有些过意不去。一翔笑了,说:"孔兄你今天怎么了? 难道这就是家庭生活中的你?"孔令清也笑了,说:"行吧兄弟,今天就到这里了。"

孔令清把一翔送到门前,握住他的手,说:"一翔,如果有一天,我听说你做了围棋教练,我会很高兴的。"一翔有些诧异,说:"孔兄,这个可能性不大,我可以用另外的成就让你高兴。"孔令清脸上忽然露出深深的悲哀,说:"昨夜微霜初渡河,今夕游子唱离歌。保重吧,兄弟。"

一个星期以后,一翔得到消息,孔令清被省纪委双规。

一翔起初不相信,但这个消息不是来自坊间,可信度很高,不容怀疑。及至相信,又觉得可能是阴错阳差,不久就会风吹云散。但是,关于孔令清的传言逐渐多了起来,令一翔感到沉重,也明白风吹云散的可能性几乎没有了。传言的版本很多,有的传言说,孔令清之所以被双规,是十年前在南方一个县里做县委书记时接受了一个私企老板五十万元的贿款,老板出事了,把他供了出来;有的传言则说,孔令清在南方有一个红颜知己,已经好了十余年,孔令清为了送红颜知己的女儿出国留学,接受了一些贿赂,被他妻子举报了;还有的传言说,孔令清涉嫌雅贿,收受了二十多幅名人字画,价值二百多万元。这些传言就像一根根钢针,把一翔的心扎得哆嗦成一团。

一翔把自己关在黄花居,两天没有出门。他感到全身发软,拎一根筷子的力量都没有,把自己挪到院门外,挪过黄花桥,更是困难得无法完成的事。一翔在书剑亭里枯坐着,看深秋的太阳慢慢升起,慢慢滑过视线,又慢慢地落下;看榆树上残留的几片叶子在风中孤独地舞蹈,有一片叶子受不了凄清,旋转着落下来,在空中划出一道曲线,掉落到地上。一翔走过去,捡起树叶,把它放到亭栏上,忧伤地看着它。亭皋木叶下,陇首秋云飞。一翔想,变迁对于每一个人来说都不可避免,但是,有些变迁却让人肠断。如果把孔令清比作这枯叶,那么,自己就是门前黄花河里的流水,一年四季,被各种风吹着,被或粗或细的水草绊着,被或腥或臭的红尘笼着,艰难地向前流着,无法停下来歇一下脚。

　　月亮升起来了,清水一样的光辉泻下来,凉意像雨一样落下来。

　　如果有可能,我要去看看他。一翔伤心地想。

第三十七章　佝草不黄

孔令清出事,对于一翔的影响,是失去了良师和益友。无论孔令清出了什么事,他和一翔的交往只是精神层面,对于一翔的生活应该没有过多影响。但是,周围的人都认为,一翔的靠山倒了,一翔背后的大树倒了,再也没有荫护他的人了,那么,他的人生注定要发生重大变化。有人担忧这种变化,有人期盼变化尽快到来,也有人在背后议论说,孔令清的倒台越早越好,这样,王一翔就不会在一条道上一直走到黑。

除了董小青,没有人和一翔谈起他身边的这些流言。董小青用一种比较委婉的语气告诉他一些事情,一翔明白,自己的处境随时随地都可能发生变化。他的心里很荒凉,那些人把前程看得比生命都重要,一切目标都是围绕前程设定的,一切标准都是围绕前程制定的,甚至为此绑架道德,认为前程遭到挫折的人,在道德层面也是站不住的。一翔觉得眼前立着一堵墙,他翻不过去,也攻不破它。他想转身离开,墙的后面突然传出一阵哂笑,像无情的砖头,砸得他踉踉跄跄。

周三上午,一翔接到一个电话,问他是不是王一翔。一翔说是。对方说请你到纪检委来一趟吧,我们有事找你。一翔已经听出是监察一室的梁文。梁文和一翔很熟,曾经有过几次合作,虽然没有私交,但表面上还是比较亲热的。梁文公事公办的语气,令一翔感到危险正向自己逼来。廉政谈话?不可能,那是干部提拔之前的程序,提拔对于他来说,就像撕一片云当被子一样不可能。那么,是双规?可能性也不大,双规他这样的人,把精力浪费在他身上，是非常愚笨的，得不偿失。

一翔把手机装进衣袋，向梁文的办公室走去。

梁文正站在档案柜前找寻什么，看到一翔进来，便走到办公桌前面，拿起电话，拨了一个小号，说你来一下吧！不到十秒，一个年轻漂亮的女孩拿着一个文件夹进来了，一翔认识，是监察一室的小黄。一翔在沙发上坐下，一脸严肃地看着梁文和小黄。小黄把手里的文件夹打开，拿出一支笔，然后双目炯炯有神地看着梁文，等待着。

梁文坐到办公桌旁边的一只硬木椅子上，清了一下嗓子，说："今天请你来，是有几个问题需要向你核实，请你配合，知无不言，言无不尽，实事求是。"一翔笑了一声，把自己吓了一跳。可笑吗？他想，嗯，是挺可笑，可笑。

梁文说："我们受省纪委孔令清专案组的委托，请你谈一谈和孔令清的关系，从头至尾，各方各面都说一下。"一翔明白了。一翔从认识孔令清谈起，一直谈到前几天受孔令清之邀晚上到他家下棋，说得非常仔细，包括和孔令清下过几次棋，谁输谁赢，孔令清送过他什么礼物，他送给孔令清两斤黄花酒，等等。梁文皱了皱眉，让一翔着重谈谈和孔令清在经济上的交往，如果知道孔令清在经济上存在什么问题，也要仔细谈一下。一翔摇摇头，说这些都不存在，我是说，在我的记忆里不存在。梁文沉吟片刻，说："据我所知，孔令清和你关系很好，包括你们部里对你的提拔，他都插手了。至于对你工作上的关照，更是一句话说不清。你们的关系，让人不得不怀疑背后有经济来往。王科长，请你着重谈谈这些好吗？"一翔说："是的，我不否认我和他关系不错，虽然我没向他要求过什么，但是，他为我做了很多。所以，我感谢他，很感谢他。但是，你的关于经济来往的猜测是不成立的，我觉得你的问题有些荒唐。"梁文吃惊地看着一翔，似乎不相信自己的耳朵。小黄也睁着迷惘的大眼睛，似乎这个回答是她的眼睛看到的，而不是耳朵听到的。

梁文站起身来，往茶杯里续了一点水，想了一下，找了一只一次性杯子，倒了半杯水递给一翔。一翔道了谢，说："我所知道的全说了。如果你们想知道更多，请给我线索，让我来回忆。你们看，要不要通知我的家人，让他们给我送几件换洗衣服来?"梁文愣了一下,摇摇头,说:"我们的职责是把你的话汇报上去,至于以后的事,我们只是上传下达,有则传,没有则不传。"一翔说那我可以走了?梁文犹豫了一下,说:"我还想听听你对孔令清这个人的评价。"一翔想了一下,说:"我的回答可能让你吃惊,我的回答是:孔令清工作能力很强,待人接物随和,精神生活积极向上,内心非常柔软,甚至有些脆弱。结论是,他是个很好的人。"梁文果然吃惊了,他看着一翔,张了张嘴,笑笑,又轻轻地摇了摇头。

　　一翔回到办公室,屁股还没坐稳,袁辉煌走了进来,问:"回来了?"一翔有些奇怪,说我从哪里回来了?袁辉煌笑笑,把一份文件放到他面前,让他根据文件精神起草一个通知,下发到各县区委组织部。袁辉煌走后,一翔靠在椅子上,想着刚才和梁文的见面,想着袁辉煌的笑,心里烦乱起来。一翔给月儿打了个电话,问她在哪里。月儿说在街上,想给园儿买件衣服,天冷了,旧衣服不暖和了。一翔说你回去收拾一下,咱们下午到省城去,让强大照顾一下园儿。月儿问是不是发生了什么事情。一翔说到地方你就知道了。

　　一翔拎着文件去找袁辉煌,让他把起草通知的任务交给别人,自己要请两天假。袁辉煌不同意。正说着,赵山水走了进来。看到一翔,赵山水笑了一下,说:"一翔,听说你最近棋艺长了不少,祝贺啊!"一翔说了声谢谢。袁辉煌把一翔要请假的事说了。赵山水把文件拿过去看了看,说请假就请假吧,没有事谁愿意请假?我再安排人写材料。一翔,你忙你的去吧!一翔注意到,赵山水说"没有事"三个字时,有意加重了语气,感到又好气又好笑,觉得这人真是有意思,又真是没意思,在这些无意义的小环节上用心思,他怎么不累死啊!

　　一翔和月儿下午四点多赶到省城,一翔给任舒打了个电话,问他在哪里。任舒说在外地出差,问他有什么事,是不是老万的事有反复。一翔说我在省城,有件事想请你帮忙。任舒说我以为你想请我吃饭,怎么又要麻烦我呀?一翔无心说笑,把想和孔令清见面的事说了,让任舒无论如何要想个办法。

任舒哭笑不得，说："你他妈的有病啊？这个时候，人家躲都躲不掉，你还往枪口上撞？你想自杀就在黄花投河好了，还跑到省城拉我垫背呀？"一翔有些生气，说："你帮不帮？不帮我再找别人。"任舒说："你他妈的真是昏头了，这个时候，谁让你见？怎么见？你就是找你大爷，都没有办法。"一翔也知道自己的要求难度很大，就退而求其次，让任舒了解一下孔令清关在哪里。任舒骂骂咧咧地挂了电话，十分钟以后回了话，说我给你打听了，他被关在"祥云宾馆"的西小楼，那里面还有其他被双规的，省纪委严密监控，你就是变成一只麻雀，也别想飞进去。

一翔不想飞进去，他只想看孔令清一眼。月儿有些不解，问："你把我大老远地带过来，就为了这？"一翔点点头，说："值。"

五点半左右，一翔和月儿来到祥云宾馆。进了大门，不急于住宿，到处转了一下。宾馆很大，分为两截院子，前面是一座绿莹莹的三十几层高的大楼，后面是一左一右两座小楼，都是五层高，白墙灰顶，各自拉了一道院墙，院墙的中间开了一个两米多宽的月牙门。两座小楼之间是一带碧水，种了很多荷，已经败了，余下一些枯荷和未被摘走的干枯的莲蓬。再往后去，是一个宽敞的停车场。一翔心里有了数，带着月儿来到大楼，到前台登记。月儿说："哥哇，这里太贵了，这是五星级的。"一翔说："为了节约，咱就开一个房间。"月儿脸一红，说你脸——话没说完，想了想，说一个就一个，反正人有两个，床有两张，谁怕谁呀！我可是练过中华武术的。一翔果然就开了一个房间，把行李往床上一扔，不待月儿洗好脸，拉着手就走。两人来到后院的荷池，坐在池西侧的石椅上，面对着西小楼的月牙门。月儿说："就这样等？怎么能等到？"一翔："快到吃饭时间了，一般情况下，饭后会让人家散散步。"

天色已完全暗了下来，院里的灯一盏一盏陆续亮了起来，便有一些植物的影子落到地上，在微风中摇晃着。有一阵清香飘过来，月儿嗅了嗅，却说不出源于何处。一翔说是枯荷的气息。月儿不信，说这种清香怎么会来自枯败的东西？你没听说吗？"如今霜落枯荷折，清香无处重寻觅。"一翔说："你只知其一，不知其二。古人云，'风外残菊枯荷，凭阑一饷，犹喜冷香襟袖'。现在的荷,已经是冷香了,这才是荷的品质。"月儿正要反驳,一翔的手机响了,是办公室的座机号码。一翔接了,原来是办公室的科员小白。小白说部领导指示,明天上午在会议室召开全体人员会议,请按时参加。一翔说我已经请假了呀,赵部长准的。小白说:"赵部长特意说了一句,让你尽量赶回来。"一翔愣了一下,问:"什么内容?"小白说不知道。一翔挂了电话,犹豫了半天,给董小青打了个电话,问明天的会议内容。董小青也说不知道,说我问一下,一会儿打给你。一翔刚挂掉电话,就见几个人从西小楼的楼门里走出来,在小院里踱着。一翔猛地站了起来,说:"走,月儿,孔兄出来了。"

一翔和月儿来到离西小楼月牙门不到二十米的地方,借着院里的灯光,清楚地看到了孔令清。孔令清在小院里来回地踱步,脚步有些僵硬,似乎在排练,每一步都踩在规定的点上。他的旁边有三四个人,走走停停,像是在保护他。一翔走得更近一些,看看没人制止,又近了一些。月儿有些胆怯,站在原地不敢动。一翔离月牙门还有五六米的时候,从月牙门里走出一个人,向一翔抬了一下手,问:"做什么的? 这里不能靠近。"孔令清站住了,向一翔这边看过来。一翔站住了,他全身发热,表情热烈地看着孔令清。孔令清显然也认出了一翔,也知道一翔是为他而来。孔令清的表情有些激动,他的嘴唇有些哆嗦,眼睛似乎闪着光,他举起了手,很快又放下了。一翔静静地站着,他不想表达什么,他知道此时的语言和动作都可能给孔令清带来麻烦,他只是静静地看着孔令清,似乎要把他印在心里。孔令清默默地点了点头,他在告诉一翔,这份情谊他领下了。孔令清旁边的一个男人拍了拍他的肩,低声说了一句什么,向楼里走去。孔令清又向一翔点了点头,跟在男人身后,走进了小楼。

一翔慢慢地转身,神不守舍地回到月儿身边。月儿说:"你哭了?"一翔摸了摸脸,有两行清泪,在那里静静地流淌。

两人回到荷池边,默默地坐了一会儿。一翔发出一声轻微的叹息,低声说:"何草不黄,何日不行,何人不将。"月儿说:"花自飘零水自流,莫听穿林打叶声。哥,想开些吧!"一翔说:"月儿,你没有理解我的意思,我想说,何草不黄,但是,在草黄之前,我要无愧于心,这样才能坦然地黄去。"

　　董小青回电话了,她告诉一翔,明天的会议有五项内容,有一项与一翔有关,部委会已经研究过了,让一翔到体育局当科长,明天的会议上要宣布这事。董小青问一翔现在在哪里。一翔如实回答了。董小青叹息了一番,说王一翔你还真是个有情有义的人,我没有看错你。然后问一翔准备怎么办,要不要做做工作,以这种形式离开挺尴尬的,努力一把也是应该的。一翔心里不舒服,像刚刚掉进了荷池里。孔令清刚出事,部里就让他走人,太急了点儿,涵养差了些。转念一想,人家忍了多年了,既然机会来了,为什么还要等待呢? 一翔说不用了,不用了,这一天迟早会来,晚来不如早来。

　　月儿抱着一翔的手臂,靠在他身上,脸在他肩上轻轻地蹭着。一翔笑问:"月儿你干什么?"月儿轻泣道:"翔哥,我怕你受不了,我怕你心里难受。"一翔拍了拍她的脸,说:"你这傻孩子,这有什么受不了的? 到哪儿不是工作? 组织部有什么好的? 为什么离开组织部就像被充了军似的? 我还提拔了呢!"月儿说:"他们的心里,不就是这样认为吗?"一翔说:"他们的心里? 他们算个屁。我倒觉得自己解放了,我还要感谢他们。"

　　两人站起身来,慢慢向房间走去。月儿问:"那咱们怎么办? 明天一早就回去?"一翔搂了搂她,说:"明天我带你去武汉,到汉正街吃鸭脖去。"月儿站住了,问:"真的?"一翔肯定地点点头,说:"当然是真的。"

第三十八章　萧萧黄叶闭疏窗

　　三天以后,一翔回到了单位。之前,他与董小青通了几次电话,确认了自己已被调到体育局棋牌中心做主任。从一个单位调到另一个单位,由主任科员转为主任,是重用了。但是,在大家眼里,却是贬黜,是充军,是从光明走向黑暗。既然要贬黜,为什么还给他一个主任的职位呢?一翔很明白,这个主任不是给他的,是给外单位看的,是给组织部脸上贴了一层薄金。组织部的主任科员调到外单位,如果不能升一格,最少也要重用,不然,部长脸上无光,单位也会被人轻看。一翔想,在这个单位待了几年,好处还是有的,可以体验一下鸡犬的感觉。一翔已经数次体验过行将离开的感觉,这次自然是波澜不惊。月儿为他打抱不平,说想不到恁大的机关也会做人走茶凉的事。一翔说人走了茶还不凉,那得是什么茶呀?凉了才对,不然就不是中国传统的世俗。

　　三天时间里,一翔一边陪着月儿玩,一边回忆过去几年的生活。回忆是正常的,他没有控制自己,但也没有放纵。当初来到黄花是不是一个错误?从现在看来,不是!有刘小茵,有园儿,有关于刘小茵的很多美好的回忆。现在,又有了阎月儿。满足了,即使其他生活全部失败,他也应该满足了。当然,进组织部是个错误。虽然在这里他学会了很多,认清了很多,对于以后的生活也有了更清醒的认识,但是,在这里工作仍然是一个错误。生活应该简单而快乐,一翔希望自己的生活永远简单,直到生命的终点。但是,这几年的经历让他内心伤痕累累,已经无法恢复到原来的心境。因伤痛而有的经验,虽然可以指导人生,但是伤痛破坏了完美,无法修复。他绕了一个大大的弯,累得筋疲力尽,仍然无法走到当年只需数步就可以到达的地方。唉! 这就是人生,它让你时时刻刻感觉到自己的失误,同时,鼓励你走到更远的地方。

一翔坐在办公室里,等待一个确认的仪式。一天过去了,没有谁来找他,似乎他已经从这里离开,已经与这里无关了。晚上六点多,一翔准备离开的时候,赵山水拨打他的手机,问他回来没有。一翔笑了,到这个时候了,还玩游戏,是不是太虚伪了? 赵山水自然明白他为什么而笑,咳嗽了几声,说:"部长这几天不在家,我呢,也有几个任务,在外单位跑着呢! 部长让我代表他,代表部委会,正式通知你,你已经被调到体育局工作了,文件已经下发了。你还有什么要求,可以提出来。"一翔说我没有什么要求,我感谢组织对我的关心,感谢领导对我的厚爱,如果你们对我有什么要求,请不要吝惜言辞。另外,我在这里攒的一些书籍,公私不好区分,我想带走,当然,如果不让带,我就把它们留下来。赵山水说当然可以带了,如果留下来,没人看,不是浪费了? 一翔问:"那我明天就带着任职文件去体育局,要不要派个人送我一下?"赵山水说:"我让袁辉煌去送你,送往迎来的程序不能少。"一翔笑道:"算了,你如果没时间,就算了,我自己去。"赵山水想了想,说:"那,我送吧,你得等几天,我忙完就送你。"

一翔下楼的时候,天已经完全黑了。院子里隔三岔五地亮着几盏明暗不一的灯,有几辆小汽车发出暗沉的声音驶过,似乎在驶往梦乡。一翔向西北方向的那棵老香樟看了一眼,黑乎乎的一片,只能感觉到它的存在,却无法看清它是睡是醒。回首往楼上望,有四五个窗户亮着灯,让人感觉特别温暖。突然,有一扇窗户打开了,探出一张美丽的脸。"王一翔,等等我。"是董小青的声音,不高,却足以让所有的角落听到。一翔站住了,等了片刻,董小青高跟鞋的声音由远及近,响到了跟前。"我本来想请你吃饭的,有个材料才弄好。还好,你的尾巴被我看到了。走吧,咱们找一个歌厅,边吃边唱。"

一翔不想唱,即使很高兴的时候,他也难得哼一句,现在更是唱不出来。但是,他不想扫董小青的兴,而且人家全是为了他。坐在 KTV 包间里,一翔点了几样小点心,又要了一瓶白酒。董小青笑问:"王一翔你什么意思? 你是不是想灌醉我？是不是有什么目的？"一翔笑道："我是给你一个灌醉我的机会，不然，以后你再也没有这样的机会了。"董小青不以为然地说："体育局不在黄花吗？我想见你了，随时让你承恩。"话音刚落，董小青似乎意识到了什么，"啪"地拍了他一巴掌，说："你，你这坏人，该不是要离开黄花吧？"一翔内心起了一阵悲伤，说："哪有，我怎么舍得离开这里呢？"

其实，几天以来，一翔一直在想这个问题：离开这里，离开黄花。重新开始，对于一个厌倦的人来说，是最好的选择。而离开的最佳时机，是现在。现在走，是因悲愤而远走，是可以加分的。如果过一些日子再走，会被人当作狼狈逃离。问题的关键是：有没有离开的必要。这是一个需要反复思考的问题，他正站在十字路口，一步跨出去，就不会再回头。

董小青把音乐开得很大，然后坐到一翔身边，陪他喝酒。似乎没有什么可说的，又似乎一言难尽，那就把一切都浸在酒中吧！两杯酒下肚，董小青站起来，说："我给你唱一首歌，王一翔，无论你到组织部工作是错是对，对于我来说都是好的，能与你同事，是我的幸运。"董小青为一翔唱了一首《相逢》：

你曾对我说

相逢是首歌

眼睛是春天的海

青春是绿色的河

相逢是首歌

同行是你和我

心儿是年轻的太阳

真诚也活泼

你曾对我说

相逢是首歌

分别是明天的路

思念是生命的火

相逢是首歌

歌手是你和我

心儿是永远的琴弦

坚定也执着

……

董小青的声音带有一点磁性,唱歌的时候,磁性更重一些,她所表达的感情便更加浓郁,效果非常好。董小青唱完,坐回一翔身边,端起一杯酒一口喝完,然后靠在一翔肩膀上,任泪水默默地流下。泪水打湿了一翔的肩,一翔却不敢动。一翔向屏幕努努嘴,说:"你看下一首,罗大佑的歌,快去唱。"董小青不理他,把他搂紧了,哭了个够,然后一抹脸,把剩下的酒分别倒到两只茶杯里,把其中一只拍到一翔手里,说:"兄弟,走吧! 到你的天涯海角,别忘了我就行。我就是黄花的人,我离开黄花就得死。"两只杯子"咣"地碰了一下,一翔和董小青一饮而尽。

辣,但是,一翔感到很痛快。

第二天下午,一翔喊了一辆出租,准备把办公室里的个人物品整理一下,带回家去。他请司机把出租车停在楼下,独自一人上了楼。他的个人物品大多是书,还有一些证书:论文获奖证书,全省组织系统先进个人证书,黄花市见义勇为证书,等等。这些陈旧的东西,已经无法激起回忆了,以后只能待在他书房的某个角落里,被岁月染上酸腐的气息。一翔把要带走的东西摞齐,然后用塑料绳打捆。忙了一个小时,总算收拾妥当了。他直起身来,看着满屋的成果,不禁摇了摇头:二十捆之多,它们是怎么到这屋里来的? 它们到来时,曾经给过他喜悦吗? 曾经令他对未来充满了希望吗? 曾经让他牺牲了晚饭时间只为了一睹为快吗? 一翔坐到椅子上,歇了口气,漠然看着这些积蓄,喝了一杯水。他站起来,拎起两捆书,有些沉,而且勒手,他放下一捆,拎着另一捆向楼下走去。迎面走过来几个同事,看看他,点点头,什么话都没有说。一翔把书拎到出租车边,司机开门下车,问:"要不要给你帮忙?"同时眼睛向楼上扫了一眼,似乎在说,你的同事呢?你的朋友呢?一翔摇摇头,返身回到楼上。接下来的几次往返,遇到了不少人,相互冷漠地点点头,或者冷漠地打着招呼,似乎这么多年就没有过任何交往。一翔的心里有一些波动,希望尽快结束,永远不再回到这里。一翔把剩下的十来捆书全推到走道里,然后用脚一点一点推到楼梯口,他想让它们滚下去,让它们发出痛苦的呻吟。正在这时,董小青走了过来。看到一翔满脸的汗和身上蹭的灰尘,董小青有些惊讶,问:"一翔你这是干什么?部里应该派人把这些东西送到你家里,你自己出这个力做什么?"一翔说:"我不想在这里接待某些人。"董小青点点头,说:"赵部长在吗?我去找他。这样对待人,也太过分了吧?"一翔说:"你不去想它,就没有所谓的过分。你纵然留下一些传奇,或者笑话,你不在意,它们也与你无关。"董小青低声说:"你心理素质真的就这么好?哥,那些无耻的人,就要让他们继续无耻,看他们可以无耻到什么程度。"然后董小青高喊:"还有活的没有?能喘口气的都过来帮忙。"走道里突然安静了许多,这种安静让人顿悟,原来这里一直是喧嚣的。有几扇门打开了,走出一些人来,男男女女,年老年幼。董小青冷冷地扫视了一眼,拎起一捆书向楼下走去。便有一些人过来帮一翔拎书,说:"一翔啊,怎么现在就搬啊?不是还没去报到吗?我们都打算给你饯行呢。"董小青在一楼喊了一句:"饯行倒不必要,别犯贱就行了。"楼上楼下哄然大笑,好似大家正在谈论一个有趣的话题。

所有的东西都装上了出租车,众人站在车前,看着董小青,只等她说一句再见,便和一翔挥手道别。一翔低声对董小青说:"妹妹,你的号召力今天得到了充分的验证,你是不是拿我当道具呀?"董小青也低声说:"我用得着吗?我不是说大话,如果现在我的鞋带开了,不用说话,立刻就会有人给我系上。"一翔忍不住向董小青的脚上看了一眼,一双淡青色的高跟鞋,包着一双娇小的脚。一翔在心里叹息了一声,正要上车,一辆黑色本田疾驰而来,嘎地停在面前。本田车司机下了车,打开左后车门。赵山水从车上走了下来,捋了捋头发,向大家笑了笑。

"一翔啊,还没送你,你就搬了?就这么急着要走啊?是不是真的在这里待够了?"赵山水开着玩笑,伸手和一翔握了一下。一翔淡然一笑,说:"天下没有不散的聚会,既然要走,不如趁早。"赵山水点点头,说:"那就明天上午吧,明天上午我把你送到体育局。上午九点钟吧,半个小时就够了,我九点半还有会。"董小青在一边说:"赵部,按照惯例,部里有人荣升,是要摆饯行酒的,你准备什么时候摆?"赵山水愣了一下,笑了,说:"摆,一定要摆。"向一翔做了个告别的手势,低头上楼去了。

一翔低声说:"走了。"就坐进了出租车里。车子启动了,一翔的鼻子忽然有些酸。是伤感,还是留恋?是告别了一个熟人,还是永别了一个朋友?是李白的《南陵别儿童入京》,还是贺铸的《缚虎手》?还是刘禹锡的《柳枝词》?说不清。车子开向北门,路过那棵老香樟的时候,忽然吹来一阵大风,很多黄叶从地上和树上飞旋起来,像一群饥饿的麻雀,俄顷,又忽地扑落在车上,几乎遮没了一翔的视线。"清江一曲柳千条,二十年前旧板桥。曾与美人桥上别,恨无消息到今朝。"一翔这么想着,突然明白了,告别一段过去的岁月,告别一段酸甜苦辣的岁月,告别一段充满理想和追求的岁月,从此以后要和那段岁月里所有的东西永不再见,自然是要伤感的,这种伤感,其实就是一个标志,在它的两边,是完全不同的两种生活。

月儿带着园儿,站在黄花桥头,笑望着一翔。一翔向她们招招手,打开出租车门走下来,嘱咐司机帮忙把东西卸下来,然后向月儿和园儿走去。

"欢迎回家。"月儿说,和一翔拥抱在一起。

黄花已经凋零了,但依然留在根的旁边,偶尔随风舞动片刻,像是忆起了过去喧哗的时光。而在一翔眼里,黄花们依然盛开着,就像他怀里的这一朵,就像他身边的这一朵。

第三十九章　幸福来敲门

　　一翔和月儿计划了一次旅行，目的地是大别山里的一个古村落，那里有很多五百岁以上的香樟树，有终日奔腾不息的山泉水，还有园儿没有见过的在山泉水里长大的穿条鱼，全身雪白，如浪花，而它的眼睛是红的，就像溪边的山丹。他们认为这样的旅行非常必要，当然，要精打细算，尽可能地压缩开支。一翔希望尽快实施这个计划，最好能赶在到新单位报到之前完成。但是，计划赶不上变化，赵山水愿意亲自送他去履新，他也不好拒绝。一翔想，好在体育局不忙，出去旅行的时间还是有的。

　　第二天上午，一翔赶到组织部，袁辉煌告诉他，赵山水今天特别忙，不能亲自去送他了，将由办公室主任刘鸣一陪他去体育局。一翔问袁辉煌任职文件在哪里。袁辉煌从办公桌上拿起一份文件递给一翔，笑笑，说："这个东西有什么好看的？"一翔把文件装进衣袋，扭头就走。袁辉煌问他去哪里。一翔说："本来讲好的事，突然就变了卦，有意思吗？我自己去体育局，不劳你们大驾。"袁辉煌拦住他，然后给赵山水打了个电话，把一翔的意思说了。赵山水有些生气，在电话里发了几句牢骚，说你们等着，我一会儿就到。

　　赵山水十分钟以后回到了部里，不满地看着一翔，说："省里来人了，正在考察，我能不陪吗？既然你看得起我，咱们就按昨天说的办，走，现在就去。"一翔笑道："赵部长，我可不是要求什么待遇，待遇算什么？你赵部长去送我，我也不能一屁股坐到副局长办公室里。我就是想一个人去报到。"赵山水说："以后有你当副局长的时候，估计那时候我已经退休了。走吧，组织上给的待遇,你还是安心享受吧! 别再虚伪了。"一翔点头,说恭敬不如从命。

体育局在城南,一个破旧的院子,十几间平房,从远处看,很像一所乡镇中学。据说这里原来是一家化工厂,被以环保的名义赶到乡下去了,政府把厂房买了,在大院里装了几个篮球架,交给体育局了。体育局本来在市政府大楼里办公,房子少,二十多个人挤在六间办公室里,影响工作效率。局长体贴大家,又讨厌市效能办动不动就去查岗,就把大部分科室搬到这里来了,那六间房子,暂且交给器材科管理,储存了一些器材。赵山水和一翔下了车,直奔会议室。袁辉煌提前打了电话,体育局的人都在会议室里等着。局长李大松带着三个副局长从会议室里迎了出来,和赵山水、一翔握手,说赵部长你给我们送精兵强将来了,我们很荣幸啊! 赵山水呵呵笑着,说那是,要不是你们急需人才,我们真不舍得放人呢!

会议室不大,坐了二十多人就显得有些拥挤。李大松说这是我们的全套人马,对了,还有两个出差的。赵山水坐下,环视着大家,说:"你们这里藏龙卧虎啊,听说,你们这里有省级冠军,还有在全国拿过名次的。李局长,你是网罗人才的高手啊!"李大松说:"栽好梧桐树,不怕没有金凤凰。希望组织部继续给我们输送优秀人才,越多越好。"李大松的语气里有几缕揶揄,谁都能听出来。棋牌中心主任这个岗位已经空缺了三个月,之所以没及时补上,是因为局里的几个副科长和主任科员都有能力,而他们又互不相让,让李大松很为难。大家没想到的是,争来争去,竟成了鹬蚌,让组织部占了便宜。一翔知道这段故事。部里决定让一翔到体育局任职的时候,赵山水代表部长征求过李大松的意见,李大松当时就火了,说你们的树坑多得很,非要把树栽到我这里吗? 那我的树怎么办? 你们的坑能让给我一个吗? 赵山水没办法,只好向部长求援。部长亲自给李大松打了电话,恩威兼施,李大松终于服了软。一翔冷脸坐着,眼睛看着天花板。赵山水宣读了任职文件,然后请李大松讲话。李大松外号李大嘴,以能说著称,但今天他只讲了三句话:一是欢迎,二是希望大家向组织部的同志学习,三是希望一翔尽快适应新环境。赵山水看看一翔,说王主任你表个态吧! 一翔说:"我来了,就是自己人了,以后请大家多指教,多帮助。"赵山水笑了,说:"王主任啴口,在组织部的时候,是有名的金口玉嘴,轻易不说。但他是个实干家,这个大家都是了解的。我希望呢,今后你们通力合作,为体育事业创造一个又一个辉煌。"李大松插嘴道:"我市的体育事业,今年要迈三个大台阶,跨三道大门槛,实现三个大目标,这一点,王主任很快就会明白。我们不需要太多的辉煌,完成这些任务就行。"一翔忍不住想笑。赵山水本来想不动声色地微讽一翔,没想到被李大松扎了一枪。赵山水有些尴尬,匆匆忙忙地讲了几句,就找了个借口迅速离开了。

送走赵山水,李大松直接回了办公室,大家也都散了。办公室主任过来喊一翔,把他带到了棋牌中心。加上一翔,棋牌中心总共三个人,都在一间办公室里办公。一翔和中心的两个科员握了手,互相介绍了一下,刚想坐下,忽然一个四十多岁的胖子走了进来,看了看一翔。一翔觉得这人眼熟,一时又想不起来是谁。胖子说:"王一翔,嗯,不错,一看就是个精明的人。"两个科员连忙给一翔作了介绍,说这是万局长,分管咱们。一翔便想起刚才开会时这人也在,就坐在李大松身边。一翔伸出手,想和万局长握一下,万局长摆了摆手,昂头出去了。一翔有些发愣,扭头看两个科员时,两人都转了脸,但从耸动的肩膀能看出来他们正在偷偷地发笑。

一个星期以后,体育局组织了一次警示教育活动,内容是到看守所参观学习,时间半天。一翔觉得这个活动组织得很好。上次去看守所看望刘秋明以后,一翔的心里一直不舒服,一是因为刘秋明的事,一是心里有压力,这种压力,其实就是警示教育的成果。一翔想,说不定能见到刘秋明,也不知道他是不是更瘦了。刘秋明的案子已经查清了,移交到检察院了,最近就要批捕了。从了解到的情况看,判缓的可能性不大,但是,超过三年的可能性也不大,因为犯罪情节不严重,没有造成恶劣的社会影响。李大松和副局长坐小车先走了,其他人共乘一辆大巴,除了值班的,其余的人全去了。在车上,有人偷偷地议论,说这次活动是李局长力主的,万局长有想法,曾提出过反对意见,说别把大家搞得太沉重了,像有问题似的,到那地方不是自己吓自己吗?

但李局长不同意,说这个活动是年初就定下的,现在去都晚了。旁边就有人笑,说:"早去也行,晚去也行,这个时候去——"话没说完,大家都笑了,心领神会似的,然后一齐扭头看一翔。一翔有些莫名其妙,笑了笑,把头扭向窗外。

车子开进看守所大院,一翔看到李大松正在跟所长说话,旁边站着两个副局长,万局长不在。一翔随着众人下了车,走到所长跟前。所长一眼看到了一翔,连忙迎了过来,说王领导怎么有时间来视察?我让人陪你去办公室,你先坐一会儿,等我忙完眼前的事,就过去陪你。一翔红了红脸,摆了摆手。李大松冷眼看着,说:"他现在调到我们局了。"所长愣了一下,看了看李大松身边站的两位副局长,笑了,说那更好,加强基层建设,就得王领导这样的强将。

参观学习的形式,与一翔和刘小文来的时候一样,大家跟在所长身后,沿着监区的通道慢慢走,通过小窗户向室内看。犯人们整齐地坐着,手里捧着报纸,正在屏气凝神地学习,有的犯人偶尔向后窗看一下,与大家的目光相遇,连忙把眼神撤回。在第二监区的一个监室里,学习的形式有所不同,一个五十多岁的老男人手里拿着一本书,正在给大家讲着什么。十六个犯人坐成三排,手放在膝盖上,上身挺得笔直。所长停下脚步,向李大松递了个眼神。李大松点了点头,轻轻地咳嗽了一声,向监室里看了几眼,然后快步走开。老男人一边给大家讲课,一边向小窗户这边看。一翔愣了一下,这男人竟然是老万,万省才。

老万穿着号服,与其他犯人一样。一翔看得出来,老万瘦了很多,虽然剃了光头,但能从头发根看出来,他的头发几乎白了一半。而且,脸色非常晦暗,像是几天几夜没有睡觉。一翔本来以为老万的案件还在纪检委,既然他被关押在这里,那就说明已经被移送了,在走法律程序了,最终的结果也不言自明了。体育局里有不少人认识老万,大家相互递着眼神,放慢了脚步。一翔看着老万的脸,看着老万的号服,忽然感到内心一阵空虚,像被谁掏了一把,又像被谁吹了一口冷彻骨髓的凉气。随之而来的感觉更令一翔惊讶,他的身子猛地沉重了很多，一个初学游泳的人在水里游了两个小时后重新回到地面，所感到的沉重不过如此；一件浸满水的军大衣披在身上，也不过如此。一翔双腿发软，被身体压垮了似的。一翔想把目光移开，他担心如果再看下去，他会扑通一声坐在地上。这时，老万也看到了一翔。老万愣了一下，把目光死死地盯在一翔脸上。一翔有些心慌，脸竟然红了起来，而且越来越红。他的两腿不听使唤地向窗户跟前移去，他想坐下来和老万说说话。

老万的嘴唇哆嗦了几下，有一句话飞出来了，但没有被听到，太轻。一翔知道，那是一句很恶毒的骂人话。

一个同事拉了拉一翔的手臂，指了指已经走远的人群。一翔从恍惚中清醒过来，他艰难地向老万笑了笑，转过身来，慢慢地离开了。

一翔知道自己后悔了，或者说，他有些心灰意冷了。那些情绪来得太快，令他猝不及防，令他内心充满了矛盾，不知所措。

接近刘秋明监室的时候，一翔努力抑制着自己的情绪，提醒自己不要向里面看，不要看。他很想再次见到刘秋明，但是，又担心内心不够强大，无法承受。他慢慢地走过那扇窗户，走出三米多了，又慢慢地退回来。机会难得，不看刘秋明一眼，他会更加痛苦。刘秋明笔直地坐着，手里捧着一张报纸，正在认真地学习。一翔看不到刘秋明的脸，那张脸上的表情，现在是什么样呢？是坚毅？是冷漠？还是绝望？一翔看着刘秋明的后背，又想起老万晦暗的脸，想起老万哆嗦的嘴唇。他们的心态有很大不同，但是，目前的境遇却是一样的，结果也是一样的。还有刘欣，老万的老婆，一翔没有看到她，但是，他能想象出刘欣的表情，对于他，同样是深深的刺痛。所有这一切，都与他有着不可分割的关系。

一翔感到一阵悲恸。

回到办公室，一翔给刘秋明的大哥打了个电话，询问他父亲的情况，又问了问那块地目前的归属。刘秋明的大哥告诉一翔，他父亲的情况还好，可以下地走路了，但是精神很萎靡。那十亩地的归属没有改变，周边土地的归属也没有改变。他们和左邻右舍的关系有所改善，那些人心里都很不安，虽然知道征地的事是一场骗局，但心里仍然没有转过弯来，总觉得土地已经被收走了，再跑去种植就会有理不直气不壮的感觉，不去种呢，又不知道事情会怎样发展，怕耽误了农时，吃了亏。一翔说你们的地可以种了啊，没人敢开轧路机进去了。

挂了电话，一翔的心里总算有了一点安慰。

第二天上午，一翔赶到看守所，分别给老万和刘秋明存了五百块钱。五百块钱解决不了多少问题，但是，是他的一点心意，仅此而已。从看守所出来，一翔买了一束白玫瑰，打的去看刘小茵。他把花放在刘小茵坟前，在墓碑旁边坐下，静静地待了一个小时。园儿放学回家了，打电话问他在哪里。一翔叹了一口气，站起身来，想，过年的时候，要不要带着园儿去一趟刘千年家呢？刘千年是小茵的父亲，是园儿的外公，无论以前发生过什么，无论以后会发生什么，都不应该让这份亲情枯萎。

一翔决定带园儿去一次。在那个陈旧的大门里，也许他们会遭遇难堪，会委屈流泪，即便如此，也要去。

寒假刚刚开始，一翔就决定带着园儿和月儿去旅游，去那个他们一直神往的古村落。体育局的工作比想象的复杂，但对于一翔来说，一点压力都没有。棋牌中心的工作专业性较强，但是，那些业务他早就接触过，有自己独到的见解，做起来驾轻就熟。请假不容易，科级干部外出两天，分管局长签字，三天以上，需要局长亲自审批。一翔以外出看病为理由，好不容易请了一周假。简单收拾了一下，一翔就带着月儿和园儿去了大别山区腹地那个叫葫芦坪的村子。

按照计划，他们要在葫芦坪住五天，所以月儿对于住什么样的旅馆比较挑剔，在村子里寻了半天，终于找到一家比较满意的家庭旅馆。放下行李，一翔和月儿同时长吁了一口气，能够一心无挂地在一个美丽的地方相守五天，真是神仙般的日子啊！

葫芦坪是一个历史悠久的小山村，分为前后两段，后大前小，形似葫芦，因而得名。但在一翔看来,之所以叫葫芦坪,是因为前村和后村各有一处水潭。前村的水潭由前山的山泉汇集而成,后村的水潭则由后山的山泉积聚而成,两个水潭在村子中间汇流在一起,然后向东西两侧发散,就像在葫芦腰里系了两根碧绿的丝带。前山有大片的红枫,微风起处,红浪翻滚,如红云涌动。后山则生长着满山遍野的竹林,当地人开玩笑,说如果《卧虎藏龙》在这里拍摄,票房一定更好。这些美景对于葫芦坪来说,只能算作点缀。最美的景观,是村子里的二百余株五百岁以上的香樟树,其中,一千岁以上的有五十多株,有一株,已经有两千多岁了。一翔看到两千多岁的老香樟的第一眼,就被它彻底征服了。它的树干已经不能称为干了,那是一座小山,是一座闪烁着历史光辉的小山。它的枝干向四面八方延展着,似乎没有尽头,就像它的奔腾不息的生命活力。而那些粗壮的枝干,每一根都可以与黄花的那株老香樟的树干媲美。有的枝干承载不了自身的重量,摇摇欲折,村人就在枝干下砌了水泥柱,把它托举起来,水泥柱被涂成树的颜色,从远处看,难辨真假。叹息是最微弱的感慨,在它面前,你只有仰视。香樟树们分布在村子的每一个角落,随时随地给人惊喜。樟之盖兮麓下,云垂幄兮为帷。在香樟树的荫盖下,一翔喃喃自语。月儿和一翔开玩笑,问他是否知道这里的香樟为何这么长寿。一翔指着四处的好景,说:"不长寿,对得起这些兄弟姐妹吗?"月儿说:"你只说对了一半。香樟其实是一种与世无争的树,它喜清爽,如果左边太热,它就会向右边的清爽处生长;它喜湿,如果那边干燥,它就会向这边的湿润处生长。你看它的枝条,有笔直的吗? 有一直向上的吗?"一翔知道她想说什么,摆摆手,借故走开了。

村子里总共住了四十余户人家,都是这里的老户,以出售山珍为生。随着旅游的初步开发,已经有不少人家改做旅馆和小酒店的生意。一翔他们租住的旅馆,叫山月,在后村临近水潭的地方。一翔感叹这名字起得好,当月亮升起来时,水潭至清,似有两个月亮,一个升起,一个沉静,加之山泉徐徐注入,动静皆有,让人感叹这里真是人间仙境。

三个人的生活很有规律。早上,沿后山的白泉而上行,攀岩拽藤,寻芳揽胜，觅得无数精妙之处，然后带着惊奇回返；上午，一起去观赏香樟树，与村人聊天，偶尔会被村人引到一座古建筑前，听一些久远的故事，惹出数番叹息。中午的饭菜对于一翔来说是极大的享受，山笋、泉水鱼、葛根丸子，丰盛得让人停不下来。酒店主人偶尔还会提供一些野味，有一次，竟弄来一大块麂子肉，把月儿和园儿稀罕得不得了。酒是老板自家酿的，据说在里面加了一些山里植物的块茎。一翔喝后赞不绝口，单凭山泉酿造这一点，就已经在他的黄花酒之上了。下午的时光总是休闲的，一翔和月儿下棋，或者打谱，园儿做作业。临近黄昏时，又一起出行，到前村的小葫芦潭捕鱼，或者听村里的老人吹山笛，拉胡琴，兴致来了，便去攀前山。园儿喜欢前山的猴子，个头很小，性情温和，喜欢吃园儿带去的糖果和甜甜的糕点。晚间的时光非常舒服，可以赏月，可以听泉，听竹音，听风，可以依偎着看书，可以畅想以后的生活，可以在甜美的感觉里一觉睡到第二天早上。

幸福的时光总是走得很快，五天一转眼就没了，虽然是计划好的，但当离别就在眼前的时候，还是觉得有些突然，接受不了。园儿要求再住一天，一翔毫不犹豫地拒绝了。走出村子，站在山路边等车的时候，月儿说："这几天，我才知道什么叫幸福，以前的那些所谓的幸福，一经比较，就全然不是了。"一翔也有同感。月儿又说："回黄花，就像从桃花源回到俗世一样，心里有一百种酸。但是，又不能不回去。"一翔拍了拍园儿的脸，说："你去安慰一下月姑姑，小心她的泪水如山泉一样流下来。"这一说不打紧，园儿的泪水倒如山泉般流出。月儿赶紧抱住园儿安慰她，说："暑假咱再来，住上一个月再走。还有，让王一翔多挣钱，咱在这里建一所房子，住上一生一世。"一翔笑道："此村不足与外人道也，不然，就会不复得路。"

月儿说："翔哥，其实你也可以考虑一下，我说的，也可能是真的。"

第四十章　归去来兮

一翔和园儿商量了几次,终于征得她的同意,腊月二十九,两人打的去了刘千年家。一翔和园儿说好了,无论刘家怎么做,该叫的人还是要叫的,该有的微笑还是要有的。对于园儿来说,不容易。与刘大年的儿子发生那场纠纷以后,园儿把刘家所有人都列入了黑名单,而且是永不解禁的。一翔对于园儿的大度很欣慰,也盼望刘家能像园儿一样大度。到了刘家门前,一翔突然意识到,也许,他又犯了一个错误,他们的努力可能没有任何意义,可能会在园儿的心上再加上一把锁。拍了半天门,院里没有任何动静。当然,也可能家里没人。那种碗口大的闪着黄铜光亮的暗锁,让人无法明白里面的情况。一翔打刘千年家的座机,没人接。打刘千年的手机,仍然没人接。半个小时过去了,园儿失去了耐心,泪光闪闪地要求回家。一翔心里不忍,就带着园儿去吃了一顿肯德基,算是对她的补偿。

闭门羹挫伤了一翔的勇气,令他短时间内无法复制自己的行为。而接下来发生的一件事,则令他对自己的决定产生了怀疑,最终彻底放弃。由于体育局在城南办公,离黄花居较远,一翔上下班都骑自行车。月儿心疼他,多次提出给他买辆车。对于一个男人来说,风吹日晒不算什么,但是,如果能避免,何乐不为呢? 一翔不同意,自打卖了老黑以后,他再也没有动过买车的念头。他一直认为买车是一种心灵需要,而不是身体需要,当心灵不需要时,就不要勉强它。再说,强大兄妹的经济状况很一般,一辆车也是不小的负担。一翔的自行车是崭新的,他交了六百元话费,移动公司就把这辆自行车送给他了。月儿在自行车上找了半天，没看到生产厂家，就给它起名叫600移动。骑自行车上下班有两个好处，一是解决了交通问题，二是锻炼了身体。一翔说骑自行车有这么多好处，弃之，不智也。一天中午，一翔骑着自行车去学校接了园儿，两人一边说笑，一边慢腾腾地回家。在一个十字路口，一翔正要左拐，一辆疾驶而来的小汽车一个急刹停在他们面前，如果不是一翔反应快，自行车就会和小汽车撞在一起。一翔有些生气，但什么也没说，下了车子，准备从旁边绕开。从小汽车上下来三个二十岁左右的男孩子，围着汽车看了片刻，一个男孩子就拉住了一翔的胳膊，说汽车被撞坏了，让一翔赔。车子的左前门上真有一个坑，但傻子都能看出那是一块老伤，而且是被硬物砸的。一翔明白了，这几个人要么是碰瓷的，要么是受别人指使故意找事的。汽车碰自行车的瓷，这事还真不多见。一翔掏出手机，准备报警，没想到男孩子们比他出手快得多，早有一人给城西派出所打了电话。不一会儿，来了两个警察，骑着摩托，简单地问了几句话，就把一翔、园儿和三个男孩子带到了城西派出所。一翔在派出所里给月儿打了个电话，让她把园儿接走，怕影响孩子吃饭和上学。一个胖胖的年轻警察问了五分钟，满怀自信地点了点头，随手把结论写了出来：一翔全责，付赔偿金一千元。一翔哭笑不得，他大度地笑了笑，问胖警察是不是看他瘦，没有力气打架。胖警察说你打呀，我们正盼着你打呢！一翔又笑了，说："有你这样的警察吗？盼着人家打架？"一翔转身对三个男孩子说："我不管你们是碰瓷的，还是被人邀来找我的事，只有一个结果：钱，你们得不到一分，谁操纵的，会和你们一起难看。"男孩子们说我们听警察叔叔的。一翔问胖警察："如果我不给钱，会是什么样的结果？"胖警察说："我们处理这样的事多了去了，经验丰富得很，你承受不了后果的。我会通知你单位，让他们来领人，领人的时候付一千块钱。如果他们不来领，只好行政拘留了。"一翔说我是人社局的，你现在就打电话吧，让他们来领我，顺便带一千块钱过来。胖警察说你别哄我了，你是体育局的。说完以后才发觉露了馅，便黑了脸，不再理一翔了。一翔哈哈笑了，说如果五分钟之内我无法自由，我就不客气了，到时候，有的人可能吃不了兜着走。胖警察一拍桌子，说你不听判决,还威吓办案人,罪加一等,今天不拘留你还真不行了。正闹着,月儿和董小青一起走进来。一翔愣了一下,想,这小妮儿倒聪明,还会搬救兵。一翔和董小青打了个招呼,把她推到胖警察面前,说年轻人来了,我退休了。董小青笑了,掏出手机打了个电话,走到大门口说了几分钟,便走回来哄园儿玩,好似她来这里就是哄小孩子玩的。三个男孩子面面相觑,不知道接下来会发生什么。胖警察也有些疑惑,正在想主意,电话响了。警察把话筒揍到耳边,立马变了脸色,像被抽了一棍,身子立即站得笔直。一分钟以后,胖警察挂了电话,沮丧地向一翔挥挥手,说你们走吧,走吧!一翔说如果我不走,你今天还真收不了场。但是,我不和你一般见识,你只需要告诉我,这事是不是刘大年指使的?胖警察愣了愣,转身就走。一翔说你到哪里去?胖警察头也不回,冲进另一个房间,砰地关了门。三个男孩子吃惊地睁大了眼。一翔拍了拍董小青的肩,说:"看来今天中午我又要破费了,走吧,咱给杨小飞送钱去。"

这件事发生之后,一翔心里难受了一段时间。一年以前,他会一笑置之,甚至因此而激发斗志。但是,这一次他感到极度失望,像被人兜头浇了一盆凉水。这种考验他见多了,没什么了不起,但是,他不想一次又一次地被这种事情搅扰,内心一而再,再而三地烦乱。园儿大了,这些事情处理不好,会对她的心里造成影响。无尽无休,是最烦人的事。

月儿的想法和一翔很接近,在一番长谈之后,月儿提出搬到省城去,说你辞了这份工作固然可惜,但是,如果能换来长久的稳定,也值。安安静静地工作和生活,没有意外因素干扰,对于我们,就是幸福。

一翔心动了,答应认真思考一下。

人算不如天算,一翔以前不信,现在信了。他做梦都无法想到,体育局的万少良副局长,竟然是老万的弟弟。当他从同事那里得知这个消息时,着实吃了一惊。第一次见万少良时,有种眼熟的感觉,现在他明白了。再想想万少良看他时的表情和眼神,他更明白了。一翔调到体育局以后,万少良很少和他谈工作,没有给他一点好脸色,没有让他感觉到一丝一毫的舒服。当然,这也说明万少良比老万城府浅,道行浅。一翔对万少良的态度也是不咸不淡的,该请示的请示,该问好的问好,绝不多说一个字。万少良多次耍小手段,给一翔设置障碍,都被一翔巧妙地化解了。一翔预感到,这些都是前奏,一次大冲突就在不远处等着他,躲也躲不了,避也避不开。他希望这个臆想中的冲突晚些到来,越晚越好,最好能拖到退休的时候。但是,这只是他的一厢情愿。

一翔准备举办一次全市棋牌大赛,围棋、象棋、桥牌,三箭齐发。这个想法得到了李大松的支持。大赛方案在局长办公会上顺利通过,通知文件随即下发,各县区体育局按照通知要求,各自组织了预选赛。预选赛的作用只有一个,为正赛确定参赛选手。预选赛是县区的事,一翔认为这个环节不会出问题,离最后的冲刺较远,高手相遇的可能性不大,精彩度不够。但是,偏偏有一个县的围棋预选赛出现了一个小情况:一位在县级比赛中多次获得冠军的选手在十六进八的比赛中被淘汰。县区的前八名才有资格到市里参加正赛,在十六进八的环节被淘汰,意味着失去了参加正赛的资格。县体育局认为这个选手具备在全市拿好名次的实力,如果参加不了市级比赛,会影响到县里的总体成绩。县体育局长和一翔商量,问能不能通融一个名额。一翔知道那个选手的实力,自然也希望他参加,但是,如果增加一个名额,会带来一系列问题,也会影响到其他门类的名额分配。当然,如果有棋手因病不能参加,或者自动退出,把他递补上去是可以的。县体育局的领导请示了数次,一翔坚决不同意。无奈之下,人家直接去找了万少良。万少良说这样吧,围棋项目呢,每个县再给两个名额,问题不就解决了吗?万少良和李大松汇报了,李大松表示同意,说规模大了也好,可以让更多人参与进来。万少良直接通知了各县区,让他们自行决定递补的两个名额。市体育局召开全体人员会议,让各科科长汇报近期工作开展情况。一翔在汇报工作时特意提到了县里要求增加围棋比赛名额的事,说担心牵一发动全身,没有同意。万少良说这事我和李局长研究过了,同意给名额,一个县增加两个。一翔愣了一下,说:

"增加名额也没有什么,只是怕其他门类有意见。比如象棋项目、桥牌项目,如果他们也提出增加名额怎么办?我们是增加还是不增加?如果增加,市里的正赛要重新改动规则,人员住宿、吃饭等,都要重新安排。"万少良看看李大松,李大松面无表情。万少良说有人提了吗?一翔摇摇头。万少良说既然没有人提,你想恁多干什么?你这样思前顾后,怎么开展工作?一翔有些好笑,说:"有些问题我们事先想到不好吗?有错吗?你和李局长研究了,为什么不和业务科室通气?且不说擅自改动方案正确与否,我只问你一点,作为分管局长,你有责任上传下达,你为什么只上传而不下达?你这样做,让我们的工作很被动,如果真出了问题,你难辞其咎。"李大松的脸色难看起来,把头扭到一边去。万少良一拍桌子站了起来,指着一翔说了一通很难听的话,甚至说一翔在组织部因为对抗领导才被强行调到了体育局。然后话锋一转,说一翔调到体育局造成了体育局内部人员交流不畅的问题,影响了大家的工作积极性。一翔知道万少良迟早会发作一次,但没有想到他这么冲动,连屎带尿都泼过来了。万少良一口气说了十分钟,李大松除了做手势让他不要冲动外,竟没有说一句制止的话,其他人都笑眯眯地看着。一翔不说话,只是厌恶地看着万少良,看他到底能说多久,能生产多少垃圾。万少良说累了,端起茶杯喝了一口水,还要接着说。一翔做了个手势,制止了他,说:"我只告诉你三句话,然后你刮我吃我我都不在乎。第一,你哥的事,与我有关,这是事实。但是,他是咎由自取,肃清了队伍不是坏事。我本来还有些抱歉,现在我很坦然,我甚至自豪;第二,你是个混蛋王八蛋,你看你刚才的样子,就是一根发情的牛鞭。但无论你多么亢奋,你只是一根牛鞭;第三,你的心胸这么狭窄,不适合在这个岗位上工作,如果你不修正,有可能会得到和某人一样的结局。影响全局工作的是你,你回家好好反省一下吧!"

有人发出了压抑的笑声。李大松表情很复杂,欲言又止的样子。一翔没有让他继续为难,站起身来,大步走了出去。

一翔回到黄花居,在书剑亭里坐了一会儿,感到有些冷,就回到卧室,躺在床上想心事。近期发生的两件事让他感到沮丧,感到彻骨地寒冷。以后怎么在这个城市生活呢？必须认真地思考了。生活自然可以继续，只要你咬紧牙关，没有过不去的坎。但是，他不想再坚持了，他已经不能从中感觉到乐趣，为什么还要自杀一般地支撑呢？累了吗？有一些。在黄花的这些年，发生了很多事，从里到外都累了。"昔日横波目，今作流泪泉"，有什么意思呢？如果继续坚持下去，只有两个结果，一个是倒下，一个是干掉原来的自己。不想孤独，只有庸俗。既然预知了结果，不走，更待何时！

迷迷糊糊地，一翔睡着了。

他来到黄花火车站，什么行李都没带。当年以阴冷的面孔迎接他的地方，现在更加阴冷了。还是下雪，还是那么阴暗，还是那一副公事可以公办也可以不公办的样子。一翔进了火车站，请一个漂亮女孩子代自己买一张票。女孩子奇怪地看了看他，问他到哪儿去。一翔说哪班车早开就买哪班吧！买到终点站。女孩五分钟以后回来了，把票交给一翔，说你这人挺有意思，肯定是和老婆生了气，要离家出走吧？一翔给了她一个感激的笑，然后看了看车票，是到广西的，五分钟以后就要检票了。他坐在候车室的塑料椅子上，精神有些恍惚，好像是在等人，又像是在等车。似乎有人坐到了他的身边，感觉中是刘小茵，但又像是阎月儿。电子显示屏上显示出检票进站的通知，一翔随着众人站起来，随着众人过了检票口，上了车。他木然地坐在火车上，看着来来往往的众人，觉得自己就像是一只青蛙，一蹦上了岸，一蹦又落到了水里。他的身边坐着一个高个男人，问他到哪里去。一翔到现在为止还没有想过这个问题，到哪里去？这个问题很要紧吗？有时候要紧，有时候一点都不要紧。一翔怅然地摇摇头。高个男人以为他不愿意回答，就把脸扭向了一边。一翔想，把去路交给宿命吧，宿命带我到哪里，我就到哪里。"我亦定中观宿命，多生债负是歌诗。不然何故狂吟咏，病后多于未病时。"一翔想到这首诗，心里想笑，不然何故狂吟咏，真是不可驾驭的宿命。

火车过了一站又一站，身边的乘客换了一茬又一茬。一翔掐着手指算了算，已经过了七站。十一吧，一翔想，到第十一站我就下，下了我就不走了，管它是什么地方。十一是他的幸运数字，一翔想看看这个数字今天能给他带来什么。

　　第十一站到了,一翔站起来,挤出漫长狭窄的过道,走下了火车。抬起头,他看到了站牌:邮乡! 天哪,怎么会是这个地方? 这个地方,曾经多次被刘小茵提及,说它是世界上最美的地方,是世界上唯一可以找到幸福的地方,是她愿意在那里生活一生一世的地方。这个地方,也在一翔的梦里多次出现过,他记得曾经和月儿说过它,却被月儿笑作痴人说梦。一翔扭头问身边的一位旅客:"这里真是邮乡吗?"旅客奇怪地看看他,点点头,说:"你长得这么斯文,不至于没上过学吧?"一翔笑着点点头,正要往前走,突然感到有人挎住了他的胳膊,扭头看时,原来是刘小茵。一翔说咱们终于到了。刘小茵一脸愁容,说:"什么都没带,怎么在这里生活呢?"一翔说:"这是世界上最美的地方,带什么东西呢? 万一带的东西不适合这里,不是浪费了吗?"刘小茵点点头,说:"那你要答应我,一辈子都要无怨无悔地住在这里。"一翔说那当然,这也是我请求你答应我的事,也是今后的生活中最重要的事。

　　两人向出站口走去,突然,火车发出一声长鸣。

　　一翔惊醒了。阳光正从窗外照射进来,他一时分不清是上午的阳光还是下午的阳光。梦中的事,清晰地出现在眼前。一翔感到好笑,邮乡,怎么忽然冒出这个地名? 怎么那么逼真? 他郑重其事地回想了一下,他和刘小茵真没有谈起过这个地方,这个地方从来没有出现在他的记忆里。不过,他希望有这样一个地方,一个能让他快乐地生活的地方,肯定美不胜收。

　　睡着之前的所有思考,陆续地回到了大脑。阳光渐渐清晰起来,明媚中掺了些胭红,已经临近黄昏了。

　　该决断了! 一翔想。

　　第二天上午,一翔把月儿请到家里,在书剑亭里泡了茶,两人面对面在石凳上坐下。月儿目不转睛地看着一翔,微笑着,等着他说话。一翔给月儿倒了一小杯茶水,让她喝。月儿一点一点抿了,目光仍然在一翔的脸上。一翔长出了一口气,说:"月儿,我决定了,我要暂时离职。"月儿点点头,说:"说清楚些,是离职,还是辞职?"一翔说:"是离职,我要参加全民创业。"

市里上个月下了一个文件,要求大家积极参加全民创业活动,公务员可以停薪留职,两年期限。月儿笑笑,问:"到哪里创业?"一翔说:"哪里都行,你知道的,我只要离开。"月儿又问:"为什么要参加呢? 为什么不辞了?"一翔说:"两年以后,我还想回来,我不相信两年以后黄花仍然一成不变。我想知道,那时的黄花我能不能适应。"月儿点点头,说:"也好,也许两年以后你已经发生了很大变化,根本不想回来了。"

月儿去书房取了纸砚,铺在石桌上,龙飞一般为一翔书诗一首:

> 归去来兮任我真,事虽成往意能新。
>
> 何尝不过如斯世,其那难逢似此人。
>
> 近暮特嗟时騽騽,向荣还喜木欣欣。
>
> 可怜一千余年外,复有闲人继后尘。

一翔叹赏一番,笑着说:"当年的邵雍肯定没有想到,他的这首《读陶渊明归去来》竟然被人改了,这个一千余年改得好,贴切! 月儿,有你这首诗擂鼓,什么样的酒我都敢喝了。"月儿问:"那你什么时候去和他们说?"一翔说:"我现在就去。""为什么这么急?"月儿揶揄道,"是不是担心自己改主意?"一翔摇摇头,说:"我,已经迫不及待了。"

一阵微风吹过,榆树林发出一阵柔软的沙沙声,书剑亭上的黄花藤在风中轻轻地摇晃着,有几朵已经枯萎的黄花飘下,落在那首改编的《读陶渊明归去来》上。